反贪局长亲自执笔，刻画反腐斗争之
波诡云谲、刀光剑影、跌宕起伏

当代中国出版社
Contemporary China Publishing House
2017年·北京

图书在版编目(CIP)数据

惊天幕后 / 郭照光著. -- 北京 : 当代中国出版社，2017.6（2017.10 重印）

ISBN 978-7-5154-0782-1

Ⅰ. ①惊… Ⅱ. ①郭… Ⅲ. ①长篇小说—中国—当代 Ⅳ. ①I247.5

中国版本图书馆 CIP 数据核字(2017)第 102662 号

出 版 人　曹宏举
策划编辑　王延新
责任编辑　王延新
责任校对　康　莹
封面设计　信宏博·张红运
出版发行　当代中国出版社
地　　址　北京市地安门西大街旌勇里 8 号
网　　址　http://www.ddzg.net　邮箱：ddzgcbs@sina.com
邮政编码　100009
编 辑 部　(010)66572264　66572154　66572132　66572180
市 场 部　(010)66572281　66572161　66572157　83221785
印　　刷　北京润田金辉印刷有限公司
开　　本　720 毫米×1020 毫米　1/16
印　　张　22.75 印张　1 插页　361 千字
版　　次　2017 年 6 月第 1 版
印　　次　2017 年 10 月第 2 次印刷
定　　价　58.00 元

正义也许迟到，

但是永不缺位。

目录

一、人肉炸弹

上古时期，炎帝神农率领部落联盟离开中原迁到新州，新州繁茂的森林、肥沃的土地、宜人的气候和丰富的物产深深地吸引着这位华夏始祖之一。可叹的是“船到新州止，马到新州死，人到新州打摆子”的实况，令新州人悲叹过、彷徨过、思索过，但从未停下奋进耕耘的脚步。

改革开放的春风给这座新兴的城市带来了新的生机和活力，为这座城市的居民提供了安居乐业的环境。然而，纵使美丽的月亮亦有阴晴圆缺，新州也有令人不快、令人恐怖、令人迷惑的人和事。

新州出大事啦!

2003年8月23日凌晨5点，天渐欲破晓，淡青色的天际间镶嵌着几颗稀落的星星，大地朦朦胧胧的，就像蒙上了层银灰色的青纱。

清晨，新州城的大街小巷弥漫着乳白色的薄雾，虽然还不见太阳，却时不时散发出燃烧的气息。早上7点刚过，朝阳淡淡地洒在鲜艳的楼阁飞檐之上，给眼前这一片繁盛的新州城的早晨增添了几分朦胧之美。壮硕结实的帅哥顾盼穿着一袭白色运动衫，哼着一曲动听的小调，踏着一街的晨雾散步。他行着看着，身前与身后那一张张或风雅、或清晰、或苍迈、或现代、或世故的脸庞，以及在街区涌动着的各色车流，宛如置身于一幅色彩斑斓的画卷之中，禁不住停下脚步，感受一下晨光给他带来的温馨。

8点整，太阳的半张脸渐渐隐去，天色突然暗下来，紧接着狂风大作，一场不大不小的雨不期而遇。这一切给惬意快乐的顾盼带来了几许不爽，或者有几许不祥的预感……他顶着雨向珊瑚宾馆的方向跑去，跑累了，便停下了脚步。正当他祈盼着老天爷停下哭泣时，突然从珊瑚宾馆的方向传来一声巨裂的爆炸声，随即一股气浪将顾盼掀翻在地上。待了一会儿，他想慢慢爬起，可腿脚不听使唤，只好慢慢挪到墙边休息。他抬头看看天空，突然，他惊奇地发现，珊瑚宾馆的上空徐徐升腾起一朵硕大无比的灰黑色的蘑菇云，并随着风的手臂挥动，快速地向四周扩散。10分钟过去，他可以走动了，他怀着一颗好奇的心，往发生爆炸的方向走去。远远望去，只见炸点外，围着黑压压的人群。走近，人们的脸上个个都挂着惊恐、不安的神色，空气中弥漫着难闻的血腥味，受伤的无辜者或躺或坐或爬或侧卧着，不停地哀号。一时间，哭声、叫骂声、哀号声、谴责声响成一片！

这时，几只乌鸦从天空掠过，发出极具低缓悲凉的鸣叫声，给本来就已经伤痛不已的新州市民，蒙上了恐惧的阴影。顾盼拨通了新州市公安局的110报警台："喂，我是新州市民顾盼，现在有重大案情向你们报警。"

"请问有什么重大案情？"

"人肉爆炸案。"

"发生在什么地点？"

"在新州市珊瑚宾馆门前。"

"好的，我们马上出警。"

呜——呜——！急促的警笛刺破沉闷与狂乱的空气，由远而近。

二、陌生电话

这天早晨7点50分，市公安局局长李京涛像往常一样到达了办公室。8点整，他拨通了分管刑侦工作的副局长秦圆的电话：

"秦局，我李京涛。"

"李局好，有什么指示？"

"案子办到什么程度了？"

“刚有了一点儿眉目，线索又中断了。现在正在寻找杀人抛尸的第一现场，走访目击证人，预计明天会有犯罪嫌疑人浮出水面。”

“好，好，你们夜以继日地奋战，辛苦了！请继续努力，擒获真凶。”

“谢谢李局的关心和支持，请您放心，决不辜负您对全体一线侦破人员的期盼，坚决完成任务！”

“我期待着你们凯旋的消息。”

李京涛放下电话，轻轻地呷了一口苦丁茶，感觉余香满口，接着“呵”的一声，其饱经风霜的清癯的脸上闪现出心旷神怡的神色。这种神色与他那粗而短的黑白相间的头发相呼应，乍一看，就像是射向犯罪分子的待发之箭。中等身材的他，身着二级警监的制服，人显得特精神，一句话，一个睿智的眼神，一种身体语言都能诠释出他那当局长的范儿。

9点整，李京涛办公室的电话铃声大作。听到急促的电话声，李京涛的心头立刻掠过不祥预感：又有什么重特大的案子？如果是真的，兵力又如何摆布？谁去撑这个台面？现在是三天两头有重案，真是巧妇难为无米之炊啊！

想到这，李京涛依旧从容淡定地拿起电话，只听电话那关传来急促的声音：

“李局，你好，我是110指挥中心，有重特大案情！有重特大案情！”

“请讲！请讲！”

“今早8点48分在本市珊瑚宾馆门前发生人肉炸弹爆炸案，现在死伤不详！”

“嗯，知道了，我马上安排，你们先派人迅速到达现场，控制局面！”

李京涛放下电话，立刻拨通了局办主任的电话：“我是李京涛，通知刑侦、治安、网侦、特警到局会议室召开紧急会议。通知没有外出执行公务的干警在局里待命，不得外出！”

“是！”

指定参战的干警到达会议室，李京涛用坚毅而锐利的眼神扫视了大家一眼，随后用他那习惯定格的动作，挥起右手抚慰了一下那短而粗的头发，预示着弓箭在弦，准备向着那些邪恶的势力发射！志在必得，向着敌人冲锋陷阵！干警们精神抖擞，面部的表情惊人的一致：神情果敢专注，目光炯炯有神。

“同志们：今早8点48分在本市的珊瑚宾馆门前发生了一桩人肉爆炸案，伤亡不详，但可能比我们想象的要坏要糟。为应对犯罪分子的挑战，我命令按照原定的应急预案，各位就位，开赴现场……”

闪烁的警灯，长长的警界线，忙碌的警察……新州市公安局局长李京涛第一时间到达了现场，同时用电话向市政法委相关领导汇报案件的简要情况。刚汇报完毕，手机铃又响了：“是李局吗？”

“是。”

“我是小曹，”分管政法和国土资源工作的常务副市长郑铜修的秘书继续道，“你现在在哪里？噢，是这样的，珊瑚宾馆发生的人肉炸爆案，郑副市长已经知道了，并报告了市委黎镜仁副书记，黎副书记的意思马上召开市委常委会议，要你列席会议。”

“我在爆炸案的现场，可能离不开。”

“这是郑副市长的指示，我只有传达的份儿，你能不能参加，请直接跟郑副市长报告。”曹秘书说完就把电话挂了。

是破案要紧还是开会要紧？作为一名经验丰富久经沙场的老刑侦，他深知这起人肉爆炸案的轻重，以及给他和他的团队所带来的巨大压力。主管刑侦的副局长在查办一起命案，他一离开就是群龙无首啊。到时候不能快速破案，又如何向全市人民交代呢？命案必破啊。现在最要紧的是封锁案发现场，收集现场证据以及寻找目击证人，有些证据稍纵即逝，需争分夺秒，不能迟疑了，他咬了咬牙，决意不参会。

曹秘书翕动了一下嘴唇，疾步走向郑铜修副市长办公室，一看房门紧闭，但细听里面隐约有异样的响声，曹秘书十分知趣地退去。

走廊上传来哒哒哒的高跟鞋敲击地板砖的声音。曹秘书知道吴丽丽已经离开。一看手表，离开会时间还有8分钟。但曹秘书很会体贴郑副市长的，先不急着过去，让他休息5分钟，现在过去喘着粗气，弄得多尴尬，毕竟一把年纪的老人，经不起过急的动作和超负荷运行了。自从郑铜修当了副市长以后，曹秘书就一直跟着他，知道他近几年左肾出了问题，不太敬业了，已经有怠工不作为甚至玩忽职守的迹象了，右肾表现不错，现在几乎全靠它支撑这个台面。至于左肾的问题，从去年开始已经列入重点扶持对象的计划之列，市医院的肾病专家盛浩洋隔三差五专门侍候着。由于他对郑副市长有过“重大贡献”，今年元月被提拔为市医院的副院长，坊间传出他很快就接院长的班。在郑副市长眼里，盛浩洋就是为他保驾护航的有功之臣啊，“人是讲感情的，也要懂得知恩图报”，到今年底再把盛浩洋往上拎一下，给他扶正了。

5分钟过去了，曹秘书若无其事进入郑副市长办公室：“郑副市长好。”

“坐吧。”

就在准备落座的那一瞬间，曹秘书看见郑副市长那张隶书体式的国字脸突然变得苍白，毫无血色，那硕大肥胖的身体也颤颤巍巍地抖起来，呼吸短促，表情僵硬，嘴唇发紫。曹秘书见状也不慌忙，毕竟是医学院毕业的高才生，他首先用拳头有节奏地用力叩击郑副市长的前胸左内侧，接连叩击2~3次，拳头抬起时离胸部20~30厘米以掌握叩击的力量。叩击后，郑副市长僵硬的脸上出现了丰富的表情。

曹秘书准备到备药柜去拿药，这时郑副市长的电话铃响起来。电话是市委副书记的秘书王甜甜打过来的，称会议不开了。怎么就不开了呢？曹秘书心里犯了嘀咕，但郑副市长已经完全知道了个中原由。

珊瑚宾馆人肉爆炸发生后，吴丽丽在上班前，干爹吴大鹏就告诉她：“珊瑚宾馆发生的人肉爆炸案你要关注一下，看一看市委内部的动向。上班后你赶紧到郑副市长、市委黎副书记那里走动一下，时间不宜过长，照顾到两边的关系平衡。”吴丽丽心神领会。

吴丽丽见过郑铜修之后，急冲冲来到市委副书记黎镜仁的办公室。黎副书记长着一幅国字脸，脸上架着一副宽大金边眼镜，宽而阔的天庭之上，乖顺地向脑后爬伏着缕缕既纯白又耀眼的发丝，看上去文人范儿十足。平素里他吟诗作画样样来，是中国作协、书协的会员，他的诗歌集《如烟的生命》、书法集《留迹的人生》都在某出版社出版了。

吴丽丽身着典雅粉红色超短裙，一条又粗又黑的马尾辫甩在身后，与超短裙若接若离地呢喃着难以诠释的神秘。一进门，她原本顾盼神飞的眼神，马上转为妩媚多情勾魂的表情呈现给了黎镜仁副书记。黎镜仁副书记在面带笑意地品茶。

吴丽丽把门带上。黎镜仁会意，走近。吴丽丽告诉黎镜仁珊瑚宾馆人肉爆炸案的事情与其干爹有关联，要黎副书记关照一下，黎镜仁心不在焉地答应了。

三、局长请罪

李京涛带一帮兄弟风风火火地将珊瑚宾馆人肉爆炸案现场勘验完毕，草草地用过餐，就与副市长郑铜修联系。

“郑副市长，对不起了，我马上到你办公室汇报一下案子。很抱歉，我没有列席常委会。”

“几点过来？”

“马上。”

“马上是什么概念？是一刻钟？还是半个小时？”

李京涛知道郑铜修在鸡蛋里头挑刺了，要跟我较真啊，真是官场如战场，处处有惊险。李京涛答应半小时到达。李京涛转念一想，最要紧的是向省公安厅汇报，马上挂电话给郑铜修说明原由。

李京涛为何要马不停蹄地向郑铜修汇报并对没有参会表示道歉呢？话还得从这里说起。郑铜修想提拔儿子郑津，李京涛不同意。郑津以前是一家公司职员，郑铜修通过关系把他安排进了市辖区的警务室。李京涛从孜阳市调新州赴任后，比较了解郑津的政治素质和业务能力，总体印象是德性较差。

一次郑铜修约李京涛到茶楼喝茶，这次郑铜修没带秘书，只带了一名司机。李京涛答应了，同时他备了一手，他亲自拨通特警队长邓大佑的电话，要他和一名助手带上微冲和手枪，晚8点到他的办公室有任务。李京涛到新州任职几年了，从来没有这么近距离接近郑铜修，他知道郑铜修浸淫新州十多年，人脉资源相当雄厚，在常委班子里可以说是一言九鼎，大家都让他三分。市检察院常务副检察长杜修行、反贪局长林子墨等领导都在他的关照之列。当然，小官员也有被关照的，市公安局一个小小办事员进公安系统不到半年就由郑铜修“打招呼”解决了副科问题，听说这个人是市政府机关吴丽丽的弟弟吴起南。另据李京涛掌握的资讯，郑铜修还为涉矿涉黑的老板充当保护伞。刑侦出身的他，从来对这种人留一手，有备无患嘛！李京涛一边下楼一边感叹，以前土匪在山上，是因为没有官场的背景，搞到的钱和女人自己独吞、独享；现在土匪在路上、在矿山、在茶楼、在宾馆、在KTV、在松骨房、在泡脚屋。

李京涛和特警大队长及一名助手带着微冲和手枪上了车。李京涛大脑里立即闪出最近一桩新州建市以来破获的首个冰毒案。他隐约知道这个案子背后有官员的影子。但不知其名其姓，这个案子是否与郑铜修有什么瓜葛呢？李京涛揣摩着。

车停在一个僻静的地方，三人直奔郑铜修预约的茶楼。进门，昏暗的灯光下，堆坐在沙发上的郑铜修缓缓起身与三名警察握手、落座。郑铜修说："京涛啊，你人多势重，兵强马壮啊！不错，有这样的公安队伍，在你的领导下，一定能重振新州的警威，为新州带来幸福安康！"

李京涛听完郑铜修这番话，觉得有弦外音，马上作了个手势让二位干警退下在门口等候。在郑铜修看来，我堂堂一个市委常委、副市长，在市委常委里头我可是坐地虎，你小子把我当什么人看待。我约你单独喝茶，就给足你脸面了，我在这个任上，邀喝茶你是第一人。给你脸不知道往哪搁。你还来了个大兵压阵，我能把你吃了不成?！

李京涛设这样的局，郑铜修心里十分不爽。当然，李京涛也已经察觉到了郑铜修心中的纠结。

"郑副市长有什么指示？"李京涛十分谦恭地说。

"你见外了，在这个场合，就不要这种称呼了，你这一来，彼此就拉远了距离了。在公开场合可以这样称谓，私下场合称兄道弟最好，彼此一下子就拉近了感情，现在时尚版的语言常常用'无缝连接'，你说呢？你叫我兄长，我叫你老弟，那多好啊！那多亲密啊！这就是无缝连接啊，也叫做零距离。"郑铜修马上话锋一转，用教导的口吻说，"京涛啊，你我都是官场之人，你我不搞零容忍。你我要注意照顾彼此的关切，照顾彼此的核心利益，叫做你我的权力资源整合交汇优配用到极致，利益最大化就是终极目标。"。

李京涛听后没有回应，只顾自己喝茶。看到李京涛的表情，郑铜修心里犯怒，嘴上不言。你一个局长在我面前要大牌不成？为了下面的议题能开展下去，郑铜修出言十分和缓：

“老弟，是这样的，我儿子郑津不错，你帮忙让他挪挪位，提一下。郑津的事就交给你啦！另外冰毒案请你关照一下，有什么事需要我出面的你尽管提。”说完，郑铜修端起茶杯与李京涛的茶杯碰杯，声音清脆悦耳。

少顷，李京涛皱了皱眉，德性差做不起事的人都能当官，这哪有公平正义啊！我作为公安局长不能让有德有能有绩的干警施展才华，给真正为党和人民办好事干实事的干警提供舞台，那谁还去保一方平安，谁还为百姓带来实实在在的利益啊！作为局长，我首先是人，是人就有做人的良知，有做人的底线，把黑的说成红的，把红的说成白的，在那里颠倒黑白，我会遭雷打、天火烧的。做人一辈子，做官一阵子。可是，一阵子也不能昏昏庸庸混日子，要把党和人民赋予的权力真正用到为民办实事上面，不能有一己之私啊。人民给的俸禄完全够用，用不着拿权力做交易啊，相反那就亵渎党和人民对自己的信任啊。

这时，李京涛高昂起头看着郑铜修，炯炯有神：“老兄，你说的两件事我听到了。好，告辞了。”听到李京涛不痛不痒的回答，郑铜修的心凉了半截。

回程的路上，郑铜修在车上构思如何让李京涛学乖。儿子郑津提拔的问题，郑铜修已经设定准备到下辖的一个县任公安局副局长。冰毒案的事则交给市检察院副检察长杜修行去摆平。

四、隔岸打炮

新州市公安局经侦支队去年接到群众举报，称有一矿主偷税上百万元。一查是吴丽丽干爹吴大鹏开的矿，经侦支队办案人员掌握了确凿证据，吴大鹏立刻被刑事拘留。干爹被市公安局刑拘后，吴丽丽跑到办公室哭诉，要郑铜修副市长帮忙，郑应允。

吴丽丽离开办公室，郑铜修马上接通了李京涛的电话，要他立刻放人。李京涛答应了解一下案情。听到李京涛不冷不热的回应，郑铜修心里很窝火。他马上要吴丽丽到办公室，吩咐她亲自去接触李京涛，做两件事：一、带上10万块钱；二、带部录音机，并交代了用意。

不速之客，花枝招展，柳叶眉樱桃嘴，魔鬼的腰，修长的腿。这个形象李京涛只在电视上看过，从电视走下来与李京涛靠近，李京涛有些惊怵。来人作了自我介绍：市政府干部吴丽丽有事找李局。李京涛知道是郑铜修派遣来的特使，真是来者不善，善者不来啊！因为看到吴丽丽拎着沉甸甸的包，李京涛断定应该是来求情带的现钞。

进门落座之前，吴丽丽看见只有李京涛一人在屋里，想把门带上，被李京涛制止了。吴丽丽一脸的不高兴："李局，不是那个意思。"

"什么意思？！"

吴丽丽无言以对，见李京涛当仁不让，知道事情结果是怎样的了。

看到吴丽丽落座，李京涛马上拨通了办公室宋副主任的电话，要他到办公室来。宋副主任一到，把吴丽丽弄得十分尴尬，因为宋副主任的到来，她无法表达来意，实际上这是李京涛下的逐客令。吴丽丽知趣，蔫蔫退去。

李京涛立刻拨通了分管经侦工作的副局长孙清泉的电话，要他通知经侦干警到局会议室召开紧急会议。李京涛扫视了一下会场，看到大家脸上都挂着疑惑，他用低缓的语调开场："大家在一线办案辛苦了，我代表局党组表示深深的谢意。关于最近查办的这起偷税案，我强调两个字——'安全'。它包括我们自己身体的安全、我们思想的安全。我告诫大家要小心提防'糖衣炮弹'，不要办了案把命和人格以及家人的平安幸福都搭上，不值啊！要办成铁案，就必须靠我们这支铁的队伍，不卖牛血，不泄案情，拒绝钱、色的诱惑。这样我们才对人民有个交代！"

李京涛宣布散会，并要孙清泉到他办公室。李京涛提醒他道："下一步郑铜修可能会利用其职权滥用'双规'，现在我们已经得罪他了，他会不择手段报复我们的，你回去后给参加办案的干警提个醒，注意照顾好自己。"

事隔不久，李京涛不愿看到的事情发生了，他刚刚到省厅开会，一下车，副局长孙清泉打来电话，说经侦支队副支队长聂正平被市纪委"双规"。接到电话，李京涛没心思开会，他马上找到尹向东厅长把自己不参会的原由说了一下，并请厅长将会议内容事后用文稿的形式传回市局。

李京涛马不停蹄赶回新州市，直奔市委副书记黎镜仁办公室。他义正词严地说：“经侦支队副队长被市纪委‘双规’，是郑铜修明目张胆对我公安干警的报复。现在我们新州市的官场到底还有没有党纪国法？还有没有公平正义？还有没有道德廉耻？如果聂正平不放出来，我这顶乌纱帽准备不要了，也要跟郑铜修一干到底！我有一个正常公民的权利，我有上告省直至中央的权利。我绝对相信有良知有正义感的共产党人占大多数，个别的败类只能得逞一时，不会疯狂太久！”

听到李京涛的铮铮言辞，市委副书记黎镜仁那宽阔额头沁出细密的汗珠子，他担心把事情闹大，马上打了郑铜修的电话……

聂正平被解除“双规”后的第二天，李京涛约他到办公室。聂卫平一进办公室，李京涛起身走近，两兄弟紧紧地拥抱在一起，无语，俩人只有哭泣声，大声哭泣宣泄心中的郁闷，排解内心的忧愤啊！他俩就像刚离开弥漫硝烟的战场归来，相拥在一起，安抚彼此的心灵！

李京涛松开手，为聂正平拭去挂在脸上的泪滴说：“你瘦了，你瘦成这样让我心疼啊！这样，我为你接风洗尘，今天你嫂子刚从老家过来，到我家去小酌一盅好吗？”聂正平看到李京涛如此这般的动情，心中十分感动。

五、结怨

置身于新州市这个大染缸要独善其身，唯一的选择是离开，可身不由己啊。有一次，电话铃突然响起，李京涛一听，是黎镜仁的秘书王甜甜打过来的：“李局吗？”

“是啊，什么指示？”

“谈不上指示的，黎副书记要你到他办公室来一下。”

“几点？”

“今天上午9点整。”

“好的。”

刚挂好电话，分管刑侦的副局长秦圆打来电话，说大毒枭麦洛通已经绝食两天了，以此对抗我们的侦查。李京涛告知市委黎镜仁找他有事，会后再来研究对策。李京涛一看表，已经9点过一刻了，没有如期赴约，黎镜仁会不高兴，这是下级对上级不敬重的表现。

来到黎镜仁办公室，门是闭着的，秘书先让李京涛到接待室坐一会儿，然后很有礼貌地端上一杯水。接待室与黎镜仁的办公室是斜对门，进出的人用余光一扫就清楚。9点50分，黎镜仁的门开了，走出一位扎着马尾辫的女人，李京涛定眼一看是黎镜仁的秘书王甜甜。

李京涛看到这一幕，感到十分诧异，李京涛留了个心眼，先退到市委办的大门外——大门外车水马龙，声音嘈杂——然后拨通黎镜仁的手机："黎副书记，局里有点儿事，迟到了，我现在在市委大院大门外，马上就到。"

"京涛啊，你那边那么嘈杂，我听不清楚，我等了好久了，你迟到50分钟了，这次要批评你，以后不能这样，一局之长，要模范执行上级的指示和命令。"

"我接受，我接受黎副书记的批评。"

其实，王甜甜打完李京涛电话后，就直奔黎镜仁办公室，王甜甜主动把门关上……王甜甜走后，黎镜仁拿出王甜甜送来的纸条和一张建行的卡。纸条的内容是：

> 黎副书记，麦洛通在市看守所得了肝炎，已经两天没吃饭，望公安机关从人道主义出发，取保候审，请黎副书记跟李京涛打个招呼。

纸条的下方写着：卡内50万，密码800801。

麦洛通何许人也？他是一家公司的老总，一次中学与麦的公司员工搞联谊活动，麦看到学生王甜甜长得水灵，很是讨人喜欢，闲聊中麦得知王家境贫穷，成绩很好，麦满口答应王读大学的费用他全包。后来彼此以干爹干女相称，大学毕业后，王甜甜进入市委机关后，一直为黎镜仁当秘书。麦洛通因贩毒被关，干娘找到王甜甜帮忙解救干爹，王甜甜答应帮忙。干娘送了一张以麦洛通儿子开户的建行卡，内存50万元，要王甜甜交给黎镜仁。

李京涛走到黎镜仁办公门前，见房门大开。李京涛一进门，一看黎镜仁的脸色没有原来的光泽，本来很安分地往宽而大的脑后勺附着头皮的几缕纯白长发，也不规则地垂散在光秃秃的脑门前庭晃悠。根据李京涛经验判断，只有俯卧才能出现这种状态，这进一步证明了李京涛刚才的猜测。

李京涛准备落座，黎镜仁用手示意让其把门关上。黎镜仁从办公椅上起身，要李京涛一起坐在宽大的沙发上，语气十分和缓："你局上报拟解决副处的18名干警的情况，市委组织部的徐球晴部长已经向我作了汇报，我都表示同意。下个月市组织部提交常委会讨论，具体时间我来安排。你爱人要从外地调来，解决两地分居的问题，这个很好，使你干起工作来不分心嘛。到市委哪个部门，有意向吗？"

李京涛对领导的关心表示感谢："家属的调动已经在办了，准备到市园林部门上班。"刚说完，局办来电，有急事。黎镜仁拉着李京涛的手："听说麦洛通身体不好，看能不能弄个取保。这事情请你帮个忙，噢，帮大忙喽，我代他们感谢你哦！"李京涛答应回局与相关人员商量一下。

李京涛回到局里，办公室主任任信元道出了打电话的原委。他判断黎镜仁找李局，肯定要跟李局谈什么政治上的交易，对于黎镜仁干这等事，新州坊间不知道的不多。任信元这几年接触李局，知道李局的为人为官之道，在那被黎镜仁胡搅蛮缠，李局会碍于面子，不好推辞，不好脱身。为了使李局有告辞的理由和托辞，便打电话告之局里有急事，来一个金蝉脱壳，不留痕迹。原委一说开，李京涛会心地笑了。

李京涛要任信元打电话给副局长秦圆、禁毒支队支队长钟贤中到他的办公室，有事相商。二人到来后，他们三人就毒犯麦洛通够不够取保候审的事情进行了深入研究，一致否决，并马上电告了黎镜仁。

接到电话的黎镜仁冷冷地说："你看着办吧。"说完立刻把电话挂了。放人被驳回后，黎镜仁要市委组织部长徐球晴，把市公安局18名的副处提名压着，并提议市委组织部把李京涛提拔为市政法委常务副书记，又把他从公安局党组书记降为党组副书记，另提名一副局长担任党组书记，以此架空李京涛。

知道这事后，李京涛直接去到黎镜仁办公室。黎镜仁办公室的门半开着，李京涛没有敲门没有报告也没有打电话，径直进入黎镜仁办公室。李京涛气不打一处来："黎副书记，我做什么事只求良心安稳，尽做人的本分而已，可你做的事是昧着良心做的！这叫做伤天害理啊！这种做法是要不得的！政法委副书记到了公安局里反而变成了党组副书记！黎副书记你今天把这理由给我说清楚！"

李京涛掷地有声的几句话，把黎镜仁给震懵了，李京涛接着说道："你可以免掉我这个局长，但也没有那么容易！免掉我这个局长必须要经过省公安厅，你有市委书记的权力，我有一个公民、一个党员向省直至中央反映问题的权利。"黎镜仁听到后面这句话，怕事情闹大，便亲自打电话给徐球晴，把李京涛的人事安排撤销了。

六、联手"围剿"

那天，黎镜仁约郑铜修到他办公室，黎镜仁问有没有举报李京涛的材料，郑说正在注意这个事，目前没有。黎镜仁让他去问问市检察院反贪局局长林子墨那边看有没有，郑答应明天反馈。说毕，黎镜仁正色说道："李京涛不宜在那个岗位占着，这小子不知天高地厚的，连我这个副书记都没放在眼里，长了一身的反骨，匪气十足，起码的上下级的概念都搞不懂，十足的政治上的二百五。我看这样行不行，采取政治上打击，办法是你们哪怕有一丁点线索就立案查处，在政治上把李京涛搞臭，在新州的政治版图上把李京涛彻底抹掉；在人事任命上，全部冻结，等新局长上任再说，给新局长一个人事上的大礼包，这有利于稳定新任局长的阵脚；经济上围堵，压缩拨付给市公安局的办公经费，这样会引起干警的不满，辛苦一年补助拿不到，干警会怨声四起。队伍人心涣散，工作没起色，李京涛的人格魅力一下子会失去光彩，他的威信会轰然倒下。时机一到，准备公安局长的提名人选。这样一换，你我的事业会顺风顺水了。"

郑铜修同意黎镜仁的观点。他补充，如果上述办法失灵，就拟通过人大评议这"合法程序"评掉李京涛。这作为备份应该可行。黎镜仁提起去年李京涛已经评过了，不能年年评啊。郑铜修说："这个可以灵活处理一下，就说工作需要，为了社会的和谐，加强公安队伍建设，人大作个决议：市公安局局长年年都要评议，这不就合法了吗？事在人为嘛！”

第二天，市检察院反贪局长林子墨回复郑铜修说，有封举报李京涛老婆调来市园林部门时涉嫌请客送礼的问题。郑问按照林的经验能否成案，林答道：“成案的可能性很小，现在检察机关内部初查立案有新要求，初查必须制定出初查方案，判断出初查的突破口，列出初查的方法、初查的基本原则，然后经过审批，方可实施。初查后确定立案，立案后审讯只有12个小时，而且整个过程都要同步录音录像，一点儿都马虎不得，出现瑕疵，检察院都可能要成被告。”郑铜修听完，马上表态把举报信转市纪委查处。

封加渊一看举报信，觉得没有什么价值，一来坊间对李京涛的评价不错，弄不好打不着狐狸，还惹来一身臊；二来有些职工可能对领导有点儿意见就捕风捉影，加上合理想象、合理怀疑、杜撰材料。对这种情况，纪委不要去蹚那浑水。郑铜修听封加渊的分析觉得有理，就放弃了。

这个弄不成，马上进行经济制裁。财政局长是郑铜修的政治盟友，马仁坐上财神这个宝座，郑铜修使出了浑身解数。他听郑铜修一说，便满口答应，回去马上交代分管经费拨付的副局长把关。经济制裁基本达到了预期目的，下一步看人大的评议了。

评议那天，李京涛身着公安干警制服，英姿飒爽地在发言席上站定，行举手礼。礼毕，他淡定从容地从衣兜拿出讲稿，声情并茂发表评议演讲：“为了人民的利益，为了新州的平安和谐，我多次冲在办案的一线，多次面临死亡的威胁，但我临危不惧，因为我是一名警察，因为我身后有党和人民，有你们在座的人大代表们做我李京涛的坚强后盾。即使我死了也死而无怨，死而无憾，因为我经常被你们给予肯定的眼神所感动，也常常被人民群众的纯朴善良所感动。我深深地爱着新州这片热土。假如有那一天，我安祥地闭上了我的双眼，请新州的人民接纳我，仅给我留一席安身之地即可，我愿常眠在新州！谢谢！”代表们鼓起雷鸣般的掌声。

听完李京涛演讲，台上台下大多数代表眼眶盈着泪花。一位人大代表说，其实英雄离我们不远，英雄就在眼前啊。这次全市一共评议120多名领导干部，一共出席32位人大常委，有31位对李京涛投了优秀票。这一结果出乎黎镜仁、郑铜修的意外。

黎镜仁对着其他常委们说："你们怎么都唱赞歌？李京涛难道就没有问题，他是个神仙吗？"市人大副主任马良德仗义执言地说："我们得凭良心讲话，我们有我们自己的眼睛，有我们自己的灵魂。这样充满朝气，甘愿奉献，把党和人民利益装在心上的好干部要全力保护！"

即便得到了人大常委大多数人的肯定，李京涛觉得这几年受黎镜仁、郑铜修的黑手打压，弄得身心疲惫，无心恋战，去意甚浓。接着他向市委迅速提交了辞去新州市公安局局长的报告。省公安厅厅长尹向东知道此事，决定把李京涛调省厅任刑侦总队副总队长，但正式辞去局长尚需新州市人大常委会审议，因此他还要履行局长职责。

七、冒死侦破

这就是为什么新州珊瑚爆炸案发生之后，李京涛还要继续履行局长职责的原因。

李京涛到达爆炸现场后，立即组织刑侦人员开了个短会，交代注意事项，查明爆炸现场情况，拍照并录像，制作《现场勘查笔录》，走访现场目击者，封锁现场，查明炸点死亡人员的身份……，一切按照李京涛的部署顺利进行着。

经查证被害人翁正中，男，43岁，临福县人，系该县有名的新富，从事矿山开采。充当人肉炸弹的人，名叫哈咋师，男，36岁，也是临福县人，二流子。

回到局里李京涛马上召集刑侦人员分析案情，确定侦查的方向以及案件的突破口。经过讨论一致同意迅速查证那天电邀翁正中到珊瑚宾馆的是何人。李京涛认为突破口相当重要，是本案成败的关键，他要求不要停下脚步，不要休息，24小时连轴转，主要工作是走访查证，电约翁正中手机卡号的出处在哪，赶快查证！调阅珊瑚宾馆以及附近所有路口的监视探头，甄别出嫌疑人。

7天后案件有了突破性进展，主要犯罪嫌疑人即将浮出水面。李京涛这时宣布纪律，任何人不得向外界包括媒体甚至其他与本案无关的领导、朋友、家人泄露案情。要坚守自己的职业操守、职业道德，谁要是卖牛血，去拿案情做交易就拿谁示问！

李京涛拖着疲惫身子坐下，眨巴了一下惺松的眼睛打了个哈欠，敲敲发胀的头皮，正准备在桌沿打个盹，突然手机响了。来电的是刚被提拔为反贪局局长林子墨。此人在政治场上风生水起，完全得益于郑铜修的一手栽培，郑铜修原来在临福县任县委书记时与林子墨相识相知，到最后结为政治上的盟友。当然，空谈政治没有经济作基础那只是空中楼阁。李京涛接电话说："林局你好，有什么指示？"

"在局座面前哪敢说指示啊，这段时间局座辛苦了，战果不错吧。"

"谈不上辛苦，我这个当老兄的命苦啊，战果怎么说呢？"话音刚落，座机电话响了，"林局长对不起，我这有个急事处理一下，回头见。"挂了电话，李京涛拿起座机，一听是吴丽丽打来的。

"李局啊，你手机一直占线啊，今晚没有安排吧，今晚郑副市长约你到馨香园酒店聚一聚好吧？"

"噢，小吴啊，是这样的，今晚我为我老娘过生日，很抱歉，对不起！"说完，李京涛挂了电话。一些人想从李京涛处获取情报，他们会想方设法，甚至不择手段。

第二天一起床，李京涛就收到一条短信，内容就三个阿拉伯字："014"（您要死的意思）。阅读完短信，李京涛十分从容淡定地想，看来这班祸国殃民之徒要把我置于死地而后快啊！这时，出去买早点的爱人王云在楼梯口拾到类似广告样大的纸，捡起一看，打了个寒噤，纸上写着："李京涛小心你的脑袋，小心你家人的命！"

对于这事，李京涛只是淡然一笑，可是这时王云的眼眶里已经盈满了泪水，趴在床上抽泣起来。李京涛起身安慰道："没事的，王云你要支持我。这么多年你跟着我受委屈了，说实话我也十分愧疚啊！"

已经读高三的儿子李杰知道爸爸主持查办珊瑚人肉爆炸时遭人恐吓，他十分体谅爸爸内心的痛苦和无奈，为了鼓励爸爸战胜困难，深夜他为父亲构思写下一篇诗歌：《生命因痛苦而璀璨》。

痛苦
是生命固有的一种形式
当生命燃烧成红霞
一定是它充当了那把默默的柴薪
照亮人生的旅程
没有痛苦的生命是苍白的
没痛苦的生命
羁于暗淡
没有痛苦的生命
陷于空洞
痛苦孕育了生命的力量
痛苦滋润了生命的智慧
痛苦铸就了生命的坚强
生命因痛苦的存在而美丽
生命因痛苦的洗礼而丰实
痛苦与生命相生相随
对于热爱生命的人
痛苦是智慧的萌芽
痛苦是激情的酝酿
痛苦是人生的一剂良药
大智若愚的人
用它拂去平庸
统帅千军万马的人
用它鞭策军魂
不畏强暴的人
用它迎接新生
接纳痛苦
就是接纳生命的璀璨与辉煌

读完儿子李杰这篇诗稿，李京涛内心无比感动：儿子长大了，也日渐成熟，他用这种富有张力和意境的语言为我鼓劲扬威，为我迅速侦破珊瑚人肉爆炸案增加了强大的精神动力。他从内心十分感谢儿子李杰，他因有这样一个儿子而感到骄傲和欣慰。

八、指导破案

接到尹向东厅长要来新州的电话后，李京涛马上与分管刑侦工作的副局长秦圆商量，尹厅长来新州指导破案，是否告诉市委黎镜仁副书记。李京涛主张不告诉，怕又节外生枝；秦圆主张告诉一声好，面上的工作不能被他看出破绽，对破案会有些不利因素，“但破案的主动权掌握在我们手里，拿捏的分寸由我们掌控”。俩人意见相左，最后李京涛把裁判权交给了尹向东厅长。

“尹厅长好，是否请黎镜仁来作陪？”

“暂不要惊动他们，稍后我会作出安排。”尹向东挂了电话。

一行人在食堂用过餐稍作休息后，尹向东决定召开刑侦和技侦人员的会议。李京涛就珊瑚人肉爆炸案侦破工作的进展情况进行了详细汇报，尹向东厅长一边记，一边用自信的眼神打量在座的每位。等李京涛汇报完毕后，他十分严肃地说：“我对前期的侦破工作表示满意，侦破工作的思路正确，方法对头，已经取得了进展，但还不够明显，要进一步扩大战果。对事关案件进展的关键人要安排专人盯住，要把我们现有的技侦资源用到极致，随时为刑侦提供翔实确切的情报。我这次来新州没有惊动市委的主要领导，我什么时候去惊动他们，我与李京涛同志商量后再作出安排。为什么这么做，我们搞侦查的不说也心知肚明。这里我要求技侦的同志加大监控的力度,24小时跟踪，要及时作出情报的分析与比对。我们要绷紧搜集情报这根弦，我是职业军人出身，军人要打胜仗，首先是想法得到情报。情报一定要力求精准，力求一剑封喉，这叫做‘知己知彼，百战不殆’。现在的破案环境很复杂，可能费了九牛二虎之力，最后无功而返。环境摆在那是客观事实，你没有必要去怨天尤人，我们要变被动为主动，在复杂多变的条件下运用打草惊蛇等谋略。现在告诉大家，我今天来就是打草惊蛇来了！我今天来就是搞佯攻来了！我现在与你们沟通开会其实就是布兵、布道、设局。刑侦、技侦强力联手把有关人员活动情况一一进行跟踪监控，对主要犯罪嫌疑人的银行资金进出以及其固定资产（矿山、房屋地皮、车辆）变更进行专人定位监控。在座的各位听明白了吗？”

“听明白了！”参会的公安干警们异口同声，响亮回应。

李京涛最后强调：“获取情报可以安眼线、可以盯梢、可以化装，但不能违法，不能给对方留下口实。散会。”

九、厅长惊蛇

“李局啊，现在还早，去黎镜仁那儿一趟，你看咋样？”尹厅长问。

“行！”李京涛答。

尹向东厅长马上拨通黎镜仁的电话：“黎副书记好，我是尹向东，好久没见面了，想你了，今天上午准备过去。现在我已经出省城在往新州的高速公路上，大约3个小时到达！”

“欢迎尹厅长莅临新州指导工作，祝一路平安！”黎镜仁说。

打完电话，尹向东和李京涛相视而笑。李京涛十分敬佩尹向东厅长那总揽全局、胸有成竹的气慨以及他过人的智慧。尹厅长不仅有实战经验，还有一套自己的理论。李京涛曾在报刊上读到尹厅长《关于侦查员的话题》这样一篇文章：

所有的侦查员都不会说自己很厉害，每个案子都有每个案子的个性和脾气；每个案子都有每个案子它成长的经历和背景；每个案子都有每个案子的文化底蕴和文化内涵。

同样是一个案子，却有不同的情节，有不同的人物出场来表演，有不同的职责和角色分工，有不同的唱腔、不同的节奏、不同的服饰、不同的面部表情。

厉害的侦查员亦有，但不多。他的厉害，应该是有过人的胆识、过人的心计、过人的灵魂、过人的悟性、过人的天赋、过人的攀援本领，最擅长于在空中架线，用犀利眼线来往穿梭织起蜘蛛网去擒获蚊蝇。

他的厉害不在于外表强大，比如不应该把眼皮子努力往上翻，大得让人恐怖。这个不便隐蔽，有提早暴露阵地之嫌，容易吃败仗。耳朵不要弄成八戒那种招风耳，只要平素里把耳道残留清理干净即可。双手不宜太长，双手过长招人嫌，容易给人一种误判：此人爱钱。走路不要大摇大摆，面部表情最好单一，不宜太丰富。

但你的内心一定要强大。头脑中可以翻江倒海，狂风四起，思维的空灵可以在苍穹起降。你可以用带有体温的灵魂把你搜寻到的人、物、山、水、天空、石头、溪流捂热，或把它们装进一个瓶子里，用你思维的手巧妙地晃动，让它们获得生命，获得感应，或把它们迅速移位链接。如果在你思维中有水花呈现，绝对有戏。

尹向东厅长要来访，黎镜仁的门大开，这是为尹厅长准备的。他的门一般是半开或不开，大凡有上边来人才是这种做派。

黎镜仁接到尹向东厅长的电话，马上要秘书王甜甜通知常务副市长郑铜修。王甜甜打完电话，吴丽丽拿了文件夹从她办公室路过，吴丽丽拿余光往王甜甜办公室扫了一眼，看到王甜甜坐在那没啥事似的便进去和她聊天。吴丽丽问王甜甜何时做妈妈，王甜甜不作答只是淡淡一笑。其实吴丽丽也知道王甜甜与黎镜仁的那点儿事，而王甜甜也知晓吴丽丽与郑铜修之间的缠绕情节，但彼此心照不宣，谁也不愿去捅破那层薄薄的依稀透出微微光亮的窗户纸。

那天下班后，王甜甜把手机放在茶几上就去忙活做饭菜，老公游守祥在看电视，这时王甜甜的手机在茶几上微微震动了一下。趁着王甜甜在厨房做饭菜，像是做贼似的，游守祥脚步轻轻地过去拿起手机查看那条刚发来的短信。

读完这条短信，游守祥如同五雷轰顶，给我戴绿帽子的居然是道貌岸然、新州大名鼎鼎的父母官黎镜仁！这一条短信让他落差太大了！这就如同从海南岛的三亚一下穿越到了南极的冰雪世界，让他瑟瑟发抖，眼前，仿佛有帝企鹅、阿德利企鹅、金图企鹅、喜石企鹅、王企鹅、帽带企鹅向他款款走来，他如同不存在眼前这旷世绝伦、精彩纷呈的美妙景象之中，他的大脑一片空白。他瘫坐在沙发上，也无心思再往下翻阅以前黎镜仁发给王甜甜那肉麻的短信。凭他的智商他完全知道了一切，现在的王甜甜不再是一起在大学读书的王甜甜了，她彻底变了，她变得可以出卖自己的灵魂和肉体以及恩恩爱爱的夫妻情感。他不解的是：一个穷人家的女孩，一个品学兼优的大学生，一个每年都被评为优秀共产党员的公务员，竟敢突破党纪党规和做人的良知，做出这等龌龊的勾当。

之前他对王甜甜的人格和思想品性可以说没有一丁点儿怀疑，她会体贴人，做人又谦卑，做事有激情，还是学校和市委机关的才女，又很会感恩。她写的《妈妈的吻》曾在《新州日报》上发表：

妈妈的吻——
是堆砌在孩儿脸上的
一枚枚唇印
但它如同
存放在母子情深银行的块块铜板
让孩儿终身受用生活滋润
妈妈的吻——
是堆砌在孩儿脸上的
一枚枚唇印
但它如同
印刻在孩儿心灵之上的一本书
让孩儿记住
爱是可以世代传承的
妈妈的吻——
是堆砌在孩儿脸上的
一枚枚唇印

但它如同
被母亲放飞的风筝
让孩儿远走高飞天天成长
妈妈的吻——
是堆砌在孩儿脸上的
一枚枚唇印
但它如同
悬挂在孩儿头上的一轮太阳
让孩儿永远接受阳光的抚慰
天天快乐健康
世上只有妈妈好
有妈的孩子就是宝
没妈的孩子
幸福哪里找
母爱啊确实不能少

王甜甜也很欣赏游守祥的文笔，他有篇诗歌《男人的眼神》曾发表于省报上：

男人用眼神的触角
取下天空一片灿烂
献给父母以示感恩
男人用眼神的双手
摘下九百九十九朵玫瑰
献给心爱的人
表达爱意的长久
男人用眼神的翅膀
为远方的亲友捎去
祝福与问候

表达对他们的牵挂和感念
男人用眼神的感情
写下一首七律诗词去赞美
老天的保佑和大地的无私
男人用眼神的魔杖
去驱赶战争的始作俑者
还世界一片和谐与安宁
男人用眼神的胸怀
去温暖那些生活不济的草根
男人用眼神的坚毅
去锁定人生的向往与期待
男人用眼神的天空
去包容一切需要包容的人和事
男人用眼神的不屈
去蔑视一切人生的坎坷与磨难
男人用眼神的果敢
去迎接人生的竞争与挑战
男人用眼神的笑容
去化解命运的嘲弄与敌意
男人用眼神的臂膀
去挽起迷失人生方向的亲人与朋友

由于对王甜甜的忠诚度持肯定态度，游守祥一直以来没有怀疑过她。游守祥对黎镜仁的人品也持肯定态度。他是受党教育多年，有党性修养的副厅级干部，给人的印象相当不错，不管是人品、魄力、政治素质、经济作风，还是艺术、文学素养都得到游守祥的钦佩。

一次，黎镜仁和王甜甜一行人到新州下辖的沙河县视察工作，大概是元月二十几号吧，他们参加了沙河县普济寺的开光仪式。将整个寺庙游走一通，在走过一个小径时，黎镜仁突然眼前一亮，蹲下，用右手抚摸着一棵小草，便沉吟起来。小草在阳光的照耀下，舒展而又修长的叶上，像是跳跃着无数个小精灵似的，黎镜仁用动情的眼神打量这颗小草。欣赏完起身，他对走在身后的王甜甜说："甜甜啊，刚才这幕你看到了吗？好感人啦，下午我写一篇诗歌给你看。"

"我相信你的才华，到时我拜读哦！"王甜甜答。

下午3点一刻，黎镜仁吩咐其他随从人员分组到部门和乡镇调研后，将一篇原创诗稿交给了留在宾馆的王甜甜，王甜甜便声情并茂地朗诵起来：

冬阳下有一棵泛了绿的小草

我与冬阳约会于一个和煦吉祥的上午
冬阳一脸的灿烂让我陶醉
冬阳一袭透明的装束令我仰慕
接受冬阳的约会和抚慰
我渐渐地远离了烦恼
亲近了安逸
沿普济寺小径上行
不经意间发现与冬阳约会的不仅有我
还有路边那棵泛绿的小草
那怡然的神态
那惬意的容颜
那躁动的春意
那耐得住寂寞与清贫的操守
让我羡慕不已
我想冬天还没有过去
或许将要过去
那一棵可爱的小草
就在为向往春天的人们
讲述着春天的故事
就在为热爱春天的人们

传达春天的讯息
就在为拥抱生命的人们
传授做人的哲学

黎镜仁用心聆听王甜甜的朗诵，他听得如痴如醉，很快又进入另一首诗创作的冲动之中，他沉思着。王甜甜起身，把背朝着黎镜仁，右手拿着发辫让黎镜仁抚摸，黎镜仁竟浑然不觉。好一会儿，黎镜仁才从创作的状态回到曾经让爱驰骋、放纵的地方。

在王甜甜的触碰下，黎镜仁终于从创作的陶醉中醒过来，黎镜仁忽然问王甜甜："你要怀上我的，咋办？""好啊，那是我们共同的宝贝。"王甜甜从骨子里不想怀游守祥的种，他那木讷的书呆子样，后代不会聪明的。让黎镜仁播下种，后代一定睿智、出息，可以说为黎镜仁生下孩子，那就应该算贵族血统啦。

黎镜仁沉吟了半晌说："可以，你老公干嘛？我这边不会有事的，这你放心。"

"我老公你用不着去操心，我们经常在一起，他不会怀疑。来吧，还愣着干嘛呢，现在是天赐良机，今天是例假后第五天。我妈在我与游守祥结婚时告诉我，例假后的第五天、第六天男女交合是怀男孩的最佳时机。"

诗中那"躁动的春意"拨动着王甜甜，又涌向黎镜仁。这时，黎镜仁告知王甜甜有首新诗就要诞生。他要王甜甜拿纸笔做记录：

理发师

你总喜欢站在思想的高地
去聆听头脑风暴的狂想曲
你总喜欢站在思想的巅峰
去领略世界风云变幻的魅力
你总喜欢站在思想的表面
去探究隐蔽工事里的诸多奥妙
你总喜欢讲述出似是而非的故事

去制造头发长见识短的纷争
去向人们演示哲学在实践中的能力
告诉人们什么叫分寸
什么叫取舍相宜

黎镜仁用得意满足的口吻吟诵完这首诗，说道："昨天我去理发，大概理到一半，灵感闪现。今天来沙河县的路上，我一直在打腹稿呢，应该是这首诗先诞生，不曾想那棵小草与我那么有缘啊。"

王甜甜十分佩服黎镜仁的才华，庆幸自己与这样有权、有威、有才的长辈在一起共事是上苍的安排。她回到新州的家把黎镜仁的两篇诗给爱人游守祥看，游守详也对黎副书记的才华赞叹不已。清静的晚上，游守祥裸露着肌肤，一股股阳刚之气弥漫开来。他搂着王甜甜，表达欲望，王甜甜用拒绝的眼神瞪了游守祥一眼，让其欲望顿消，偃旗息鼓。

尹向东厅长身着一级警监制服，迈着刚健富有节奏的步伐进入黎镜仁办公室。黎镜仁急忙起身，伸出双手握住尹向东的右手："欢迎尹厅长，欢迎尹厅长。"一行人随即走进了会议室。会议室气派豪华，看见尹向东厅长走进来，常委们全部起立鼓掌，尹厅长示意大家坐下。

大家坐下后，黎镜仁用十分简洁的语言作了开场白："请尹向东厅长作指示！"

"谈不上指示，主要来看一看战斗在第一线的公安干警们。另外，根据年初厅党委作出的部署，这个月要对公安干警进行形势教育，我们新州市公安局在市委市府的领导下，精诚团结，取得了骄人的成绩，在此感谢在座的各位。同时我也期待在座的各位继续关心、关怀、关爱那些为新州社会、政治、经济保驾护航的新州公安。由于你们的呵护，加之新州公安干警们的努力，新州公安这支队伍已经成为完全可以信赖的人民卫士！谢谢大家。"

起身，尹向东同各位一一握手，当握到黎镜仁和郑铜修的手时，他俩潮乎乎的手心告诉尹向东，这是他们内心害怕紧张引起的。

走出会议厅的门口，黎镜仁邀尹厅长吃个工作餐。尹厅长注意到他的语气和神态，是在玩儿客套，根本没有那份诚意。从本意讲，黎镜仁巴不得尹厅长快点儿离开，他纠结、心虚啊！

“对不起，我已经有了安排。”

尹厅长和李局一前一后下楼，俩人交换了一下眼神。尹厅长说道：“我的心灵感应是‘打草惊蛇’初步见效，回去你坐镇技侦，搞案子没有准确的情报不行。用过中餐后我就回省城，家里有重要事情我要过问拍板，这里的事拜托你了，请多保重啊！”

十、打草惊蛇

尹厅长走后的第三天，李京涛召开技侦人员碰头会，汇报近两天的成果。技侦队长潘多才说：“经过跟踪监控、通信监控、银行监控、探头视频监控，发现郑铜修、吴大鹏、吴丽丽、市检察院常务副检察长杜修行、反贪局局长林子墨曾在新华五星级酒店出现三次。经查证，这里是这伙人的黑据点，重大事项都在这里研究。据情报分析，下一步他们可能采用非常手段来对付我们，我们要做好应对预案，以防万一。黎镜仁、王甜甜与市委组织部长徐球晴在新华宾馆出现过三次。其次，通话流量比尹向东厅长来之前增了50%，短信超过40%。其三，吴大鹏银行存款减少220万元，流向分别是黎镜仁账户增加50万元，郑铜修50万元，杜修行50万元，林子墨50万元，市委组织部长徐球晴10万元，王甜甜10万元。其四，吴大鹏卖掉矿山获得800万元现金，已经在相关部门获得佐证。”

尹厅长来新州后，和此案有牵扯的各大要员像是热锅上的蚂蚁。有丰富办案经验的杜修行、林子墨积极在背后操控，他们决意在第一岛链围堵，把大案办成小案或者无案。经过沙盘推演，他们决定运用两套办法把珊瑚人肉炸弹案扼杀在公安这一层，阻止其向市检察院推动。抹黑尹向东、李京涛，让他们哑巴吃黄连，有苦难言，挫掉他们的锐气，这是软的一手；另一手则谋化择机运用非常手段，置李京涛于死地。他不是在市人大考评演讲时信誓旦旦，新州是他的第二故乡，他十分眷恋这片热土，要新州人民给他留下一点安身地吗？那我们就代表新州人民成全他的期待，让他死后就埋在新州那座平头山上吧！另外，对其家人下手，安排专人摸清他家的基本情况，特别是儿子的具体情况。

十一、下黑手决意让李京涛断子绝孙

李京涛获得如此多的有价值的情报后，脸上布满了笑意，他心中暗喜，离胜利不远了。晨起他用过早餐带领两部警车出发，准备实施抓捕。参与抓捕的有特警2人、技侦1人、刑侦3人。刚进入临福县境内，爱人王云打来电话："儿子出事了，你赶紧回来！"王云一边号啕大哭一边说。

"什么事啊，我俩吃过早饭一块出门，他去上学，我到办公室。大白天还有啥事出啊。"大家纳闷，最后商定返回新州。李京涛到市第一人民医院见到爱人王云，王云说上班后突然接到一个陌生的电话，他自称是出租司机，李杰在他的车上，被人泼了硫酸，情况危急，让王云到市第一人民医院大门口等。

见到儿子，儿子已经不能说话。一开始到急诊室，然后又转入重症监护室，现在其他人员不能进入。

李京涛沉着冷静马上作出决断，准备转院到省城。刑侦人员向出租司机了解情况，寻找破案的线索。之后，李京涛走进主治医生容国良的办公室，询问儿子李杰的病情。容医生说目前情况暂时稳定，面部好在没事。但这种稳定也不能掉以轻心，因为硫酸对皮肤、粘膜等组织有强烈的刺激和腐蚀作用，可引起结膜炎、结膜水肿、角膜混浊，以致失明；高浓度硫酸可能会引起喉痉挛或声门水肿而窒息死亡。李京涛听了医生的介绍倒吸一口冷气，询问能否转到省城医院。容医生说慎重起见转上级医院为妥，最后决定转至省第一人民医院。在省院，李杰经过医生的精心治疗，基本脱离生命危险。

令李京涛安慰的是：此案侦破工作得到了突破性进展，嫌疑人在案发的第三天被抓获。嫌疑人曾参与过珊瑚宾馆人肉爆炸案。为了下一步展开工作，嫌疑人被羁押在兄弟市的看守所。犯罪嫌疑人供认是受吴大鹏的指派泼硫酸的，佣金5万元，已经预付了2万元，其余3万元待事成后再付。犯罪嫌疑人供认曾参与过珊瑚宾馆人肉爆炸案，经过目击证人和监控视频证实，供述是真实的。

这名嫌疑人名叫范仁召，2003年8月23日上午8时48分发生在珊瑚宾馆的人肉爆炸案，他是中介搭桥的人。一天，吴大鹏找到他，说要将翁正中置于死地。范问为何这样恨他，吴大鹏说，他弄了一班人想掠夺他的矿山资源，不知道天高地厚，就凭现在官场人脉以及经济实力，灭掉他小菜一碟。吴问范，准备用人造炸弹将其炸死，愿意干否？愿意干的话给你100万元。范仁召说："我对炸药这个技术不懂，但可以作为中间人去物色他人，对于相关事宜你我之间需要弄个协议，如佣金多少，预付多少，事成后多少，什么时候搞定等等。"于是，两人当场就签订了协议书。"协议签订后，吴大鹏按协议要求应付给我预付款10万元，扣除押金后实际到手只有5万元。"范仁召供述。

与吴大鹏签订协议的第三天，范仁召就物色到了精通人造炸弹的钱毕仁，立即敲定以下内容：一是明确要炸的对象，并提供了照片、联系电话。二是具体实施操作人员由钱毕仁选定。三是成交金额为80万元。先预付2万元，待物色好具体去投放炸弹的人选后，经过试爆成功再付20万元。四是实施后把受害人炸伤只得总金额的50%，炸死得全款80万元。

这事商定后，钱、范俩人互相交换秘密联系的方式，第三天钱毕仁便找到了实施投放炸弹的哈咋师。哈咋师家境贫寒，过去因抢劫罪被法院判处有期徒刑三年，出狱后就一直在一家工地做苦力，钱、哈协商5万元成交。钱毕仁做好人造炸弹后，约范仁召、哈咋师来到一个远离新州市非常偏僻的大山窝里做爆炸试验，目标选定一棵两米高的松树。哈咋师手持炸弹，钱毕仁手持遥控器。钱毕仁做了个向松树移动的手势，哈咋师手持炸弹向那棵松树运动。哈咋师按要求将炸弹放置松树下迅速退后20米，钱毕仁摁下遥控器，瞬间炸弹引爆。随着震耳欲聋的响声，蘑菇云随即腾起，两米高的松树被炸飞几节。20米开外的哈咋师被冲击波击倒，150米开外的钱毕仁、范仁召被冲击波冲出1米多远。

大功告成在即，这事向吴大鹏汇报后，吴大鹏喜上眉梢，并邀上郑铜修到新州宾馆小酌，由吴丽丽和范仁召作陪。席间没谈任何事，用餐完毕后以有事相商支走了吴丽丽和范仁召，吴大鹏将人肉炸弹的详细情况告诉了郑铜修。郑指示：此事宜早不宜迟。

自从吴大鹏在郑铜修和市政协主席汤文龙的关照下当上新州市政协常委后，他对政治有了很大的兴趣。他深深懂得当今社会不仅有钱还应当有政治光环，还需要有政治靠山，不然万一有事，那真叫孤掌难鸣啊。吴大鹏在临福县的矿山开始走红，赚了几个银子后，就有了寻找政治靠山的觉悟，于是与当时在临福当县委书记的郑铜修、反贪局局长林子墨攀上了关系。没有他俩背后的支持，他吴大鹏不可能有近1亿的资产，在临福在新州的各项事业也不可能风声水起。

翌日，吴大鹏告知杜修行、林子墨除掉翁正中的具体时间。一场血腥的罪恶的人肉炸弹即将炸响……

十二、天谴的罪恶在阳光下出现

2003年8月21日晚，吴大鹏约钱毕仁、范仁召、哈咋师到新州新华宾馆进行最后一次实施人体炸弹爆炸的推演：首先由钱毕仁冒充翁正中的朋友法官于立中，称其弟从广州出差坐火车回新州，下火车时被窃贼将钱包掏走，现在无钱回临福县，求其帮忙。约定8月22日8时15分，在珊瑚宾馆门前见面。要求打电话时语气要诚实中肯，要有法官的风度。讲完，吴大鹏要钱毕仁马上演练一下，一遍、两遍、三遍，到第四遍才得到吴大鹏的肯定。其次，确定次日早晨7点半钟在新华宾馆餐厅用早餐。第三，炸弹、遥控器全由钱毕仁保管。炸弹用箱子装好，不得乱放。第四，要牢记翁正中的小车车型和车牌号码。第五，尽可能避开监控探头，今晚上9点半钟到现场去踩点，确定行动路线和钱毕仁遥控所站立的位置。不宜太远，远了不能起炸。也太宜太近，近了容易遭遇监控探头，会给公安破案留下线索。只许成功不许失败！

“大家明白了吗？”吴大鹏问。

“明白了！”钱毕仁、哈咋师、范仁召齐答。

“我们行动的口号是什么？”吴大鹏问。

“只许成功，不许失败！”钱毕仁、哈咋师、范仁召齐答。

见大家信心坚定，吴大鹏心花怒放。他右手伸进大衣兜里像是要拿什么东西似的，他时而手往外抽一下，大家的眼神随着那手的抽动而不断游离着。到最后，吴的手猛地抽动了一下，三个大红包全攥在吴大鹏的手里。他把三个红包一一递给了钱毕仁、范仁召、哈咋师，上面写着“预祝成功”的字样。

吴大鹏这时起身带钱毕仁、范仁召、哈咋师到三楼888房间用餐。已经有四位淡妆素雅又稚气未脱的女孩在那坐着。用过餐后，吴大鹏要大家成双成对一字站立，吴大鹏神秘兮兮的眼神打量着大家，大家望着吴大鹏那神秘的样子，一阵迷惑。这时吴用坚定的眼神看了大家一眼，从大衣衣兜里掏出狗鼻子为钱毕仁、哈咋师、范仁召分别挂在脖子上。

“你们知道这是什么意思吗？”吴问。

“不知道。”大家答。

“我告诉你们，这叫做‘脖上挂狗鼻，邪气马上除’。你们除掉了邪气，干起事来就顺利，明白吗？”

“明白！”大家齐答。

这时吴大鹏分别把预先开的806房间的钥匙交给钱毕仁，608房间钥匙交给范仁召，506房间的钥匙交给哈咋师。吴大鹏和宋佳莉来到新华宾馆的666号房间。

吴大鹏的手机上显示出一条短信：吴总，黎镜仁之父黎太华今日下午18点28分在老家病逝，明天上午8点从新州出发，郑铜修。读完这则短信，吴大鹏心儿咯噔一下：“坏事了，这叫彩头不好，要做掉翁正中真有什么不祥之兆吗？”吴大鹏沉吟半晌，然后向钱毕仁、哈咋师、范仁召发去短信：“有急事，做掉翁正中的事另行决定。”发完短信，吴大鹏搂着宋佳莉进入梦乡。

吴大鹏从黎镜仁老家返回新州，意想不到的事发生了：翁正中将吴大鹏矿山越界超采的事告到法院。收到法院传票时，他越发觉得除掉翁正中的事不能拖了，他约钱毕仁、哈咋师、范仁召到新华宾馆下达第二天做掉翁正中的命令。

第二天早晨7点18分，钱毕仁拨通了翁正中的手机：“翁老板好，我是你的好朋友于立中，我现在临福老家。昨天晚上我侄子打电话给我，他从深圳坐火车回家，在火车上被人掏了钱包，从新州回临福的钱没了。帮个忙，他还想买点儿东西，五百元就可以了。”

翁正中一听是好朋友于立中的电话，答应马上把钱送过去，问在什么地方会面，钱毕仁说在新州珊瑚宾馆门前。钱问其车辆号码是什么，翁如实相告。

打完使翁正中上圈套的电话后，钱毕仁马上要哈咋师拎起装有遥控炸弹的箱子在珊瑚宾馆门口等候。钱毕仁在原来已经选定的位置等待翁正中上套，范仁召则在能观察到钱毕仁、哈咋师的位置站立，目睹这骇人听闻的人肉炸弹爆炸惨案的发生。

这时，一辆奥迪车往珊瑚宾馆驶来，远远看去车牌有些模糊，但有点儿像。于是钱毕仁马上打手机告知哈咋师做好准备，目标出现。哈咋师马上进入高度戒备状态，站在一个高一点儿的地方不断地东张西望。车子慢慢靠近，钱毕仁一看，车型相似，车牌不是，他告知哈咋师解除警戒。钱毕仁话音刚落，翁正中打电话过来：“我车被人刮擦了一下，一时半会儿还去不了，现在交警已经过来处理。”

“在哪个路段？”钱毕仁问。

“我听不清楚。”翁正中答，之后就结束通话了。

就要到手的猎物就这样溜了，真是心有不甘。钱毕仁马上拨了吴大鹏电话：“吴老板你好，我已经到现场布好局了，就等翁正中来。唉，真是天有不测风云啦，翁正中打电话说他在来珊瑚的途中出了事故，现在交警已经在现场处理。你看这事怎么办？”

吴大鹏接到这个电话心急火燎，马上骂开了：“老子做点儿事怎么就这么不顺呢?！难道他翁正中真的花钱请了救神保佑他，真他妈见鬼了！”

钱毕仁说：“吴老板我也着急呀，哎呀，骂是解决不了问题的。你看现在这事怎么搞，你有什么好的办法。”

吴大鹏木呆呆地坐在沙发上，两只三角眼望着天花板，突然想起能不能就地解决！吴大鹏拨通了钱毕仁的电话：“你赶紧联系翁正中，问清楚他发生车祸在哪个路段，弄清后马上回报给我。”

“好！”钱毕仁答。他马上拨翁正中的电话，电话是通的。但翁正中不接听。

重新打，还是不接听。这时钱毕仁开始多疑起来，毕竟在外闯荡的人见多识广，是不是刚才的骗局被翁正中识破了呢？钱毕仁拨了吴大鹏电话，告诉通了没人接听，把刚才的想法告诉了吴大鹏。

吴大鹏知道翁正中的社会经验丰富，多年打交道，知道他的性格多疑、谨慎、稳重。原来他们之间要好的时候，翁正中曾讲过他是如何如何防骗防陷阱的。那一次他在办公室，突然手机铃声大作，电来显示对方的号码是138769×××36，翁正中无心接听，摁掉，隔一会儿，又打了过来。一接听，方知是一位带广东口音自称姓黄的人打过来的，对方称翁正中是他的老朋友。翁正中回答没有黄姓的老朋友啊，对方要翁正中回忆一下："真是贵人多忘事呢，那次你我一起上茶楼喝茶聊天，就不记得了啦。"翁正中努力回忆着，上次和广东朋友晚上去茶楼，朋友邀了另一帮朋友陪同，可没有这么一个姓黄的啊，翁正中立刻把电话挂了。

这时，翁正中突然想起，近来电讯诈骗十分猖狂，翁正中对这类骗子有切齿之恨！今天就解解恨！翁正中断定刚才自称姓黄的朋友应该是电信诈骗之类的。哈，哈，这家伙今天居然碰在我的枪口了。翁正中马上出招，主动拨了下黄姓电话，马上摁，再拨再摁。黄姓人马上回拨。

翁正中说："噢，我记起了，那次我们是在一块喝茶，还聊得挺投机呢。我们是老朋友呢，有什么事需要我帮忙的呢？"

黄姓人回答："我有事，急需用钱，请老朋友给我打5000元过来。"

翁正中又说："请你提供账号，把账号发过来。"三分钟过去，黄姓人拨来电话，说已经把银行账号发过来了。

翁正中笑着说："可以。但为什么打5000元给你，是什么原因？是你出了车祸还是得了绝症？还是你父亲死掉了？你不说明理由，钱是不能打的。"黄姓人一顿臭骂，翁正中立即把手机挂了。

吴大鹏回想这事不由得心里直发慌，翁正中会设这样的套子，现在自己设这样的套子，他来不来钻呢？吴大鹏心里十分纠结，万分着急，万一这次走麦城，以后那摊子怎么收拾？正焦急之时，钱毕仁来电话了："吴老板，电话已经拨通了，翁正中说在交警的协调下划分了责任，属于一起小事故，大家就这样心平气和地解决了。翁正中答应马上到珊瑚宾馆来。"

“好，祝你成功！”吴大鹏说。

翁正中往珊瑚宾馆移动，他没有想到他这一去就再也回不来了，再也看不到自己的亲人、朋友了，再也不能去享受自己多年以来积累的近一个亿资产的财富了。

听到翁正中已经驾奥迪车往珊瑚来了，哈咋师与钱毕仁进一步沟通具体细节：“我看到翁正中到了珊瑚宾馆的门口后，我手提箱子上前去敲车窗门，他将车窗门打下后，我将装有炸弹的箱子扔进车子，之后我会快速离开。等到跑开50米之后，再遥控引炸，清楚了吗？”哈咋师说。

钱毕仁不耐烦地答道：“我已经听懂了！”

这个不耐烦的声音哈咋师没有听出来，而钱毕仁这个心狠手辣的家伙其实早就作了精心的盘算，只要哈咋师提着装有炸弹的箱子一接近翁正中的奥迪车就引爆炸弹，答应事成后付钱给哈咋师的话只是一个骗局。这样可以独吞，把他同翁立中也一块送上西天，不留活口，少一份麻烦和危险。正在钱毕仁琢磨之计，翁正中的奥迪车往珊瑚宾馆来了，车子开得很慢。

“你看见了，翁正中的车子来了。”钱毕仁说。

“我已经看见了。”哈咋师说。

“现在已经靠近珊瑚宾馆的门口了。”钱毕仁说。

“我已经向奥迪车靠近了。”哈咋师答。

看见翁正中的车出现后，哈咋师迅速跑步靠近翁正中的车。五米、四米、三米、两米、一米……这时，钱毕仁狠心咬牙摁下了遥控的按钮，随即一声巨响，升腾起蘑菇云……一起震动全市的人肉炸弹就这样发生了。

爆炸过后狂妄的钱毕仁和范仁召并没有马上离去，而是拿起手机拍了几张照片，之后才离开爆炸现场。

吴大鹏接到爆炸成功、翁正中被炸死的消息后，马上邀钱毕仁、范仁召中午喝庆功酒，每个红包5000元，未付的款项答应付给范仁召、钱毕仁。吴大鹏又马上打电话给吴丽丽要他关注一下市委那边的动向，上班后就到郑铜修、黎镜仁处走动一下。

吴大鹏又打电话给市检察院常务副检察长杜修行、反贪局局长林子墨，报告了翁正中被炸死的事情，要两位领导关照一下。

十三、吴大鹏设障阻公安

中午，新华宾馆288号餐厅，庆功酒宴正在召开。吴大鹏眼儿一瞄觉得不对劲儿。“怎么哈咋师没有来呢？”吴大鹏问钱毕仁。钱答：“临场时，我神经高度兴奋紧张，怕进了网的鱼跑掉，到时候不好向你交代，于是，手一哆嗦，一摁按钮，把哈咋师也一起弄了。”钱毕仁还假装一副惋惜的样子。

吴大鹏见状说：“小钱不要难过，只要达到了我们总的目标，把我的眼中钉肉中刺给拔了，我说你们就是英雄！你们就是我需要感恩的人！以后你们跟着我，我姓吴的不会亏待你们，好日子还在后头呢！”吴的话音刚落，杜修行、林子墨、钱毕仁、范仁召马上鼓掌以示认可。

吴看到大家情绪高昂，告诉大家原来到新华宾馆吃不到的美味，这次可以吃到了：“你们猜一猜。”大家说猜不到。“我告诉大家，我今天特意搞了一支壮实的全狗给大家吃。先人说做了大事就要打狗吃狗肉，你们知道，民间有狗来富、狗驱邪的说法，不知道你们信不信，你们不信反正我信。这么多年我都这么弄的，尽管中间有些插曲，但总体是顺风顺水的。我如今这么多的家业，应该与信这个东西有关。”大家听得津津乐道。

这时服务员端着盘子上来了，大家定眼一看，是一尊狗鼻子，鼻洞横贯一条红红的丝带。吴大鹏信手从盘碟中拿起丝带挂在自己的脖子上。稍稍停了一会儿，吴大鹏说：“吃狗肉驱邪，戴狗鼻子更驱邪，下面我提议在座的大家都戴一下。”

当天晚上，吴大鹏要吴丽丽到新华宾馆408号房间。吴丽丽一进去，吴大鹏抱着她的腰说：“我的美人，辛苦了，市委那边咋样，有什么动静。”“你交代我后，我马上了解到市委要召开常委会，研究如何封锁所有进出新州的道路、缉拿制造人肉炸弹的犯罪嫌疑人。听到这个消息，我马上分别找到郑铜修和黎镜仁。反正我做了也说了，他们都同意了，这样市委常委会就决定不开了，这就赢得了时间……”吴丽丽说。吴大鹏很感动，为了回报吴丽丽，吴大鹏从包内掏出两万元给了吴丽丽，还送上一条近3000元的高贵典雅的裙子。

吴大鹏对吴丽丽说：“不能掉以轻心，省公安厅厅长尹向东来后，据我了解，公安侦破工作正在向纵深挺进。为了阻止其咄咄逼人的态势，我主要做了几件事：一是为了保障活动经费，已经把矿卖掉了一部分。俗话说有钱能使鬼推磨啊，为了让他们为咱们推磨，关键人和以后可能用得到的人一并进行打点。为了让杜修行和林子墨出力，等会儿你去办理一下，再为他们各付100万元。二是李京涛儿子李杰已成残废，断掉其后代就是要他付出巨大的代价，不敢为所欲为。现在的结果表明，基本达到了我们的预期。但也美中不足，因为弄这事范仁召被他们抓获，有位律师朋友说‘如果证据没有什么变化，能够形成证据链，有可能范仁召会判处死刑’。因为专家鉴定委员会认为李杰的损伤已经达到了严重伤残的程度。三是把尹向东和李京涛弄脏，我已经安排人把他俩的身份证号和银行账户都搞到手了。从我的账户为他们俩各转去5万，然后你找到王甜甜写份举报信，王甜甜学法律的，分别寄往最高人民检察院反贪污贿赂总局、省检察院反贪局和反渎职侦查局，就说尹向东、李京涛破案不力，不仅有受贿行为还有渎职行为，把他们俩置于腹背挨打的困局，给他们制造巨大的心理压力，无心去侦破案子。四是策划第二次人肉炸弹，寻找时机把李京涛炸死。将珊瑚宾馆的人肉炸弹案弄成疑案、悬案，翁正中的死就算是白死了。”

听到这一系列的反制措施，结合这么多年对吴大鹏的了解，吴丽丽知道吴大鹏要得到的东西一定会得到，而且不计后果，不择手段，心狠手辣，当面一套背后一套，阳奉阴违。吴丽丽从心底里感到和吴大鹏在一起有伴君如伴虎的感觉。是良知的重新发现还是什么，她自己也弄不懂，她假装起身到卫生间，趁着水响的声音，把手机调到录音的状态。出来后，吴丽丽要吴大鹏把刚才如何将尹向东和李京涛弄脏的事再重复一遍，并问今天要她去做什么。吴大鹏安排了给尹向东和李京涛打款的事宜，随即从包内拿出银行卡和尹向东、李京涛的账号。

“打多少款到尹向东、李京涛的账户？”吴丽丽问。

吴大鹏有些不耐烦地说：“每人各打5万元。”

“好的，我马上去办。”

下午，吴丽丽打电话告诉吴大鹏：“款已经全部办理，举报信已经写好，你是否要过目？”

“不用了，赶紧寄出，另外可以在一些知名网站发呀！”吴大鹏说。

那天，李京涛从省第一人民医院回来，告诉爱人王云李杰的治疗费不多了，便把卡交给王云去取钱。回来后王云告诉李京涛，卡里多了5万元。李京涛感到很诧异，现在忙于侦破珊瑚人肉爆炸案和儿子李杰住院的事，另外自己就一点儿工资和下乡加班补助，没有其他进账呀。于是李京涛把这事告诉了局党委委员龚勤良。

出了龚勤良的办公室，尹向东厅长来电：“京涛，我上班时，厅办公室说在网上分别看见了你我受贿的举报信，大意是咱们在侦破珊瑚人肉案过程中各收受贿赂5万元，就这事你关注一下。”

“好呀，这帮狗杂种向我们泼脏水了。唉，身正不怕影子斜，我李京涛不吃这一套。”李京涛自言自语着。他随手从包里捻出一支烟点着，深深吸了一口，从嘴角处泄出的烟由急趋缓地向办公室的天花板一圈圈一缕缕爬去，像是要带着他李京涛的旨意去捕获什么东西似的……少顷，李京涛把附着在烟柱上的烟灰用右手的食指狠狠弹了下，心里骂开了：“这帮狗崽子是脑袋进了水，脑袋给门挤过，造成脑瘫了吧？跟谁玩这套把戏？跟我玩这，你小学还没有毕业呢！”

他马上把技侦高手韶华章、易德守招呼到办公室。电话刚撂下，在经侦部门工作的鞠相来急匆匆地到他办公室：“李局，我在网上看到举报你的帖子……”没等鞠相来说完，韶华章、易德守进了李京涛办公室。李京涛告诉鞠相来：“这事已经知道了，去办你的事，社会面的事大家都关注一下。请大家放心，我做人做事，上对得起党和人民，下对得起自己的亲人和良心。”

李京涛做了手势要韶华章、易德守坐下，然后做了详细的交代：“上个礼拜我个人账户有人打进5万元，你们俩办个协查手续，到银行调一下他们的监控录像，看是谁给我转入了5万元，钱是从谁的账户转入的。在银行提取书证后，盖上银行章，以后有用……”李京涛没有说完，突然想起这些应该让局党委委员、纪检组组长龚勤良牵头为妥，于是马上拨通龚勤良的电话：“龚勤良吧，你到我办公室来一趟，有事相商。”

“好的，我马上就过去。”龚勤良说。

龚勤良一进李京涛办公室就问：“李局，有什么指示？”

“谈不上指示，你一个，加上韶华章、易德守帮我解一下忧。具体情况刚才向他们两位简要说了一下，这事你牵个头，因为你是咱们内部监督的头。”龚勤良一时摸不着头脑，想问个究竟，欲言又止。他知道李局现在的处境，他用十分体谅的眼神看了一下李京涛后，同韶华章、易德守一起走出了李京涛的办公室。龚勤良邀韶华章、易德守到他办公室谈一下。龚知道事情原委后，三人拿着协查手续前往银行……

龚勤良、韶华章、易德守走后，李京涛准备向尹向东厅长汇报，查证两人账户不明款项的事情。这时局办主任任信元来到李京涛的办公室，一脸的不高兴。“你怎么啦？”李京涛问。

“听说网上有攻击你的帖子，往你身上泼脏水，我们也为你难过啊！”任信元说。

“这你就过虑了，心中无冷病，大胆吃西瓜吗！不用多久，事情真相将大白于天下，对此我很有信心……”没等李京涛说完，尹向东厅长打电话过来了：“马上查证，这事已经弄得很大了，我们不能坐以待毙。我今天已经与省检察院检察长喻正华进行了沟通，也向省委常委、省纪委书记柏清新，省委常委、省政法委书记曹昆进行了详细汇报。二位领导对此事很重视，并责成相关部门介入调查。”

十四、吴大鹏欲置李京涛于死地

“李京涛局长吗？我是你要抓的那个人，你猜一下我是谁？”李京涛只是接听了一下，但没吱声，马上把电话摁了，心里想：“什么人都有，还跟我卖起关子来了！”

等了一会儿，电话又来了：“李局呀，怎么把电话摁了呢！我是实施珊瑚人肉炸弹的参与者钱毕仁，事情发生后，知道自己的罪恶深重，我对不起遇害人，对不起遇害人的家属。我认罪，我悔过，我愿投案自首！”

“你确实是珊瑚人肉炸弹的参与者，投案自首应该是你唯一的选择。”李京涛答。

经过技侦人员确认，是钱毕仁在桂馨县内打的电话。杀人魔王终于露脸了，指挥和参与破案的全体公安干警兴奋不已。李京涛准备马上组织特警抓捕钱毕仁。

前一天晚上，李京涛召集抓捕人员开会，李京涛说：“为了确保抓捕成功，一要做好保密工作，任何人都不得走漏风声，这是一条铁的纪律。二要注意被押解人员和自己人员的安全，把钱毕仁置于第二排座位的中间，左右两边各坐一名干警。这两名干警绝对不能打盹、睡觉，认为犯罪嫌疑到手了，觉得万事大吉了，解除了应有的警觉。放松的时候其实就是危险降临的时候。我说这个不是空穴来风。前不久我市下辖的东湖县公安局刑侦人员在一个偏僻的乡里将犯罪嫌疑人抓获，去之前还邀一名记者作了抓捕现场的实拍。将嫌疑人带上车后，左右两边的人打盹了，这时车子途经一条大河，坐在中间的犯罪嫌疑人突然起身将戴手铐的手狠狠地砸向正聚精会神开车的司机。等坐在副驾驶室的教导员反应过来时，一切都晚了，一车5个人掉进10米深的河里活活淹死。这个血的教训绝不能在我们身上重演。我们要保护人民的利益，但前提是必须保护好自己的生命。你命都没了，怎么去维护人民的利益呢？当然我们也有保护犯罪嫌疑人的生命和健康的责任。三要注意用枪的安全，没有命令不能开枪，防止伤及无辜群众。没有发现犯罪嫌疑之前，子弹不得上膛，把保险关好。发现犯罪嫌疑人后，子弹可以上膛，但要关住保险，防止出现意外。我就提这么三点要求，大家听清楚了吗？”

“听清楚了！”大家响亮地回答。

李京涛晚上在公安局会议室开会，被正到局里办事的郑津知道了。郑津趁夜幕偷偷摸摸到了会议室门外，听到了李京涛明天带刑侦特警要去抓钱毕仁，他只听了一半就溜走了。到了一个僻静的地方，他鬼鬼祟祟地给吴大鹏打了个电话。

“吴老板，在忙啥呢？”郑津问。

“没忙什么，与市委几个要好的朋友在茶楼喝茶聊天。”吴大鹏答。

“你出来一下，我有急事相告。”郑津说。

“好，我马上出去。”吴大鹏答。

“我现在茶楼外一个安静的地方，郑局长有什么指示，请吩咐。”吴大鹏说。

“明天李京涛带一班人要到桂馨县去抓钱毕仁。”郑津说。

“好，我有数了，谢谢！”吴大鹏挂了电话，马上打了钱毕仁的电话，“毕仁，那边日子过得咋样？”

“一般般，谈不上好，说不上差。现在我心底压着三件事，第一个呢，天天怕被抓，第二个呢，你要我设个套子，我昨天打了李京涛的电话，他们肯定知道了我在桂馨，他们应该会来桂馨，既然他们来，那我们就轰轰烈烈迎接吧！第三个呢，我们把翁正中搞定后，你付给我的几十万元我一直带在身上。我老婆阚燕梅知道我做了件大事，从你那拿到几十万元，也知道我身边有个小蜜，隔三差五要么她打电话来，要么她弟弟阚闯赢打电话威胁我，说我有新欢了，不要老婆了。她弟弟说‘我们好说好商量，你不要阚燕梅可以，你拿50万元就可以了’，我现在上也不是下也不是，左右都难啦。吴老板，这些事情向你汇报一下。”钱毕仁说。

“这些事我听明白了，你的事情我会继续关注的。现在有急事，还是按照原来的方案进行，由你遥控掌握引爆炸弹。我不知道你是否找到了投放炸弹的人。”吴大鹏说。

“吴老板，一切都在按照你的安排进行着，一切准备就绪，就等李京涛他们来钻套子吧！”钱毕仁说。

“祝你们一切顺利，预祝你们成功！”吴大鹏说完把手机关了，一会儿手机又响起。“吴老板，费用没有敲定呢，给多少呢？”钱毕仁来电说。

“噢，费用会给的，哪有做了事，不给钱的道理呢。给你50万怎么样？现在我的手头比较紧，为了摆平那事，到处都需要去打点。这事你我都得相互体谅一下，你说呢？”吴大鹏答。

“吴老板，你也知道我有一本难念的经，老婆吵着要钱，不给她，她就会去拱我，特别是他弟弟说要告发我杀人的事，我不想把这事闹大。如果给我老婆50万，安抚安抚，估计不会去告发我。再就是养小蜜这边也要很多费用，为这事我心里闹得慌。”钱毕仁说。

“这样吧，加10万元，共付60万。目标是把李京涛炸死，炸伤只付一半。一言为定！”吴大鹏答。

钱毕仁接到吴大鹏要炸死李京涛的命令，答应马上行动起来。但钱毕仁说在乡下交通不便，吴大鹏回应说："我打电话给桂馨县委书记景韵多，派人去接你们进城。"当晚，钱毕仁与咸孜孜就被景韵多的司机接到桂馨县城一家酒店住下来。安顿好咸孜孜后，钱毕仁告诉她"去找个朋友，联系做生意的事情"就出了门。钱毕仁下楼后，打车到了桂馨县水泥厂职工宿舍……

原来，吴大鹏决定用人肉炸弹炸死李京涛后，钱毕仁就在街上闲逛时遇到了辛子元。辛子元今年19岁，患有癫痫病，典型的口眼歪斜、手脚凤爪那种状态。没有病时头脑思维还算清楚，癫痫一上来就不好说了。辛子元爸妈都是下岗职工，爸爸在县上的水泥厂，妈妈在县里印染厂，现在两个厂子都垮了。下岗后，父亲辛大康做出租摩托车生意维持一家人的生计，母亲曹秀梅患有高血压、糖尿病，没钱医治，半条命就吊在那儿。得了癫痫的辛子元病好时为家里炒个菜、刷个碗、扫个地什么的，没事出去闲逛，有时出去几天都不回。那天，辛子元实在饿得不行了，在一家卖水果的店铺拿着一把水果刀劫持了一名从美发店出来的女青年。

辛子元被放出来后钱毕仁就找到他，要他做事，做成后，付给其费用1万元，辛子元答应了。当时，钱毕仁就拿了500元定金给了辛子元，拿到钱的辛子元高兴得不得了，连声说"谢谢叔叔"。完事，钱毕仁提出找到他的家，辛子元答应了。一进屋，看到辛子元那个家和坐在一张破沙发上病歪歪哼唧唧的辛子元母亲，钱毕仁感到全身瘆得慌，他没有落座，急忙掏出200元钱塞给了辛子元的母亲曹秀梅就走了。辛子元的母亲说："崽啊，遇到好人了，你去送叔叔一下啊。"辛子元将钱毕仁送出门外，钱毕仁叮嘱他："这段时间不要外出，我揽到活后就来找你，我们去干一件能赚大钱的事！"辛子元满口答应。

离开辛子元，钱毕仁马不停蹄地弄了炸弹。炸弹装置好后用编织袋包裹好，然后再装在另一只编织袋里面，颈部系着打死结的一根绝缘胶皮铜线。遥控器弄来后就从来没有离开过他那只右衣兜。

这天晚上，钱毕仁接到吴大鹏指令后，来到辛子元的家，一进门就要辛子元到茶楼喝茶。辛子元没有跟父母打招呼就跟着钱毕仁急急忙忙出了门。钱毕仁将辛子元带到宾馆另外开的一个房间，告诉辛子元明天要做的事。

“我们明天到桂馨县东塔北路去等一个人，那个人是开警车来的。你就拿着货物去招手让他停车就可以了，听明白了吗？”钱毕仁说。

“我清楚了。”辛子元说，“拿什么货物呢？有多重啊？”辛子元又问。

“什么货物我明天拿给你看，不重，只有几斤。”钱毕仁答，“今晚就睡这里。你去洗个澡，之后马上去睡觉，明天起早一点儿。”

“好的。”辛子元答。

把辛子元安顿好后，钱毕仁马上拨通了吴大鹏的电话：“吴老板，我这边已经全部就绪，万事齐备，只欠东风啦！”

“好的，你辛苦了，事成后，我为你接风洗尘！”吴大鹏说。

这天晚上李京涛命令韶华章、易德守继续跟踪，并随时报告情况。“李局，我是韶华章，钱毕仁还在桂馨县境内，报告完毕。”“继续监控，并随时报告情况，我24小时开机。”李京涛指示。

翌日一大早，钱毕仁敲开了辛子元的房门，进门一看，辛子元癫痫复发，问他，不作声，躺在地板上直打滚，口吐白沫，四肢抽搐。见状，钱毕仁用力将辛子元扶起，辛子元突然大叫一声，又跌倒在地，双眼直往上翻，牙齿死死咬着嘴唇，嘴唇的边缘渗出了血。在地上躺了半小时之后，辛子元一切恢复正常，钱毕仁悬着的心这才慢慢放下来。

钱毕仁要辛子元马上洗脸，之后去用早餐。早餐很简单，每人吃了一碗汤粉。辛子元觉得没吃饱，说要两个鸡蛋，钱毕仁马上说中午吃好一点儿。钱毕仁很忌讳做大事前吃鸡蛋，欲做掉翁正中那天早饭，哈咋师说吃个鸡蛋有啥，电视上不是说，是人就必须每天吃一个鸡蛋嘛。钱毕仁没过多解释，也不愿把这层窗户纸给捅破了，就算图个吉利。在钱毕仁看来，做这等事儿要信点儿迷信，吃了蛋就要完蛋，在心里出现这种暗示，去做那事儿心里就没有底。缺乏必胜的信心，做起事儿来没了底气，就会完不成任务。

可这个辛子元，非吃不可，死活不依，一听说不让吃，辛子元癫痫的症状又开始显现。钱毕仁心里怕万一又来一下，那可就砸了锅了，快到手的60万就要打水漂了，就忍了。那东西信则有不信则无，钱毕仁自己安慰着自己，付了两个鸡蛋的钱，要咸孜孜回宾馆去休息，他和辛子元去联系一笔业务。咸孜孜走后，钱毕仁吩咐辛子元拎着那个装有炸弹的编织带，说是矿石。俩人打的士来到离桂馨县三公里的路段守候从新州开来的警车。

郑津自从得知李京涛一班人要去抓捕钱毕仁的消息后，就一直在关注事态的进展。他告诉了吴大鹏李京涛出发的时间，要他与钱毕仁联系。吴大鹏马上告诉了钱毕仁，李京涛已经从新州城出发，注意隐蔽和戒备。

接到吴大鹏的信息后，钱毕仁要辛子元做了现场演示，钱毕仁让他把装有炸弹的编织袋藏在隐蔽的地方，然后要辛子元右手拿了一个大约两斤重的石头，往右前方运动。看见一部车子靠近，大约5米远，钱毕仁发出投掷的指令。辛子元投出石头后，一部丰田越野车马上靠边道把车停下，司机跑步过来，拎起辛子元狠命地一顿抽，抽得辛子元满地打滚，口嘴流血。辛子元被打得半死，有点儿神志不清了。丰田越野开走后，被吓得半死的钱毕仁赶紧扶起辛子元。“怎么样？”钱毕仁问。

“我……我……头好昏。”辛子元摇头晃脑地答。答完后，辛子元蹲下，后来支撑不住便躺下，不一会儿嘴角渗出白沫，并发出唧唧歪歪的声音。这下给钱毕仁急坏了，心里直犯嘀咕：我的主儿，我靠你出彩呀！我靠你出大力赚大钱啊！上帝保佑你啊！保佑我发财呀！

20分钟过去，辛子元慢慢爬了起来，他拍打了一下身上的尘土，用旧的衣袖子擦去挂在脸上和嘴边的灰和血。可他全然不觉，他已经离死不远了，他作为人肉炸弹早已被钱毕仁这帮狠毒的家伙绑定在那冤魂的身上，永永远远也无法脱身。这抑或是人性被兽性全部吞噬了，抑或是辛子元就该这样，抑或是经济高度发达的今天不可避免有这些不齿的丑恶的东西出来做陪衬。眼光不犀利的人当然在这里看不见权力和官员的影子，也不要细看，因为这个结论马上就可以得出。这些东西就是官员权力和贪欲无限膨胀的衍生品，他们不仅消费社会的道德良知，也消费社会弱势群体的灵魂乃至肉体。可悲啊！这个从小就没有享受过幸福的孩子，他不知道他要为了他人的享乐去充当人肉炸弹！

辛子元已经缓过神来了，他走近钱毕仁：“那个装有矿石的编织袋在哪儿？”钱毕仁用手指了一下花丛，辛子元马上拎了过来……

钱毕仁站在高处，看300米外开来两部警车，钱毕仁马上做了个手势，要辛子元往第一辆警车的方向跑去，他自己则往后跑。钱毕仁跑到公路边一间工棚藏起来，通过一扇窗往辛子元跑的方向窥望。

这时，李京涛的警车与辛子元越来越近。由于钱毕仁没有戴望远镜，百米之外车与人之间的距离不好判定，钱毕仁最后下定决心，当他与辛子元和李京涛警车“三点成一线”时，立马摁下遥控按钮引爆炸弹。

钱毕仁聚精会神地观察着警车与辛子元的动态轨迹，期待着“三点成一线”绝佳状态的降临。但这样的时机稍纵即逝，因为李京涛的警车在快速运动，辛子元也在运动中，这就必须在李京涛的警车与辛子元成一条直线之前，大略李京涛的警车还离辛子元20米开外就摁炸弹的按钮。这20米叫做运动物体与运动速度的提前量，摁下按钮传导到炸弹的引信需要一定的时间差，钱毕仁在努力寻找这个最佳契合点。

好，不远了，快要接近最佳心理预期，50米、40米、30米、20米……引爆！一声巨响，迅速升起的蘑菇云遮天蔽日，周边的万物被这一突如其来的惊爆声震得戛然停止了呼吸！

十五、缉拿杀人魔头

钱毕仁一咬牙狠狠地摁下引爆炸弹的按钮，爆炸声山摇地动，他透过烟雾依稀看到李京涛的警车侧翻在公路旁。所有在那一地段的车辆全都停了下来，由于突然的爆炸声，惊魂未定的司机突然紧急刹车，出现了数车追尾的交通事故。一辆汽车由于被猛烈撞碰着起了大火，爆炸造成2死6伤的悲剧。

距离太远，李京涛到底是死是活钱毕仁不清楚。他曾试图靠近点儿看看究竟，好向吴大鹏要钱。如果李京涛被炸死了，他可以赚到60万元，如果炸伤只能赚30万元。如果没有炸伤，那一分钱也捞不着，等于白忙活了。他真心期待李京涛被炸死！钱毕仁往前走了几步也没有看清楚，他估计李京涛即使没有被炸死，也应该伤得不轻，因为10分钟过去了，车门没有被打开！

嗬！从后排座位下来一个，一瘸一拐走了几步马上蹲了下去，然后慢慢站起来，在打手机……后面那部警车离开前面这部警车有20米远，大概都被震懵了。十几分钟后接连下来了四个人，依次是：特警大队大队长邓大佑，特警有马膘、干德启、家嘉兴。这四个人稍稍活动了一下后，马上向停在前面的警车跑去救援。跑在前面的是特警大队长邓大佑，他估计李京涛局长伤得不轻，箭步如飞地打开车门一看：李京涛局长面目全非，倒在血泊中呻吟；司机甄亮惨境同李京涛差不多；坐在后排的两位一个是刘德柱，稍微轻一点儿，说脑袋震得像要爆炸一样，他下车想打手机求援，但电话号码又忘记了；另一个是王得松，伤得躺在后座直叫喊。邓大佑看见这个惨状，马上拨通了常务副局长秦圆的电话："秦局吗，我们在离桂馨县三公里路段处遭遇人肉炸弹的袭击。"

"李局和大家受伤没有？"秦圆问。

"李局和司机甄亮伤得很重。"邓大佑答。

"好，我马上组织人员救援。"秦圆挂断电话，马上向尹向东汇报，"尹厅长，我是新州市公安局秦圆。今天上午李京涛带刑侦、技侦特警共八人到所辖的桂馨县抓捕涉嫌珊瑚人肉炸弹案的重要犯罪嫌疑人钱毕仁。意外的是两部警车行驶到离桂馨县三公里的路段时遭到人肉炸弹的袭击，李京涛局长受伤很严重，生命垂危。现正组织人马前往事发地展开救援，后续的情况我会及时汇报。"

"辛苦在第一线作战的干警们！省厅会立即召开会议，专门研究应对这一恶性事件的措施。"尹向东十分焦急和担忧地说。

秦圆赶到事发地之前，邓大佑拨通了新州市人民医院的急救电话。救护车先期到达现场施救。秦圆到达现场后协助医生救援，送走李京涛和甄亮后，立即组织刑侦人员勘验人肉炸弹的爆炸现场。距炸点9米处有几块被炸破的编织袋碎片，拿起一看还有弹药的残留附着其上。

警戒线外站满了人。钱毕仁看见李京涛受伤被抬走后，他悄悄离开了爆炸现场。打车来到宾馆敲开门，咸孜孜问他干什么去了，怎么这么长时间才回来，同去的那个傻小子到哪去了，不是说一块儿去做生意嘛。钱毕仁听到咸孜孜问辛子元，心里十分不高兴，只作了敷衍回答："他还有事，一时半会儿不会回来。"

咸孜孜不再吱声。一会儿，她发现钱毕仁的头上、衣服上散落着淡淡的尘埃，便问他："怎么弄了一身的泥尘？"这时钱毕仁气不打一处来："不关你屁事，你问那么多干什么呢？"

被钱毕仁一顿臭骂，咸孜孜蔫蔫地待在一旁看电视。这时电话铃声响了。

“喂，哪位？”钱毕仁问。

“我是谁，你听不出来呀？”吴大鹏说。

“噢，对不起，这人一心烦意乱的，情绪就不大好啊！”钱毕仁说。

“那个事干得怎么样？”吴大鹏问。

“能不能搞定，现在说不准，根据我在现场的观察和判断应该伤得不轻。”钱毕仁说。

“如果你没有搞定的话，那就不能付齐，只能付一半。”吴大鹏说。

“吴老板，这事我是努力去做了，这玩意人算不如天算啊，你说呢？”钱毕仁答。

“你的意思是嫌太少了是不是，这得事先有约定，是多少就多少，我不管什么人啊！”吴大鹏说。

“你给多少？”钱毕仁问。

“就30万元。”

接完电话，钱毕仁准备到浴室洗个澡，电话响了，是钱毕仁的第一个情人米粒粒打来的。“粒粒，什么事啊？”钱毕仁问。

“我想你了。”米粒粒答。

钱毕仁怕这事让咸孜孜知道，于是挂断电话发了个短信过去：“我在桂馨县一家宾馆，你来桂馨住进宾馆后再与我联系。”前一阵钱毕仁准备去做掉翁正中时，告诉米粒粒这段时间不要和他联系，不要因为这事牵连到她。米粒粒离开钱毕仁，回了四川老家。临走时，钱毕仁说会给她打5万元生活费过去，可一直也没有打，于是她硬着头皮打了钱毕仁的电话，因为确实没有生活费了。

米粒粒接到钱毕仁的短信，心里很高兴，准备第二天动身，可手头没有路费，她便向钱毕仁发了一个要钱的短信。钱毕仁回复：“你没有钱就别来了。”

看到这条短信，米粒粒气不打一处来，这个花心男肯定有了新欢了，就这样想甩掉我，没那么容易。米粒粒和家人说要去广东打工，没有钱，米粒粒的爸爸拿了500元给米粒粒作为路费。

米粒粒一路奔波来到桂馨县，打钱毕仁电话，结果是一个女孩接的电话，称是钱毕仁的女朋友。米粒粒一听气得半死，她要钱毕仁接电话，女孩说钱毕仁出去办事了。

米粒粒的猜测被证实后，她准备在桂馨县不停留，马上返回新州市，她要用自己的胆识到市公安局告发钱毕仁制造惨绝人寰的人肉炸弹案的事情。她转念一想，自己不知道钱毕仁具体住哪个宾馆，怎么办？米粒粒拨通了钱毕仁的电话："老公啊，你住哪家宾馆呢？我已经到了桂馨县城，我好想看你，你下来，我们先在宾馆门口见一面，然后再去登记好吧？"

"好的，我在临香宾馆门口等你。"钱毕仁答。

两人见面，互致问候、拥抱，之后米粒粒还拿出家乡的土特产给钱毕仁。钱表示感谢，米粒粒说她得返回新州她表妹那等他。

两人分手后米粒粒本想自己去报案，可那样太慢，她马上拨通了110报警服务台。"喂，110报警服务台吗？我姓米，我要报案：制造新州珊瑚人肉炸弹的钱毕仁现在藏在桂馨县的临香宾馆内！"报完警米粒粒十分兴奋，终于可以报一箭之仇了，这个杀人恶魔该有的报应就要降临了！

原来，临离开新州的前一天晚上，钱毕仁搂住米粒粒说，他要去做件大事，惊天动地的大事，帮一个老板除掉心头之患，能赚几十万，就算发点儿小财。米粒粒听了钱毕仁的话回到老家，一直没有和他联系。可钱毕仁对她不问不闻，不管生活费，现在又有了新欢，想把她甩掉了，米粒粒发誓要把钱毕仁送入大牢！

110接警台接报后，马上核实报警电话的真实性。据技侦监控，钱毕仁仍然在桂馨县境内，但尚不能确定其具体位置。为了把握这次战机，尹向东指定省公安厅刑警总队副总队长、刑侦局副局长简单亲临一线指挥破案。简单带着助手风尘仆仆往新州进发，他那饱经风霜的脸上不见一丝的轻松，浓眉之下的两只眼睛虽然不算大，但射出锐利的光来，就像要化作无数把利剑挥向那一群恶魔！车里坐了四人，听不到一丝声响，大家的脸上挂着严肃，只能听到风驰的车身与空气摩擦发出急促的声音，他们马上要投身一个厮杀搏斗的战场。简单带刑侦一班人马赶到新州，先到市人民医院看了李京涛和干警甄亮。经询问医生得知两位重伤的同志生命体征比较稳定后，简单一行立即返回新州市公安局，听了秦圆关于案发现场勘验情况的汇报，他渴望得到有价值的线索给破案带来一线曙光。得出的结论是这一案件与珊瑚人肉爆炸案有牵连，初步判断是同一伙人所为，纳入警方视线的人是吴大鹏和钱毕仁。他们企图阻止公安机关对珊瑚人肉爆炸案重要嫌疑人的缉拿。他们想利用令人发指的人肉炸弹再次实施恐吓，利用金钱美色去掳获有实权在台上说话的官员为其充当黑保护伞，逍遥法外。

正在大家一筹莫展之际，有人实名举报钱毕仁藏匿的位置，且十分详细，这令所有参战干警兴奋不已。简单副局长起身伸了个懒腰，哈了哈嘴：“同志们，这真是‘踏破铁鞋无觅处，得来全不费功夫’，也应了那句‘善有善报，恶有恶报，不是不报，时间未到’。”简单和秦圆商议马上召开会议，研究部署抓捕方案。威严的面孔下透出宏亮的声音：“下面我宣布参战人员名单：市局特警大队长，邓大佑；特警队员，龙启光、许可、葛佳圆、唐谈、舒展、刁占；武警支队副大队长，印恒；武警战士，党沛养、丛来、利国仁、边城、沃野、师从艺、丰年好、后代兴、井概圆；技侦警官，韶华章、易德守；刑侦警官，秦劳、康米粒、乐融融；桂馨县公安局参战负责人，朱文涛；特警队员，严谨、平常人、祝尔康、董德仁、林中了、盛晚水、单若善；排爆人员，罗常归、湛海蓝；后勤保障组医生，邱比特、伏寿福、万一、裴德启；护士，池援援、姬花、白静、辛家利、红颜已；担架队，贡进共、武大男、松树林、洪水来、宁可赢、闻一文。携带枪械：微型冲锋枪2支、半自动霰弹枪2支，82-2式5.6mm匕首枪2支，91式7.62mm匕首枪1支，316式5.6mm匕首枪1支，BMQ匕首麻醉枪1支，54式7.62mm手枪6支，77式手枪17支，黑色头罩2只。抓捕行动副总指挥，秦圆；总指挥，简单……从新州出发的时间是今晚8点，抓捕的具体时间根据具体情况再定。下面有几点需要说明的事：从现在起所有参战人员在本局食堂就餐；从现在起，身上带的手枪统一交到局办主任任信元处保管，特殊情况需要离开必须请假，但原则上不准假；每个人手中的枪械和子弹不到抓捕现场不得将子弹上膛，以防枪械走火伤人；压缩饼干和水每人一份，到局办主任任信元处领取。”

部署完工作后，秦圆拨通了桂馨县公安局局长欧阳夫达的电话：“欧阳夫达局长，我是秦圆，请你马上部署警力在临香宾馆轮班蹲点守候，密切监视钱毕仁的所有动向，保持热线联系，有什么情况要准确及时报告。另外要特别提醒参加蹲点监视的干警着便装，佩带手枪，千万不能走漏风声和暴露我们的行踪，务必保持高度警惕！我们抓捕的对象钱毕仁，据可靠情报，身上带有64式仿真手枪，可能还有自制炸弹。这个东西给我们带来很大麻烦。钱毕仁现在是罪恶累累，罄竹难书。他明白自己犯有死罪，所以他可能会铤而走险，随时都可能引爆随身带的炸药，后果将不堪设想。晚上宾馆住进很多人，炸弹一爆炸，损失不可估量。

为了尽可能减少或不产生损失，我现在就准备从新州出发，同去的有省公安厅刑警总队副总队长兼刑侦局副局长简单。在我们到达之前，你务必向桂馨县政法委书记马德汇报，县里马上要组织应急领导小组。就这些，听清楚了吗？”

“秦局，我听清楚了，我马上向马德书记汇报。”欧阳夫达说。

欧阳夫达领命后，急冲冲走进政法委书记马德的办公室，汇报了市公安局副局长秦圆打电话的详细内容。马德听完汇报脸上没有特殊表情，但细细一看，多少能看出他对这一突发事件所表现出来的某种担忧。他沉吟了一会儿，拨通了政法委办公室主任郝未来的电话：“喂，郝主任，你来我办公室一下。”

“好的。”郝未来答。

“你草拟一份应对突发事件小组人员名单，我口述你记：组长，马德（政法委书记）；副组长，雷纯肌（政法委常务副书记）；组员，应几范（法院院长）、弓剑（检察院检察长）、台尚（司法局长）；应急办主任，郝未来。记住材料只打一份，不外传不上报。”

郝未来不知道里面的玄机，他马上打印了一份送给了马德。马德看过后，责成郝主任通知名单所列人员到政法委办公室开会，务必20分钟之内赶到，有特殊情况不到会的要说明原因。

电话打完，县委书记景韵多来电，要马德去趟他的办公室有事相商。马德说老家来了位老领导在接待，这一推，景韵多无奈。一旁的欧阳夫达提示：“这事是否应该向景书记汇报一下，党的组织原则也是要坚持一下。到时候说我们削弱党的领导，摆脱党的领导，搞地下活动，给戴上一顶帽子那多冤啊。”马德没有吱声。过了一会儿，他不动声色起身把办公室的门关上。这门一关，给下面的谈话蒙上了几许神秘的色彩。“欧阳局长，你知道里面的机关有多诡秘吗？你知道景韵多书记与市委副书记黎镜仁、常委副市长郑铜修、市委组织部长徐球晴是什么关系吗？你又是否知道这些领导和珊瑚人肉爆炸案的重要嫌疑人吴大鹏是什么关系？吴大鹏与今晚被执行抓捕的钱毕仁是什么关系吗？如果这些都全然不知，你这个公安局长只是办案局长，不是政治局长，起码说明你政治上不合格。我刚才点到名的那些市委领导与杀人魔王吴大鹏结党营私，沆瀣一气，结成抗击正义的同伙，已经到了千夫所指的地步！我的来历你也清楚，我从省政法委空降下来当政法书记，想必组织上是有所考虑的。以后省里还要下来一批，目的就是要为新州带来一点儿正气和清廉之风。”听马德这一点拨，欧阳夫达对这次抓捕钱毕仁到案的重要性了然于胸。

“马书记，开会人员全部到齐。”郝未来敲门汇报说。

“好。”马德刚要起身，简单来电话，说马上就到政法委来。马德到会议室简单明了地说道：“要大家来开个短会，内容是今晚有重要行动，参加行动的人数安排如下：公安20人，法院10人，检察10人，司法5人，今晚8点半在政法委门前集合。好，散会。”

大家起身离去，供电局局长走在后面，问马德他们没有派人，要他来干什么，这事貌似与他没有关系。马德说，哪能没有关系呢，说完，要供电局局长谷运来到自己办公室坐。谷运来刚到马德办公室坐下，简单来到马德的办公室。

简单来主要是协调当地公检法司和供电局如何配合抓捕钱毕仁的事宜。主要有两点：一是公检法司的干警主要负责警戒线以外的工作，无关人员不能进入警戒线以内；二是实施抓捕前（具体时间再定，大约在晚上10点半左右）供电局要在临香宾馆区域拉闸断电，请供电局的同志予以密切配合。什么时间点断电，指挥部会发出明确清晰的信息，请供电局随时接收命令。谷运来与简单、马德握手告辞。两个人坐下后就指挥部的地点进行讨论，原则上以靠前但又隐蔽的地点为好。具体地点由马德和欧阳夫达商量定。

晚饭在桂馨县公安局食堂用餐，欧阳夫达正准备起身，蹲点守候组组长吕布沙报告，住临香507房间的人今晚6点已经下楼离去，问欧阳夫达怎么办。这一信息相当重要，他马上向指挥长简单报告。简单说：“弄清楚是否退了房；跟踪咬住不放，钱毕仁手上带了什么东西没有，请盯梢组赶紧报告指挥部。”

欧阳夫达打通了吕布沙的电话：“喂，布沙，你那边接电话方便吗？”

“方便，我离钱毕仁有二十多米。”吕布沙答。

“布沙，领导的意思，除钱毕仁之外还有人吗？钱毕仁手上有什么没？请回答。”欧阳夫达问。

“报告局长，钱毕仁身边只带了一个女孩，大概18岁左右，估计是钱毕仁的女友。钱毕仁手里提着一个密码箱似的黑色提包，根据他的用力程度判断，这个黑色密码箱包应该在六七斤左右。”吕布沙答。

简单一直在接听电话的现场，他心里咯噔一下：那个黑色的包应该是炸弹，与珊瑚人肉炸弹案的那个类似。这段监控录像他在市公安局看过，但不敢肯定。这是人命关天的大事，必须弄清楚，简单与马德和欧阳夫达交换了一下眼神。

这就跟打仗一样，知己知彼才能百战不殆。简单拨通了秦圆的电话："喂，秦局，你好，现在你马上安排人员把珊瑚人肉炸弹案爆炸之前的那段视频截图弄过来，十万火急！我现在桂馨县公安局与马德书记和欧阳夫达局长在一起。"挂掉电话，欧阳夫达打电话要吕布沙回局里有事，跟踪的事由仇仁和接替。

简单原来在省辖的一个重工业城市任公安局局长，任期内，由他组织指挥解救的人质多达三十多人，件件做得精美漂亮。由于有丰富的实战经验和高超的指挥智慧，去年他被提拔为省公安厅刑警总队副总队长兼刑侦局副局长。来新州前他听取了尹向东厅长和新州刑侦人员关于新州珊瑚人肉炸弹案的情况介绍。给他的印象是：案件影响十分恶劣，已经在全市引起轰动；案情十分复杂，这绝对不是一起简单的黑吃黑的案件，背后隐藏的重大黑幕一时难以揭开。他深感受命于危难之际的责任与男人应有的担当。

想到这里，手机铃响了，来电话的是尹向东厅长："简局你好，我明天上午去新州，主要两件事，一来看一看李京涛局长的伤情怎样，看是否需要转到省城医院；二来过去向你们问候。预祝你们今晚成功，争取一战立威！明天见。"

"谢谢尹厅的鼓励，我已经于今天上午到达桂馨县，有什么重要情况再联系，明天见。"

一个小时过去了，秦圆派出的韶华章、易德守到达桂馨县公安局。他们将珊瑚人肉炸弹案的视频截图回放给在现场的吕布沙对比。看完后吕布沙肯定地说，今天看到钱毕仁提的黑色箱子与珊瑚人肉炸弹案炸死翁正中的那个一模一样。

原来钱毕仁实施珊瑚宾馆人肉炸弹后，吴大鹏马上联系了桂馨县委书记景韵多，要他帮忙安顿钱毕仁。后来吴大鹏又决计要除掉李京涛，要景韵多出面帮助弄炸药，炸药弄到手后，共制作了两枚炸弹。

看完监控录像，听完吕布沙的明晰判断，简局长的心头掠过丝丝不安，但脸上没有一丁点儿的表露，这就是指挥员应有的心理素质和表现。临危指挥不乱阵脚，身体语言得体，口述清晰正确，面部表情刚毅，这样才能给参战的同志们带来自信，振奋军心，所向披靡！

晚上7点过一刻，盯梢人员报告，钱毕仁拎着黑色箱子与女友返回临香宾馆。

欧阳夫达向简局长报告，前线指挥部地点选定：在临香宾馆对面的北正街86号。晚上8点一刻，秦圆打电话问简单是否可出发了。简单指示：可以组织出发，并要求将要入桂馨县城之前打电话联系。

晚上8点3分，简单要欧阳夫达约临香宾馆经理司马召财到北正街86号指挥所来。司马召财忐忑不安地被招呼到戒备森严的指挥所，简单说宾馆507房间住的是一个杀人恶魔且持有炸弹，这突如其来的恐怖消息，让她精神高度紧张。她感到乏力、气闷、心慌、头晕、眼花，然后突然晕倒在沙发上，面部肌肉和手脚都抽动起来……

这可把简单、马德和欧阳夫达给弄懵了。简单懂点儿急救知识，他用手指掐司马召财的人中，掐，再掐，司马召财稍有缓和。他又摁了她的合谷穴和内关穴，这三个穴位交叉一摁一掐，司马召财逐步恢复了意识，并慢慢可以说话了。简单表示歉意并安慰她没有大碍，我们组织相当严密。简单说："为了保证这次抓捕的顺利开展，确保宾馆客人的生命安全，你要抓好落实几件事，我们要步调一致。在你宾馆入住的客人有多少，请把名册清单交一份给指挥部。你回去后迅速组织宾馆人员（客人和管理人员）撤离到安全地点（离宾馆100米开外）。撤离要讲究方法，以不惊动507号房间的犯罪嫌疑人为妥。怎样才能做到不惊动，想听听你的建议。"司马召财对领导的关怀表示了感谢，她的方法是用电话方式约出客人下一楼服务台，就说有急事相商。每一位旅客下楼后，再具体说明，然后由专人带离宾馆到安全地方休息，解除警报后再通知他们回宾馆。对外出的客人，派专人在一楼接待，劝他们不要进入房间。

司马召财讲述完后，简单与马德和欧阳夫达交换了一下眼神，一致认为可行。简单说："就这么定了。你赶紧回去做这项工作。"司马召财起身离去。

晚上9点10分蹲点守候的人员报告："507号房间亮灯了。钱毕仁和咸孜孜在房间里。"9点15分，秦圆和所有参战人员到达桂馨县城外待命。

简单电约秦圆到桂馨县北正街86号指挥部。秦圆到达后，简单研究部署具体作战方案。他说："为了保证这次抓捕钱毕仁的行动成功，我们的作战方案是：今晚10点55分供电局拉闸停电，为了不打草惊蛇，拉闸停电的范围以大一点儿为好，这个由谷运来局长组织实施。在停电前10分钟，执行抓捕的特警领队邓大佑，警员丛来、龙启光、沃野、党沛养、刁占6名同志在四楼与五楼的接合部埋伏待命。增援预备队领队：印恒。警员师从艺、丰年好、唐谈、舒展4名同志在三楼至四楼的结合部待命，其余的警员在宾馆一楼待命。后勤保障领队邱比特，组员伏寿福、万一、裴德启、池援援、白静、姬花、辛家利、红颜己、贡进共、武大男、洪水来、松树林、宁可赢、闻一文紧随在执行组之后，随时准备抢救。接近犯罪嫌疑人的具体方法：由女干警梅艳玲扮成宾馆女服务员为钱毕仁房间送去应急灯。停电后一片漆黑，不管谁，心理上都会出现一丝不安，都希望有光来温暖和抚慰，这也是本能。这个时候送上应急灯钱毕仁一定高兴，他也不觉得有什么不妥，这是宾馆应当做的事情，顺理成章，没有一丝痕迹。由手持应急灯的梅艳玲把灯调到最大光谱，前头亮后头暗，后面其他半蹲式的干警迅速跟进，快速接近钱毕仁，一招制敌，将其擒获。”简单说完后问大家还有什么补充的。

秦圆首先同意简单的作战方案，按此方案抓捕钱毕仁把握很大。他接着补充道："第一点，实施抓捕的所有成员必须穿戴防弹衣和头盔。第二点，对伤员的处理预案不完善，县人民医院的救护车要在已经实施抓捕的同一时间停在警戒线之内待命。县中医院的救护车作为备份做好准备，有备才能无患。这件事由欧阳夫达抓落实。”

“如果大家认为这个方案可行就下去分头准备。”简单说。

“好，我回去马上召集抓捕组队长邓大佑、增援组领队印恒、后勤保障组领队邱比特开会，部署工作任务和注意事项。”秦圆说。

“我们其余参战人员在警戒线外待命，主要工作是防止社会上的不法之徒借机打砸抢；防止黑恶势力蛊惑人心，冲击抓捕现场；防止不明真相的群众起哄围观、嬉戏打闹，影响这次行动；督促供电局按指挥部规定时间拉闸停电；督促人民医院、中医院的救护车按时到达指定地点，并要求各有一名副院长带队。所有参战人员由欧阳夫达同志抓落实。”马德说。

“大家心中都有数了，下去抓好落实，我的要求四个字——精准迅速！”简单说。

大家分头下去准备后，简单打电话向省公安厅厅长尹向东同志作了详细汇报，尹厅长作了重要指示："一要充分认识这次抓捕犯罪嫌疑人钱毕仁的重要性，他一到案珊瑚人肉炸弹爆炸案的死结就解开了。此案告破，给当地老百姓一份安宁，这是我们公安干警义不容辞的责任。案件重大，把这副担压在你肩头，这是公安厅党委对你的高度信任，相信你有能力把这个震惊全国的人肉爆炸案顺利侦破。我在省城期待着你抓捕成功喜讯的降临。二是组织必须周密，要做到各任务组之间，小组内部每个人之间，领导与领导之间，领导与各小组领队之间无缝连接。形成一个挥向敌人的拳头，把他的嚣张气焰打下去，完成党和人民赋予的光荣使命。三要保障所有参战人员的安全，要明晰不安全的因素有哪些，是什么，只有这样才能有的放矢。不安全的因素不外乎四个方面：一是钱毕仁的64式自制手枪，遥控炸弹；二是参战人员自带的武器，要慎防走火和误伤（误伤群众、误伤参战人员）；三是车辆运行的安全，由于连续作战，大家都没有休息好，相当疲劳，你作为总指挥有责任保障所有参战人员和群众（临香宾馆入住人员和管理人员）的安全；四是犯罪嫌疑人钱毕仁的安全，一定要确保是活体。为什么，这个就不展开说，我说半句你就懂：郑铜修们巴不得钱毕仁被我们就地解决，不留活口，一切都省了，这是这班人期待的最佳结果。好，我就说这些，请多保重。”

简单坚定地说：“我决不辜负省厅党委的鼓励与期待。”挂断电话，简单转过身来，“想听听大家的意见，邓大佑首先发言。”

邓说：“我半蹲式紧随梅艳玲其后，如果钱毕仁怀疑梅艳玲是经过伪装的公安人员，钱一定会开枪，这个不要去怀疑。如果是这样，起码梅艳玲要穿防弹衣，一穿上防弹衣臃大的身体一出现，钱毕仁马上就会怀疑。加上梅艳玲是警官院校毕业的，那种职业的范儿一呈现，钱毕仁的直觉告诉他这是个女公安，他立马会开枪。但梅艳玲手中没有枪也不能拿枪。当然，如果她有枪，钱毕仁就占不到她的便宜。我们在警校读书彼此都熟悉，她是女组的常胜将军。我是男组冠军，她出枪和发射速度都胜男人一筹。我说这个的意思是，梅艳玲不太适合伪装成服务员这个角色。看这样行不行，为了确保成功抓捕，把梅艳玲调下来，让一个本宾馆的服务员去执行这项任务更为妥当，这会让钱毕仁放松警惕，真的他才信。一信就容易放松心理戒备，只要钱毕仁放松几秒的心理戒备，这就给我们赢得了战机。适时使用催泪弹。接近要快速，手脚并用，抓踢动作要力求精准。具体分工：邓大佑擒钱毕仁的左手，丛来擒拿钱毕仁的右手，其他成员由邓大佑具体分工。”

简单表态就这么去执行。可是接下来的事情让简单始料未及，为507号房间送应急灯的服务员没有合适的人选。好不容易找到一个，一沟通，她怕得不行，全身哆嗦。

谁去送应急灯的问题，让指挥部所有成员都急得团团转。时间在一秒一秒地流逝，人选还没有眉目，简单要大家想想办法。

马德书记说：“非常时期要有非常的思维，有了非常的思维才有非常的办法，去送应急灯这个女孩应该给她的行为定性，这是属于见义勇为的行为，明知山有虎偏向虎山行。我想象中的这个人应该是侠肝义胆的女孩。把她的行为定性后就好说了。我表个态，这个人确定后，从政法委见义勇为的基金中列支6000元。”

欧阳夫达坐在一旁吧嗒吧嗒地抽着闷烟，眼睛不停地转悠，他的脑袋里翻江倒海，他想哪有合适的人去执行这个可能付出生命代价的任务。军人出身的欧阳夫达想，这个人何等重要啊，要靠她把秘密隐藏在公开的行动中，而又不与公开的形式相排斥，要做到珠联璧合、相得益彰，所有的形式是那么天人合一，让非常公开的事物里蕴藏着非常机密的东西。

这时，他从嘴角处扯出烟蒂，顺手摁灭。他起身胸有成竹地说：“我考虑的这个人选，叫慕容珊珊，今年21岁，大专毕业后在一家宾馆做过服务员，身高一米六二，但相貌不是很出众。她现在在桂馨县法院当书记员，她是我的外甥女。”

马德书记立刻拨通法院院长应机办的手机：“应院长，听说你们院里招进一位名叫慕容珊珊的女孩呀？”

“是的，什么事啊？”应机办答。

“十万火急，你赶紧把她招呼到桂馨县北正街86号来，你也一同过来。”马德书记说。

“好的，我马上联系。”应机办答。

应机办拨了慕容珊珊的手机，可总是占线，嗨，真急死人了！怎么搞的，就这么凑巧！应机办犯起嘀咕。再拨，还是占线，事不过三嘛！看来这事要泡汤！应机办又耐心地拨幕容姗姗的手机。哎，居然通了。“慕容珊珊，你现在在哪，你赶紧到我办公室来一趟。”慕容珊珊赶到办公室后，应机办驾车与她一起到了北正街86号。

一下车，二话没说，欧阳夫达就将刚从临香宾馆送过来的服务员服装送到慕容珊珊的手上。这一切把慕容珊珊弄得不知所措，她瞪大了溜圆的眼睛，樱桃小嘴半合半张。这时，欧阳夫达发话了:“珊珊，等会儿我让你去执行一项任务，”欧阳夫达随手拿起刚买来的一盏应急灯，“拿着这盏灯送给临香宾馆507房间的客人，就这个任务。”

慕容珊珊很纳闷：送这东西有临香宾馆的服务员呢，这事与我不相干呀。看慕容珊珊不解，马德慢声细语地说：“这项工作非你莫属。刚才你舅舅向我们做了介绍，你原来做过三年宾馆服务员，有良好的形象和良好的心理素质。今天晚上我们要在临香宾馆507号房抓捕一名重大案件的犯罪嫌疑人，这项重要任务交给你，是对你的充分信任。我们指挥部的全体成员相信你一定能完成任务！”

慕容珊珊听了两位领导的话，看到领导信任的目光，心中感到无比温暖，她表示有信心完成这项任务。慕容珊珊自信地对简单说：“说实话，说不怕那是假话，参加这样的行动是有生以来的第一次，但愿也是最后一次。”慕容珊珊看到各位领导投来认可和信任的目光，心中感到无比的荣幸和自豪：“请领导们放心，我一定完成任务！”话音刚落，司徒召财电告简单局长：“宾馆客人和4名留守的管理人员全部安全撤离到安全地点。”

“好的，你们辛苦了。解除警报后我们及时告知你们，听明白了吗？”简单局长说。

“我听明白了。”司徒召财答。

接着简单局长领着慕容珊珊带上应急灯到特警大队待命地点去演练一下。

秦圆和慕容珊珊到达特警大队待命地点后，秦圆要特警大队大队长邓大佑就临香宾馆507房间外每个人的位置及动作语言暗示作明确分工，并进行现场模拟演练。邓大佑听到秦圆的指令后，召集他负责的抓捕组进行模拟推演。

慕容珊珊把服务员的服装穿上，然后带上应急灯，往前走了几步，做了个敲门的动作：“您好，我是服务员珊珊。噢，对不起停电了，给您带来了不便，十分抱歉，现在为您送应急灯。”

慕容珊珊做了个开门的虚拟动作，接着邓大佑和其他队员半蹲式紧随后。

前面一个是扮演犯罪嫌疑人的干警，听到慕容珊珊进来，热情上前，就在慕容珊珊往嫌疑人右侧闪的当儿，邓大佑立即扑上去，将犯罪嫌疑人撂倒在地。推演一落幕，秦圆接到指挥长简单的指令："全体参战干警根据不同分工分组，步行向临香宾馆方向移动。各组到达指定的位置后，要向指挥部报告。"

"时间到，出发！"秦圆郑重宣布。

桂馨县政法委书记马德向公检司法四长下达命令，到指定的警戒线以外执行警戒任务。"到达岗位后，请报告。"

蹲点守候组组长吕布沙接到欧阳夫达的指令："各战斗小组人员到达了，你们就完成了蹲点守候的任务，转为警戒线内做警戒工作。封锁进和出的非战斗人员。"

接着简单局长接到了秦圆的报告："所有战斗小组都已经到达指定位置，战斗成员斗志旺盛。请放心，我们坚决完成任务！报告完毕！"

桂馨县政法委书记马德报告简单局长："所有参战人员已经到达警戒线外指定位置，报告完毕！"

桂馨县公安局局长欧阳夫达报告简单局长："先期执行蹲点守候任务的6位干警已经撤出蹲点守候的区域，现在已经到达警戒线内执行警戒任务。"

总攻即将开始，眼下最重要就是拉闸断电。简单局长下令："拉闸断电！"

谷运来局长马上拨通调度室主任的电话："我命令临香宾馆区域拉闸断电，立即执行！"

"是！"调度室主任东方之子答道。为了配合公安抓捕犯罪嫌疑人，东方之子吃过晚饭后就立即到达岗位，准备随时接收谷运来局长下达的拉闸断电指示。一接到命令他就立刻跑到操作间将临香宾馆区域的电全部断掉了。

突如其来的断电，引来临香宾馆区域的居民一阵惊叫。慕容姗姗手持着一盏应急灯往507房间移动着，光线在黑暗中悠悠地摇曳，它很有节律地轻轻画出优美、柔和、安详的弧线，也给桂馨县城的百姓带来一丝温暖和祥和。

临香宾馆四楼和五楼的结合部，特警队队长邓大佑迅速检查了手中的武器——54式手枪。他麻利地一拉枪栓，拉到位后，右手一松，"叭"，一颗寒光闪闪的子弹已经按主人的意志到达伏击地域。这颗子弹的卓越表现给了邓大佑坚定与从容，也融汇了邓大佑的血性与操守。只要邓大佑一扣动扳机，它就会赴汤蹈火在所不辞地扑向敌人，直至胜利。子弹一上膛，邓大佑队长立即将保险推到位。旋即他又检查了防弹背心，穿这玩意儿他总感觉不得劲。

在四至五楼接合部待命的队员们听得很清楚，五楼507号房电视机的声音戛然而止。这之前15分钟，钱毕仁准备休息，先洗了脸漱了口，又马上进浴室淋浴。他左手拿着衣服，右手拎着64式自制手枪，哼着《霸王别姬》的曲调走进浴室。进浴室后，他先把换洗的衣服挂在衣钩上，完毕，右手拿起放在洗漱盘上边的手枪交给左手，左手紧握住枪身，右手用力拉动手枪栓，“叭”，右手拉到位后一松，一颗子弹被推到枪膛内。这时只要右手一扣动扳机，击弹簧带动击锤运动，击锤撞击击针，击针再将这个作用力传给子弹底部的底火，底火内及其敏感的化学物质受到撞击后燃烧，迅速地点燃弹壳内的发射药，发射药燃烧变成气体，体积急剧膨胀，就能使弹头和弹壳分离；弹头在高压的火药燃气的作用下在枪膛内加速，脱离枪口迅速扑向目标，构成杀伤力。

这颗子弹上膛后，犯罪嫌疑人钱毕仁没有关保险，万一遭遇危险，他随时准备发射。钱毕仁随后将这把64式自制手枪放回原位。到浴室洗漱之前，这把64式自制手枪式放置在枕头底下，钱毕仁坐在沙发上与咸孜孜一起看电视。右边沙发的旁边放置着可以随时引爆的人肉炸弹，遥控引爆器放在外衣服的右下兜内。钱毕仁已经看了很久的电视了，有些犯困，他才起身将装有遥控引爆器的外衣脱下放在床上，然后摸出放在枕头底下的64式自制手枪进入浴室……

洗完澡穿上衣服，提着手枪正准备走出浴室的门，突然停电了。钱毕仁心里一惊，不好，有人要算计我。他的神经高度紧张，咸孜孜因为停电一声嚎叫，这一叫声给黑暗中的钱毕仁带来无边的恐惧。他责骂咸孜孜：“停电有什么好叫的，真他妈的没有教养。”

电刚一停，邓大佑命令慕容珊珊提上应急灯前去敲门，慕容珊珊大大方方走近507号房轻轻叩门：“客人您好，我是服务员珊珊，噢，对不起停电了，给您带来了不便，十分抱歉，现在为您送来应急灯。”

咸孜孜听到有人喊，也见房门细微缝隙渗过一丝丝光，确实有应急灯送来了，咸孜孜心头掠过一丝惊喜。

就在慕容珊珊提着应急灯敲507房门的当儿，邓大佑率突击队员，在慕容珊珊的身边机警地等候犯罪嫌疑人钱毕仁开门。也就在这时，北正街86号指挥部里的全体人员眉心紧锁，个个都把心提到了嗓子眼儿。在宾馆三楼与四楼结合部的预备队员，在警戒线以外的每个参战人员，在四楼与五楼结合部待命的医务人员，在指定位置准备救援的桂馨县人民医院的救护人员和中医院的救护、医生、护士，人人神经高度紧张。整个现场的气氛几乎要凝固，凝固得一擦火柴就要引爆燃烧似的。

突然，两声清脆的枪声释放在这凝重的空气中。大家惊诧之余，又多了几份担忧……

原来，慕容珊珊提着应急灯敲门，咸孜孜马上起床开门；听到敲门声的钱毕仁心里一惊，摸黑拎着枪打开浴室的门。咸孜孜把房门打开，慕容珊珊提着应急灯进了屋，紧随其后的特警邓大佑、武警战士丛来按照事先的分工一个箭步向已经出了浴室门的钱毕仁扑了上去。就在这个当儿，犯罪嫌疑人钱毕仁一抬手，“呯——呯——”两枪分别击中邓大佑和丛来的胸部。已经中弹的邓大佑和丛来没有迟疑，将犯罪嫌疑人钱毕仁的左右手死死擒住，钱的64式自制手枪掉在地上，跟着后面刁占、沃野一个搂脖一个抱腰，将钱毕仁放倒，旋即用手铐将其双手反铐，并戴上头套。

此时供电局接到通知马上送电。大家一看，胸部中弹的邓大佑和武警战士丛来已经倒在血泊中。邱比特、万一、伏寿福、裴德启医生，池援援、姬花、白静、庄重等护士马上用急救包作急救处理。担架队的贡进共、武大男、洪水来、闻一文马上用担架将两人运下临香宾馆的一楼，两部救护车装好伤员，急速驶向桂馨县人民医院。

犯罪嫌疑人钱毕仁和咸孜孜被押到宾馆一楼后，交给负责押运审讯的刑侦人员。钱毕仁一上警车马上被戴上脚镣，咸孜孜被押上另一部警车。两辆车一路北上，向新州市区进发。

刑侦人员秦劳、康米粒、乐融融、舒展、罗常归、湛海蓝负责清理钱毕仁住的507房间。他们在沙发的右侧搜寻到了6斤重的炸弹，在钱毕仁的衣兜里搜到了引爆炸弹的遥控器。这一下大家才松了气。

现场录像、照相勘验取证完毕后，排爆专家罗常归提着炸弹来到一楼大厅，简单、秦圆、马德对大家英勇无畏的精神表示赞许。司马召财站在一侧，对领导和参战的同志为该宾馆及时排除安全隐患表示衷心感谢。

大功告成，准备班师。指挥部下达最后一道命令：清点人数，清点装备，检查车辆，之后按次序撤出临香宾馆。所有参加战斗的人员撤出后，简单、秦圆、马德、欧阳夫达几人一起乘车前往人民医院急救室，看望英雄邓大佑和武警战士丛来。

在院长室简单局长听取了主治医生司马慰宾的会诊意见：特警队长邓大佑，被手枪子弹击穿胸部，经查休克贫血、神志不清，左锁骨中线上方和右腋中线平第四肋间各有一个圆形伤口，右肺上呼吸音减弱，下肺呼吸音消失，建议转院治疗为妥。丛来被子弹击伤左胸部，左胸部第二肋间锁骨中线外侧因手枪子弹侵入防弹衣伤到骨和肉，但子弹没有贯穿其胸，病情较轻，可留院观察治疗。听完汇报，简单局长没有吱声，大家的心情很焦急，特别是特警大队长邓大佑的伤情，让简单局长焦虑不安。作为这次抓捕行动的总指挥，责任重大啊！他分别走进邓大佑和丛来的病室，眼含热泪，轻轻问候并握住伤员的手表达敬意。

简单刚走出门，突然想一件事："秦圆局长你分别弄两个袋子把邓大佑和丛来的防弹背心装起来保管好。我明天有用……"

秦圆拿过邓大佑穿过的防弹背心，写上邓大佑的名字，准备装进袋子时手摸到了潮乎乎的血，秦圆再也忍不住悲伤，泪水夺眶而出……

简单局长进院长室研究邓大佑转院的事宜。这时，尹向东厅长来电话了："简局，你在前方很繁忙，我一直不敢打扰你，躺下又睡不着，老是牵挂着你们。可一躺下要么左眼皮跳要么右眼皮跳，有时轮着跳，有时一起跳。是不是福祸参半？如果是这样，这次任务就不圆满啊！"

"眼皮跳就预兆是福是祸吗？"简单问。欧阳夫达说："民间有'左眼跳福、右眼跳祸'的说法，但这样说得很笼统，具体的说法是按时辰分析判断吉凶。"马德接着说："我们是唯物主义者，不信那一套。"简单也同意马德的说法："现在是凌晨2点多，事不宜迟了，最重要的也是我最担心的是邓大佑的伤情问题。医生给我透露：有恶化的迹象，根据邓大佑的身体状况，宜马上转院。看大家的意见怎样？"

"我同意赶紧转院，最好先到新州市人民医院。"秦圆说。

"同意转院，丛来可以在这留观。"欧阳夫达说。

"我同意大家的判断，去司马慰宾的办公室商议转院事宜！"简单说。

一行四人到司马慰宾办公室说明来意，司马慰宾说他刚从邓大佑病房回来，经过进一步检查，有血压的问题，也有心律不齐的问题，就现有的体征宜马上转上级医院。

“好，辛苦你们了。哪个医院好一点儿？我想听听你们专家的意见，还有联系方式等。”简单说。

“最好还是选择新州市人民医院，我马上要急诊科的护士长闾丘文莉与新州市人民医院急诊科联系，让她们做好接诊的一切准备。陪护人员我们马上就可以敲定。”司马慰宾说。

“好，谢谢你们周到的安排。”秦圆说。

“我是闾丘文莉，新州市人民医院已经联系好了。”

“我是急救车司机乜协养，急救车已经到达指定地点。”

“好的。”司马慰宾答。

“我是闾丘文莉，送邓大佑的陪护人员确定：师露露、游竺茜茜。”

“好的，马上用移动担架将邓大佑抬上救护车，请记住带上生命体征监测仪。”司马慰宾说。

邓大佑被抬上救护车后，司徒慰宾马上与简单和秦圆进行了沟通，邓大佑的病情不容乐观，大家心情沉重地握手告辞。

救护车在黑夜中平稳前行，凌晨3点15分到达新州市人民医院。主治医生巫马博文、护士长单于丹丹已经在等候病人的到来了。邓大佑被送进了急诊室，巫马博文和单于丹丹马上对邓大佑的生命体征进行检查，包括心率、脉搏、血压、呼吸、瞳孔和角膜反射等等。检查完毕，简单和秦圆焦急不安地到了主治医生巫马博文的办公室。

巫马文博看到简单和秦圆表情阴郁，为了平复他俩焦急担忧的心情，不急不徐地说：“邓大佑神志不清、休克，右上肺呼吸音减弱，下肺呼吸音消失。”说完，巫马博文沉吟一会儿，“我们决定马上转重症监护室。”两个人听完巫马博文通报检查情况后都低着头，没有吱声。

“喂！单于丹丹吗？邓大佑马上转重症监护室。”巫马博文下达指令。单于丹丹立即将邓大佑转入重症监护室，简单和秦圆怀着忐忑不安的心离开新州市人民医院……

快到新州市公安局办公楼，秦圆问简单是否找个地方休息一下，简单认为没有必要了，到秦圆办公室小睡一会儿就可以。这已经成了职业习惯。秦圆打开房门，为简单局长到了杯水，然后从柜子里拿出一条毛毯放在沙发上，简单躺在沙发上盖着毯子呼呼大睡起来。秦圆眯了一会儿，突然又想到了什么事，噢，赶紧通知邓大佑的家属啊！

秦圆马上发了个短信给局办主任任信元："任主任，邓大佑抓捕钱毕仁时负重伤，请通知他爱人马上过来。"发完短信后秦圆趴在办公桌睡着了。

天已经放亮一会儿了。突然有几只乌鸦站在院子的树枝上不停地叫唤开了。乌鸦那忧郁悲伤的声音把简单和秦圆扰得睡意全无。局办主任任信元来到秦圆办公室："秦局，您的短信我收到，现在马上通知邓大佑的爱人到办公室来一趟。"

"赶紧通知，喊她到我办公室来一趟。"

"嫂子，我是任信元，麻烦您到秦局办公室有事相商。"

"小任啊，有什么事啊？"邓大佑的妻子宓水秀问。

"嫂子，一两句话说不清。"

"好的。"

任信元打完邓大佑妻子宓水秀的电话，马上向秦圆副长汇报李京涛局长在市人民医院住院的情况："现在病情比较稳定，生命没有大碍。"

"那就好啊，好人嘛应该有好报，这样才公平啦。今天尹向东厅长会来新州，等他来之后我们陪同尹厅一同过去慰问一下。"

"秦局还有什么吩咐？"

"噢，我忘了一件大事。你赶快联系一下新州市武警支队队长，告诉他们参加抓捕犯罪嫌疑人钱毕仁的武警战士丛来在桂馨县负伤，现在在桂馨县人民医院外科住院治疗，病情基本稳定。是否转院到新州市人民医院，请他和桂馨县人民医院的主治医生司马慰宾商量，并对他们支持公安工作表示谢意。我们会专门安排时间去看望和慰问丛来及其他参战的武警战士。"

"我马上联系。"

打通了电话，武警支队支队长桓公盖世表示这就去桂馨县人民医院看望丛来。任信元打完电话后，秦圆让他从警车上把两件防弹衣拿到办公室……

接到局办主任任信元的电话，宓水秀急匆匆地到了秦圆的办公室，一进办公室就说："秦局有事啦？"

"水秀，你先坐下……"秦圆停顿了一下，不知道从哪说起。他用柔和的眼神看着水秀，想通过她的表情，揣摸出她内心的变化。看上去水秀表情平淡，估计内心里也十分平静。于是，秦圆试探着："水秀，大佑队长在执行抓捕任务时有些擦伤，现在在市人民医院外科就医。"

秦圆话音刚落，水秀焦急地问："不会有什么大碍吧？"

秦圆沉吟半晌。水秀望着秦圆的面部表情——忧郁、担心，也猜出了一二。

水秀竭力控制着自己的情感，坐在沙发上一言不发。这时简单局长从另一间办公室进来，秦圆马上进行了介绍："这是省公安厅刑警总队副总队长兼刑侦局副局长简单；这是邓大佑的爱人宓水秀。"介绍完毕，宓水秀起立，伸出手同简单局长握手。简单没有过多言辞，他指示秦圆局长派局办主任任信元陪同宓水秀到市人民医院去看望邓大佑。

十六、擒拿幕后黑手

下午一上班，尹向东厅长主持召开了如何审讯犯罪嫌疑人钱毕仁的工作会议。到会的人员有省公安厅副厅长都来和、省公安厅刑警总队副队长兼刑侦局副局长简单、新州市公安局副局长秦圆、新州市公安局刑侦队队长宗政阳刚、新州市公安局刑侦队警官秦劳、康米粒、乐融融、蒋东胜。

根据议程安排，刑侦大队队长宗政阳刚汇报了钱毕仁到案后的情况："主要有两点：不配合、要绝食。这给我们的审讯工作带来了很大的压力。其女友咸孜孜很配合，说了些她与钱毕仁相处后的事情，但对于案件本身她一问三不知。根据掌握的情况可以认定咸孜孜与本案无关，应该立即释放。"

接着秦圆局长强调要统一认识："重点是钱毕仁人肉炸弹案的突破口在哪里，是否找准了，有没有偏颇，这就不能有认识上的误区。坚持实事求是的精神，另外要明确目标，目标是我们破案的动力。我们只有突破钱毕仁的心理防线，摧毁其精神的堤坝，我们的大部队才能长驱直入，逼近幕后黑手的大本营，将黑手擒获，给受害人一个交代。”

简局接着说：“要把现有掌握的钱毕仁的犯罪事实做一个详尽的梳理，比如监控录像、对李京涛等破案组实施暗杀，在抓捕过程中对我公安干警和武警战士开枪射击、非法持枪、藏匿制造人肉炸弹等犯罪事实。这些我们所掌握的有价值又能引导我们破案的关键资讯是什么，都要做出准确的判定。另外在审讯工作中要注意见机行事、随机应变，不能一条道走到底，要记住我搞审讯工作的那句老话：抓狐狸的人比狐狸还要狡猾，抓狐狸的人被狐狸咬着了、抓伤了，那是我们审讯人的耻辱！”简单认真地阐述着自己的观点。

刑侦专家省公安厅副厅长都来和认为：“任何一个同样的爆炸杀人案都有不同的情况、不同的社会因素、不同的形成条件，这就是事物普遍存在性与特殊性关系。就本案有哪些特征性，存在于哪些方面，我们都得去探讨去了解，比如钱毕仁为什么会走上这条不归路，他走上这条路的成因是什么，是因为穷，还是因为家庭其他因素或是因为生意场上失败，等等。我相信钱毕仁一开始绝对不是一个坏胚子，据我掌握的资讯，他高中毕业后去当了兵，是部队的狙击手。在对越自卫反击战中还立过战功，复员后他写过多篇战斗的回忆录。钱毕仁的这些经历和所写的文章说明他原来是一个很敬业、有爱心、有良知的人。我相信这些积极的东西他应当还没有完全泯灭。只要我们在审讯中抛出一点儿他感兴趣的话题，我想他会围绕我们的话题转。让他多说话，言多必失，侦查员可以通过他的破绽获取有价值的审讯素材，获得审讯的灵感。”

尹向东厅长用坚定的眼神扫视一眼大家后，斩钉截铁地说道：“空白并不代表无迹可寻，再难的案子，犯罪嫌疑人总会留下蛛丝马迹。即使一桩惊天的人肉炸弹爆炸案的大部分线索被处理掉了，也总会留下极细微的线索；就算极细微的线索也被处理掉了，至少会留下一丝决定性的证据；就算决定性的证据也处理干净了，那也没关系，有一样东西是永远无法抹掉的，那就是犯罪嫌疑人曾经犯下此案的深刻记忆。”尹厅长最后说，“大家很辛苦，但要发扬特别能战斗特别能吃苦的刑侦队伍精神，打造出我们自己的精典案例。”

正在尹厅长作指示的时候，局办主任任信元发来短信：“秦局，邓大佑的病情已经出现恶化迹象。”尹向东厅长话音刚落，秦圆急忙将这个让人揪心信息报告了尹厅长。

尹厅长一行神情凝重地来到市人民医院重症监护室外，正遇上刚从出来的主治医生巫马博文，巫马博文语气十分低沉，缓缓地说道：“邓大佑的病还在进一步恶化，已经向其家属下达了病危通知书。”

“能否转省人民医院抢救？”尹向东厅长问。

“就目前情况意义不是很大。”巫马博文说。

同去的简单、秦圆、任信元神情阴郁，眼眶里噙着泪水。

走出重症监护区，一行人与正在为邓大佑准备后事的宓水秀相遇。秦圆介绍说，省公安厅领导专程来慰问看望邓大佑，宓水秀泣不成声。她握住尹向东厅长的手说：“感谢领导的关心和厚爱。”

“你有这么一位爱岗敬业、勇于献身的好丈夫，我们大家为你感到由衷的骄傲和自豪。”尹向东厅长说。

与邓大佑妻子宓水秀告辞后，尹向东一行来到李京涛局长的病房。李京涛头部、脸部被玻璃击伤，仍然缠着纱布，露出的只有两只眼睛、鼻孔和嘴巴，右腿和右手骨折，还打着石膏。他靠在床头眯缝着一双眼，嘴巴半张半合着，两鼻孔微微喘着气。爱人王云坐在床边托着李京涛的手，好像是与久别重逢、凯旋而归的亲人诉说着彼此的依恋与温馨，分享浴火重生的那份幸运与惊喜。心惊肉跳的灾难过去后，应该享受那份大难不死必有后福的喜悦！

正当庆幸之际，尹向东厅长走到李京涛的病榻前：“老李，久违了。对不起，真的真的很抱歉，见谅。”

“不用，不要，见外了。我们两兄弟不必这样客气。”

“病情咋样？”

“我还好，别担心！”

“好的，你安心疗养，局里的事情你不用牵挂。”

“谢谢尹厅的关心，说局里事情完全放下那也不现实。我听任信元说，这次去抓捕钱毕仁时邓大佑和武警战士丛来被钱毕仁用枪击伤。邓大佑昏迷不醒，丛来的伤不会危及生命。都穿防弹衣又是同样的距离，遭到钱毕仁枪击后为什么会有不同的结果呢？”说到这里，李京涛的脸扭向一侧，泣不成声，眼泪止不住下流，“尹厅啊，如果邓大佑有生命危险，有我一份罪过呀。”

"这关你什么事啊？"尹向东厅长问。

"如果我硬顶不买账，他黎镜仁也会收手啊！"李京涛说。

"怎么这事扯到黎镜仁那去了呢？"尹厅长说。

"尹厅，那一年，黎镜仁打电话给我，要我购买1200件他老乡推销来的防弹衣。我对这玩意儿没有数，到底质量怎样，过不过关？我心里没底，于是到网上一查，这1200件防弹衣根本没在公安部注册，是彻头彻尾的假货。我马上与黎镜仁联系，开始他根本不理我，后来我发了个短信给他，这个是有据可查的。短信是这样写的：'黎副书记，由于公安经费紧张，实在没有能力购买，很抱歉。'他收到我的短信后马上打电话给我，大意是经费不用我操心，不足部分从市财政拨付。他把我逼到墙角了，那我就没有必要遮遮掩掩：'黎副书记，这不仅是经费问题，更主要是防弹衣的质量问题。防弹衣不防弹那就是要命衣，要是出了人命谁负责？我们公安干警是人民的卫士，为人民的利益可以牺牲，但不能为那些昧良心的人去牺牲啊！'可是，黎镜仁副书记不听这套，还振振有词地说：'这是命令，你李京涛只能服从，不能违抗，你违抗我黎镜仁拿你是问！'新州官场的人都清楚他黎镜仁在新州市很霸道，谁敢跟他叫板？坊间都知道，表面上王甜甜是黎镜仁的秘书，但暗地里是黎镜仁的情人。他们逐爱的场所大多在办公室和下县市调研的宾馆。他们互惠互利，资源优化配置，达到了双赢甚至多赢的效果。他们共同打造出了自己的产品——黎镜仁的私生儿子，这个儿子没有跟父姓，而是跟母姓，所以儿子叫王师野。刚出生那会儿王师野的模样看不出像谁，慢慢长大后，坊间都说是从黎镜仁那里克隆出来的产品。游守祥戴绿帽子的事被证实，游怒火中烧。那天游打电话给黎镜仁，"李京涛继续讲述着，"'黎镜仁副书记吧？我游守祥，我过去有事向你汇报一下'……"

李京涛的讲述将大家带回几年前，故事原来是这样的：

一听是游守祥，黎心里发毛："我很忙，我马上要开会。"

游守祥想，黎拒见，就说明心里有鬼。他打车到市委，来到三楼的301房间，房门紧闭。敲门，没人应答，无功而返。第二天是星期三，游改变策略，不搞预约了，而是偷袭直接来到301办公室，黎镜仁在圈阅文件。

"老黎，我恭贺你第二次做父亲！"游守祥声音很大且带着怒气。黎没吱声，怕造成影响，马上飞身关门，回座。

“有什么事好好说，你说我再次做父亲的事，你有什么依据？你作为市政府的法制办副主任，应该懂法的吧？”

“我很肯定会有依据。”

“游守祥啊，做什么事情不要任性要懂理性。你这么闹对你有什么好处？另外做人要知恩，你在桂馨县一个小小的科员，我把你一步步培养成我市最年轻的副处级干部，就凭你的资历、学识、经验，还达不到那个水准。你要知恩，但我不需要你感恩，下一步就准备把你‘扶正’。那你又是全市最年轻的正处级干部。你的爱人王甜甜现在是副处级，下一步我让她下去当个县长，等资历够了可以弄个女县委书记嘛。你们两口子到时候都是正处级，这样的黄金搭档不说全市，全省也不多见嘛。这是一件光宗耀祖的事情，你现在有什么困难和诉求尽管说。”

游守祥心里当然明白，如果没有黎镜仁的提携自己不可能仕途如此顺畅。但游守祥毕竟是文化人，他懂得人为什么活着。为了当官就可以不要人格和尊严？不，要活出自己的味道来，活出自己的尊严来！黎镜仁借我的老婆王甜甜为其生孩子，搞暗渡陈仓的勾当，挂羊头卖狗肉，用我的招牌门脸为他开店，让我游守祥断子绝孙，用一根野骨头作为我传宗接代的薪火，岂不是我们游家的奇耻大辱吗？！男子汉可杀不可辱，让我戴上绿帽又要断我后，真是欺人太甚。游守祥越想越生气，老子今天就要让你颜面扫地！

“黎副书记，唉，不能这样称呼，应该称黎镜仁，你作为新州几百万人的书记，你来新州这几年你做过什么，你自己心里明白。一开始我对你崇拜有加，后来一看在你的身上完全没有领导干部、共产党员的气味，没有一个做人最起码的良知！是哪位禽兽领导培养出你这样一个禽兽不如的市委副书记呢！”

游守祥的声音越来越大。市委办的几个人还以为是上访老百姓来市委闹事，赶忙敲黎镜仁的办公室门。这个场面把黎镜仁弄得相当尴尬、狼狈。开也不是，不开也不是。游守祥看到自己期待的效果出现，又厉声呵斥：“听着，黎镜仁我不是阿Q，我不吃带血的馒头！”说完，将黎镜仁的办公桌给掀了，整个场面一片狼藉。

那天，王甜甜在办公室写材料，她隐隐约约听出是游守祥的声音出现在黎镜仁的办公室，她多了个心眼，把本来开启的门赶紧关上。游守祥掀掉黎镜仁的办公桌后，怒气冲冲离开……

市委办的秘书游甜、干草垛、令狐安详、诸葛亮仁、轩辕祖上、匡启正6位秘书走进了黎镜仁的办公室。大家进去一看，黎副书记面容憔悴。黎镜仁看见往日熟悉的面孔呈现在他的眼前，十分难堪。其实6位秘书都心如明镜，那不是上访闹事的人，而是王甜甜的丈夫游守祥。做秘书的从来不乏睿智之人，第六感官那是相当了得。从这件事中，最起码可以猜出个十之八九来。有天王甜甜的保姆回老家有事，王甜甜带着王师野径直到了黎镜仁的办公室，尽管门是关着的，但黎镜仁亲吻王师野脸颊的声音在走廊外都可以听见。秘书们私下议论，王师野那走路的做派、那面部的笑容、那眼睛、那鼻子、那嘴型、那宽阔的额头、那嵌在眼睛上部的睫毛，等等，都有黎镜仁亲手打造过的印痕。可以说王师野就是黎镜仁副书记精气神的复制品。

游守祥怒气难消的是，说是夫妻，其实那只是法律的关系，名存实亡。王甜甜晚上有时12点还不回家，王师野不要保姆带，只好由他来哄。这个角色转换让他难以承受。这一来，游守祥不就成了黎镜仁的保姆了吗？王甜甜有时凌晨才回，上床躺着像是一具僵尸，游守祥作为气血方刚的男人也有那种欲望，可她死活不依。曾经有段时间游守祥提出要对王师野去做亲子鉴定，王甜甜总是找借口推脱，积压在游守祥心中的郁闷难以消解，游守祥只能找黎镜仁发泄。

被游守祥痛骂后的黎镜仁，心情也郁闷了好几天，即便有王甜甜的安慰，但心中郁结难以解开。他从后来身边秘书的脸色和表情已经读懂了这件事情的后果是什么。这件事就像瘟疫一样在快速扩散。如何阻止和消除恶劣影响，就看黎镜仁如何出牌了。

黎镜仁并非是等闲之辈！那天他要市纪委书记郑铜修到他办公室，研究如何消除这个政治坦途上的心腹之患。郑铜修说纪委和公安都可以给力，寻找的理由就以妨碍公务来定性。第一步先市纪委进行“双规”，或者由公安处理。这方面的业务他儿子郑津熟悉，喊他过来一下。

郑津到来后，三人就游守祥是否构成妨碍公务罪的问题进行讨论。郑津认为：游守祥有妨碍公务的行为，黎镜仁副书记正在圈阅文件处理公务，游在黎副书记办公室大吵大闹，并以暴力（掀翻黎的办公桌）威胁（要去抖黎的隐私生活）的方法，阻碍了黎镜仁副书记依法执行职务的行为。但要构成妨碍公务罪必须是后果严重，比如黎副书记被打成轻伤或重伤。就是说构成本罪必须后果严重，一般行为不构成本罪。它是结果犯而不是行为犯。当然黎副书记跟李京涛去说个情，打个擦边球，弄个能说得过去的伤情鉴定也弄得起。一弄起就马上可以将游守祥关起来，在公安刑拘给他关足30天。其间提请检察院机关批准逮捕，检察院逮捕后又可以关60天，审查起诉环节又关30天，以案情复杂为由可以多关15天。这样游守祥就可以在牢房里待135天，然后起诉到法院又可以关30天，直到判刑为止，游守祥可以待在看守所的牢房里整整180天。

黎镜仁听完郑津对本案的解读和如何将游守祥丢进大牢去，感到十分满意。黎作出这样的盘算，这180天里他可能到省城任正厅职领导。因上次省委常委组织部长亓官云涛（是黎的同乡同学）来新州考察工作时个别透露过，这期间不能出事。

黎镜仁立刻拨通了李京涛的电话，但电话始终未接听。后来发短信："有一冒犯之徒，窜入我办公室，用辱骂和暴力阻止妨碍我执行公务，对不法之徒必须还以颜色——黎镜仁。"李京涛没有理睬。后来黎镜仁给秦圆打电话，秦圆交给刚调回市局刑侦大队任副大队长的郑津（马上准备到宜环县任公安局长）具体办理。

黎这个动作后来让王甜甜知道了。毕竟夫妻一场，尽管是名存实亡的夫妻，但也不至于把他置于死地。王甜甜竭力阻止。黎镜仁再三劝说，黎告诉王，他高升到省城后，弄个副厅是没有悬念的，他的老同学亓官云涛这个忙一定会帮的。王也可以随之升迁到省城。黎告诉王，老乡推销防弹衣1200件，共得到好处费68万。为了铺垫感情送亓官云涛20万，给王甜甜20万，他自己还剩28万。听黎这么一说，王甜甜豁然开朗，觉得黎镜仁说得很有道理。于是王甜甜予以默认。

郑津先调出游守祥进入市委大院和市委副书记办公室的监控录像，再找黎镜仁作了询问笔录，又找了市委办秘书游甜、干草垛、匡启正、令狐安详、诸葛亮仁、轩辕祖上作了询问笔录。根据现有材料判断符合立案的条件。游守祥被立案后，立即进行了传讯。游承认到过黎镜仁的办公室发难，但自己是对他的糜烂生活进行讨伐，何罪之有？

郑："你不要嘴硬，嘴硬你会吃亏。"

游："我的嘴从来没有硬过，也吃了不少亏。老婆被黎镜仁霸占，王师野被假冒是我的崽，这事你们执法机关都不主持正义；我为了维护捍卫我的人格、我的尊严，找当事人去伸张正义，要他悬崖勒马，这个权利你们要剥夺。这是什么世道，还要不要老百姓活了？！”

郑：“你可以主张自己的权利，但场合不对，时机不妥。你可以去起诉他，你可以委托律师为你辩护，现在是法制社会，一切都讲究秩序。你擅自窜入市委书记的办公室而且是上班期间，人家在处理公务，而你去妨碍他执行公务，并且造成了恶劣影响！难道做得对？”

游：“他黎镜仁霸占我的老婆，是他错在先，应该先拿他法办。”

郑：“没有人去告他，法律规定是不告不理。你去告过吗？没有嘛！倒是你去市委那儿去闹过，去辱骂过他人。”

游守祥被郑津问哑了，他找不出更好的言辞来反击他，在他看来就自认倒霉吧！很快游守祥被刑事拘留——关进看守所。

到检察院起诉环节，游守祥被关了65天了。在这65天里王甜甜只去过两次。一次为他送衣服、被子，另一次为他送去一些水果。游守祥进了看守所，王甜甜成为黎镜仁全天候的老婆，上班缠绵，下班也呢喃。在外人的眼里，游守祥做了件傻事，这叫赔了夫人又折兵。游守祥脱离了黎镜仁和王甜甜的视线，他们更加胆大妄为、有恃无恐，到了无以复加的地步。他们把王师野交给保姆，在星级宾馆过起二人世界，所有费用都由吴大鹏埋单。

关到第75天，游守祥的身体状态急转直下，神情恍惚，不吃不喝。在狱中整天唱《拉兹之歌》：

到处流浪到处流浪
命运伴我奔向远方奔向远方
到处流浪到处流浪
我没约会也没有人等我前往
到处流浪
孤苦伶仃露宿街巷
我看到这个世界像沙漠
那四处空旷没人烟
我和任何人都没有来往没有来往

活在人间举目无亲任何人都没有来往
如此星辰迷茫在那黑暗当中
到处流浪
命运虽然如此凄惨
但我并没有一点悲伤
但我并没有一点悲伤
我忍受心中痛苦事幸福地来唱歌
有谁禁止我来歌唱
命运啊我的命运啊
我的星辰请回答我
为什么这样残酷作弄我

看到这种状态，看守所所长索道通，狱医漆雕考古认为有必要送他去医院救治。但索道通转念一想，游守祥涉嫌妨碍公务罪，由市纪委书记郑铜修的儿子郑津一手操办，这事主要与黎镜仁与王甜甜那些风流韵事密不可分。如果冒冒失失、轻率地把游守祥弄去医院治疗，又没有经过他们的同意，捅出事来那会吃不完兜着走。于是索道通立刻拨通了郑津的电话："郑队，游守祥现在不吃不喝，说胡话，哼歌跳舞，有时高烧不退，面容憔悴，整个健康状况每况愈下，你看咋办好？"

"索所，是这样子的，游守祥的案子现在在检察环节，已经不在公安环节。当然喽，我可以跟市委副书记黎镜仁衔接一下再说。"

说完，郑津拨通了黎镜仁的电话：

"黎书记吗？我是郑津，向你汇报，游守祥妨碍公务案已经到了检察环节。今天看守所的所长索道通说游守祥身体状态不济，有时还比较严重。为了慎重起见，我想听听你的意见。"

"郑津啊，为这事你辛苦了。游守祥他在里面有点儿不自在有点儿难受了，这是他自己造成的，他愿意作践自己，这是他自作自受！就这个案子的整体安排要有个宏观上的考量，现在办案子不像前几年那样粗糙，现在每年都有案件质量考评检查，我估计到法庭上去开庭审判可能有难度。我的意见是不一定去判刑，但比判刑还要让他难受。你知道吗？我要让他永世不得翻身，看看谁笑到最后。最近我听到检察院这边的消息就‘存疑不诉’、‘相对不诉’的处理都有困难。据我掌握的情况，最近会对案件作出处理意见。之后就以治疗为名，有严重精神疾患为由，把他弄到市精神病医院。就让他在那个地方终了！听懂了吗？另外顺便透露你的高升的事情，我专门为你量身打造了一款适合你施展才华的舞台：到宜环县任公安局长，祝你步步升高！”黎镜仁说。

“谢谢黎副书记的厚爱和培养，到新的岗位，我会尽职尽责地为维护社会和谐做出自己的贡献。关于游守祥的事，我会根据你的指示去办，到时再给你汇报，再见。”

过了半个月，检察院作出“相对不诉”之后，郑津立即准备将已经骨瘦如柴、眼窝深陷、面部蜡黄、行动迟缓的游守祥弄到市精神病医院去：“赖得新院长，你好！我是市公安局的郑津，我们有一位精神病患者准备送贵院就医。”

“什么时候送过来？”

“马上。”

游守祥被送进精神病医院后，游守祥的父母收到了看守所送来的通知书：“你儿游守祥，因患精神分裂症已送新州市精神病医院治疗。”

游守祥的父母收到通知书的第二天，就到市公安局找到李京涛局长申诉。李京涛知道本案的原委，看完游守祥父母送来的申诉报告，两眼噙着泪水。看着两位面容清瘦、衣衫破旧、言辞迟缓、两眼浊浑的老人，李京涛从衣兜里掏出500元给了他们。老人用颤颤巍巍的双手接过钱，连说谢谢。李京涛对案情没有作任何解释，只是要老人多保重身体，然后让办公室主任任信元将两位老人送上回程的车。

……

尹向东厅长已经明白李京涛所经历的当权者弱肉强食的故事，临走时与李京涛交换了一个会意的眼神。关于审讯钱毕仁，尹向东对刑侦局副局长简单说：“简局你去主刀，你亲自上，把他的铁嘴撬开。”简单副局长用稳操胜券的眼神爽快答应。

“我听说你也参加过老山的防御作战？”简局长开始讯问钱毕仁。

听到老山的防御作战，钱毕仁的话闸子打开了，滔滔不绝地讲起了他当年作战的事情：

是的，我在老山防御战中是一名狙击手，倒在我枪口下的越南鬼子不下10人。我说打死10个越军这不是吹的，敌人是死是伤，只有其他阵地的同志才能看清楚，才能观察到。每次打死一个敌人，别的阵地的战友就为他写了许多证明，这些证明写得十分详细，什么时间在什么位置开的枪。从高倍望远镜里看到的越军又是什么时候出来收的尸，尸体被抬到哪个位置，等等，全都十分清楚。

那天，太阳不是很毒，离我大约九百多米的越军阵地上，看到了七八个越军在移动。这时我悄悄地爬到了一个隐蔽位置，新兵曾运来也爬过来帮我观察。刚趴在草丛中那会儿，我就像平时射击训练那样，没有什么异样的感觉。我把标尺定好，一拉枪栓子弹上膛，把枪管缓慢朝越军的方向伸出去。当我从狙击步枪放大了25倍的瞄准镜里看到射击中心是一个人时，我的心猛地一震。这时我才想起来，这可不是射击训练，这可是真打呀！一想到我要杀人了就不知道为什么总感觉到心里有点儿发颤。这回真的要杀人了，心里说不出是一种什么样的滋味。我当时想到了他是父母的孩子，从小一把尿一把屎地抚养，养到二十来岁，跑这儿来遭枪杀。我瞄准了敌人的脑袋，心里说：我一扣动扳机，他的脑袋一定会开花，他马上就要到阎王爷那儿报到去。我又瞄准了敌人的胸膛，心里想：我一枪打过去，他肺一定炸开，胸后背一定是一个幽幽的黑洞。

我把狙击步枪的第一道火压下，就在第一道火和第二道火之间的那个缓冲地带，我果断地停了下来，因为我突然想起一位哲人关于人诞生和逝去的一段话：

你脱离母体诞生到这世界时

你哭了

接生你来到这世界的亲人们

却笑了

当你要离开这个世界要到天堂时

你笑了

可你的亲人却依依不舍

他们哭了

回想起既温馨又凄美的诗句，右手的食指一个激灵儿全部松开了，我神情相当沮丧，眼眶里噙着泪花。我不解，人为何要相互杀戮？相互排斥？共生同荣、和谐和平和气相处多么美好啊！

离我5米开外的狙击手鲍列功突然向我发现的目标开了一枪，那个越南兵应声倒地，其他的越南兵立马逃窜。这现实残酷的战争环境把我从幻觉中拉回。嚯，机会来了。在我的左前方一个越南兵从一号高地往二号高地运动，距离我600米。快，机不可失了，我马上把标尺定好后，三点成一线瞄准，排除标尺被太阳照的虚光，在判断这名越南兵运动的速度和六百米距离子弹击中越南兵的时间，我果断提前一个半体位作为瞄准点，风向是微微的顺风，不会影响子弹的飞行。一道火压下，正准备压第二道时，离我5米开外的鲍列功先我开火，一枪把那个越南鬼子给撂倒在地。哎，又一个绝佳的立功机会给鲍列功抢走了，真窝火。

但我相信，机会总会给有准备的人。就在排长准备宣布潜伏结束，撤出战斗时，又一次绝佳的机会降临。我相信这个目标鲍列功应该没有发现，那是因为他的视力不及我，射击技能和经验不如我。说机会绝佳是这时没有枪声，太阳很讨喜地露出半张脸，标尺上的虚光极少，风向正好，距离900米。但敌人在往前方移动，根据经验，背向我运动的目标，瞄准点位置应该设定在头顶为宜，就是说人在往前走，子弹在后追，最佳子弹落点，就刚好在胸部。胸部宽，受弹面积大，杀伤的几率就高。时机稍纵即逝，我迅速将狙击步枪的瞄准镜调到25倍，三点成一线，击发……越南兵踉跄几步，歪歪斜斜地栽在那！这时已经早就观察到这一行动的六班班长孙吉祥手持高倍望远镜看到了敌人倒下这一幕，并证实被击中的是越军一个尉官。我欣喜若狂，打死一个越军军官这可就铁定立功了！

可后来评功时排长向日葵脸红脖子粗地和我争了起来，他说那个六班班长是你们老乡，且平时老乡观念就很强，他说打死一个敌人尉官只有一家之言，没有证据效力。给排长向日葵这么一搅，立功的事全都黄了。连长林俊杰夹在中间他不肯定也不否定。但他知道我的个人战术、枪法、胆量在全连是非常出色的。林俊杰在给我寻找立功的机会。

那天，林俊杰神秘兮兮地将我找到连部，门是关着的。我没有“报告”就进入了林俊杰的办公室。我进去后毕恭毕敬地立着，喊了一句连长，林俊杰也没有应答，一副本来就修长的脸拉得老长。他斜了我一眼，照例抽他那红双喜。突然他把烟头在烟灰缸里迅速摁灭，一拳把办公桌擂得山响。

钱毕仁继续绘声绘色地讲述着，简单知道了事情的大概：

“连长，你喊我到办公室来咋就发这么大火咯！我错哪儿，你尽管说。”

“你错哪，你没有察觉？你看看你那熊样，这能打仗吗？你居然把军衣的第三颗纽扣扣到第四个扣眼了！你说什么意思嘛，你说啊？你现在来了个弦外之音，意思是让我林俊杰学会换位思考，可以，那你来当连长，我去当你那个三班长；你一个班长就可以叫我下野了！反了你了！你就因为打死一个越军尉官没有立功就牢骚满腹，如果这样你就会没法提高，一个真正的男人经不住折腾经不起磨难甚至冤屈那不叫男人。不公正待遇是难免的，任何时期，任何社会都存在不公平、不公正现象。你明白了吗？”

“连长，我听明白了。”

“好，你刚才是怎么进我办公室的？”

“噢，对不起，我重新来一次。”

钱毕仁进连长办公室，按部队的《内务条例》规定，必须喊“报告”，得到允许后，才能进去。部队通过这种从细微处入手的目的，在平时养成服从命令的习惯，才能在战时指哪打哪，才能召之即来，来之能战，战之能胜！

钱毕仁站在连长办公室外：“报告！”

"进来！坐！有个任务交给你：离我边境800米有一个敌哨所，海拔高500米，有6个越军。其中一个做饭的，每天两次要下到一条河边担水，这个担水的人，我这个连长想和他谋个面，请他到办公室来喝点我老家的酒鬼酒，你看我探亲时我老婆给我弄了两瓶。为了给你壮壮胆送你一瓶，但必须成功后喝，潜伏不准喝。当然适当喝点儿是可以的，按规定普通人一次喝100毫升，就能明显感觉精力充沛，它酒色清亮透明、口味醇甜柔和、酒体爽净悠长，酱不露头，兼其浓香之芳香，酱型之细腻，清型之纯净。"

连长林俊杰将一瓶湖南特产酒鬼酒送到钱毕仁的手上，又将一张军用地图交给钱毕仁。钱毕仁受命后，才刚离开，连长林俊杰又招他回来："再给你一个人，确保你安全，带你班特等射击手太叔公孙一起执行抓'舌头'任务，太叔公孙带狙击步枪执行警戒和掩护你的任务。你带把手枪、匕首、绳索去把那个舌头弄过来，我要弄点儿越军那边的情报。"

凌晨6点，天刚放亮的时候，钱毕仁和太叔公孙到达潜伏地点，然后将黑洞的枪口伸向越军哨所的方向。太叔公孙将子弹推上膛，关上狙击步枪的保险，钱毕仁巧妙地向哨所方向匍匐前进。这时越南兵阮仲林挑着水桶往这边走来。

钱毕仁心中窃喜，这是一个新兵蛋子，愣头青，青涩得不得了。当然，这说明他也很自信，这么久以来深入敌后多少趟都平安无敌。钱毕仁快速过河，潜伏在离越南兵取水的地方有20米的地方纹丝不动，等待越军进入埋伏圈。可是到取水点一看，有两个越南兵。这次潜伏泡汤了。这只能说运气不佳。功夫不负有心人，第二天"舌头"终被擒获。越南兵被带进审讯室，看到连长林俊杰为他备了丰盛的晚餐，也就慢慢地消除了戒备心理。他提供了有价值的线索。之后连长把这一线索和阮仲林交给团里审舌头的审讯股，由他们处理，钱毕仁也毫无悬念地立了二等功。

钱毕仁后来复员回到临福县，被安排到隆安国有煤矿上班，矿长王贱苟没有给他这个英雄多少面子，一个星期必须下井5天。钱毕仁在战场上捡回一条命，弄不好这条命会被瓦斯吞掉。他向王贱苟提出到地面工作，可王贱苟死活不让，并嚎叫着你当兵算个啥，到他这儿来老实待着，你待得不耐烦可以走人。

后来钱毕仁发现，在隆安国有煤矿能在地面工作的，要不是矿领导的老婆孩子、亲戚、七大姑八大姨，要不就是年轻美貌被矿长王贱苟相中的女青年。她们进隆安矿的第一件事就是接受王贱苟的“教育”，严格规定5年内不许谈恋爱。有个阿秀还差俩月就满5年了，谈了一个部队军官做男朋友，被王贱苟发现后，二话没说要她辞职还乡。没辙，阿秀只能和那位部队军官告吹。有个谢丽芳也快满5年了，只差一个月，一个年轻男老师也在追她，王贱苟就是不依。满5年后谢丽芳才与那位老师谈婚论嫁，结婚后俩人性格不合，那位老师又小气，谢丽芳在王贱苟小恩小惠的引诱下甘愿做他的情妇，还为王贱苟生了个儿子。

钱毕仁从农村到部队接受的都是正规的传统教育，到隆安煤矿后看到腐败透顶的矿风，他深感世道不公。他很郁闷，连着几天不上班，每天借酒浇愁。他几乎在那黑暗的井下看不到一丝光，也不明白自己到底为谁卖命。

咕嘟，咕嘟。钱毕仁坐在宿舍的床上，拿着一瓶沙河县的倒缸酒吹起喇叭来，他已经喝得半醉，精神有些恍惚。王贱苟听到钱毕仁旷工多天，便和矿办主任闻人相青到钱毕仁的宿舍去教训教训钱毕仁。在走廊的尽头，钱毕仁放开歌喉嚎唱着《酒干倘卖无》：

酒干倘卖无酒干倘卖无
多么熟悉的声音，陪我走过多少风和雨
没有天哪有地，没有你哪有家
没有家哪有你，没有你哪有我
假如你不曾养育我，给我温暖的生活
假如你不曾保护我，我的命运将是什么
是你抚养我长大，陪我说第一句话
是你给我一个家，让我与你共同拥有它
虽然你不能开口说一句话
却更能明白人世间的黑白与真假
虽然你不会表达你的真情
却付出了热忱的生命
远处传来多么熟悉的声音
让我想起你多么慈祥的心灵
什么时候你再回到我身旁

让我再和你一起唱
酒干倘卖无酒干倘卖无

歌声刚落下，王贱苟铁青着脸出现了。钱毕仁怒目圆睁盯着王贱苟，心里开骂了：你这个犯贱的东西，你是不是知道了我的拳头在发痒。钱毕仁在部队是擒拿高手，就王贱苟这样的土老帽，弄倒几个不在话下。

"你小子当了几天兵自以为有功，就居功自傲，在我这一亩二分地里，你好好地老实待着，不然别说我对你不客气。不上班还想领工资，没门儿！明天给我上班去，不从就将你开除！我王某人说话算数。"

"你敢动我一根毫毛，老子扒了你的皮！"

"你小子狗胆包天！"

"你这个狗矿长，你贪污腐败，你玩弄女职工，你还是不是人！你应该不是人！你是狗娘养的！"说时迟那时快，钱毕仁用左手抓住王贱苟的右手腕，右手用力将他的手腕扭转，同时用右腿别开他的双腿，双手用力一拽，将王贱苟绊倒在地。

王贱苟颜面尽失，骂骂咧咧。钱毕仁抬起右脚往其屁股上就是一脚。王贱苟一阵嚎叫，矿办主任闻人相青一边阻拦一边责骂。钱毕仁气不打一处来，照着闻人相青的脸一拳挥过去，闻人相青一个趔趄差点儿跌倒。钱毕仁右脚快速扫过去，闻人相青"扑通"生硬硬倒下去，两眼直瞪着天花板。

听说王矿长被钱毕仁打了，职工只是围观了一下就走了。但一个副矿长批评钱毕仁不该弄这么狠。事情就这样不了了之。钱毕仁领了最后几个月的工资，不告而辞，离开了那个是非之地。钱毕仁与人合伙做生意，遭人骗，负了一屁股债。为了还债，他和几个人合伙成立了公司，也顺风顺水。一次和几个朋友在一起喝茶闲聊，经人介绍认识了范仁召。一来二去，彼此很谈得来。一次他约钱毕仁去干一件赚大钱的事，说能赚几十万元……

"什么事情能赚几十万元？"简单问。

钱毕仁沉默不语，一会儿低头，一会儿抬头看天花板。或者时而把手放在腿上，时而两手交叉放在肚腩上，有时又搓搓双手……这些肢体语言全部证明钱毕仁的思想斗争很激烈，内心相当矛盾，相当纠结，相当忧虑，相当惶恐。交代不交代，什么时候交代，是全部招供还是部分招供，招供了会是什么后果，不招供会是什么后果，彻底招供会是什么后果，不彻底招供会是什么后果，是马上交代，还是推后招供，招供要满足哪些条件，不招供有什么借口，这些借口又是否合乎情理……一句话，招供了能得到什么好处，值不值，划不划算。是因为都当过兵，彼此有些共同的经历共同的语言就招供？也未免太愚蠢了吧！这样被人瞧不起，被人说成“二百五”，脑残型，坑爹型，脑袋被挤型，脑袋进水型。一次钱毕仁与几个有文墨的朋友一起相聚，开展喝啤酒PK赛。6个人每人都已经喝了三瓶，酒过三瓶既有醉的问题，也有自身下水道的问题。朋友曹相国是一个既风趣又幽默的人，他抚着钱毕仁的肩头说：“钱弟啊，我喝啤酒尿多，你喝尿多不多？”钱毕仁答到：“我喝尿多，喝尿多！”话音刚落，弄得大家哄堂大笑。都说钱毕仁有点儿二，从此大家都拿他开心：“你喝尿的多人，你是喝尿的多人！”从这次“喝尿”事件后，钱毕仁是绝对不会轻易缴械的。

“钱老板，你刚刚说你和范仁召是蛮要好的朋友，你又透露他与你做过一笔能赚几十万元的大买卖，我问你你与范仁召做过什么样的大买卖？”

钱毕仁低着头，摩挲着衣服。

“你我都曾经是共和国的军人，军队大熔炉把我们都陶冶成率真耿直诚实的人。当真人不说假话，不欺骗、讲信任也是军人的美德，在军营你赤诚忠贞赢得了部队首长和战友们的赞誉，你的军功章就是最好的说明。实话说我的军人生活没有你那么精彩，这不是妒忌而是羡慕。一生当中有那么多耀眼的光环，也是一件十分幸福并引以为豪的事。钱老板我实话告诉你，范仁召和你做过什么，我们已经了然于胸。这不仅因为范仁召被逮后彻底招供，还因为我们手上有很多的人证物证握着。我姓简的明白无误地告诉你，你不说，那是你的权利，我们绝对不搞刑讯逼供那等事。一来对你不尊重，在道德上我已经丢分了；二来我为了得到你钱毕仁的口供采取刑讯逼供等非法手段，那是对我的职责的亵渎，那我要负行政责任或者刑事责任，我的饭碗就因你钱毕仁的案丢掉了。我跟你说句心里话，搞这行我不搞有人搞，可以说人才多得很，缺了我不碍大事，可我老婆孩子我爹妈不能少了我。我因你搞刑讯逼供，砸了饭碗判刑了，入狱了，爹妈爱人孩子就缺少了我的爱，在他们心中就像天塌了下来的。这种遗憾终生的事我绝对不会做也不能做。”见钱毕仁默不作声，简单接着说，“这不是因为你不开口不招供就证明我姓简的无能无趣无招，这对我不会构成实体和虚拟的伤害。你不说，真正伤不起的是你，是你的家人。那又为什么我要做工作要你说呢？这个答案非常简单，那是我的良知和职业道德、职业操守使然。说白了，我苦口婆心对你说这些就是对你好！你不主动交代说明你顽固不悔罪不认罪，说明你的主观恶性到了登峰造极的地步。你现在仍然还存在认识上的误区，认为你不说就没有，执法部门就拿你没辙，法院就判不下来。你有这个想法我不会怪你，因为你不是干这行，这叫做隔行如隔山。对此我有告知义务，我国刑事诉讼法第46条规定：'只有被告人的供述，没有其他证据的，不能认定被告人有罪和处以罪罚。'这就告诉我们你交代过，但没有客观事实和证据来作证你的口供，不能认定你有罪和处以刑罚。相反你没有招供，依法获得的证据证明你有罪，可以认定有罪和处以刑罚，这些法律事实内部互为因果，形成了证据链。现在一种时尚叫法是无缝链接，这种链接不是人为的链接，而是一种自然的原生态的链接。在这样的一种背景下你三缄其口，你沉默，那没关系的，照样可以认定有罪和判处刑罚。我们尊重'零口供'，这是因为它有利于保护人权，它最大的意义在于唤醒人们的权利意识，就是尊重犯罪嫌疑人说话的自由。它有利于防止冤假错案，可以有效遏制刑讯供逼的现象，促使侦查人员去积极收集证据，提高侦查人员侦查水平，强化侦查人员的证据意识。'零口供'的被认可，说到底就是一份尊重人原本该有的那份自由，为防止冤假错案的发生筑起一道坚实的屏障，也为司法机关公正办案提高公信力涂上浓墨重彩的一笔。"

见钱毕仁好像有些放松警惕的样子，简单话锋一转，说："钱老板，刚才尽说办案的话题，放松一下心情好不好，我听说你原来也到KTV去K歌，喜好K什么歌？"

"喜欢《其实你不懂我的心》那首歌。"钱毕仁怀着喜悦的心情说。

"来放松一下心情，唱完这首歌就准备用餐了。来大家一起来，秦圆你指挥，舞个节拍出来。"简单起了头……

用完晚餐回到办案地点，钱毕仁用真诚的口吻说："简局，我先自己写写，就算主动交代吧，也算自己的招供书吧。经过你开导，我确实开了眼界长了见识，原来那些无聊的日子算是白过了，浪费了。你们这么人性化办案，我确实十分感动，我愿悔罪。"

简局说："我办案子以来从不强求他人说什么不说什么，做什么不做什么。我有生办案生涯以来从来都是尊重他人的选择与取舍。这个问题，个体生命是有充分的权利，今天想要说的，应当是你真实思想的反映，写在纸上的那只能是真实的坦诚的思想的载体。你现在愿意写吗？"

"我愿意。"

"这是出自你自己的真实的思想吧？"

"是的。"

"我们逼过你写招供书吗？"

"没有，完全没有。"

"那好，康米粒你提供纸笔。"

康米粒从办案的公文包里拿出纸笔给钱毕仁，钱很有礼貌地迅速起立，接过纸笔，立刻写下了《我的招供书》：

公安局的领导和各位警官：

为了我的事情让你们受累了。通过你们教育，我从心里感受到不是你们跟我过不去，这是你们执行职务的使命必须这样去工作。因为有了你们，这个社会就多一份安宁，人民的幸福就多一份机会。

在已经流逝的日子里，我有过辉煌，有过引以为荣的故事，也做过令人不齿的遭人唾骂甚至十分血腥惨绝人寰的事情，真是一失足就酿成千古恨……

走投无路之际，一个偶然的场合，我与范仁召相识，而且谈得比较投机。一来二去彼此无话不说，成了知己。那是一个月黑风高的夜晚，范仁召邀我到一个茶楼去喝茶，看到范仁召那神秘兮兮的样子，我能猜出八九来。我坐下来，他凑近我，说合伙去办一件大事。我问他什么大事，他没有正面回答我，而是问我懂不懂制作可以遥控的炸弹。我当时说会搞，当兵的对这些东西不会那么陌生，说了这些后就没往下说了。后来才知道，当范仁召知道我会搞炸弹后，立即告知了吴大鹏，吴大鹏要除掉的是翁正中。我不清楚他们之间有什么仇，有多大的仇，我都不清楚。范仁召找到我后马上与吴大鹏写了合同，约定了事成后100万。吴大鹏还给了范仁召预付款。后来范仁召答应事成后给我80万，由谁去实施操作炸死翁正中由我定，给多少由我去谈。我找到了一个打工的哈咋师，我给付他10万元做这事，他答应后我给了他1万元的预付款。他嫌少，老跟我唧唧歪歪，他说要付5万元才去弄，没有办法我再给他1万元，等于欠下8万元。我当时考虑到多给了怕他卷款跑人，不干了，这事就黄了。后来，他让我写下了欠条（欠8万元）才肯罢休，这事弄得我十分不高兴。后来就有了将哈咋师和翁正中一块炸死的主意。但表面上我同哈咋师约定：等到翁正中的奥迪车停在珊瑚宾馆门前，哈咋师开翁正中的车门将炸弹放在车内，哈咋师跑步离开50米开外才遥控引爆炸弹。我用甜言蜜语去迷惑哈咋师，但我决计只要哈咋师一接近翁正中的奥迪车后就马上引爆炸弹，把哈咋师和翁正中一起送上黄泉路。这样那张借条纯属成了道具，一个幌子，一杯迷魂汤。这样我就可以多赚8万块。为什么要把哈咋师与翁正中一块炸死，还有一个想法，如果哈咋师没有被炸死，等于多了一个活口。多一个活口就多一份证据，相对我而言就多一份危险，这弄不好哈咋师可能就是我的死穴。

当然，这只是我个人的想法，实际情况却不是那样的，你们公安有相当精湛的侦破技术，犯了事确实是无法逃脱的。由此说来，哈咋师成了我手下的冤鬼，我真后悔透了。

一开始我并不认识吴大鹏，当敲定第二天要行动在宾馆召开协调会时，范仁召要我过去才认识。吴大鹏一表人才，气度不凡，做人仗义大气。前一天晚上，吴大鹏搞定了翁正中。那天晚上我同哈咋师住他隔壁房间，他提着密码箱类似的箱子，里面装满了TNT炸药，我怀揣引爆装置睡在另一间房子里。

第二天快起床时接到吴大鹏的电话，说市委书记黎镜仁的父亲黎太华死掉了，去执行炸翁正中的事就这样搁了下来。吴大鹏当时说，就让他翁正中多活几天吧，他死，那是迟早的事情！后来，哈咋师将炸弹放置在吴大鹏别墅的地下室。

为了给黎镜仁的父亲去吊丧，我们一行人乘坐吴大鹏的宝马越野车去了黎镜仁副书记的老家。我钱毕仁第一次见到那样壮观的场面。我敢说台湾地区领导马英九的父亲马鹤凌仙去也不及黎镜仁他父亲黎太华去世那样的奢华阵势，一个厅级干部如此有人气，这说明他在官场很有魄力很有魅力，在官场很有人脉。这种阵式是空前绝后的。有人风趣地说：你要想提拔，就要在黎镜仁父亲的棺材底下趴；你要想赚大钱，你就得给黎镜仁送真钱，在其父亲遗像下烧纸钱；倘若子女要就业，你就得在他父亲的棺材底下睡（第三天扫新墓再走）。

景韵多这个出色的献忠心奉赤诚的年轻干部得到黎镜仁的青睐，不久景韵多到桂馨县当上县委书记。在黎镜仁副书记的眼里，不是看有多少真才实学、道德水准有多高尚，而是看干部忠不忠于新州市的他，要看掏腰包够不够大方，如果不是这样，你能力再大也不会被重用。

从市委书记黎镜仁家吊丧回来，就马上启动搞掉翁正中的事。那天早晨我拨通了他的电话，我是冒充他的一位朋友的声音打过去的，说老朋友的弟弟从外地回临福的钱被窃，向他借500元，翁正中答应得很痛快。他来时给我回拨了电话。可在中途出了点儿小插曲，翁正中的宝马车被人刮擦，这事弄得我十分紧张，担心上钩的鱼跑掉。这事我马上告诉了吴大鹏，吴的意思不能等鱼上钩，问翁正中在哪个地段出的事，确定后，马上过去把翁正中做了。我打电话给翁正中，他告诉了我车在什么地段出的事。但我告诉吴大鹏与翁正中联系不上。说实话我不想在车子出事那地方把翁正中给做了。为什么呢？我考虑正上班，围观的人肯定很多，如果那样会很惨，会炸死好多人，那些都是无辜之人，确实于心不忍。后来事件出现了转机，翁正中居然从那里脱身应约，当然爆炸场面很惨烈。我和范仁召走近看了现场，翁正中确实被炸死，哈咋师也给做掉了，他们身首分离。之后我们向吴大鹏“报喜”喝了庆功酒，还领了酬金。

去做翁正中之前，我前女友米粒粒回了四川，我让她回四川老家避一下，怕这事牵扯到她。做掉翁正中后，我交了咸孜孜为女友，后来这事被米粒粒知晓，她同我翻了脸。为了避开公安的抓捕，我携咸孜孜到了桂馨县的乡下躲避。

一天，吴大鹏告诉我，范仁召因用硫酸伤害李京涛的儿子李杰被捕。吴大鹏心有不甘，决心要策划炸死市公安局局长李京涛。炸死李京涛的事，他决定要我做比较合适，上次除掉他的心腹之患翁正中后，他对我比较信任了。他做什么事之前都同我沟通商量。这次要除掉李京涛，他说要充分利用李京涛要抓获我的急迫心理，将他引入口袋实施爆炸。在策划过程中颇费脑筋，他说，叫谁合适去实施爆炸？富人不能做，聪明人不能做，胆小人不能做，有子女有家有业的不能做，老头不能做，女人不能做，有正规职业的不能做。能做是能行动，智力尚可，太傻不拉几的不宜做。那个是半傻子？那天很走运，在街上逛遇到一个最适合的人选。这事花钱不多，尽管没有把李京涛炸死，据说也弄成重伤，也基本达到了预期，就算解解心头之恨吧。这事吴大鹏只付给我30万元，是转账的方式付款的。

这事完了后，我与咸孜孜一直就住在临香宾馆的507房间。住那里当时的考虑就是环境不错，比较安静，且价格比其他宾馆要便宜一些。原来为了躲避你们追捕就一直住交通不便、住居条件很差的农村。我过不习惯，我的女友咸孜孜更不喜欢住那。为了在那打发时光，有时逛逛那儿的山水或在居住的房子里轮流讲故事，我讲的故事大都是当兵那点儿事。

我当兵时，连队驻扎在离中越边境50公里的王家沟。王家沟三面环山，人烟稀少，只有稀稀落落的几户人家散住在深山之间。

我们连队有百十来号血气方刚的血肉之躯，生活在被大山封闭的枯燥的单极世界里。晨起，只有枪、炮、军马做伴；晚上只有伴着昏暗的灯光写写信翻翻报，军队铁的纪律不能与外部世界接触。即使礼拜天上街办事也是按比例外出，没有外出的战友打打扑克牌，谁输了谁头顶脸盆，脸贴白纸条或钻桌子。逢有太阳，大家就忙着洗衣被。

连队没有自来水，平时洗衣被、刷牙洗脸要到营区外的一条小溪去，这条小溪从大山深处涓涓流出与连队围墙的一条小径并行。小溪水质清冽甘美，溪石下还不时有小鱼出没，战友们临溪捉拿，打发单调的军营生活。

那时连队没有电视看，有城市兵回家从家里带回一部日本三洋收音机。无聊之时大家围坐在一起听听，乐乐，这就是军营士兵与外界接触的唯一渠道。但是部队规定，不允许收听一些靡靡之音。有违者，轻则批评，重则收缴收音机，所在的班排长到连首长处作检讨，士兵作为有污点之人不得提拔重用。

外部世界很精彩，但精彩的外部世界不属于士兵。士兵的精彩在练兵场，士兵的精彩在战场。一门心思练精兵打胜战，天天定格在吃饭、训练、休息的三维空间里，谁也不敢越雷池半步。

春日，阳光灿烂，深山淡雅的晨雾依偎着阳光的手臂携清风向临小溪洗漱的士兵送来一天的问候和祝福。那天早晨，我和住同一寝室的九班吉林东风籍战友李土林一起去小溪洗漱。洗毕，他端上一盆水为晚间洗漱备用，他走在我前头，离我10米之外。这时，从大山的深处一女青年踏着薄薄的晨雾，挽着大山的清秀，沿着小径款款向我们走来。

我可爱的战友竟想打开话匣子，试图与这位女青年搭讪，可欲言又止。他努力扭头，头随着女青年的移动而移动。这时意外的一幕发生了："嘭"的一声，我亲爱的战友李土林右脸重重地撞在了围墙上，鲜血顺右脸往下流，手中的那盆水也洒了一身，紧随其后的战友们看到这精彩的一幕都吼成一片，弄得他羞愧难当！

直到战友李土林复员，他右脸上那枚疤仍旧鲜活亮丽，成为他脸上一道风景，一个识别他的标签。我不能用高尚和不高尚去评判战友李土林。因为在每个人的心间都有爱美之心，每个人都有不同的欲望，但这欲望必须是有节制的、合理的、合法的。

有时咸孜孜教我唱歌，她喜欢梅艳芳的歌，她教我最多的是《女人花》：

我有花一朵
种在我心中
含苞待放意幽幽

朝朝与暮暮
我切切地等候
有心的人来入梦

离开闭塞的乡村，来到桂馨县城，置身于喧嚣的城市，我总觉得不得劲，好像有无数双眼睛在监视我在审判我似的，浑身上下都有不适的感觉。偶遇警察我心悸得不行，我不敢正眼看他们。我选择了比较僻静的临香宾馆住下，把两枚炸弹藏好。这两枚炸弹的炸药和雷管是吴大鹏托桂馨县委书记景韵多的一个朋友弄来的，仅用三天就制作完毕。一把64式仿制手枪也是通过一个朋友从云南那边买来的，多少钱记不清了。这把手枪自从弄来后，我就一直没有让它离开过我，只要人走就带上，睡觉时放在枕头底下，子弹上膛，但从来不关保险，随时准备应战。我的想法是同样的武器成败就在千分之一之差，这就说明随时处在待发状态的子弹加之反应敏捷能抢占先机先发制人，这才有胜算的把握。

在闭塞的乡村我时常挂砖头练臂力，练精度，我很明白自己做了不地道的事，有一天枪是可以派上用场的。

那天阳光灿烂，我和咸孜孜热情奔放，拎着64式手枪在小树林窜。玲珑的小鸟热情不变，一路飞翔一路唱，一副好客的模样，真让我终身难忘。走出林子我有了射击的欲望，三枪连放，真还有当年狙击手的范儿。回到农舍我有了创作的意念，到住户那找来纸和笔，努力寻找诗歌的翅膀和诗歌的眼。沉吟半晌，一首《让子弹长眼》就马上出场：

当你聆听到小鸟的啼鸣声
你的心海会泛出
有规律的声纹
当你用心去感悟小鸟鸣叫声时
你感觉出

它就是天使
它就是传奇
它就是圣洁的化身
你能感悟到
小鸟的声音传递过来时
有热量
有波纹
有期盼
甚至像点燃的星空那样奇妙
当你进入射击状态时
我是谁
不知道
从哪儿来
不知晓
你手上握的是手枪吗
不清楚
一种忘我的状态
一种超越时空的静态
如同进入了仙境
或是似梦非梦
发射时弹头与空气的亲吻声
可以浑然不觉
但你分明能清楚判别
手枪的缺口如同张家界天门山那只洞
手枪的准心口如同法国那尊埃菲尔铁塔
手枪所指向的目标
如同林肯号航母上那颗雷达
你让这三种元素在你心目中
迅速整合移位

出现在十分清晰的
三点一线的境界中
这叫做尽收眼底揽入怀中
气息流畅气定神闲
在食指轻轻压扳机第一道火时
紧接着不断地持续向扳机施压
旋即用你的第六感官
检查一下三点一线是否还在
正确无误
子弹正处在千钧一发的状态
教材说的是有意击发无意响
怎样把这个抽象的理论物化呢
平素里你曾有过看天鹅的故事
当你不经意间
稚幼童声贯耳而来
看
天上有群天鹅摆上人字形了
好好漂亮呢
你下意识抬头
你把下意识抬头的那一刹
移植到千钧一发这种状态里
不知不觉击发
一种自然的
下意识的情感流露
圣洁的弹头穿靶而去
扎进泥土的怀抱
如同婴儿呱呱坠地
被母亲抱起
接受母亲那无私的抚爱

写完我心爱的诗，吴大鹏打来了电话，要马上行动。一切都按自己沙盘推演的进行。

那天晚上我入住的临香宾馆突然停电，这时我已经洗完澡拎着枪准备出来，突然有人敲门说是送应急灯的女服务员。黑灯瞎火的，咸孜孜也有点儿害怕。作为有战场经验的我，我的第六感官告诉我，这里一定有诈，有人为的痕迹，这属经警方精心策划的瓮中捉鳖的把戏。我把神经调到应对紧急状态最高档位，准备全力应对这场危机。如果我被控制，警方逼急我，我准备同归于尽。这没有原因，反正早晚得死，这种死法还痛快些。

外面还在敲门，咸孜孜问我开不开门，我稍稍犹豫了一下（其实这个稍稍犹豫是我在整理应对可能出现危机的思路）。我答应开门，咸孜孜走近拧锁，马上从半开的门外透出不太柔和的光，门大开后把整个房间的黑暗驱走了，拥进来的只有雪亮的光和手提应急灯的女服务员。女服务员进来后，把应急灯放在了茶几上，她这个动作相当熟练，像被排练过后才有的那种娴熟。就一两秒的工夫，女服务员的身后就闪出武警人员，向我挤压过来。我当机立断，照着模糊不清的身影连开两枪，我还想开枪（因为共装了7发子弹）但来不及了，没有机会扣动扳机了。那两人如同闪电一样迅速将我的左右手钳住，另一个人立刻给我套上了黑色头套。黑暗又降临了。光亮被隔在头套的外面，眼睛看不见任何东西，耳朵只听见房内有翻动物件的声音，像是搜查什么东西，另外还听见我的女友咸孜孜伤心的痛哭声。这让我很纠结很痛苦很无奈很愧疚，但一切都已成定局，自己种下的苦果只能自己去品尝，我心如明镜，天底下找不到后悔药！

我被戴上手铐、架到车上后，又戴上了脚镣，警车一路急驰……

我深知自己罪恶深重，死有余辜。人如果有来生我愿做个好人善人，不给和谐社会制造杂音。为了赎罪，我愿我死后把器官捐献给那些需要的人：

有生才有死，不死生亦止。

光着屁股生，撒开双手死。
世间最公平，莫过生和死。
遗体尽献医，为生造福祉。

我的供词就是这些，有些冗长和啰嗦，是因为思维有些不济。对现在的她我心有所系，不知道你们同意不同意，我想见见她。

秦圆看后，要钱毕仁说出“她”的名字。

钱毕仁：“我想见见咸孜孜，就一面。这一面或许是最后一面。在我的生命中曾经拥有过她，所以我时常想念她，她是我生命中很重要的人。我很珍惜这样的拥有，尽管来去匆匆，但大家彼此都轻轻松松。”

秦圆：“好，满足你的愿望。”

秦圆指示刑侦大队大队长宗政阳刚拨打咸孜孜的电话：“喂，你是咸孜孜吗？我是新州市公安局的宗政阳刚。是这样的，你的男朋友钱毕仁在我们这，他说也有那么久没有见面了，想和你当面聊聊，你现在方便吗？”

“好的，我也想看他了，他现在还好吗？”

“他的精神状态很好，与我们配合得也很好。”

“谢谢你们对他的关怀。”

一见面，俩人相拥相泣，互相问候。拂去一切的伤痛，抚平心中的遗憾，咸孜孜要和钱毕仁合唱一首他们自己编写的歌：

明媚的阳光
天空多晴朗
我和你初次相遇的地方
浪漫的擦肩
莫名的想念
奇迹出现的那一天
晚上星星多闪亮
那次我送你回家的路上

如水月光
星星多闪亮
那次我送你回家的路上
如水月光
多么的难忘
你的影子不断萦绕在我身旁
在那遥远的地方，有位好姑娘
她温柔善良，他的美丽令人神往
梦在远方，心不再流浪
插上翅膀，爱是天堂
梦已起航，幸福的方向
张开翅膀，爱就是天堂

唱完，俩人再次相拥，然后咸孜孜离去。

这时秦圆走近钱毕仁说："根据我们的办案流程，我们要对你进行讯问，下面由宗政阳刚、申屠光良对你进行讯问。"

完整的讯问笔录如下：

新州市公安局讯问笔录

时间：2004年6月29日15时10分到18时03分

地址：新州市公安局讯问室

讯问人：宗政阳刚

记录人：申屠光良

被讯问人：钱毕仁

告知：我们是新州市公安局的工作人员（出示工作证、执法证），你因为涉嫌犯爆炸罪、私藏枪支弹药罪，今天依法对你进行讯问，并进行同步录音录像。根据《中华人民共和国刑法》和《中华人民共和国刑事诉讼法》的有关规定，你在诉讼中享有以下权利，承担以下权利和义务。

权利：有权使用本民族语言、文字进行诉讼；有权申请公安人员回避；有权聘请律师提供法律帮助；如被羁押，有权约见驻看派出所的检察官进行投诉、控告；有权申请取保候审；多公安机关采取强制措施超过法定期限的，有权要求解除强制措施；申请补充鉴定或者重新鉴定；核对讯问笔录，如果记载有遗漏或者差错，有权提出补充或改正；有权亲笔书写供词；对与本案无关的问题，有权拒绝回答；有权控告公安干警侵犯你诉讼权利和侮辱你人身的做法。

义务：对侦查人员的提问应当如实回答；核对无误后在讯问纸上签名按印；亲笔书写供词；在符合法定条件的情况下承受各种法定强制措施，接受讯问、搜查、扣押等各种法定侦查行为；如果串供、妨碍作证、打击报复证人、隐匿证据或者毁灭证据，就要承担相应的法律责任。

问：以上的权利和义务是否听清楚了？

答：听清楚了。

问：你的基本情况？

答：我叫钱毕仁，男，38岁，汉族，中专文化，身份证号码：（略），临福县人，家住临福县桃园乡望花村2组，手机号138××××××3。

问：你是否有其他曾用名、别名、绰号或笔名？

答：没有。

问：你的家庭成员。

答：妻子阚燕梅，36岁，在家务农。女儿钱甜，14岁，在校生。儿子钱旭东，12岁，在校生。

问：你的工作经历？

答：1984年12月20日当兵入伍，服役于云南省军区边防某师，当战士、班长；1988年10月复员到临福县隆安煤矿，井下工人；1990年辞职并自谋职业至今。

问：是否人大代表或政协委员？

答：不是。

问：你是因何事到这里来的？

答：是因我触犯了国家法律，犯了罪才到这里来的。

问：你犯有什么罪？

答：什么罪我搞不清，犯有人命案，这应该属于大罪、重罪，我只知道杀人偿命。

问：人命案是何年何月发生的。

答：2003年8月23日上午8点多发生的。

问：那天发生的人命为何与你有联系？

答：肯定有联系。

问：是怎么个联系法？

答：那个爆炸是由我摁的遥控器。

问：你哪来的遥控器？

答：我购买的。

问：是谁让你去购买？

答：这是我听范仁召的。

问：范仁召是什么人？

答：也是自由职业人。

问：他怎么叫你弄引爆炸弹的遥控器呢？

答：我开始不清楚，后来才知道他是受吴大鹏指使的。

问：吴大鹏是什么人？

答：他是临福县的首富，听范仁召说有一个亿资产。

问：一个那么大的富商老板，为什么托范仁召邀上你干这等事呢？

答：吴大鹏与翁正中在矿山开采过程中结下梁子，积怨很深，是吴老板眼中的钉子，吴出了100万要搞定翁正中。

问：这事你们是怎么谈妥的？

答：吴大鹏包范仁召搞定翁正中100万元，范仁召和我约定从100万元中付我80万元。

问：这80万什么时候付给你的？

答：这事谈妥后付了一少部分。这一少部分包括三个方面：一是付给拎炸弹的哈咋师一点儿；二是炸弹的材料和遥控器用掉一点儿；三是我自己得了一点儿。后来把翁正中搞定后其余部分付齐了。

问：你所制作的炸弹，为什么就那么自信可以将翁正中炸死？

答：这个我做过试验。

问：这个试验是怎么做的？

答：炸翁正中的事谈妥后，我没用多久就把炸弹制作好了。能不能一弹搞定，这我也没底，我就是提出做个试验，是在一个偏僻山凹里做的。当时我和范仁召到市场上买了一条二十多斤重的大黄狗装进铁笼子，将它放置在离炸弹五米的地方用草盖住。为了慎重起见，这事我没让哈咋师知道，如果试验的狗炸得很惨的话，叫他拎炸弹去接近翁正中会有恐惧感，那这事就有可能泡汤。试验很成功，五米之外的大黄狗和那只铁笼子从寂静大山中蒸发，效果相当好。所以我们对搞定翁正中信心满满，这事告诉吴大鹏后他还把我们一阵夸赞。

问：后来呢？

答：后来吴大鹏要我们抓紧时间，不能再拖了，我马上行动，炸弹用了两天就可以用于实战了，就可以形成战斗力了。

问：形成什么战斗力？

答：就是我可以摧毁敌方的工事，对他的防御构成了威胁，完全可以将敌人置于死地了。

问：接着讲。

答：说好用电话引诱翁正中进入珊瑚宾馆的埋伏圈实施爆炸。当天还算顺利，他满口答应来，尽管出了点儿小插曲但还算顺利。

问：还算顺利怎么理解？

答：就是最终把翁正中搞定了。

问：搞定了什么意思？

答：就是把翁正中给炸死了。

问：你怎么知道翁正中被炸死了？

答：我摁下引爆炸弹的遥控器钮后，产生了巨大的冲击波，附近建筑物的玻璃全部被震碎。冲击波后马上升腾起一朵十分壮观的蘑菇云，没等那朵云消散我和范仁召就跑过去看，翁正中那部奥迪车全部被摧毁，还引起了燃烧。翁正中被炸成肉丝状，那颗头滚落在地，最显眼的是那两只眼睛，极力地张开怒视着周围的一切，一只手还在抽动。

问：从你刚才描述的情况看，翁正中确实死了。

答：确实死了。

问：你把一个活生生的人给炸死了，当时心里恐惧吗？

答：很恐惧。

问：既然恐惧为何还要到爆炸的现场去实地察看呢？你就不怕公安局抓你吗？

答：爆炸前有约定炸不死就给一半钱，炸死就全部付。去看是确认翁正中被炸死了。至于说公安抓人的事，我估计抓人也没那么快，破案也要一个过程。

问：你和范仁召走近了爆炸现场，你还看到过什么？

（沉默）

问：你可以沉默，你可以不答。这是你的权利，我们也尊重你选择的沉默。

答：我……我在回忆，我在整理思路。

问：你现在回忆清楚了吗？

答：好，回忆清楚了。这次爆炸哈咋师也被炸死了。

问：你怎么证明他死了呢？

答：那天我看见哈咋师拎起密码箱似的炸弹，快速接近翁正中时我就引爆了炸弹，应该“必死无疑”。

问：你要哈咋师去执行炸死翁正中的任务，有过什么约定吗？

答：有约定。

问：有什么约定？

答：讲好的，先付一部分钱给哈咋师，等炸死翁正中后再付给哈咋师另一部分。

问：继续讲。

（沉默）

问：留下的大部分钱，你是怎么付给哈咋师的？

答：没有付。

问：为什么不付给人家，你答应的呀！

答：他人死了。

问：他怎么就会死了？

答：我想让他死。

问：为什么？有什么深仇大恨吗？

答：谈不上深仇大恨，只是想自己把余下的大部分钱独占了。

问：你在爆炸现场还看到什么？

答：有几个人横七竖八地倒在地上哭喊，有的脸上血肉模糊，有的缺胳膊少腿，有的肠子外露……我记得很清楚，一个小姑娘被炸断一条腿，在地上爬着喊妈妈。

问：被你操控的炸弹炸死炸伤那么多的人，有大人有小孩，你和他们有什么积怨吗？有什么不可以原谅的事吗？有什么不能饶恕的罪过吗？有杀父之仇夺妻之恨吗？

（沉默，继续沉默）

问：请回答问题。

答：我心里好难过，我趴在凳上休息一下，可以吗？

问：可以，我们尊重你的需求。

答：谢谢你们的关心。

问：现在心情好一些吗？

答：好些了。

问：请如实回答。

答：那么多无辜的人死伤，也给他们的家庭造成了难以弥补的伤痕，那是我钱毕仁的罪过，我愿意接受政府对我最严厉的惩罚。

问：你在实施爆炸之前，你预见到爆炸会造成一些无辜人员的伤亡吗？

答：我估计过，我想到过会给无辜的人造成伤亡。

问：你既然预见到会给那么多无辜的人造成伤亡，给人造成心灵和肉体上的伤痛，为什么就没有良心发现呢？

答：说到底就是为了那几个钱，为了钱就不顾及他人的感受了。这违背了做人的良知。

问：你的行为就仅仅违背了良知吗？

答：我违背了国家的法律。

问：你违背了国家法律，那怎么办？

答：接受惩罚。

问：还有什么需要向我们交代的？

答：我还做过另一起人肉炸弹。

问：你把详细情况说一下。

答：炸死翁正中和哈咋师后，我躲藏在桂馨县的乡下。一天，吴大鹏打电话给我，要把你们的局长李京涛也做掉。做掉后付60万元给我，弄残给我30万。后来我做了，但没做成，只把李京涛弄残，也只得到了30万元。

问：你为什么答应去做掉李京涛局长呢？他与你有过仇吗？

答：做掉李京涛局长只是吴大鹏的旨意，我是执行者，有钱就干没钱就不干，这事和仇几乎不搭界。即便是因珊瑚人肉炸弹案来抓我，我认为人家是管这事的，他不管就会失职。我是这么想的，至于说吴大鹏怎么想的，那就不清楚了。

问：你怎么知道没有把李京涛局长做掉呢？

答：我引爆炸弹后，跑步过去看了现场，现场很血腥。前面的第一部警车翻倒在路边，医院的救护车来后，李京涛和另外一名公安被抬上了担架。

问：你当时还看到了什么？

答：就这些。

问：你再回忆一下，是谁为你拎炸弹去实施炸李京涛的。

答：是辛子元。

问：辛子元是什么人？

答：是一个癫痫病患者。

问：你怎么知道他是癫痫病患者？

答：我亲眼所见。

问：在哪亲眼所见？

答：在桂馨县临香宾馆。

问：在临香宾馆什么地方？

答：在一个房间里。

问：他到那开了房？

答：是的。

问：他到那开房干什么？

答：房是我为他开的。

问：你为什么为他开房？

答：为了去炸李京涛，在临香宾馆住了一晚。

问：去炸李京涛的事你跟他说了？

答：没有说。

问：为什么不说呢？

答：这事哪能跟他说呀，告诉他他肯定不干嘛。

问：那你怎么说的？

答：我告诉他去做矿石生意，我指着炸弹说，这就是矿石，他信以为真。

问：他凭什么相信你的谎言？

答：我付给他一些现金，他家里很穷，给了点儿钱，他很高兴也很乐意。另外到他家时我给了他母亲200元。

问：后来呢？

答：后来他乐意做那事。

问：什么事？

答：对李京涛局长实施爆炸的事。

问：实施了对李京涛的爆炸后，你还做过什么呢？

答：我又准备了第三枚炸弹。

问：为什么？

答：自己做了那么多的坏事，等于有三条人命案，公安要抓我是迟早的事。如果到了无法逃避的那天了，只有同归于尽，那也死而无怨了。

问：你把人家炸死了，去抓你有错误吗？

答：肯定没有错。

问：既然没有错，你要与抓你的公安同归于尽，那是什么道理呢？

答：没有道理。

问：既然没有道理，为什么又要做呢？

答：我自己也说不清楚。

问：什么说不清楚？

答：道理说不清楚。

问：你有那么丰富的知识和阅历，怎么这样的道理都说不清道不白呢？

（沉默）

问：装傻吗？

答：我有点儿傻。

问：不要答非所问。

答：我确实是一时迷糊。

问：这事迷糊？炸死翁正中、哈咋师是迷糊？炸死辛子元，炸伤李京涛、甄亮是迷糊？你犯了那么多事，公安要抓你，你准备还要迷糊一次，来个一锅端——同归于尽？

（沉默，两手捂住脸）

问：怎么啦，见不得人啊？

答：这事确实见不得人！真后悔，几辈子的事情啊！

问：你想与公安同归于尽，咋就没有同归于尽呢？

答：我坐在沙发一端，遥控器在衣兜里，晚上10点来钟忙乎了一天有点儿困意了，就去洗澡。遥控引爆装置放在了床上，也就没有同归于尽的机会了。

问：这事没弄成是不是有点儿后悔？

答：是的，如果那样就没有今天这样的场面了。反正要死一回，不如早点儿结束算了，反正活着也防这防那，担惊受怕。

问：你这一招没有弄成，你不还准备了另外一手吗？

答：嗨！毕竟当过兵，做什么事尽可能有几手预案，有备份有预备队，那叫做有备无患、居安思危。

问：你准备这手派上用场了吗？

答：用上了。

问：怎么用上的，详细说说？

答：我离开炸弹遥控器就拎着枪进了浴室，洗完准备走出浴室时，灯熄了！我心开始犯疑，可能危险就要降临了！我的神经处在高度戒备状态，右手的食指肚压在了手枪的扳机上，随时准备开枪！这时我听到一个女服务员在敲门，说是送应急灯。咸孜孜拿不准，问我开不开，我迟疑了一会儿，但最后要她去开门。那个女服务员手里拿着应急灯往咸孜孜那儿靠，这时紧随其后的人向我快速抵近，我眼疾手快连开两枪将他们放倒。跟在其后的俩人半蹲式像风一样向我扑过来，我当时还想开枪，但为时已晚，那两个人迅速把我摁在地上，动弹不得。他们将我的两手反铐，随后戴上头套。被他们架出门时，我听到我的女朋友咸孜孜在哭泣，我心当时五味杂陈。

问：你开了几枪？发射了几发子弹？发射子弹的枪是什么枪？

答：开了两枪，打了两发子弹，是仿64式手枪。

问：64式手枪的弹匣装了几发子弹？

答：弹匣内共7发子弹，最大弹容，就是说只能装7发。

问：你64式手枪和子弹是哪来的？

答：是托朋友从云南买来的。

问：花了多少钱？

答：不清楚了。

问：你的朋友叫什么名？

答：我可以不回答吗？

问：当然可以，但需要说原因。

答：这个朋友已经在云南那边给人做掉了。

问：你这位朋友弄了几把手枪和子弹？

答：就一把手枪，子弹100发。

问：我们共缴获手枪一支，子弹5发。在抓捕你的过程中你向我公安干警开了2发子弹，那还有93发子弹呢？

答：平时和朋友到山林去玩打鸟、向树开枪练习枪法，就剩下这7发了。

问：你的枪和子弹借给过你的朋友吗？

答：没有，从来没有过。

问。你为什么突然想到买手枪呢？你当时出于什么考虑？

答：手枪在部队是首长的防卫武器，它有秘密性强、携带方便等特点。我买它主要两点考虑：一来在部队玩枪，有部队的情结，一摸到枪就想到在部队的生活；二来可以防身用。

问：你知道我国刑法有关个人禁止拥有枪支的条款吗？

答：这不太清楚。

问：你拥有枪支是什么行为？

答：是违法的行为。

问：珊瑚宾馆爆炸案之后，你为什么选择逃跑藏匿，而不选择投案自首？

答：有侥幸心理，有一种自我保护的本能。

问：今天的询问你有什么感想？

答：当今这个时代，有时候人不如猪呢。人和猪的区别是什么呢？猪一直是猪，而人有时候不是人！听你们的问话，是一种智力、智慧、经验的会餐，让我终身品味，终身难忘；我不想活了，但现在却不想去死，死也死不起啊！

问：你从一开始操纵新州珊瑚宾馆人肉爆炸案，到制造暗杀新州市公安局局长爆炸案，再到开两枪击倒两名公安干警枪击案，还有非法拥有枪支弹药案，时间跨度这么长，涉及的人和事那么多，你还记得这么清晰准确？

答：因为这些事情是我自己做的，亲身经历，所以记得清楚。

问：你觉得今天的讯问如何？

答：很和平也很文明，我很受教育，我很欣赏、佩服你们的敬业精神。

问：你还有什么需要补充的吗？

答：没有了。

问：你以上讲的是不是事实？

答：是事实。

问：我们今天对你的讯问是不是依法的？

答：是依法的。

问：今天的讯问就到这里，请你核对讯问笔录。如果记录有遗漏或者差错，你有权提出补充或者改正。如果没有，请在笔录上签字按印，以示负责。

答：好的。

侦查人员签名：宗政阳刚、申屠光良

被讯问人签名：钱毕仁

宗政阳刚和申屠光良对钱毕仁讯问完毕后，立即将笔录送达到简单和秦圆手上。两位领导阅完笔录后，相视而笑。

简单认为这份讯问笔录记录的事实清楚，提问达到了非常高的智慧和技巧，柔中带刚，绵里藏针，不动声色，达到了温水煮蛤蟆的效果。犯罪嫌疑人钱毕仁配合不错。通过这次全面系统的询问，开拓了我侦查的方向，确定了我们侦查的策略。

秦圆用"到位、精准、依法、文明"进行了概括，他觉得这是一篇比较经典的讯问笔录的范文，值得推介。在锁证固证方面有独到之处。秦圆接着说："你们抓紧办理相关的法律文书，刑事拘留后，要送达文书告知其家属，24小时内到看守所进行第一次问话。"

"好的。"宗政阳刚答。

"记住，现在万里长征刚迈开第一步，后面的路长着呢！要做的工作千头万绪，我们既要争分夺秒也要注意加强防范。简局啊，钱毕仁被抓和被刑事拘留后，吴大鹏以及身后的保护伞会不遗余力地加以渗透、串供翻案，或者抹黑我们的办案人员。注意：所有办案人员不得参加不明原因的应酬，非参加不可的要执行报告制度；主办钱毕仁案的干警名单要保密，所有的办案卷宗不得离开办公室，那些卷宗材料比人民币还值钱啦；在看守所关押钱毕仁的监号要有我们自己的眼线，以防万一；眼线的人员名单要保密；浮出水面的吴大鹏要赶快指定案件承办人，主要是收集资讯和相关情况。吴大鹏到案前做好侦讯预案，组长实施审讯工作。"话音刚落，秦圆接到了任信元打来的电话："秦局啊，邓大佑的爱人宓水秀刚才给我打来电话，说她已经收到了医院的病危通知书。"

"任主任，我马上和简单副局长去医院看望邓大佑，安慰家属。另外，你通知政治部人事科长厉骇做好应急的相关工作，并一同前往医院去了解邓大佑的病情动向。"说完，秦圆和简单一同前往市人民医院。

十七、英雄含恨

秦圆急冲冲来到市人民医院，在巫马博文的办公室里，简单和秦圆听取了巫马博文医生对邓大佑病危情况的介绍。巫马博文用右手扶了扶那副金边眼镜，稍稍扫了眼大家的面部表情，微微地清了清嗓子说道："邓大佑同志的体温由一开始的37.5℃、38℃、38.2℃、39℃已经上升到现在的39.6℃，从目前看还有持续上升的可能；脉搏增快，大于126次/分钟；呼吸频率改变；血压低：收缩压80mmHg，舒张压60mmHg；瞳孔散大对光反应消失；角膜反射减弱，病变已经侵犯桥脑。巫马博文讲述完邓大佑已经出现异常的体征后，稍作停顿，用低缓沉重地声音告诉简单和秦圆两位领导："你们来之前，我们院方已经下达了第二次病危通知书。"

秦圆听了巫马博文对邓大佑的病情介绍，心情无比沉重，也深感自己肩头那沉甸甸的工作责任。李京涛局长被炸成重伤住院；钱毕仁的爆炸案虽然有了突破性进展，但还有大量的调查取证固定证据的工作要做；新州人肉爆炸案主谋吴大鹏还没有归案，他能否归案，充满了巨大的变数；就是到了案，也不一定就是砧板上的肉，那后面藏着十分诡秘的因素。想到这些，秦圆的背脊感觉拔凉拔凉的，这次偶然事件被迫当上了“一把手”，接下来发生的事情都出乎意料地让他品足了当“一把手”的滋味。

自从当上“一把手”，秦圆一举摘掉了“妻管严”的帽子，妻子嘘寒问暖关心备至，自己过着衣来伸手饭来张口的贵族生活。以往妻子分配给他的买菜做饭等家务活动全免。晚上妻子都不敢和他同睡一张床，怕影响他休息。以前做家务不太积极，妻子就用训斥的口吻说：“叫你干！你咋就还没干呢？”现在他有时干点儿小活，妻子就开始教训了：“叫你不要干，你还要干！你现在要尊重你自己的身份，都‘一把手’了，尽管是‘代’第一把。估计要不了多久就能扶正，到那时我也能沾点儿你的光了。”亲戚朋友得知他代了“一把手”，礼物送了一大堆，最多的是牛奶，临走时都说：“一把岁数了，要注意多补钙。”

虽然他非常低调地处理代理“一把手”的事，但还是被多嘴的同学知道了。他们奔走相告，相互通报老同学的荣升。一天，同桌的王静波同学突然给他打电话：“老秦啊，听说你现在是‘一把手’了，这么大的事都不告诉一声，你当了‘一把手’就瞧不起老同学了？我们几个要好的同学准备到你家去拜访一下，考虑到你刚上来公务繁忙怕影响到你，看哪天有空我们聚一聚。”那天工作不怎么忙，受几个老同学之约，秦圆到一家饭店就餐，备受同学们的关心，点的都是补气血的食品佳肴，唯恐他身体营养不够似的。一顿丰盛的晚餐过后，秦圆拒绝了老同学K歌的邀请，便拖着疲惫的身体回家了。

第二天上班不久，局办主任任信元打来电话：“秦局啊，李京涛局长听说邓大佑病危想去看一看。”

“他咋知道这事的？这事我们都一直保密的啊，怕影响他的病情嘛！你告诉他，我和简单局长马上到他病房去。”

安慰完邓大佑的爱人后，简单和秦圆到了李京涛局长的病房。看上去李局长气色颇好，医生说恢复得不错，用不了多久就可以出院了。看到简单和秦圆局长来看望自己，李京涛心情十分激动，大家一一握手互相问候。简单握住李京涛的手说：“你这叫浴火重生，大难不死，必有后福啊。”

“谢谢简局的祝福啦！”李京涛说。

“事实证明，今后仍然会证明，好人有好报。”秦圆说，“李局，刚才听说你要去看邓大佑，你觉得现在方便吗？”

“没事的，听说邓大佑病危，我心里很难过。事情发生后听说你两位把武警战士穿的防弹衣和邓大佑的防弹衣再次进行了实弹检验，进一步证明了邓大佑当时身上穿的防弹衣确实是赝品。我当时竭力反对黎镜仁强力推荐的防弹衣，可是官大一级压死人，他黎镜仁滥用职权压着我买那批防弹衣，背地里搞行贿受贿，把我们公安干警的生命当儿戏，作为市委领导真是无耻之极了。这事不管咋说，我都难逃干系，我愿意接受组织的处理！”

“李局啦，你也没有必要往自己身上揽过，这事不是你的责任嘛，从头至尾我很清楚。”秦圆说。

“还是那句老话，实事求是，你的口碑别说是市局，就是省厅也是没得说的，做人做到这份儿上已经不容易了。”简单说。

李京涛面带愧疚和自责的表情来到邓大佑的病房，可是医生不让他们进去看望，只能隔着玻璃看到一个模糊的影像。尽管如此，李京涛还是怀着沉重压抑的心情恋恋不舍地不肯离开。在另一间房里，李京涛握住邓大佑妻子宓水秀的手说：“多保重。”说完，含着眼泪被简单和秦圆搀回了病房。

简单和李京涛、秦圆离开不到半小时，医院对邓大佑下达了第三次病危通知书。秦圆马上报告了省公安厅厅长尹向东：“尹厅长，邓大佑的家属收到了院方送达的第三次病危通知书，看来他已是凶多吉少了。”

“秦局，我会安排省厅政治部的同志去看望和慰问，明天我和都来和副厅长拟赴公安部参加刑侦工作会议，请保持联系，请多保重。”尹向东厅长挂断电话后，又立刻打电话给政治部主任冯国才，“喂，国才主任你好，你到我办公室来一下。”

“好的。”

冯国才急冲冲来到尹向东的办公室，看见尹厅一个人在暗中擦拭眼泪，冯国才马上退了出来。没有别的，只怕影响尹厅的情感宣泄，冯国才知道尹厅是个性情中人。

看到冯国才过来，尹厅急忙擦拭挂在脸颊的泪水，他怕冯国才看到他那痛苦的神色，马上将杯子里的水倒在手掌上，旋即往脸上抹了一把，用纸巾擦干后，招呼冯国才进去。

“尹厅好。”冯国才一进门就向尹向东厅长问好。

“不能说好，应该说还算好。”尹向东厅长答。

“尹厅，有哪些事情不尽如人意呢？”

“一言难尽，具体的事以后再说吧。国才啊，昨天接到新州市副局长秦圆的电话，前段时间去执行抓捕珊瑚人肉爆炸案主犯钱毕仁时，特警大队长邓大佑中弹倒地，在新州市人民医院抢救，医院已经向家属宓水秀下达了第三次病危通知书。今天上班刚到办公室又接到新州市副局长秦圆打来的电话，说是邓大佑已于今天凌晨6时48分去世。唉，一个年仅36岁公安精英的生命就这样画上了遗憾的句号！国才呀，你立刻落实两件事：第一，马上召开一个新闻发布会，邀驻省中央各大媒体以及省内的各大媒体参加；第二，安排人事科长诸卫东、宣传科长公西恭喜，收集撰写宣传特警队长的先进事迹。现在就立刻动手去做，你在省城主持邓大佑因公殉职新闻发布会。明白吗？”

“我听明白了。”

冯国才一出尹向东厅长的办公室，马上下到三楼找宣传科长公西恭喜。公西恭喜看到冯主任来了马上很有礼貌地站起：“冯主任，有什么吩咐吗？”

“你赶紧通知中央驻省的各大媒体和本省在省城的各大媒体朋友，我们下午3点在省公安厅会议室召开新闻发布会。通知之后，你和人事科长诸卫东赶赴新州收集采访特警队长邓大佑的先进事迹。”

“我马上通知各大媒体，完事再汇报。”

省城。省公安厅会议厅里，新闻发布会的正中央挂着“邓大佑同志牺牲新闻发布会”的宽大横幅。主席台中央就座的是公安厅政治部主任冯国才，主席台右侧就座的是人事处副处长伏福来，主席台左侧就座的是宣传处副处长茅塞。

三位作了简单的沟通后，冯国才说：“我宣布，今天下午的新闻发布会开始，谢谢在座的各位一直以来对我们公安工作的大力支持和厚爱，今天下午发布会的主题是：新州市特警大队大队长邓大佑同志因公殉职的情况介绍。下面先由省公安厅政治部人事处副处长付福来同志就邓大佑同志牺牲的情况作出介绍。”

付福来声调低沉地说：“一、邓大佑同志简介。邓大佑同志，男，汉族，新州市南呼区人，生于1968年11月8日，牺牲于2004年6月17日，中共党员，1989年加入公安队伍，生前系新州市公安局特警大队大队长。二、事件经过。2003年8月23日上午8时48分，在新州市珊瑚宾馆发生人肉爆炸案，策划该案的犯罪嫌疑人钱毕仁潜逃，尔后继续制造人肉炸弹，将去执行抓捕他的新州市公安局局长李京涛和干警甄亮炸成重伤。2004年6月2日22时许经知情人举报，我们确认后，组织人员缉拿藏匿于桂馨县临香宾馆507号房的犯罪嫌疑人钱毕仁。在抓捕过程中，钱毕仁抗拒抓捕，用仿64式手枪连开两枪，将同时进房内去抓捕的特警大队队长邓大佑和武警支队士官丛来当场击倒，我们的两位英雄倒在血泊之中。紧随其后的两位突击队员奋不顾身冲上去将钱毕仁扑倒擒获，整个战斗仅用了3分18秒，缴获仿64式手枪一支，自制炸弹一枚，遥控引爆器一个，赃款20万元。就在两位英雄倒下时，听到枪声的救护组医生邱比特、付寿福，护士池援援、白静、庄重对邓大佑、丛来两位英雄实施急救包扎。当邱比特在抢救现场为邓大佑脱下防弹衣时，发现防弹衣被打穿，左胸背后有一弹孔，邓大佑已经深度昏迷。邱比特马上用急救药为其止血。担架队的贡进共、武大男小心谨慎地将邓大佑抬起放在担架上，立即抬到一楼的救护车上，送往新州市人民医院进行抢救。由于失血过多，伤的又是要害部位，虽经半个多月的抢救，也无回天之力，英雄最后还是离开了我们，离开了他无怨无悔无私奉献的神圣岗位。抢救丛来由付寿福负责，他解开丛来的防弹衣发现子弹没能将防弹衣击穿，没有明显外伤，随即将丛来拉往桂馨县人民医院进行检查。经查，由于子弹的速度快，冲击力、震撼力强，距离又近，所以只震裂了两根肋骨，但对生命无大碍，所以将丛来留在了桂馨县人民医院进行医治。现在丛来行走自如精神饮食都好，情况介绍完毕。下面由省公安厅政治部宣传处副处长茅塞答记者问。”

“请各位记者提问。”茅塞说。

问：“茅处长好，我是《晨报》记者，有传言说犯罪嫌疑人钱毕仁是遭遇催泪瓦斯感觉很痛苦和遭遇停电感到恐怖而开枪射击，这种说法是否属实？”

答：“抓捕犯罪嫌疑人钱毕仁没有使用过催泪瓦斯，抓捕的预案也没有这一选项。钱毕仁因停电恐惧开枪，这是他个人的心理活动，这种说法只是猜测而已，没有依据。关于停电，这是抓捕指挥部根据当时具体情况所定制的一种抓捕策略。实战已经证明，这一策略是得当的。”

问：“我是《都市报》记者，在同样的距离、同样的枪、同样的子弹、同样穿有防弹衣的情况下，怎么会有两种结果呢？这个结果就使我们的英雄邓大佑牺牲，我们的英雄丛来负伤。这样的结果，作为一名记者，我有理由怀疑防弹衣出了问题。”

答：“两位英雄在同样条件下有不一样的结果，一死一伤，抓捕指挥部当时也很困惑。带着这样的困惑，我们专门组织了一次对两件防弹衣的实弹检验，条件是64式手枪，距离25米，发射子弹5发。特等射手卫正义向邓大佑穿过的防弹衣发射5发子弹；特等射手江清高向丛来穿过的防弹衣发射五发子弹。结果是5发子弹全部通穿邓大佑的防弹衣，丛来的防弹衣只有5个弹着点撞击的痕迹，弹头没能击穿防弹衣。”

问：“我是《日报》记者，现在已经证实，邓大佑英雄的牺牲确系防弹衣根本不防子弹而造成，为了防止出现第二个邓大佑，你们有哪些措施防止此类恶性事故的发生呢？”

答：“据我了解的情况，新州市公安局曾购买类似邓大佑那样的防弹衣1200件，购买的费用700余万元。这批防弹衣是在新州市委一位主要领导的积极推荐下，在市财政提供资金支持的情况下购买的。当时购买这批防弹衣时，新州市公安局领导提出过质疑，弄得彼此都不太愉快，但最后考虑到上下级关系，这批1200件防弹衣依然进驻新州市公安局后勤部的仓库。第一次用于实战，证明这批防弹衣是伪劣品。既然证明这是夺命的防弹衣，省公安厅已经下达命令销毁这批防弹衣。”

问：“茅塞处长好，我是省城媒体记者，根据现在市场的潜规则和我个人阅历判断，防弹衣背后有行贿和受贿的问题。我们不要去怀疑，问题是我们有没有勇气和胆识去举报。请问对这个问题去举报，你们有兴趣和勇气吗？”

答：“惩恶扬善让正义伸张是每个公民的义务，也是我们的义务。发布会后我们会立刻向有关领导反映你们的关切和呼声。”

问：“我是《晚报》记者，新州市珊瑚宾馆人肉爆炸案震惊全省，案发这么久了，现在案件的进展怎样，会给民众一个答案吗？”

答：“2003年8月23日上午8时48分在新州市珊瑚宾馆门前发生一起人肉爆炸

案，当场炸死两人，炸伤多人，炸坏小汽车多部，造成了当地居民的极度恐慌，在全国引起轰动，也给公安破案带来巨大的压力。面对着重重压力，我们公安干警迎难而上，已经抓捕犯罪嫌疑人两名，其中一名是主要策划者。但我们也付出了沉重的代价：特警队长邓大佑牺牲；新州市公安局局长李京涛遭遇报复性人肉炸弹的袭击造成重伤，现在还在医治之中；李京涛局长的儿子遭遇报复性泼硫酸伤害，已经造成重伤。无论伸张正义的代价是多么的昂贵，我们坚决要把藏匿在孔雀外衣之下的肮脏现实揭露在阳光之下。时间这么久了，还有重要犯罪嫌疑人没有到案，还有幕后黑手未被擒获，所以给个惊喜就谈不上了。案件的所有嫌疑人全部到案后，我再邀大家过来好吗？我的回答完毕。”

最后，政治部主任冯国才说：“今天的新闻发布会到此结束。感谢各位媒体朋友光临，再见！”事后，一家报纸刊登了专题文章——《防弹衣背后藏着带血的金钱》。

亓官云涛看完这篇文章，深深为黎镜仁的前途担忧。说心里话他想伸援手，但必须得有前提，那就是对自己的政治前途没有丝毫影响。两全其美的事天底下有，但不多。如何找到最佳的契合点，既能拉一把老同学，又不能引火烧身，那该多好啊。于是亓官云涛谋划起了一件事。

“黎副书记，老同学好，最近我要到你那走一趟，主要是考察干部，当下有两个正厅的职位空缺。我尽可能去，如果去不成，副部长施光良受我的委托去考察。是这样，如果你工作不是十分紧张就进省城一趟，有些话，电话里不便说。”

“我看最好明后天这两天，可以吗？”

“你来之前打个电话，不带任何人来，我让司机晓河去新州市接你过来。”

“服从您的安排。”黎镜仁说。

为了参加英雄邓大佑烈士的吊唁活动，尹向东厅长向公安部领导请了假，没有参加刑侦工作会议，委托副厅长都来和同志参会。6月18日下午3点，省公安厅厅长尹向东，风尘仆仆地赶到新州市吊唁邓大佑。前来吊唁的还有省公安厅政治部主任冯国才和先期到达的公安厅人事科科长诸卫东、宣传科科长公西恭喜。上述领导在新州市公安局代理局长秦圆的陪同下参加了吊唁活动，慰问了邓大佑烈士的家属。23日邓大佑英烈的追悼会在新州市殡仪馆举行。秦圆致悼词：

尊敬的各位领导、女士们、先生们：

今天新州大地哀乐低徊，新州江河呜咽，青山垂泪，举城同悲，沉痛悼念我们的好特警、我们的英杰、新州市人民的好儿子邓大佑同志……

尹向东厅长参加完邓大佑同志的追悼会后，来到秦圆的办公室："秦局，下午这样安排，你看行不行？"

"听尹厅的安排！"

"省厅为邓大佑同志的家属宓水秀带来慰问金两万元，下午4点我们送过去，你要预约一下。下午3点上班后，你们组织全体公安干警为邓大佑家属搞一项捐款活动。以后每年过节都要开展慰问工作，让生者幸福，让死者安息！这是我们做领导的责任啊！你说呢？"

"尹厅说得在理，为逝者的工作，其实是在为生者工作。这样才能使我们这支党和人民信赖的公安队伍不断壮大，无坚不摧，才能使这支队伍生生不息，充满活力。"

两人说完话，尹厅坐在沙发上用手轻轻敲头，他眯缝着眼，似乎在赶走这一切的不快。这几天以来，纷扰的事和人让他吃不好也睡不着，一把年纪还有"三高"（高血压、高血脂、高血糖），繁重的工作真让他吃不消。

秦圆看到尹向东厅长那疲惫的状态，有一种无能为力的感觉。秦局比尹厅只小4岁，可秦局没有"三高"，他的经验是贵在平时保养，轻微的毛病不要老吃药，是药三分毒，主要还是靠平时锻炼和饮食来调理。秦局对用茶养生颇有研究。他翻开自己的养生笔记，字正腔圆地念给尹厅听："睡眠不好饮薰衣草茶，还可以去疤美容；乌龙茶，减肥美容，降低胆固醇；绿茶，美白皮肤，改善贫血，防癌，减少药物副作用；红茶，消脂；菊花：降火利尿……"，秦圆稍稍停顿，抬头一看，尹厅的眼闪着光，他还在愣神呢。

"这样的，尹厅你睡眠不好，弄点儿薰衣草茶喝；你血压高喝点儿红茶，降降脂；乌龙茶叶也弄点儿，降低胆固醇，保护保护心脏。"秦圆说着便马上拨通了任信元的电话，"任主任，你到办公室来一下。"

任信元来到秦圆的办公室，一进门就跟尹厅打招呼。"客套全免了，你把这些茶叶买来。”秦圆把茶叶名称、数量写在一张纸上，递给了任信元。

任信元走后，尹厅问下午4点去慰问邓大佑家属的事是否联系了，市局组织的捐款活动是否已安排。秦圆回答说：“任信元已经与邓大佑家属联系了，4点出发。组织全局捐款事宜均已安排妥当。”

下午4点，尹厅、秦圆一行来到邓大佑的家，宓水秀还没从悲伤中恢复过来，脸上依稀挂着泪痕，眼神里透出无助、孤独、脆弱、痛楚与迷惘，上下嘴唇现出细细密密的裂纹，想必是着急上火引起的。这种突如其来的打击让她几近崩溃，一个家的顶梁柱就这样倒下了。宓水秀看到尹向东厅长和秦圆副局长一行来看望自己，准备起身去斟茶倒水，被尹厅一把拉住：“不必麻烦。”

看见陌生人的到来，邓大佑8岁的儿子邓盛林立刻依偎在宓水秀的怀里，他用好奇的眼神打量着客人们。客厅里肃穆清静，就像英烈刚走出家门去上班一样。

尹向东厅长坐在沙发的中央，说明来意：“水秀，你为失去一位好丈夫而悲伤；儿子为失去一位好父亲而流泪；父母为失去一位孝子而悲痛；我们为失去一位朝夕相处的战友而惋惜。此时此刻我们要化悲痛为力量，挺起我们坚实的臂膀，坚定我们前行的勇气和信心，去战胜一切困难。人固有一死，或轻于鸿毛，或重于泰山。邓大佑是为人民的利益而捐躯的，所以他的牺牲重于泰山！”

秦圆接着说：“你的儿子是英雄的后代，组织上有义务有责任把他抚养成人，继承英雄的遗愿，为人民接好班站好岗。家人有什么困难请及时反映，我们会尽力解决好。”说完把慰问金递到宓水秀的手上。

“谢谢省厅和市局领导的关心和厚爱，请领导放心，我会学会坚强，树立信心，撑起属于自己的天空。”

大家起身准备告辞，秦圆问起了邓大佑父母的情况。宓水秀说：“他二老住在南呼区乡下，回去要侍候庄稼和鸡鸭。”

尹向东说：“要去慰问一下他们二老，现在就走。”

在车上大家凑了2800元慰问金。邓大佑老家，独门独院，依山傍水。院子两边，几根长的竹竿架着绿意葱葱的花藤，稠密的绿叶衬着紫红色的花朵，又娇嫩、又鲜艳，远远望去，好像一匹美丽的彩缎。那是一间又矮又破旧的南房，墙皮早已脱落，墙上凹凸不平，屋顶的瓦片压得密如鱼鳞。

门口长着一排泡桐，大概栽有七八年了，最大的有碗口般粗大，远远望去就像是士兵列队在守护英雄的院落。门口的另一边栽了一颗万年青，好像意寓着英雄的精神永存。小院很清雅，绿油油的树叶沐浴在和煦的阳光下，给人留下一种优美、恬静的感觉。邓大佑的父亲坐在院子的一条板凳上，一眼望去，那黝黑的脸上，细密的皱纹里仍旧埋藏着对儿子邓大佑那悠长的思念与悲痛。

邓大佑的父亲要大家到屋里喝茶。这时邓大佑的母亲拄着拐杖步履蹒跚地从屋内往屋外挪动，想必是知道有客人来，要去迎客。老人面容清癯，头发花白，背微驼。看到一行人进了院子，老人用嘶哑的嗓音与大家打招呼。

尹向东厅长握住老人的手，用低缓的声音向两位老人问好："感谢你们为国家和人民养育了一个好儿子，请两位老人节哀！"秦圆将2800元慰问金放在邓大佑父亲的手上。坐了近半个小时，一行人起身告辞。

刚一上车，尹向东厅长就立刻拨通李京涛局长的电话："李局啊，我是尹向东，我想你了，等会儿我去看你。"

"谢谢尹厅的关心。"

尹向东厅长一行来到新州市人民医院，一进李京涛的病房，看见穿大白褂的主治医生巫马博文在与李京涛交谈，尹厅握住巫马博文的手说："辛苦你了！李局现在的情况怎样。"

"比较稳定，再恢复一段时间就可以出院了。"

"好，就要你这句话，让我吃了定心丸了。十分感谢你的精心治疗。"尹厅长说。

巫马博文走出李京涛的病房。尹厅对李京涛说："这次来只为一件事。"

"什么事？是不是研究部署缉拿吴大鹏的事？还是省检察院反贪局要对黎镜仁和郑铜修采取措施了？"

尹厅听到李京涛这一连串的提问，轻轻地摇了摇头，没有作声，眼眶里噙满了泪水，嘴角在微微地抽动。

"我现在不挺好吗？不要那么伤感，用不了多久我就会投入战斗。我现在也还算是一名合格的战斗员嘛，听你的指挥，你指哪我就打哪，决不懈怠！"李京涛说。

"你们是个英雄的群体，敢打敢拼，是党和人民值得信赖的钢铁之师。真的，你们的事迹很感动我，我真为有这样一支能打硬仗的铁军感到由衷的高兴和骄傲。要取得胜利就会有付出……”尹向东在这时卡住壳了。

李京涛已经听出了弦外之音，用追问的眼神盯住尹向东厅长。他伸手握住尹厅的手：“出什么事了？”

“嗨，邓大佑同志已经走了。”听到这一不幸的消息，两人相拥在一起抽泣起来。

尹向东拂去脸上的泪水说：“男儿有泪不轻弹，但遇到这让人揪心的事，流出来眼泪心情会好受一些。邓大佑牺牲的消息一直对你采取封锁的态度，怕你受不了，对你的心身带来重创。巫马博文说你的情况比较稳定，有了这个前提我才告诉你，不然也会一直瞒下去的。一个人的离去对另一位本来身体不佳的人再带来伤害，那就不对了。”

接着，尹向东握住李京涛的手，正色说道：“你刚才说到的那些事都在稳步推进，吴大鹏已不在我省的辖区，明天就研究这事。穷尽一切手段，不惜一切代价必须把吴大鹏缉拿归案。上次你我的账户各收到5万元的事，省检察院检察长喻正华约我到他办公室进行了沟通，一致认为这事应该引起高层的注意。随后，我和喻正华同志到省政法委书记曹昆办公室，就关于新州珊瑚人肉炸弹案前期侦破工作，以及市委副书记黎镜仁、市常务副市长郑铜修染指爆炸案的问题进行详细汇报。我们离开办公室后，曹昆书记向省委主要领导作了长达半小时的案情汇报，并呈报了由省政法委牵头、公检两家各抽调两名干警组成特侦组，深入新州对珊瑚人肉爆炸等背后的保护伞进行保密侦查的请示报告。主要领导在报告上批示‘同意成立省委特侦组，所需经费由省委列支。胡新华’。曹昆书记拿到省委主要领导的批示后，指示喻正华、尹向东各抽调两名经验丰富的侦查员于晚8点在会议室一并参加特侦组第一次协调会。曹昆书记先听取了大家的意见，最后拍板：‘乘火车潜入新州，不得入住豪华宾馆，不得在同一宾馆长久入住；潜入后立即向省委特侦组协调领导小组组长我和副组长喻正华、尹向东汇报；封锁一切特侦组潜入新州的消息；联系新州市检察院和公安局的方式，最后由特侦组协调领导小组确定后再告知特侦组成员；潜入新州后要迅速展开工作，可以租车、打的，但不能固定车辆；所有证件携带齐全；每人发一部工作加密手机，情报传输全部加密，所有从新州秘密获取的情报为国家‘绝密’；全体省委特侦组领导小组及其成员不得将这次潜入新州工作的任务向任何人透露，包括自己的亲人，违者严惩不贷；另外，要健全组织，建立临时党小组，组长由省委政法委副书记马文启担任，同时担任业务组组长；特侦组下设反贪侦查组，组长由省检察院反贪局副局长钟笑担任；信息网络侦查组，组长由秦维新担任；坚持情报日报制，每天获取的情报一天一报，归总到我这后报给省委主要领导；侦查所需经费（比如请耳目、卧底）由马文启同志负责决定。关于自身安全的问题，你们5人有 4 支手枪，分别由钟笑、龙里龙、秦维新和胡悦携带，每人配发子弹7发'。"

辞别李京涛，尹向东厅长来到秦圆的办公室，任信元就把已经备好的薰衣草茶以及红茶、乌龙茶交到了尹向东厅长的手上。

秦圆说："今天晚上你先喝一杯薰衣草茶，保你睡得香，你试试看。"

"好，听秦局的安排，但买这么多高档茶价格不菲，这茶我要喝，但也不能白喝。秦局你把任主任叫回来，茶钱给他，不能让他贴钱！"

秦圆无奈，只好要任信元收下578元茶叶钱。

亓官云涛看完报道《防弹衣背后藏着带血的金钱》一文后，深深为老同学黎镜仁的前途担忧，早约好这两天来省城见一面。

第二天，亓官云涛的司机晓河到了新州市委大厅外："黎副书记吗，我已经到了新州，在市委大厅外等你。"

"我马上就来。"

前一天晚上黎镜仁把亓官云涛要他去省城的事告知了王甜甜，王甜甜当时没有作声，黎的意思要她一同去，她应允了。晓河开车到达后，黎镜仁告诉王甜甜到市委大厅处上车。黎镜仁与王甜甜秘书坐了三个钟头的车到了省城。

亓官云涛早就让办公室主任订了餐，又订了三间房。亓官云涛拿过服务员送上的菜单点了湘孜腊牛肉、小炒黑山羊、鸭掌汤泡肚、湘香鲫鱼、海参蒸盆、奶汤竹荪鲍鱼等。点完菜，亓官云涛问："每人两个菜够吃了吗？"

黎镜仁说："吃不了。"

点完了菜，亓官云涛开始打量起身边这位美女来，尽管舟车劳顿，王甜甜仍显风流之色。亓官云涛挪开他那犀利而又灼热的眼神，把目光落到了黎镜仁身上。黎镜仁在迎接亓官云涛的目光之前，就已经知道了亓官云涛所要的一切，连忙说："这是我们市委一位十分出色的知识女性，不仅懂法而且文笔很好，在我们新州也是一流的才女。"

听了黎镜仁的介绍，亓官云涛说："看来你也适合做组织部部长的工作，会选人会用人啊！"大家会心地笑了起来。

这期间亓官云涛接过两次电话，都是起身到门外。黎镜仁对王甜甜耳语道："亓官云涛副部长是优秀的领导干部，也是一个很靠谱的男人。"

见亓官云涛接完电话回席，王甜甜主动举杯敬酒："亓官部长，初次会面，祝你好运。"两眸对视，一饮而尽。从王甜甜和亓官云涛碰杯喝酒这一经典的画面里，黎镜仁似乎读懂了什么。

用餐毕，亓官云涛要大家到已经开好的房间休息一下。有两间房是501和502号，另一间是606号。亓官云涛看了看黎镜仁，黎镜仁赶紧说："我到606休息了。"

亓官云涛和王甜甜斜对门。作为王甜甜，即便有那种意思，但一个知识女性，应当何时何地都呈现出高贵、有教养、稳重和庄严，绝不留给亓官云涛轻浮、浅薄、粗野的感觉。进502后，她没有关门，而是打开电视，一曲张韶涵的《隐形的翅膀》一下就点燃了王甜甜那原本就喜欢这首歌的激情。她连唱带跳：

每一次，都在徘徊孤单中坚强
每一次，就算很受伤也不闪泪光
我知道，我一直有双隐形的翅膀
带我飞，飞过绝望
不去想，他们拥有美丽的太阳
我看见，每天的夕阳也会有变化
我知道，我一直有双隐形的翅膀
带我飞，给我希望
我终于，看到所有梦想都开花
追逐的年轻歌声多嘹亮
我终于，翱翔用心凝望不害怕
哪里会有风就飞多远吧

不去想，他们拥有美丽的太阳

……

501房间里的亓官云涛一听到王甜甜那诱人的歌声，心里直痒痒。他随手关上自己的房门，开始挪动脚步往502房间方向靠去……

亓官云涛给黎打来电话了！

“老黎，我刚醒来，你到我房间来一下。”

“我就下去。”

黎镜仁到亓官云涛501房间，开口就问：“现在还好吗？”

亓官云涛说：“现在麻烦事也不少，谈不上好，马马虎虎凑合吧。老同学我让你过来目的就有一个，如何让你尽快离开新州那块是非之地。邓大佑是为了缉拿去年发生在新州市人肉爆炸案的重要犯罪嫌疑人钱毕仁，穿着你推荐给李京涛买的防弹衣身中弹牺牲的。这件事你和李京涛是难逃干系，如果经过技术鉴定这件防弹衣确实不防弹而是十足的伪劣品，就像媒体所说，是你推荐让李京涛购买的1200件防弹衣，价值700余万元的话，那问题就更加严重了。

“邓大佑与防弹衣的事不可小看。化解这些问题，我想不能坐以待毙。与媒体交朋友，深度报道一下你主政新州这几年来的政绩以及在改善民生方面所取得的成绩，得民心者得天下，这是一个当官的座右铭；要组织一批稿件宣传你献爱心的一些真实情况，像你扶持辍学儿童就学、捐助了6万元为患重病的儿童就医，还有你把自己撰写书法散文小说出版所得的66万元捐给省红十字会等，都可以深度报道。这些生动事例很能夺人眼球的。要学会公关，要善于公关，要学会反守为攻。邓大佑与防弹衣的问题，你现属于守势，要反守为攻，就是你到市公安局弄件好的防弹衣去做鉴定。当然喽，不要你出面，你大小也是一个市委副书记。你可以指示相关部门委托相关机构去做个权威鉴定，我相信你有这个能力。把这件事搞好，待结果一出来，邓大佑的死和你推荐的防弹衣根本无关。因为你推荐的防弹衣与邓大佑穿的防弹衣不是一回事，这里面可能有人在搞政治陷害。这玩意儿到那时谁会去那么认真核对呢？这也叫技巧。这事你脱身了，提拔的问题应该不大。这件事我只点拨到这。关于这次考核和推荐正厅的事，下去之前我会召开部委会安排这项工作。在部里有没有对你既熟悉，又有过交往的副部长？”

“我对徐亨利副部长比较熟，原来有过接触。”黎镜仁说。

“那好，我安排他带一个组到新州考察你，他到那之后，你要把握好一个度。听懂了吗？好了，叫你的秘书王甜甜去宵夜。”

黎镜仁心领神会地走进王甜甜的房间。“走，部长约我们去宵夜了。”黎镜仁说。

“明天就回新州吗？”王甜甜问。

“一切都听部长的安排。”黎镜仁答。

王甜甜右手拎着一款环球豹正面镶钻女式包和黎镜仁一起到了亓官云涛的501房间。亓官云涛见王甜甜着一袭衣香丽影蓝色连衣裙，眼睛一个劲儿地放电。亓官云涛说：“走，去宵夜。”

一行三人来到豪华典雅的餐厅，刚一落座，服务员就呈上了菜单。“是这样，今天发扬一下民主，谁爱吃啥谁就点啥。女士优先吧。”亓官云涛说。王甜甜面带微笑稍稍点头，以示回应亓官云涛。她很有礼貌地慢慢起立，然后欠着身子接过菜单。王甜甜一瞄，啊，真开眼界啰。

快吃到半程，黎镜仁有电话便出去接听，趁此机会，亓官云涛打开了话匣子：“甜甜，你一表人才，很难得，我所在的组织部就需要这样的人才，你愿意来省城吗？”

“谢谢部长的垂爱！人往高处走，这是人的天性。只要你需要，我就服从。”听到王甜甜的回应，亓官云涛十分满意。

亓官云涛为何刚才一个劲儿对王甜甜放电呢？原来他希望王甜甜离他近一点儿。亓官云涛的妻子廖爱珍去年得了子宫肌瘤，自从做了切除手术后，夫妻之间也慢慢出现了磕磕碰碰，不和谐不合拍的事不断增多。儿子亓官松涛留学英国之后，廖爱珍基本上天天在形单影只中度过。已经退休在家的她，除了熬中药就是看看电视，料理一下那只小花猫。其实她与亓官云涛从读大二开始就谈恋爱，他们家境并不富足，但也衣食无忧，彼此海誓山盟，最终走进了婚姻的殿堂，并生下聪明懂事的儿子亓官松涛，现在是英国剑桥的博士生。

廖爱珍原来是省直机关的处级干部，对事业的那份执著、那份挚爱是没得说的，年年都是先进个人、优秀共产党员，回到家里，孩子读书、生活琐事全由她一人扛起。亓官云涛仕途顺风顺水，当了组织部副部长后，几乎不着家，廖爱珍也不去计较这些，也给予充分的理解。可是晚上老不着家，也让她心生纠结。这社会官场的风气她也略知一二，无非是金钱和美女之类的！一本正经、两袖清风的她真担心亓官云涛跌入别人设的陷阱，最后身败名裂。廖爱珍有理由相信自己的丈夫不会做那等事的，可一看到官场中纷纷倒下的贪官那些案例，确实让廖爱珍倒吸一口凉气。

贵州省委书记、省人大常委会主任刘方仁因受贿罪被判刑；云南省省长李嘉廷因受贿罪被判死刑。廖爱珍也觉纳闷，都是高官难道还缺钱花吗？应该不缺，那要去捞那么多钱干啥？为后代着想吗？廖爱珍看完《领导干部警示录》，也为自己的丈夫担心起来。丈夫已是第五个晚上没有回家了，不知道今晚能否回来，她想打个电话，可她怕丈夫不高兴。嗨，让他不高兴的事就不做吧，只要他开心就好，只要他不抛弃不放弃她就好。廖爱珍把要求丈夫的门槛放得低低的。已经不早了，于是廖爱珍给丈夫发了个短信："夜深了，该回家了。"

收到短信的亓官云涛正在与黎镜仁、王甜甜在501房间聊天。"老同学呀，老婆来短信要我回家了，你看怎么好呢？那以后再聊吧！"

"不、不、不，你我都是平时忙于公务，尽管是老同学这样的机会也不多的，明早用过早餐后一块离开这。嫂子那好说，她历来都通情达理的，你告诉她我来省城了，你我在一起叙旧，她肯定没说的，你拨通电话，我来跟她解释。"黎镜仁说。

亓官云涛拨通电话，黎镜仁接过电话说："嫂子，我黎镜仁，今天下午5点赶来省城向亓官部长汇报思想工作，接受他的再教育再批评，更进一步接受思想改造。老同学也很少在一起聊，平时各忙于公事，当然现在仍然在谈公事，还没聊完，今晚还继续聊，明早我就回新州了。亓官部长今晚就不回去啦，我代他向你请个假，请你批准。"

"哎呀，耍这个贫嘴干吗呢，没关系。好，你们就继续聊吧！"廖爱珍说。

"已经不早了，就休息吧。"黎镜仁说。

"好，已经有点儿困了，晚安。"亓官云涛说。

黎镜仁和王甜甜同时离开501房间。亓官云涛用依依不舍的眼神望着王甜甜离去。他按捺不住那颗躁动的心，于是轻轻把501的房门带上，大步流星地走向502房间。

“你明天回新州后，马上把你的个人简历、获奖情况、学历情况、文章发表情况整理好发给我。”亓官云涛说。

“原来黎副书记的想法要我下去当个县长或县委副书记，这个你们俩协调一下吧？”王甜甜问。

“调省委组织部的事，在黎镜仁面前你装着不知，你别提这事，压缩他的想象空间。如果他问你，你就说服从组织和领导的安排。今天我不会与黎镜仁谈这事。但这事拖不得，怕夜长梦多。我会找个时机专门谈你调省委组织部的事，估计他不会反对，他顶多说我挖他墙角，拆他的台子。我一个副部长要动个人他不会说三道四的，在官场他都混了几十年了，这个规矩他相当懂，这你放心就是了。”亓官云涛和王甜甜搂在了一块。

606房间的黎镜仁一宿都没睡好，那两件事一直萦绕于他的脑际。一件事是邓大佑与防弹衣的事，怎么圆场，找谁去圆场，又找个什么样的平台去圆场呢？这是关系到他黎镜仁政治前途的大事，不可小觑。第二件事是秘书王甜甜的事，这次带她来省城，本想让她出来散心的，不曾想亓官部长对她很有好感。从亓官部长的眼神和肢体语言上判断，亓官云涛会下手挖他的墙角，这可是他黎镜仁的心肝宝贝啊。

从他心底深处慢慢地浮出这样一个字幕：服从为上！字幕一消失，在脑海深处又出现另外一行字幕：王师野由谁来带，由王甜甜带去省城吗？那么王师野就会失去父爱。如果王甜甜将王师野带到亓官云涛的身边，让亓官云涛知道了王师野是他黎镜仁的血脉，那么他黎镜仁的威信和人格在亓官云涛的心目中就会大大缩水，可能会引发一场新的危机！他还担心自己不知道哪一天会栽在反贪局的手里……

发愣过后，他一看表，7点50分了，该要起床了。他曾想打个电话给亓官云涛或王甜甜，他刚将王甜甜的手机调出又清除掉了，他觉得这个时候拨她的电话太不合适。

黎镜仁又看时间，都8点过6分了，这时他拎起公文包往楼道走，想想也不对劲儿：下去门开着的还好说，去敲门就太唐突了。必定那属于他人的私密空间。无奈黎镜仁又回到606房间待着。

502房间，亓官云涛与王甜甜起了床。“走，吃饭去，不早了。”亓官云涛说。

亓官云涛整整衣冠回到501房间，马上拨通了黎镜仁的电话：“黎副书记，走，用餐去吧。睡了个懒觉，做了一回‘懒羊羊’，对不起了。”亓官云涛说。

“好的，我马上就下去。”黎镜仁答。

黎镜仁到501房间，亓官云涛问王甜甜起床没有，喊黎镜仁打个电话催一下，要去用早餐了。

“王甜甜，去吃早餐了。”

“好，就来。”王甜甜大概蹭了5分钟才出来。

早餐快吃完，亓官云涛打电话要司机晓河到宾馆来，晓河说我已经在大厅恭候了。这小子做什么事都有超人的悟性。“你先送我回组织部，然后送黎副书记回新州。另外，你告诉一下办公室章启元主任去退房结账。”亓官云涛吩咐道。

“好，我马上联系。”

“老黎，王秘书，再见。祝你们一路顺风。”亓官云涛一一握手告辞。

黎镜仁与王甜甜一路风光顺利到达新州，来到吴大鹏给他们开的宾馆房间。一进房间，见茶几上摆着一张纸，定神一看上面写着密密麻麻的字：“黎副书记，据公安那边的朋友说省公安厅厅长下来了，要准备动我了。现在风声很紧，形势对我们不利，我出去躲一躲，避避风头，同时也请你和郑铜修商量一下对策。房费我已经支足了，请放心居住。祝快乐开心，吴大鹏即日。”黎镜仁看完，王甜甜拿去瞄了一眼：“现在是一地鸡毛。”

两人简单洗了澡，躺在床上，见王甜甜没有兴致，黎镜仁问道：“你怎么啦，哪儿不舒服呀。”

“没什么，坐车乏了啦。”

“好吧，就休息一下，年轻人一觉就恢复了。”

黎镜仁话是这么说，可心里不这么想，上次去省城返回新州可没有这种状态。老同学对甜甜那异样的眼神、异样的表情让黎镜仁心里没谱。

一觉醒来，已经是下午了。“郑铜修副市长吗？3点钟你到我办公室有事相商。”黎镜仁说。

“可以。”郑铜修答。

郑铜修今天身着一身深色西服，红色的领带衬着白色的衬衣，隶书式的国字脸上透出几丝威严，头发青而密，与他的实际年龄不相称，显得十分年轻又有活力。“黎副书记好。”

“请坐。”黎镜仁起身将门关上，“有两件事与你沟通一下，首先是邓大佑之死与市公安局购买我所推荐的防弹衣的事。这事现在弄得沸沸扬扬，满城风雨；我深陷其中，心神疲惫，声名狼藉；中央内参也登了文，惊动了高层；全国各大报刊也登，老百姓该知道的都知道了。这事如何解围想听听你的高见。另外一件关于珊瑚宾馆爆炸案的事，公安逮了两个人，现在听说省公安厅尹向东坐镇指挥抓第三人——吴大鹏。说是经过逮住的两个人的口供，印证是吴大鹏导演、指挥、操纵、出钱把翁正中给炸死的。吴大鹏是我们俩共同的好老弟，在他落难之际出出点子、想想办法让他渡过这场灭顶之灾。对吴大鹏的事，你我都要通盘考虑，不能失守，不能丢分。比如公安把吴大鹏抓了，他那是第一关，你我一定在第二关把工作做足，坚守这个核心阵地，不得有闪失。是这样，你把杜修行、林子墨找到你办公室研究对策。我的决心是坚守‘第一岛链’不动摇，这是贯彻实现我们意志的条件和基础；又要向‘第二岛链’延伸，达到延缓、迟滞他们的作战意图。”

听完黎镜仁的情况说明，郑铜修说：“关于第一个问题，我想这样，交给我儿子郑津和吴起南去做，他们都有媒体和其他社会资源；第二个问题，我把杜修行和林子墨找到办公室谈，这方面他们是钻法律空子的专家。”郑铜修说完立即拨通了郑津的电话，“郑津，在忙啥呢？”

“爸，没有忙什么，有什么事啊？”

“你现在没啥事就到黎副书记这儿一趟。”

“好的。”

郑津一进来用十分谦卑的眼神望着黎镜仁副书记，然后用讨喜的口吻向黎副书记问好，看上去黎镜仁副书记没有原来的那种神韵。看到郑津进来，黎镜仁缓缓地站了起来，伸出那只宽大肥厚布满了老年斑的右手，与郑津那瘦长干练、油亮光滑的右手紧握着：“到宜环任公安局长，工作顺利吗？”

“还好，谢谢黎副书记的关心。”

“你顺利、开心、进步就好啊。郑津，关于防弹衣的问题你可能也听说了，我想听听你对这事的看法。另外，你有几个媒体的朋友，就如何摆平这事也想听听你的意见。”

“对这个事不要过分去焦虑和纠结，您相信我，我会有解决办法的。我回去后找几个聊得来的智商高的人扯一扯，再向您汇报。”

“就这样，抓紧办。”

郑铜修和郑津离开了黎镜仁办公室。

第二天，郑铜修打电话要杜修行和林子墨二人来办公室有急事相商。两人来到郑铜修的办公室，没人，两个人坐下后，郑铜修才进来。互致问候完毕，郑铜修把门关上，话音不大，声音里像是溶进去某种担忧：“两位，你们是法律专家，今天来请你们指点迷津，就吴大鹏的事如何解套，想听听你们二位的高见。就目前我掌握的情况来分析，公安这块不把案件查个水落石出是决不罢休的。据可靠资讯，这项工作已经在紧锣密鼓、有条不紊地进行着。根据我的判断，就目前公安那边的技术要逮住吴大鹏那是早晚的事，应当不会有什么悬念。今天找你们来的目的是：他们把吴大鹏逮了，你俩如何解套，你们能有什么办法和理由把吴大鹏放了，让他们抓也白抓。绝对要体现检察机关监督的权威，不能让公安机关为所欲为。杜检，你是分管审查起诉的领导，这事就交给你了。”

听了郑铜修的情况说明，杜修行没有接茬，他想让林子墨先说一下，想试一试林子墨的法律底子和对这件事的看法。林子墨没有推辞：“这个案件根据我多年的实践，最后做存疑不起诉为妥。具体怎么操作就看杜检的，他是具体操刀之人，我打敲边鼓的。这个案子最终要走检察委员会集体讨论决定的程序，到时候我先做个引导性发言，在研究吴大鹏案之前与几个要好的检察委员会成员通个气，要他们赞成‘存疑不诉’，最后少数服从多数，就搞定了。”

杜修行接着说：“我同意林检的意见。检察机关不起诉，是检察机关对公安机关移送起诉的案件，经审查后，认为案件具有尚未达到起诉的条件，而做出的不将案件移送人民法院进行审判的决定。它分为法定不起诉、酌定不起诉和存疑不起诉三类。法定不起诉：一是情节显著者轻微，危害不大，不认为是犯罪的；二是犯罪已过追诉期限的；三是特赦令免除刑罚的；四是依照刑罚告诉才处理的犯罪，没有告诉或者撤回告诉的；五是犯罪嫌疑人、被告人死亡的；六是其他法律规定免予追究刑事责任的。”

杜修行解读相关的法律后，呷了口茶，稍作停顿，然后气定神闲地说：“现在已经到案的范仁召和钱毕仁，指证珊瑚宾馆人肉爆炸案是受吴大鹏指使而将翁正中炸死的，这只是口供。口供不能定吴大鹏是导演珊瑚人肉爆炸案的主使，你没有确实的物证证明是很难把火烧到吴大鹏身上的。你可以去判断，你可以去想象，你也可以去怀疑，而且怀疑有合理的成分，那也不行的。案件是用事实说话的，而不是凭良心说话的，在这个节点上凭良心和眼泪是苍白无力的，是无济于事的。有关吴大鹏案件到检察环节后，我都会依法退补证据两次，然后再提交检察委会讨论决定‘存疑不起诉’。今天向郑副市长表个态，请你放心，法律规定的动作，我们一个不少地不折不扣去做好，让他们公安或受害人说不出什么。”

听完杜、林的详细分析，郑铜修露出了满意的笑容。送走了杜修行和林子墨，郑铜修的手机响了：“爸，吴大鹏已被抓获，现关押在双琼县看守所内……”

十八、“营救”

郑铜修接到郑津的电话，刚才还挂在他那隶书体国字脸上的笑容像被一阵风掠走，他急切地想求证这一消息的可靠性：“你这个消息是通过什么渠道知道的？可靠吗？”

“绝对可靠的，不用去怀疑，现在的问题是想什么办法把吴大鹏救出来。至于消息来源电话上不便说，以后我会告诉你的。”郑津答。

“这事告知黎镜仁副书记了吗？”郑铜修问。

“没有告诉，这事由你告诉会合适一些，你说呢？”郑津答。

“好，就这样，有什么情况要及时汇报。”郑铜修说。

“我这边的事，放心好了，不会误事的。”

接着，郑铜修拨通了黎镜仁的电话：“黎副书记吗？我是郑铜修，想去你办公室汇报一下工作。”

“你稍等一下，我这有点儿事，等一下我约你。”黎镜仁答。

黎镜仁刚一到办公室就接到了省委组织部副部长亓官云涛的电话：“今天我

给你打电话，内容有两个。一个是关于省委组织部对推荐正厅级干部的人选进行考察的问题。明天考察组一行到新州，要注意做好迎接考察的准备工作，召集相关人员开会，统一思想，要与省委保持高度一致，确保推荐一次成功。新州是风水宝地，是人才辈出的地方，你是属于搭末班车了，这次上不去就没机会了。机不可失、时不再来，做好民意测评工作，准备好相关的资料、开好汇报会，高规格接待好省委组织部考查组一行。对带队的组织部的领导，你要个别向他汇报，一些私密性的问题，你自己把握一下，这个我不好具体详细展开说。第二个是关于王甜甜调省委组织部的事。王甜甜十分优秀，适合到更高一级的机关做秘书工作，刚好有位正处提拔为副厅，正空缺职位，这次省委考察组也一并将王甜甜在市委的表现考察一下。”亓官云涛要求黎镜仁也要严密组织好王甜甜被省委组织部考察的工作，这事只能成功，不许泡汤。

黎镜仁接完亓官云涛的电话，心里一派茫然。他要进步高升的事与王甜甜高升到省委组织部的事搅合在一起，就目前情况分析，王甜甜去省委组织部，应该不会有变数，因为亓官云涛太喜欢她了。当然这个喜欢不仅仅局限在她的学识和能力方面，更重要的是她有一双会说话的眼睛、一颗能把脉男人需求的心灵、一张气质高雅的脸蛋、一方闪亮的印堂，总之是一个美人胚子、一个讨喜的女人、一个旺夫的美人、一个浑身上下都充满了激情的花仙子。这样一个自己很喜欢，跟她在一起就有快感和笑声降临的女人，即将离他而去，融入亓官云涛的世界里成为他的知己，说实话黎镜仁确实十分纠结。工作之余他会自然而然地反省，他将王甜甜带去省城介绍给亓官云涛认识，是一个十分荒唐的行为。原想带她出去散散心，带她去亓官云涛面前陪衬一下自己的身份，为自己出一下彩，不曾想来了个节外生枝，黎镜仁不由得一声长叹……顷刻间，他那张草书体式的国字脸上布满了愁云。

想想目前他自己的处境，他很肯定地认为前进的路上布满了荆棘，有难以爬过的坎。如他黎镜仁既不能被提拔，又处在东窗事发的境地，那真是赔了夫人又折兵。他心如明镜，他处在人生的十字路口。尽管心烦意乱，他还是打通了王甜甜的办公室电话：“甜甜，你到我办公室来一下。”

“好，就来。”

黎镜仁马上为王甜甜倒了一杯茶，王甜甜一进来，黎镜仁就把茶水端到了王甜甜面前，黎镜仁把门关上。两人同坐在一条沙发上，黎镜仁要王甜甜一边喝茶一边谈。王甜甜用余光扫了黎镜仁一眼，判定黎的表情，那复杂的表情里潜藏着什么，她猜不透。黎镜仁慢缓地复述了亓官云涛打来电话的所有内容，当黎镜仁说她即将调到省委组织部的事时，王甜甜装作没听清楚，要黎再重复一遍。黎很有耐心地复述了一遍。

其实上述内容，前天下午王甜甜就知道了，亓官云涛打完电话，要王甜甜不能将这事泄露给黎镜仁。听完黎镜仁的复述，王甜甜问省委组织部来考察需要做哪些工作，黎镜仁一一相告，王甜甜说了一声谢谢黎副书记的关心和厚爱，告辞走人。在黎镜仁的心里，王甜甜的这一声谢谢听起来十分别扭，好像没有那么亲昵和倾慕，彼此之间好像有一层隔膜似的。关键是他的办公室里又没有外人，玩儿官场那种客套突然显出了他们之间的那种落差，去省委组织部好像就高人一等了。

黎镜仁趴在桌沿休息了一会儿。这时电话铃响了："黎副书记吗？现在有空吗？我有个事想请示一下。"是郑铜修的电话。

"好的。"黎镜仁答。

一进黎镜仁的办公室，郑铜修看见黎镜仁用双手一个劲儿地揉搓疲惫的面容，屋内的空气中弥漫着浓浓的酒香味儿，定眼一看桌上摆了一瓶茅台酒，盖子是开着的。

看到郑铜修进来，黎镜仁停止了揉搓，随手将茅台酒瓶盖拧上，然后把酒放在下层的柜子里。柜子分三层，上层是高档的法国干红葡萄酒，中层是五粮液，下层是专放茅台的柜子。酒柜里所有的高档酒都是吴大鹏、徐球晴、杜修行、林子墨、景韵多他们进的贡，最长的已经有六年了。这些酒平时不喝，也没有机会喝，权当收藏。偶尔用它也不是喝，而是往脸上抹、搓、揉，作美容用，揉搓几下那憔悴的脸，红润就在脸上呈现，弥漫着年轻人的气息。

黎镜仁递上一杯茶要郑铜修坐在沙发上："有啥要紧的事？"

"是这样，我和杜修行、林子墨研究好，一旦吴大鹏被抓，如何在检察环节给予营救。他们刚出门，我儿子就打来电话，说吴大鹏已经被公安抓获，现关押在双琼县看守所。吴大鹏是你我的好兄弟。他的日子不好过，你我也好不到哪去，你看这如何是好？"

“郑津那边的信息可靠吗？他在宜环县当公安局长，又怎么知道吴大鹏被关押在双琼县呢？”

“这个信息应该可靠的，不用怀疑。”

“那我问问双琼县的县委书记，查证一下。”

“好的。”

半小时过去，秦大中回话：“吴大鹏是被关押过，但人已经被提走了，到哪不清楚。”

“好，谢谢秦书记。”

“郑副市长，是这样，不要捉迷藏了。你把市公安局副局长秦圆找来，擒贼先擒王，就明确跟他说，把吴大鹏关在宜环县看守所，其他看守所不许关吴大鹏。你现在就打秦圆的电话，给他挑明，听组织的指挥服从命令原位不动，否则给他挪动挪动。”黎镜仁说。

郑铜修觉得有道理，马上拨通了秦圆的电话：“秦圆，你立刻到黎副书记办公室来一下。”

“我在外面有事，不能立刻到。”秦圆说。

“限你一个小时之内到黎副书记办公室。”

“可以。”秦圆答。

其实秦圆就在自己的办公室，说在外面那只是一个托辞。尹向东和简单离开新州市之前吩咐秦圆要谨慎应对市委那边发过来的球，有什么情况要及时报告。于是他拨通了尹向东厅长的电话：“尹厅好，我是秦圆，刚才郑铜修打电话通知我到黎镜仁的办公室有事相商。说是商量事，其实就是最后通牒，这事如何是好，我想听听您的指示。”

“你去，看他谈什么，再通气。这个时候这么有头有脸的人要和你见面谈事，不能说百分之百是谈吴大鹏的事，但我分析九成是关于吴大鹏的。无非就是要挟公安放人，或者说你们公安滥抓无辜、违法办案之类的。我想这些都是托辞，说到底，就是要将吴大鹏关在他们便于串供、便于做手脚的看守所，这才是真实的意图，你说呢？”尹向东说。

“尹厅你分析得很对，你看我们如何接招呢？”秦圆问。

“这个不要跟他顶，顺水推舟为上策。然后我们准备一手，要赶快与省委特侦组马文启取得联系，更进一步获得黎郑等人的罪证，最后一网打尽！一定要发挥我们搜集情报的优势，面对当今这种严峻的形势，我们的布阵是虚实结合，围点打援，把敌人引出来，让他们去表演，然后一个个歼灭。所谓围点打援，就是围住一个为诱饵吸引其他地方的敌人增援，其真正目的是打增援的敌人，达到歼灭增援之敌的目的。围点打援的中心在打援，所有兵力部署的重点是打援的力量，围点是辅助力量。把这种作战策略运用到我们所面对的形势上，是把吴大鹏关在看守所，看看有多少援兵出来。让黎镜仁他们去表演，注意收集证据，然后一个个拿下，真正做到为民除害，为党旗争辉。”尹厅长答。

“尹厅说得很精彩，我按照你的指示办。”秦圆说完，马上向省委特侦组负责人马文启汇报了相关情况，并答应立刻赴市里衔接一下。特侦组五名侦查员来到秦圆的办公室，秦圆上前热情地与大家握手。一落座，秦圆那颜书体式的国字脸上绽发出得意的笑容，秦圆明白省委特侦组的到来将会带来什么。或许还有连自己也无法预料的故事，都会精彩呈现。马文启带着省城人那独有的腔调，用极利索的言辞介绍了特侦组成员：“这位帅哥是省检察院反贪局副局长钟笑。这位龙显威是省检察院反贪局正科级侦查员。这位秦维新是省公安厅副处级侦查员；这位胡悦是省公安厅的正科级侦查员。”马文启用探询的目光望着秦圆，秦圆马上接着说：“你就不用介绍了。”说完大家哈哈笑了起来。

“下面请秦局作指示。”马文启说。

秦圆用谦逊的口吻说：“我这个小局长哪敢向省里来的领导作指示呢？我就向各位领导通报一下案情，制造轰动全市的珊瑚人肉爆炸案的重要犯罪嫌疑人钱毕仁已经被关进了牢笼。现在遇到了新的麻烦，这个麻烦来源于市委副书记黎镜仁和副市长郑铜修。这事我已迅速向省公安厅厅长、省委特侦组副组长尹向东作了汇报，他指示立即跟你们取得联系。我渴望着你们为我这个局长解忧排难。刚才我接到了黎镜仁的电话，要我到他办公室去。去干什么？绝对是谈吴大鹏的事，这毋庸置疑。请你们来就是要达到侦查资源优化配置的目的，你们掌握着最先进的侦查技术、手段，这一切会给我强大的支持。”

“是这样，秦局，你接受黎镜仁的邀请，我们特侦组的同志做出严密监控、跟踪和监听，这一切请放心。好，告辞。”马文启说。

送走特侦组的同志，秦圆换了一身崭新的公安制服，人显得特精干。他右眉心上的那颗又黑又粗的痣，宛如一位守护平安吉祥的门神，同时亦有得志（痣）之人、成功人士之象征。在他那颗痣的陪衬之下，从那双不算大的眼睛里透露出来的是大气、锐气、不屈和睿智。他从容地走进了黎镜仁的办公室：“黎副书记有什么指示？”

“不叫什么指示，找你来跟你商量个事。”

“尽管吩咐。”秦圆答。

“吴大鹏现在关在哪？”黎镜仁问。

“我们办案有办案的纪律，我可以不答吗？”秦圆说。

听到秦圆这么说，郑铜修有点儿沉不住气了，心想：这小子还在我们面前摆起谱来了呢，真不知道天高地厚了。你还迟到，根本没有把我俩放在眼里。

“秦圆，这是什么地方，你和谁说话呢，那么没大没小没老没少的。我跟你挑明了，你想不想穿这身警服了？你说一声不想了，明天就不要到市公安局上班了，给你挪个位子行不行？你说，我要你一个小时到，你答应好好的，居然还误点这么多，你秦圆根本就目中无人！”秦圆想做一下解释，可郑铜修打断了秦圆的解释，“你懂不懂规矩，我还没讲完呢，你就插话，你这个市公安局副局长是怎么当的，真是组织上瞎眼了，把这样一个没修养的人安排在一个这么重要的岗位。我和黎副书记不需要感恩，你知恩就可以了。你原来一个名不见经传的小科长，后来当了刑侦队长，现在把你推上市公安局常务副局长的岗位，你感觉良好。我真诚地告诉你，我们让你上去，也完全有能力要你下来。你觉得这个副局的位子坐得有点儿腻歪了，那好啊，就换个不腻的位子给你啊！你不要觉得你是个人才，是个破案能手，好像没有你市公安局就玩不转，是不是？这你就误判形势了，比你年轻、比你有才能、综合素质全面的有的是，现在最要紧的是认清形势，识时务者为俊杰，你懂吗？”

“我懂。”秦圆用谦卑的口吻轻轻地答道。

黎镜仁坐在沙发上一个劲儿地抽烟，他时不时用诘问、不屑、威逼的目光盯住秦圆的眼睛和面部。听到秦圆答了一个“我懂”，黎镜仁接过话茬开始呵斥秦圆来：“你懂个屁！要你马上到，最终你让我们俩足足等了两个点！我作为一个市委副书记，事情千头万绪，我们喊你来就已经对你高看一眼了，就你这样的官，全市有多少你知道吗？我真正找他们的有几个啊？我跟你说就你这个级别的，亲自请到我办公室来聊天来喝茶的也只有七八个。我不能说你要感到无上荣光，但至少在我市委副书记的心目中有你秦圆局长的位置啊！你说呢？！”

“谢谢黎副书记的厚爱。”秦圆用虔诚的眼神看了一眼黎镜仁后，用感恩的腔调答道。

“也不用说厚爱还是薄爱，我对你的评价一直不错的。我们请你来想听听吴大鹏的案件情况，现在关在哪里？能不能换到宜环县看守所，那里的条件可能比其他地方要好一点儿。下面听听你的意见。”

黎镜仁说完，用盛气凌人的眼神在秦圆的面部晃来晃去。秦圆感到那霸道逼人的目光如此放肆地在自己的脸上爬来爬去，马上用不卑不亢的眼神回敬了黎镜仁一眼，他从从容容地说：“感谢两位领导的召见，感谢你们对我的培养教育和垂爱，我会一辈子记在心里，当作自己奋发工作、开拓进取、创新求实的动力。接到电话通知后，我急切地从外地往新州赶路，由于中途堵了车，所以耽误了一个点。这事有点儿不凑巧，向两位领导道个歉，我秦圆诚挚地接受批评教育。关于吴大鹏的案子，是由省厅厅长尹向东、简单几位领导牵头在督办。这个案子已经惊动了中央领导和公安部领导，他们多次指示必须排除一切阻力缉拿犯罪嫌疑人。这个案子从案发到现在，犯罪嫌疑人全部到案，已经整整10个月了。在这10个多月里，我们公安干警有家不能回、有病不能治、有假不能请、家里有难又不能帮。为了缉捕犯罪嫌疑人已经牺牲了特警队长邓大佑，重伤4人，他们是市局局长李京涛、公安局司机甄亮、武警战士丛来、李京涛的儿子李杰。破获这样一个案子，我们公安干警真的付出的太多太多了。我们心中有忧愤有压抑没有地方去排解，有不少干警得了失眠、失忆、高血压、糖尿病、心脏病。办这个案子的代价太高了，这是看得见摸得着的，看不见摸不着的有没有呢？这个我真的不敢肯定也不敢否定。我向在座的两位领导诚实地汇报，办珊瑚人肉爆炸案我们公安干警每天都是在焦虑、压抑、恐慌中度过的。有些方面我们考虑不周，工作不细，有疏漏甚至还会有遗憾，敬请领导见谅，高抬贵手，给我们公安干警鼓与呼，我们就知足了。我就说这些，看领导还有什么指示。”

“不要说什么指示，只问你，把吴大鹏关在宜环县看守所有哪里不妥？”郑铜修问。

“我没说妥还是不妥，这事得向省厅请示，得到他们的同意才行，我没有左右这一事情的权力。”秦圆再次解释。

“你现在就当着我们的面打尹向东的电话，我要现场检验一下，你说这话的真假。”黎镜仁得意地说道。

“好的，现在就请示这事。”

“尹厅，我是秦圆，有个事请示一下。关于吴大鹏关押的地点，考虑到便于管理、便于提审和其他一些因素，我个人意见把吴大鹏关押到宜环县公安局所辖的看守所。当否？请指示。”秦圆打完电话，用余光搜寻郑铜修和黎镜仁的面部表情，他们的脸上绽出笑意。他们大概满意秦圆这种请示的圆熟方式，没有透出他们施加影响的痕迹，不愧是公安的，起码没有当面出卖我们。

稍作停顿，尹向东厅长回电：“同意。”

黎镜仁和郑铜修双双听到了尹向东的回电，两位领导满意地握住秦圆的手表示感谢！

“好，告辞了。”秦圆说。

“先留步。”黎镜仁说。

等郑铜修离开，黎镜仁要秦圆坐一会儿。黎镜仁手脚麻利地专门给秦泡了一杯普洱茶，与秦圆一起平坐在一条沙发上。黎镜仁首先打开话匣子：“秦局，你现在是常务副局长，你年轻又有才干，群众公认的，这些条件都很好。但光有这些还不够的，还需要走走上层路线。何为知人善任，领导不了解你不熟悉你，怎么给你一个更大更重要的舞台呢？所以，你在成长进步方面要用两条腿走路，这样就快了。就目前市公安局的领导班子状况，我有个打算，但还未同部长徐球晴通过气。我想把你扶正一下，现在有机会。李京涛去意甚浓，我一定满足他的要求，加上他身上疾患不能再胜任一把手了，有三条路供他选择：回他的老家，落叶归根；把他留在新州，把骨灰撒在新州；去省公安厅退休。你看这样安排怎么样。”

黎镜仁说完，神情十分专注地望着秦圆，期待着秦圆的积极回应。听完黎镜仁赤裸裸的封官，秦圆深感自己的人格和尊严又一次遭遇黎镜仁的亵渎。他用不屑的眼神扫了黎镜仁一眼，然后从鼻腔里淡淡地哼出两声。秦圆心中的不快，主要基于两个原因。首先好像在做什么交易似的，这种场合不对，为什么以前不说？现在谈吴大鹏之事，在这里给我封官许愿，这也太庸俗了吧，你黎镜仁也小瞧了我秦圆的智商、人格了。其次要我去当那个一把手，实话实说，我相当不感兴趣。好像官大了一点儿，待遇高了一点儿，可在市局的干警眼中以为我在里应外合与市委领导同流合污，把李京涛搞臭搞倒搞残，是这样才当这个一把手的，最后我成了众矢之的、替罪羊，成了市委某些领导的挡箭牌。你说当上了那个一把手又怎样！秦圆心底里压着一肚子的火！

他准备离开这个给他带来伤痛的地方，秦圆起身，用敷衍的眼神望着黎镜仁说："我秦圆的父辈们都是种田为生，自食其力，到我这代有机会读书，多认识几个字，承蒙您的举荐官至副处，深感谢意。至于说高升的事，我随遇而安。"

说完秦圆开门离开，黎镜仁急忙上前几步，将秦圆的手重重地挽住："不，不，你再坐一下，还有一个重要的事情同你商量一下。"

"还有什么事？！"秦圆用不耐烦的口吻问道。

"关于那防弹衣的事情。"黎镜仁神色凝重地答道。

黎镜仁本来想讨好一下秦圆，为谈防弹衣的问题进行情感铺垫，哪曾想这小子不领这个情，看来这个公安局副局长的智商还是有别于其他同级别的副职。黎镜仁强压住不快的情绪，用十分理性的口吻说："秦局，关于防弹衣的事要拜托你一下，就是证明邓大佑穿的防弹衣不是我向你局推荐的那批防弹衣。李京涛在住院，你负责全盘工作，你说句话就好用的。"

"我这么做合适吗？"秦圆问。

"你做最合适。"黎镜仁说。

"凭什么说最合适。"秦圆问。

"说白了你是我亲手提起的干部，在研究决定提拔你的常委会上，我是这样评价你的：有做人的谦虚，有做事的激情，还有做领导的担当。我对你的评语，有记录在案。我没有怀疑过你的为人、道德和能力，一句话，你在为人、做事、智慧、智力等方面都是佼佼者。不扯那么远了，直接说了，就防弹衣的问题你能不能帮忙。"黎镜仁有点儿不耐烦。

"实话说，这事我确实伸不上手，也插不上嘴。"秦圆用十分严肃坚定的口气说。

"为什么？"黎镜仁气急败坏地问。

“因为防弹衣的购买我全然不知，你说我现在负责全盘工作就出个证明，邓大佑穿的防弹衣不是你推荐让市公安局李京涛买的？出这个证明又有什么实际意义呢？可反过来对我就有实际意义了，因为我明目张胆地去弄虚作假。到头来我要吃官司，我秦圆要去蹲大牢，那是因为防弹衣的背后有一条人命啊！”说到这里，秦圆的泪水在眼眶里打转转：那可是一条我们朝夕相处、相依为命的战友的命啊！

黎镜仁看到了秦圆的泪水，但这并没有唤回他做人最起码的良知，反而使他怒火中烧。他随手抓起那只陶瓷茶杯并高高举过头顶，重重摔在地板上。他张开大而阔的嘴，喷着唾沫星子：“你给我滚！”黎镜仁发这么大的火也是有他的原因的。自亓官云涛告知他省委组织部的考察组来考察推荐他作为正厅级干部人选后，考察组组长单独和黎镜仁通了电话，关于防弹衣与公安干警之死的问题，只要市公安局出个证明，证明不是你黎副书记所推荐的那批防弹衣就可以了。接到这个事关他黎镜仁前途命运的电话，他苦思冥想了半天，能为自己帮忙的非秦圆莫属。始料未及的是，秦圆根本不理这个茬。

秦圆怀揣不快迅速离开了那个给他屈辱和伤害的地方。他的车径直朝关押吴大鹏的看守所驶去……

黎镜仁坐在沙发上一边喝茶一边思考对策。哎，有了！他迅速拨通了郑津的电话：“郑津，你赶快到我办公室来一下。”

“我就来。”郑津答。

黎镜仁顾不及解释为什么了，郑津一进办公室，他赶快将门关上：“你用极快的速度弄张证明，大意是‘黎镜仁推荐市公安局所购的防弹衣与邓大佑穿的防弹衣无关’即可。”

“弄这一张证明应该没有问题。”郑津答。

“你具体怎么操作呢？”黎镜仁问。

“这事您放心，我会尽全力为您办好。”郑津说。

“媒体宣传那边联系怎样？”黎镜仁问。

“所有知名网站都披露你所推荐的防弹衣与邓大佑之死无关。你打开一看就知道了。另外我和吴丽丽的弟弟吴起南找到了本省的媒体也准备造造舆论，就是邓大佑穿的防弹衣与您黎副书记没有任何瓜葛，它的背后是一场有人操作导演的政治闹剧。这方面的撰稿已经完成，我已经看到了那位媒体朋友传过来的清样，他说明天就可以登。”

“那费用怎样敲定的？”黎镜仁说。

“这事您放心就是了。就这点儿小事您要相信您的部下有这个能力，您就放心地去谋划您的大事。省组织部马上来考察您，解决副省的待遇了，那不仅是我们新州人民的荣耀，也是我们的骄傲。您高升了，我们在基层就可以如鱼得水、水涨船高、大展宏图啊。”郑津心花怒放、得意洋洋地说。

“真有那一天，能为你的进步助一臂之力，那绝对是我们前世有缘使然。”黎镜仁答。

“谢谢您一直以来的关心和厚爱，托您的福啊。”郑津说。

“不必客气，有一件事与你通气，吴大鹏目前关押在异地，我已经与秦圆沟通好了，马上要关押在你宜环县公安局下辖的看守所。吴大鹏过去后注意两件事：一个呢，他的饮食、健康、自由等方面要多多关照；再一个呢，要保障吴大鹏与外界的沟通联系畅通无阻。清楚吗？”

“一定照黎副书记的指示办，保障他在看守所内健康、开心、快乐，请黎副书记一定放心。”

在黎镜仁斜对门办公的王甜甜看到郑津离开后，来到黎镜仁的办公室。王甜甜进来没有客套，毕竟是真正意义上的夫妻，也没那个必要。她关上门说道：“现在王师野三天两头不是拉稀就是感冒，昨晚几乎一宿没睡觉，又是发烧又是哭闹……弄得我心里好烦躁。”王甜甜叹了一声，几滴眼泪滚落下来。

黎镜仁说：“小孩子5岁之前感冒发烧是家常便饭，你不要过分纠结这事。但保姆也相当重要，如果照顾好的话，也可以减少病发的频率。我想说的是，现在这个保姆的能力、经验如果不行就赶紧换人。你我都忙于公事，从早到晚都泡在公事上，你当妈的多操点儿心，我就无能为力了。”

“目前这个保姆依我的眼光来看还不如游守祥他妈，老人有耐心又细心，她照顾小孩有相当丰富的经验，游家几个兄弟姐妹一个个都健健康康，每个人都是大学生。你看让游守祥他妈过来怎样？”

“这事我考虑一下再说。”黎镜仁说。

说到游守祥的事，黎镜仁总有一种挥之不去的阴影。

这时黎镜仁放在桌上的手机响了起来：“黎副书记，你不是说吴大鹏今天下午3点钟到宜环看守所吗？现在还不见影子，是不是约定的时间有误？”郑津问。

黎镜仁回答说：“秦圆答应的是今天下午……郑局那个证明弄好了吗？你弄好后直接与市委王甜甜秘书联系。”

“黎副书记，一位朋友说刻市公安局的章胚子他那儿没有现存的，还要找人刻制。按你说的内容已经拟好，弄好后我会送到王秘书处。”

“抓紧时间弄好，宜早不宜迟。”黎镜仁说。

黎镜仁同郑津通完电话，又拨通了秦圆的电话，可电话就是无人接听，弄得黎镜仁一身是火：这小子当面说得好好的，今天下午3点将吴大鹏送达宜环县看守所，人没有到，连电话都不接听，什么意思？跟我玩躲猫猫，跟我来这个花花肠子？把我整火了，下个星期就把那顶乌纱帽帮你摘了！看你玩儿不玩儿了，看你还怎么玩儿，看你能不能玩过我姓黎的！都从政几十年了，连起码的规矩都不懂吗？你身上那支枪是受党支配的，要受党指挥的，你那支枪带烦带腻了，我这个黎姓党代表有责任、有义务、有权力把你身上带的枪卸下来，让另一个听党指挥的人带！黎镜仁就这样在心里骂开了。他心里窝着火，继续拨秦圆的电话，照样手机是通的，没人接听。

黎镜仁在办公室来回踱步，这时郑铜修打来电话：“黎副书记，我刚到达宜环县公安局，准备为吴大鹏接风洗尘。可现在都过点了，吴大鹏还没有到，是不是由省公安厅厅长尹向东策划，秦圆执行出演的一出闹剧？他秦圆当着我俩的面答应好好的，怎么又变卦了呢？你看这事怎么弄好？”

接到郑铜修的汇报后，黎立即又拨秦圆的电话，电话是通的，他不接听，你说气人不气人？

不耐烦的黎镜仁拨通了郑铜修的电话：“你住哪呢？”

“我住在宜环县一个三星级宾馆里，条件不错。”

“是这样，如果明天吴大鹏到宜环，我再过去。省委组织部说今天来考察推荐我任正厅的事和王甜甜拟调省委组织部的事，到现在也没有来。唉，现在做啥啥都不顺！”黎镜仁烦躁不安地说。

“黎副书记，不要紧，好事多磨嘛，你有一个老同学亓官云涛在那么重要的位置，这个稀缺的资源不挖掘不利用，等到水过三坵田就来不及了。伙计啊，这事你要主动出手，你可以亲自出一下马，接近接近，感情就会更深一层。不跪不送原地不动，又跪又送提拔重用，你说呢？”郑铜修说。

黎郑两人通话一结束，黎镜仁怀着忐忑的心情开始拨亓官云涛的电话，黎将亓官云涛的手机号拨出又摁掉，他纠缠在拨还是不拨之间。不拨吧，真是坐立不安、食不甘味，干啥事都没精神头；拨吧，又怕亓官云涛瞧不起自己，一点儿小事都沉不住气，没有肚量缺少城府之人，怎能当担大任？最后他没有拨，但没有放弃寻求慰藉心灵的念想。他重重地坐在沙发上，右手扶了扶架在鼻梁上的金边眼镜，立即拨通了王甜甜的办公室电话。没人接听，他拨通了王甜甜的手机：“甜甜，在哪呢？”

“我在医院，王师野昨天感冒发烧，现在在打吊针呢。”

“需要我过去吗？”

“不用了，还有一瓶就打完了，你有什么事吗？”王甜甜问。

“没有什么大事，想找你聊聊。”黎镜仁说。

“现在没空，好！再见！”王甜甜说。

心烦意乱的黎镜仁这时开始浏览网上的新闻，他逐条浏览着，突然一组黑体字的标题引入了他的眼帘——《一件伪劣防弹衣，要了特警一条命》，随后还配了一篇评论文章《一个权力变了味的市委副书记》：

在现代法治社会，权力本来就是为了实现公共福祉而产生的，权力行使的效果缘何会因与权力行使者的亲疏远近而呈现出差别化呢？这时，权力这一公共产品已经异化成权力行使者的私人财产，并且有了一定程度上的交换属性——权力与权力的交换，权力与利益的交换。于是，为了实现权益最大化，一个便捷的途径就是权力行使者与那些寻求商业利益最大化的商人联姻，然后生出怪胎。发生在新州这一恶性事件，就是市委副书记黎镜仁与商人黎维前、黎维途联姻生下的怪胎。这一事被曝光后，对党和政府的形象和威信造成致命的伤害，这简直就是对国家和公众忍耐力的公然挑战。如果少数官员畸形的权力观不能及时有效地得到治疗，不能使权力回归到为大众服务这个本质上来，而是为个人和小集团的利益服务，那么类似事件还可能发生。一个市委副书记本应为一方百姓谋福利、谋福祉，把维护人民的生命财产为第一要务，把倡导和谐社会为第一责任，然而他们为了填满自己的私欲，把党和人民赋予的权力涂上了铜臭，让权力变异、变味、变臭。邓大佑烈士是为民除害，可为民除害的人的命却得不到保护，把不能防弹的防弹衣穿在特警身上，其结果是壮烈捐躯。尽管烈士死不瞑目，亲人战友悲泪涟涟，可贪官还有可能得以升迁。有些贪官还可能调侃地说："要奋斗就会有牺牲，或轻于鸿毛，或重于泰山！"

有趣的是，浏览这则新闻和评论的还有亓官云涛，其实昨晚他就看过了。亓官云涛很清楚这则新闻和评论对黎镜仁的杀伤力到底有多大，出于自我保护的意识，亓官云涛将黎镜仁原先打点他的20万元打回其账号；同时将到新州对他的考察终止。他亓官云涛现在是政坛新星，他决不能去趟那一滩浑水，把自己弄得脏兮兮的，最终断送自己的政治前程。说句大实话，说句透心底的话，他亓官云涛也不希望将黎镜仁放到省城，身边多一双眼睛，他与王甜甜缠绵缠绕也有诸多不便。亓官云涛不缺少悟性：他黎镜仁会那么老实？没动过王甜甜？那绝对是痴人说梦话，要将她王甜甜变成他亓官部长的，他亓官云涛也需要动点儿脑子的！

动什么脑子呢？

假如诚实告诉黎镜仁人事的安排搁浅了，黄了，原地不动了，他黎镜仁肯定会迁怒于亓官云涛，他会以死相抗，反正提不了，来一个死猪不怕热水烫！来一个破罐子破摔！你亓官云涛想挖走王甜甜，没门！她是他黎镜仁真正意义上的老婆，只不过没公开，没喝喜酒，没请客，没有领结婚证而已。你亓官云涛要调她到省委组织部，他黎镜仁就是不配合，要么不办调动手续，要么不转工资关系，要么不转组织关系，他就是明里暗里使绊子，你官再大也拿他黎镜仁也没辙。你走你的阳光道，他过他的独木桥，大路朝天，各走一边吧！

由此权衡，亓官云涛决定用打时间差来敲定王甜甜的调动事宜。自从王甜甜离开后，晚上一觉醒来，他亓官云涛的大脑屏幕上就会闪出王甜甜那甜美的笑声、可人的气质。亓官云涛急需王甜甜来到身边……

看完那则新闻和评论的黎镜仁情绪已经跌到了最低谷，他下意识地用左手扶了扶眼镜，用纸巾擦了擦宽大额头上的汗珠子，轻轻叹了口气，慢慢拨通了亓官云涛的手机："老同学啊，好想你啊。现在忙啥？你不是说来新州考察吗？时间都过了怎就没了动静了？是不是那防弹衣的事与这次来考察扯上关系了。哎呀，我很担心这事可能会黄掉。刚才我在网上浏览到邓大佑之死与那防弹衣的新闻和评论，这事整个媒体弄得很邪乎，真有黑云压城城欲摧之势。我看完这则新闻和评论，我现在是六神无主，在精神上孤立无援呀。在这个时候我想能解除我困境的只有你了，你真是我的大救星啊！也是我的指路人！我想尽快离开新州，离开这个是非之地！对这事我真后悔，看来重义气是要付出代价的，这是十分沉重代价！另外，我上次去省城，你叫我说邓大佑所穿的防弹衣不是我推荐给市公安局买的那批防弹衣，这个证明我已经责令有关人员在弄，等你们考察组来新州，就提供给考察组的同志，以洗清这个天大的误会，以正视听。另外相关的网站也发表了几篇文章，估计会有正面的效果，这个效果都是你我所期待的！”黎镜仁怀揣忐忑的心情说。

亓官云涛在心中冷笑了一声，用低沉的声音说：“你现在最要紧的是稳住自己，要记住：敌人不在远处，而就在近处。敌人不是别人，而是你自己。别人不可能把你打倒。但你自己可能把自己打倒。这是因为你的内心不够强大，心理承受力耐受力极差，精神防线稀松，这样肯定会倒下的！关于考察的事是这样，原定去新州考察你的人事安排推后，具体时间再定。王甜甜调动的事宜，省组织部委会全票通过，我会和徐球晴部长下达调令，让其办理相关的手续。至于你那边要做好移交的相关工作，限王甜甜一星期之内到省委组织部门报到！”

“我会按照你的指示尽可能提前办好一切调动的手续，请老同学放心，一切都会让你满意。”黎镜仁用十分诚恳的口吻说。

黎镜仁和亓官云涛通完电话，咚！咚！有敲门声。黎镜仁开门，郑津进来：“黎副书记，那个证明已经弄好，您看一下是不是这个意思。”

黎镜仁接过：“嗯！是这个意思了，你辛苦了。”

“为黎副书记办点儿力所能及的事，我心中很有成就感。按照您的吩咐，这张证明放王甜甜那儿，可她人不在办公室，所以只好敲您的门了。我爸已经到宜环，准备去迎接吴大鹏。”郑津说。

“王秘书小孩有病，她离开办公室，我知道。这放到我这儿也没关系，到时我给她就是了。吴大鹏到宜环后，你一定向我报告，我也要过去一下。人嘛，是讲感情的动物嘛！”

“我按照您的指示办，吴一到宜环县就及时报告您。也不知道是啥原因，吴大鹏现在没有一点儿音讯。”

“我打过秦圆两次电话都不接，我猜不透秦圆这小子在玩儿什么花招。你说玩儿花招也不能玩儿到我这来啊，我是什么人，他难道不知道吗？”黎镜仁说。

“这事我也说不准，人心隔着肚皮呢！”郑津说。

“他秦圆玩儿我，只要我发现一次，就让他喝个够！把他一撸到底，还想当局长，没门！你看，我打过去电话这么久了也不回话，真是有点儿不像话。你打个电话问问你父亲，看吴大鹏到宜环没有。”黎镜仁说。

郑津拨通了郑铜修的电话，没人接。郑津不敢再打，他相当懂事，因为郑铜修到宜环带上了情妇。他们之间有什么秘密之事，做儿子的应当懂味儿了。

突然，黎镜仁的手机有个短信提示：“黎副书记，我远在乡下，母亲病重，回去几天料理一下。王甜甜。”

黎镜仁读完短信，郑津起身告辞：“欢迎黎副书记到宜环公安局指导工作，请放心，吴大鹏放在我那儿，会一百个让您满意，把他的生活起居弄好，让他开心。”

“有空我会过去。”

“再见！”

送走郑津，黎镜仁觉得王甜甜与从前不大相同：首先她离开办公室也不告诉一声，怕我不高兴，怕我批评她，来个短信以示安慰；另外在称呼的口吻上也少了以前的那种亲昵、那份热情，总有那种若即若离、貌合神离的感觉，她现在说她母亲病重是真是假也都是未知数。黎镜仁现在就想弄个究竟，于是他找秘书游甜和干草垛到办公室来。黎镜仁说：“你俩买点儿水果，从我这里带两瓶茅台、两瓶五粮液到王甜甜老家去一趟，据说她母亲生病了，你们代我去慰问一下。”

黎镜仁表面上是这样布局，可心里头是想探探虚实，断定一下王甜甜是否真的在老家。就凭着他老黎的心智和判断，王甜甜绝对不在其老家，说孩子得病发高烧、母亲得重病全都是假的，等到游甜、干草垛一回来答案马上就揭晓。黎镜仁期待着……

车子往东行驶约30公里再往北折了15公里，在一个绿树环抱、溪水潺潺的山间，有一间依山傍水的二层楼房，那就是王甜甜的老家。游甜和干草垛一进门，一只大黄狗就摇着尾巴前来迎客，接待他俩的是王甜甜的父亲王忠纨。老人热情地又是递烟又是斟茶，那淳朴的乡村之风习习吹来，让城里人感受到稀缺的纯真。游甜说明来意："我们受市委黎副书记的委托，前来看望甜甜的母亲，听说她老人家患病了。"

王忠纨说："是的，身体不舒服，由甜甜陪着到医院看病去了。"

听老人一说，俩人只好告辞。回来一汇报，黎镜仁已经猜透半分。王甜甜和他父亲在演双簧，这个总导演应该就是省委组织部副部长亓官云涛。

黎镜仁心里骂开了，你一个那么大的部长玩儿这小伎俩，值吗？你跟我姓黎的明说就喜欢上了王甜甜，那也没关系。你说你阴一套阳一套，明一面暗一面，硬一手软一手，弄得我姓黎的神魂颠倒，你亓官云涛也太不够老同学的意思了。你拿着王甜甜的母亲作掩护，说有病要去省城医治，找个由头，估计我姓黎的也不会怀疑，你也太低估我黎某人的智商了吧。我智商低能混到这般田地吗？论阅历、资历、学识、综合素质，你亓官云涛也不是我的对手，在大学全班四五十号人里，你都在二十七名以后去了。唉，你走运，你跟对了一把手，不然你也没那么顺风顺水。

黎镜仁脸上写满了不屑的神色，呷了口茶，茶杯的屁股刚接触到茶几，手机嘟地响起，一打开是秦圆的声音："黎副书记好，我是秦圆，很抱歉，我刚看见有两个未接电话是你打进来的。我手机放在包里，人在医院，人机分离了。"

"咋回事呢？你跑医院干什么呀？"黎镜仁急切地问。

"哎呀，出事啦！"秦圆答。

"出啥事啦？"黎镜仁问。

"吴大鹏出事啦！"秦圆答，"按照你的指示我们从异地的关押场所将吴大鹏提押出来。警车停在一个宽敞的地方，车门打开，等待着吴大鹏上车。当时吴大鹏没有戴脚镣，考虑到脚镣太重，行走太慢，因为根据你的指示必须下午3点赶到宜环县，也怕耽误时间，现在看来如果戴上脚镣会避免这次事故的发生。"

"什么事故？"黎镜仁急切地问。

"你听我详细说，吴大鹏一提押出看守所，后面有两名公安干警跟着，但没有挽起他的手。看到吴大鹏的情绪很好，所以两名干警就放松了警惕。这时吴大鹏来了个百米冲刺，将额头重重地撞向开启的车门。吴大鹏重重地倒在地上，从额头渗出的血染红了吴大鹏的脸。拨通120，救护车将他弄到当地医院救治，生命体征稳定，无大碍，估计用不了几天就出院了。汇报完毕！”

“秦圆啊，这一事故的发生，足以说明你带的这班人对工作对生命极端不负责任，把别人的生命当儿戏。你们这方面应当说经验是相当的丰富，人一提出监所最起码有两名干警用力挽住吴大鹏的手。这应该是你们押人最规范的动作，在这个关键时候，怎么连这个动作都忘记了，还忘记得一干二净呢？”黎镜仁突然把电话挂了。

黎镜仁沉寂半晌，他在酝酿新的说辞，如何去打压秦圆。他黎镜仁曾几度想把秦圆这个常务副局抹掉，现在真是天赐良机呀。我的天啊，机会终于降临了。黎镜仁在心底发誓，你秦圆这次是栽定了，我要弄得你心服口服、上下都服。

黎镜仁正在策划一场让秦圆、让尹向东都只能干瞪眼，而无法伸出援手的戏。

听了黎镜仁的一番训斥，本来疲惫不堪的秦圆倦意全无，他想向黎镜仁副书记再进一步解释。于是他拨通了黎镜仁的电话：嘟——嘟——嘟，再拨，嘟——嘟——嘟……

黎镜仁放在茶几上的手机响个不停，不用看，绝对是秦圆打来的。你小子知道有错了，知道有罪了就找上门来说情了？没门！你和李京涛、尹向东整天拿珊瑚人肉爆炸案说事，今天抓这个明天抓那个弄得鸡犬不宁，把一个好端端的新州弄得人心惶惶，还到处扬言要揪出珊瑚人肉炸弹案背后的保护伞，要把新州市委弄他一个底朝天。睁眼说瞎话，谁是新州的主人？真正的主人是我黎某人，你有多大分量有多高的地位，与我黎某相抗！

秦圆再次拨通了黎镜仁的电话，黎镜仁就是不接，手机还在响个不停，他权当没听见。黎镜仁用办公室的座机电话拨通了郑铜修的电话：“郑副市长，今天下午3点到我办公室来一下，另请杜修行和林子墨也来一下。”

“什么事啊？”黎镜仁一听郑铜修这句就有点儿不耐烦，不等他说下去就把电话挂了。黎镜仁判断郑铜修遇到棘手的事了！

黎镜仁打完郑铜修的电话，刚一放下听筒，一条短信提示音响了起来。这时黎镜仁正呷着一口普洱茶，嘴角边还沾着两片泛黄的茶叶，他来不及抹掉嘴角上的茶叶，把那口茶水咽下后，张开宽大肥厚的大嘴“哈”了一声，接着翻阅那条短信：“老公，几天不见了，好想你。母亲病已见好转，请放心！甜甜。”

读完这条短信，黎镜仁五味杂陈，没有这条短信之前，他黎镜仁一直以来对王甜甜的评价是诚实、忠诚的；读完这则短信后，他觉得王甜甜正在蜕变成为自己难以琢磨的女人，其形象也越来越模糊，像是从他黎镜仁那视线的长廊里由近及远在慢慢地消失。

只要与黎镜仁有过接触和共过事的人都知道，他是一个天资聪颖、悟性极高的人，可以说他料事如神。他的判断力、洞察力、预见力以及过人的胆识在新州绝对可以说是鹤立鸡群。王甜甜弄这把戏那简直是超级小儿科嘛！你王甜甜以母亲生病需要到省城治疗为由头做门脸，却掩藏着与亓官云涛投怀送抱的勾当。不过他黎镜仁有点儿不解，原来的王甜甜与现在的王甜甜为何就判若两人呢？难道接触到比他大的官就立马学会翻手为云覆手为雨那套了吗？他不解，他困惑。这时，郑铜修和杜修行、林子墨来到黎的办公室。黎准备斟茶，眼疾手快的林子墨一把夺过黎镜仁手中的杯子为大家斟茶。

“你们三位是我的三张王牌，我一有棘手的、紧急的、重要的甚至凶险的事就由你们去推动，去完成和化解。就市公安局常务副局长秦圆在外地羁押吴大鹏，吴负重伤住院的事，我想听听大家的见解。先不设框、不设限，也不画线，大家集思广益，把秦圆的问题拿捏准一点儿，一句话，让他心服口服。”黎镜仁说。

黎镜仁话音刚落，杜修行马上接着说：“我们林局长是我院这方面的专家型领导，林检先发表一下意见。”

“秦圆的行为就目前情况来判断是玩忽职守的行为，但这个行为构成不构成犯罪还需要进行分析。首先要弄清什么是玩忽职守罪，它是指国家机关工作人员严重不负责任，不履行或不认真履行职责，致使公共财产、国家和人民利益遭受重大损失的行为。根据定义我们来判断：构成本罪是结果犯，而不是行为犯。根据《最高人民检察院关于渎职侵权犯罪案件立案标准的规定》，结合市公安局常务副局长秦圆所涉的玩忽职守行为，我个人认为不能以定罪论的，我说这些。”

黎镜仁听到林子墨说秦圆不构成玩忽职守罪，满脸愠色，他一拳擂在办公桌上，“嘭”的一声，放在桌上的茶杯盖子“哗哗”直响。这突如其来的一幕，让郑铜修、杜修行、林子墨惊呆了，大家都闪着惊愕的眼神望着黎镜仁。黎镜仁开始怒叫起来：“你这事就不能变通一下，秦圆的事就不能打个擦边球？！我严肃跟你们三个说，市公安局我现在是针插不进、水泼不进，他们在搞独立王国。在新州，我这个副书记指挥不了新州市公安局那条枪了，你说我这个市委副书记当得多窝囊！如果再不找点儿茬修理他们一下，他们会更加放肆！更加目中无人！我提醒你们三位，如果跟一个领导或者一个领导者就事论事，对敏感问题没有高度的政治敏锐，我可以跟你们下结论，你们在政治上是文盲。政治家是什么啊？政治家第一是讲政治，第二是做政治，第三是玩政治，第四是吃政治。你们懂吗？这也是生产力！”

黎镜仁即兴演讲完毕，看了看大家那木呆呆的表情，用右手的掌心揉搓左胸心脏的位置，大概是情绪过于激动，造成心脏供血不足和不适。他一边揉搓一边将后脑勺仰靠在沙发上，这一靠下去，黎镜仁全身竟有些微颤，脸色灰白继而发紫，表情僵硬。郑铜修说：“心脏出问题了。”他要杜、林俩人将黎镜仁抬到宽而长的真皮沙发上平卧，同时轻轻摁压人中穴位。杜修行摁住内关穴位，林子墨摁压合谷穴位，经过抢救，黎镜仁的脸上慢慢现出红晕，嘴唇的紫色变成淡红色，耳根耳轮泛出红色，宽而大的额头现出微微的光泽。过了5分钟，黎镜仁表示要坐立，坐立后黎镜仁轻轻揉搓了那张草书体式的国字脸，然后发出一声“啊啊”的舒缓声，驱赶了刚才那令人恐惧不安的紧张气氛。“啊”声过后，林子墨端来一杯茶水，黎镜仁接过茶杯轻轻呷了一口。咽下这口茶水，他下意识地“嗨”了一声，像是他又跨越了人生一个死亡之坎，将要迎来生命所赐予的享受、安逸、幸福。可在他的心目中，在他的脑海里，他正处在人生的十字路口，当下有太多的不顺、太多的纠结、太多的人生坎。有时在梦中他仿佛置身于一个宽大幽长的不能看到尽头的岩洞，脚下有暗河，洞壁上有蝙蝠栖息，潮湿的空气如同漂浮的浆液。在黑暗洞穴中，他彷徨、他孤独、他无援、他无奈。他时常被置于这样的场景而惊醒，一醒来他就擦拭那一身的虚汗。原来早晨起来有王甜甜伺候，现在孤身一人，异地为官，有时爱人陈秀良从省城打个电话问候一声，夫妻彼此沟通一下，也驱赶不了那缠人的孤独。儿子黎洋在美国哈佛大学读博士，学业繁忙，顶多一个月分别给父母打两次电话，有时写论文、做实验，没有闲暇便委托其女朋友窦沙沙发个短信打个电话进行问候了事。尽管这些问候不能排解所有心中的念情思亲和烦恼，但也可以获得暂时心灵上的慰藉与安逸。

郑铜修看见自己的政治盟友黎镜仁生命体征稳定后，用官场惯有式节拍声调说：“刚才黎副书记作过指示，作为他的下级要认真理解并加以贯彻。在这里我要提示一下，一定要充分理解黎副书记所作指示的要义，那就是充分挖掘自身的优势，充分运用手中所掌握的司法资源，把这些稀缺的有限的不可再生的司法资源利用到极致，产生正能量的社会效果。法律是死的，人是活的。法律不能操作法律，法律要靠人去操作它。那肯定会出现理解上的差异，这个差异是永远存在的，人类社会再发展再进步，这一差异都不会消解的。要充分理解黎副书记所作的重要指示就要将党指挥枪的原则落到实处，政法机关的枪杆子就是要围绕黎副书记转，党指向哪里，枪就指向哪里，黎副书记说打哪里我们就打哪里。只许成功不许失败！这里顺便说一句，林子墨可是个侦查经验十分丰富的侦查员同时又是优秀的公诉员，在全省检察机关那可是一流的。他的讲座、他的经验以及《试论反贪风险》的论文在全国有影响的书刊上发表，他视角独特、论点鲜明、论据详实、论证充分，在他们同行中绝对是佼佼者。他在主诉检察官的岗位曾打拼过一年，就写过涉及公诉业务的散文诗二十多篇，其中一篇散文《舌战在公诉席上》在全国知名刊物上发表。”

是的，林子墨是个既有文才又有心计的人，黎镜仁和郑铜修每次命令让他来办公室，他都随身携带微型录音机。每次偷录完毕后，他会找人将其所录的资料翻录到光碟上予以永久保存。林子墨弄这东西绝非兴趣使然，其实这是一种职业习惯，更是日后防止秋后算账吃官司，这才是真正的原因。

看上去林子墨从长相到衣着都没有什么特别之处，与人说话还微微能看到眼珠子。如果对方的话能感动他，他会发出笑声，一笑上下眼皮挤成一条线，根本就看不到眼珠子。那颗蒜头鼻蜗居在高高的颧骨之间，有人说，这样的男人不管是谁都小心为好，俗话说：“男人颧骨高，杀人不用刀！”

林子墨录完刚才郑铜修那段肉麻的演讲，立刻走出黎镜仁的办公室来到卫生间。他不是来解手的，他是来检验一下郑铜修那段讲话录音的效果怎样。通过回放一段话后，他感到录得相当成功，很有专业水准。他出卫生间往回走，看到杜修行站在黎镜仁的办公室门口在喊他：“林检快点儿喽，两位书记都在等你啦。”

“哎呀，昨天吃错东西了，小肚胀痛的，拉出去，现在舒服多了！”

一进去，黎镜仁和郑铜修都没有给他好脸色，刚说到兴奋点，他走了，什么意思？

说实话林子墨真没拿这事儿当回事的，他能糊弄过去就行啦。生拉硬拽把一个市级的公安局副局长投入牢狱，这可不是闹着玩儿的，玩儿过了头自己也会赔进去的，现在是什么年代了，现在动不动就讲人权。为了充分地保障人权，光检察院这条线每半年都要进行执法质量考评，省级检察机关指定下发了《检察机关办案工作流程》《检察机关案件质量标准》《检察机关错案、严重瑕疵案件责任追究办法》《检察机关案件质量管理办法》等，回想这些规定，林子墨决心坚守自己的底线，坚持自己的主见不动摇。

黎镜仁看见林子墨低着头，两只手玩儿手机，知道这小子鬼点子多，本来想让他谈一谈，刚才听了郑铜修讲话后的想法，话到嘴边又收回去了。黎镜仁转而让杜修行谈一谈。

“我没有什么说的，按领导的指示办。”杜修行的心里是这样盘算的，他不分管反渎职侵权这块的工作，如果他表态说可以立案等于将林子墨往火坑里推。当然这样的表态绝对合乎黎郑两书记的口味。如果说不能立案就等于得罪了黎、郑两位领导。他杜修行等于夹在中间，所以他只能戳个圆眼，这样阻力小伤害也小，这是自然植物生存的策略。比如树为什么呈圆形而不呈方形呢？这也是人类社会和官场的生存之道。

黎镜仁从刚才杜修行的说话中找不到要发火的燃点。黎镜仁望着郑铜修，希望他能打破这沉闷的局面。黎镜仁那个眼神的意思，郑铜修作为官场老手，心有灵犀。郑铜修也想尽快找到解决秦圆问题的出路，定夺、拍板，及早结束这次谈话。

他正准备要说，突然黎镜仁的手机响起：“黎副书记，吴大鹏已经病愈出院，现已经关在宜环县看守所，一切情况正常。报告完毕，黎副书记有什么指示。”秦圆说。

“你们为了侦破珊瑚人肉爆炸案，投入了大量的人力和物力，为了获取有力的证据，为了抓获主犯你们长途奔袭，披星戴月、夜以继日地工作，你们辛苦了！你们这支队伍是党和人民可以信赖的队伍，有你们这支公安铁军，我相信新州人民就不愁没有好日子过。至此，我代表市委市政府向你们表示亲切的慰问和崇高的敬意！”

林子墨录下了刚才黎镜仁与秦圆的通话内容。林对黎副书记精彩的说辞感到耳目一新，这叫什么，这叫真正的官场！尽管它不同于战场那般血腥，但亦能闻到血腥的味道，只不过这种血腥味道来得慢些舒缓些温柔些！

林子墨有些不解，市公安局的枪杆子现在牢牢控制在黎镜仁手中，刚才黎、秦的通话完全证明这一判断啊，黎镜仁为何还要玩弄花招，硬要将秦圆置于死地而后快？但有一点可以肯定，秦圆在哪一个节点上对黎的核心利益产生了冲击，黎对自己的利益看得很重。可能是秦圆对黎镜仁所提出的要求拒绝得合情合理合法，但绝对不合他的意。在处理棘手问题上，黎镜仁十分老道，在台面上明里为你唱赞歌，在暗里给你穿小鞋、使绊子或设陷阱栽赃，借刀杀人。刚才黎镜仁谈的说的那些就是借他林子墨的刀去杀秦圆，这一来他林子墨成了秦圆的仇人。真正到了那一天，将秦圆关得半死，他黎镜仁会假惺惺买点儿水果弄个红包以示慰问，要他多多保重。嗨！这真是杀人不用刀！

黎镜仁与秦圆通话完毕，郑铜修说："这件事不管怎么难办，但一定要办，努力争取给黎副书记一个满意结果。让秦圆要么坐牢，要么受到党纪政纪处分，让他尽快结束政治生命，这些就是我们黎副书记所期盼的！具体这样操作，分两步走，先由纪委牵头，宣布对秦圆进行'双规'。"郑铜修意犹未尽，还有继续作指示的冲动，这时有个短信提示，他才戛然而止。

十九、吴大鹏的监狱生活

郑铜修认真地翻阅短信：爸，吴大鹏已到宜环，精神状态尚好，脸有些浮肿，肾似乎有问题。我会找个名医看一看，再见！儿郑津。

看见郑铜修在读短信，大家的眼神都朝郑铜修那儿投注，都在关注他表情的变化，从他不断变化的面部表情的上，兴许能猜点儿什么东西出来。其实，能猜出短信八八九九的应当是黎镜仁。郑铜修阅读完短信，刚才想要说的话全没了。他的心都置于短信的场景和环境以及人物当中。对短信中的人物吴大鹏能比较顺利地进入儿子郑津眼皮子底下，有两大优点是其他地方不可替代的。首先能掌握省市两级公安机关对整个新州珊瑚人肉炸弹案的信息，情报进出畅通。一旦事态有变，可以提前与吴大鹏通气，让其不配合不招供。涉及市委领导的事闭口不谈，最起码不谈我的事，既不揭我也不拱我，最好当哑巴做傻子，当好一个

"零口供"的典范，看他们有什么辙！其次在宜环把身体养好，把身体调整好，日后东山再起才有希望。

黎镜仁看见郑铜修陷入沉思之后，也不好打扰，等到郑回过神来，黎说："就按郑副市长的指示办，我要强调的是纪委和检察院两家要加强协调，多沟通，做到优势互补，这样才能形成拳头。"

黎镜仁说完，郑铜修让杜修行、林子墨回去研究落实黎副书记的指示，要为新州市的社会政治经济发展和谐稳定多做贡献，不辜负市委黎镜仁副书记对两位检察官所给予的厚望。

杜、林两位检察官表示与黎镜仁副书记郑铜修副市长保持高度一致，进一步团结在以黎镜仁副书记为核心的市委周围，认真履行检察监督职能，努力维护社会公平正义，为新州的政治清明、经济发展作出贡献。

杜、林两位检察官离开黎镜仁办公室后，郑铜修把门关上，把刚才郑津发来的短信读给黎镜仁听。黎镜仁听后发出感慨："吴大老板，我们的铁兄弟，关押到宜环县看守所这是万里长征迈开的第一步，这只是获得的一个小胜利，以后的路长着呢。要想法把我们的吴大鹏老弟解救出狱、无罪释放，那才是真正的大胜。不仅如此，还要为吴大鹏老弟创造条件，让他穿上一件带有政治光环的衣服，登上新州市的政治舞台，成为新州市坐拥一亿财富的政治之星。机不可失、时不再来，你我都一把岁数了，手中有权不用，到点退休了那真会后悔莫及啊！"

郑铜修已经完全了解吴大鹏以后要走的路线图，郑表示围绕黎副书记制定的路线做好工作抓好落实。表态完毕，郑铜修问黎镜仁是否抽个时间与吴大鹏小聚。黎说："可以，但注意保密，不能出现上次那样尴尬的事了。这事弄多了对我们的公信力会带来极大冲击，会动摇我们的根基，做这样的事情低调为好，不说为妙。你要郑津具体安排一个时间小聚一下，最好在新州市内的高档一点儿的宾馆。我也好想见他一面了。"

"好，按照您的指示，具体时间敲定后再告知您。"

郑铜修离开黎镜仁办公室后，打电话要封加渊到他办公室来一趟。封说："正在乡下调查取证，您有什么吩咐？"

郑问："什么时候可以回市纪委？"

封答："大概还需要两天。"

一天过后，林子墨问郑铜修："市纪委是否对秦圆采取了措施？"

郑说："如果这边有动静会及时通报情况。"

秦圆副局长等一行5人将羁押在外地的吴大鹏押回新州市宜环县看守所羁押，其间尽管出了不愉快的事情，但总体还算顺利。之后秦圆等5位公安干警拖着疲惫不堪的身体回到新州市公安局，第二天就接到"一女孩开车遭到抢劫和性侵害"的报案，他与他的战友又投入到一场紧张的侦破工作之中……

吴大鹏来到宜环县看守所，被关押在特殊的监号。吴大鹏根本不在乎这些，他最在乎的是黎镜仁副书记、郑铜修副市长、市检察院的杜修行和林子墨能否伸援手将他从深陷的泥沼中救出，哪怕是花一千万也在所不惜啊！人都死了，钱堆在那是一堆废纸，这回能把命保住就OK啦，就大获全胜了。与吴大鹏关在一起的还有一个杀害妻子的犯罪嫌疑人，这小子作案真有点儿骇人。他自己说，那天他喝了好多酒回家，老婆骂骂咧咧的，他随手就是一顿乱抽。她气不过，将他患有老年痴呆症的老母一把推倒，这小子过去将其老婆摁倒，要其承认错误。老婆不从，这小子怒气一上来就硬生生地将其老婆掐死了。掐死后他把老婆卸成9大块，买来250袋盐撒在老婆的尸体上，然后将尸块装在9个白泡沫箱内，又将9个有尸块的箱子放在一个废弃的自来水池内存放。几天过后，腐臭味儿开始扩散，狗闻到飘来的奇臭味儿，顺着那个方向一阵狂吠。这一奇怪的现象被人发现，案件才告破。

听着这小子的述说，吴大鹏傻傻地望着这其貌不扬的杀人魔王。吴大鹏心里琢磨开了，不管咋地，今天晚上绝对不能挨着他睡。他要请示管教梁秋德，这小子的身上手上可能还残留着他老婆的血腥味儿，这事弄得吴大鹏两天都没有吃好饭，一回想起他描述的场景就作呕，全身就起鸡皮疙瘩。尽管吴大鹏是以爆炸罪被刑事拘留的，但他和吴大鹏那个杀人的方法有区别。这个区别在于：吴没有亲力亲为操刀杀人，接触不到那血腥的现场，听不到生命快要结束时的声声哀号，也看不见被害人即将离开这个世界时留恋自己的亲人和渴望生存的那种奇特的目光。

吴大鹏的请求得到了管教民警梁秋德的许可，从那天起吴大鹏与那个副处级贪官相邻。开始两人话不投机半句多，后来两人关系热络，变得无话不谈无话不说。闲谈中得知，这个副处最敬佩的官员当属市委副书记黎镜仁，对其评价很高，说他极具天赋，很有领导艺术和才华，听他作报告3个小时那就得到了3个小时的灵魂洗礼、3个小时的艺术享受、3个小时的心灵开窍、3个小时的陶冶情操、

3个小时的脱胎换骨。他那毛体书法简直达到了炉火纯青的境界，从他的毛体书法中就能看到他的神韵、他的风采、他的雄才与大略。

贪官不停地对吴大鹏讲他对黎镜仁、郑铜修的崇拜之情。他说，黎副书记有三句名言：一句是，“谁影响新州一阵子，我就影响他三辈子”；一句是，“煤上干部上，煤下干部下”；一句是，“悠悠万事，项目最大”。黎副书记那首七律诗《感言》他都可以全文背下来：“从政为官三十年，往事回首心亦然。怀才休言谋大略，但愿清廉归平淡。生平之年苍生苦，强国富民求发展。艰辛历尽终不悔，热血一腔荐轩辕。”可见他是一个忧国忧民的好官廉官。在中共新州市第三次代表大会上的报告里，黎副书记说“新州市的党风廉政建设和反腐败斗争取得了阶段成果”，他要求“各级领导干部要在提高思想道德水平和廉政自律方面率先垂范，做到自重、自省、自警、自励，过好权力关、金钱关和美色关”！另外一个让其比较佩服的官员就是市常务副市长郑铜修。他偏好朴素大方的中山装、老头布鞋，从来不与女干部握手聊天，“下乡鸡鸭不遭殃，吃的都是南瓜汤，吃完以后就数钱，百姓称他是好官”。2003年6月，新州市成立了党风廉政建设责任工作领导小组，黎镜仁任组长，常务副市长郑铜修任副组长。这两驾马车驱动了新州市反腐败斗争深入发展，新州市的政治、经济、文化驶入了清风送爽的高速发展的轨道。说实话，新州这几年的发展离不开上述两位领导，他们的丰功伟业将彪炳史册，流芳百世。

吴大鹏只是听，不插话、不点头，只是时不时用右手手指去抓挠一下脸上那枚悬垂着的疤。他对黎镜仁、郑铜修肯定比这位副处级贪官了解。开始吴大鹏还时不时用尊敬的眼神瞅瞅这位副处级贪官，后来听到那番无知的评价，吴大鹏立马将鄙夷的眼神不停地往这位副处级贪官的身上掷去。听到最后，吴大鹏只是轻轻一声的冷笑。

吃饭时，那个将老婆杀了碎尸腌制成咸肉的家伙如同饿狼扑食，将吴大鹏的饭菜全都抢过去吃了。吴大鹏当仁不让，一脚飞过去将那个家伙踢倒。杀人嫌疑犯站起，抄起碗就往吴大鹏的脑袋打砸过去。没打中，不甘心，他又抄起一只有汤的碗，先虚晃一下，做个假动作，然后再打过去。这一下打得不轻，直打得吴大鹏口鼻流血，弄得吴大鹏只有招架之力，没有还手的余地。那个杀人嫌疑犯不依不饶，过去还踢了吴大鹏两脚，疯狂地叫嚷：“老子反正要死的人，今天就弄死你，把你做垫背的。”他气焰相当嚣张，在另外三个同监犯的劝说下才住手。

管教民警梁秋德听到特殊号子有叫骂声，立即到号子视察，看见吴大鹏那狼狈样，心生怜悯，马上叫看守所的医生去救治。梁秋德做过调查了解后，把那个杀人嫌疑犯狠狠训了一通，然后给他戴上沉重的脚镣，从此那脚镣就没有离开过他……

创伤处理过后，吴大鹏提出要管教将那位杀人嫌疑犯弄到一般的监号，管教梁秋德没有吱声，只是面露难色。第二天他又找到梁秋德提出诉求，梁才不痛不痒地答了一声：“我向所长反映一下，这事我做不了主。”

其实这事所长裘培德也挺为难的，这位杀人嫌疑犯是宜环县里一位领导的亲戚，那天一上班这这位领导打电话约裘培德出去，还往他的车上丢下两条芙蓉王烟，要求关个条件好的号子。这个吴大鹏是宜环县公安局局长打过多次招呼要给予照顾的，郑津是裘培德的领导，现在吴大鹏提这个要求不满足他，到时候到郑津那告状，他裘培德也不好做人。这事真棘手透了，咋办呢？

下午3点上班，局长郑津来到看守所，听完所长裘培德的汇报，没有吱声。然后提出去看看吴大鹏。管教梁秋德将吴大鹏提押出来，在所长办公室见面。吴大鹏拖拉着一双拖鞋，身着囚服，半边脸包着纱布，一副狼狈相。吴见到郑局握手互致问候，郑局简单地询问了打架的经过后，见所长裘培德和管教梁秋德在场，欲言又止，便让他俩离开。他们之间要谈什么重要的惊天秘密呢？

见裘培德和梁秋德离开，郑津小声地对吴大鹏说：“我和黎镜仁副书记、郑铜修副市长、市检察院的副检察长杜修行与林子墨在通盘考虑策划如何营救你的事宜。在这儿待着不要有压力，要保持信息畅通，这个手机预存了话费，有什么事尽管联系。等一会儿，让人把隔壁这间房给你腾出来睡觉，吃饭也到这个房间来，平时就在那号子里待着，那个杀人嫌疑犯不理他就是了。你老待在所长这隔壁房也不好，因为省公安、检察两家对监管场所要求很严，万一被查，那也麻烦。这一点，请你谅解。”

“感谢郑局对我的关心和厚爱，回去请向黎副书记、郑副市长、林检和杜检带个好，向他们报个平安。”

吴大鹏说完出来，管教民警梁秋德马上将吴大鹏带入了特别监房。吴大鹏走后，郑津局长要裘培德进屋，郑对裘说：“吴大鹏不仅是我的好朋友，而且是市委黎副书记和市政府郑铜修副市长的红人。把吴大鹏放在你这，是对你裘培德的信任，我相信你一定有能力有智慧有担当把吴大鹏的事情办好，让市委黎副书记和郑副市长他们放心。我跟你说白一点，这就是政治任务，这个政治任务完成好了你会有高升的机会。这个社会光有能力还不行，关键要有背景。你跟人跟对了，那就蹭蹭地往上升，当然也要有年龄优势。上述条件你都具备了，我会找个机会，让你坐一坐宜环县公安局副局长的宝座，怎么样？有兴趣吗？”

“感谢郑局的点拨，我一定按照你的指示办。”裘培德所长说。

“好的，吴大鹏与那位杀人嫌疑犯有过节，我看这样，晚上吴睡你隔壁。我看了一下，隔壁房的生活设施齐全，基本合乎他的意愿。三餐也安排到你隔壁房完成，其余的时间待在那个特殊号子里，这是一个事。第二件事，要保证吴大鹏与外界通讯联络的畅通。他是生意人，大老板，那么一个大摊子他要出谋划策，他随时都要知道生意的经营状况。这不是小事情，有紧急情况要出去一下，你睁一只眼闭一只眼就行了，不要那么较真，反正每一次出去都会告知你。你看还有什么需要沟通的。”郑津说。

“出去几天没有问题，就是吴大鹏出去的时机要把握一下，这个需要沟通。”

“你把所谓时机的把握这个词解释一下。”

“是这样的，宜环县检察院驻我们看守所有三名检察官，他们对看守所的所有活动是否合法实行监督；就是说检察官的监督是全程全方位的监督，可以说无缝隙监督，白天有三人在看守所监督看守所的日常工作，晚上至少有一名驻所检察官监督看守所晚间的活动，吴大鹏的进出都是他监督的范围。这三位检察官对工作相当负责任，勤奋敬业。”

裘所长继续讲述——

上个星期某天晚上，检察院驻监所科科长赖清文电话通知裘所长，说第二天上午9点召开在所公安干警紧急会议，但没有说具体内容。紧急会议几个字弄得他那天晚上都没有睡好觉。

第二天上午9点，三名检察官穿着周周正正的检察官制服飒爽英姿地在看守所会议室主席台就座，全所的公安干警用期待的眼神看着三位检察官。赖清文科长用从容而坚定的眼神扫视所有参会人员后，用略带惋惜的声音讲述了一个发生在看守所系统的案列：

犯罪嫌疑人邹正龙，男，汉族，1968年3月18日出生，大学文化，中共党员，新州市文仙区人，是新州市看守所管教民警，现羁押于沙河县看守所。

经沙河县人民检察院反渎职侵权局依法查明：犯罪嫌疑人邹正龙是涉嫌虚开增值税专用发票的在押人员楼明亮的管教民警。有一天，楼明亮的家属请求邹正龙给在押人员楼明亮办一个虚假立功材料，使楼明亮能得以从轻或减轻处罚，并且承诺事成后给予一定的回报，当时犯罪嫌疑人邹正龙答应了楼明亮家属的请求。于是犯罪嫌疑人邹正龙向新州市公安局文仙分局刑侦大队民警汪志仙询问并得到一条可以适用于楼明亮造虚假立功的举报线索，犯罪嫌疑人邹正龙得到这些信息及相关资料后主动找到楼明亮说能够帮其办虚假立功，并向楼明亮提供了这个线索的相关信息，最后犯罪嫌疑人邹正龙帮楼明亮做了一份在押人员举报线索的问话笔录。楼明亮案第二次开庭后的一天，犯罪嫌疑人邹正龙将楼明亮举报立功线索的问话笔录、逮捕证复印件及情况说明交给了新州市人民法院楼明亮案件的主审法官许国勋。在楼明亮案第三次开庭时，法庭对楼明亮提供的虚假的立功材料进行了质证，经市人民检察院公诉机关调查，确认楼明亮提供的立功材料是虚假的，法院最后也没有认定楼明亮的立功情节。

案件介绍完后，赖清文接着说："我们政法干警坚守着人类道德的最后一道防线，我们一定要坚持自己的职业操守，不为情所动、不为财所惑、不为色所迷。一个是管教民警邹正龙，一个是刑侦干警汪志仙，都是业务精湛、年富力强的公安干警，他们违反职业道德，走上了犯罪的道路。同志们啊，这个教训是相当深刻的。他们的政治生命已经结束，在公安工作的这个饭碗砸了，本来温馨的家庭幸福随着牢狱之灾的降临也被掠走，给两个家庭的孩子幼小的心灵投下了阴影，对他们今后的成长带来巨大的负面影响，给公安机关和政府的形象带来不可估量的伤害，对人类赖以生存的道德价值带来严重的冲击。在座的各位干警，今天的案例通报，权当警示教育，大家都应该引以为戒。"

郑津局长听完裘培德所讲的案例介绍，脸上没有特别的表情，也没有发表任何评论。在郑津局长看来这种事只能说明他们命运不济，时运不佳。人类社会几千年了，哪一年哪个月哪一天都在与公平和不公平、正义和不正义、正直和不正直、进步和不进步作斗争。如果那些消极的东西都不存在，估计人类社会也就差不多走到尽头了。

郑津在裘培德的陪同下出来，偶尔一抬头，瞥见看守所的大门外有一辆汽车。嗨，这不是我干妹吴丽丽的那部皇冠轿车吗？郑津走近一看，车内没人，问裘培德是不是车里的人进了看守所，裘答不清。郑津马上拨通干妹的电话：“干妹，你在哪呢？车子在这停着怎么没有看到人影呢？”

“哥，你说啥呢，你说我车子在哪停着？”

“在宜环县看守所门外停着。”

“我怎么会把车开到那呢？”

“你的车子借给谁了啊？”

“我车借给了我的同事封加渊他们啊。”

“借给他干吗？”

“封说有点儿急事，开纪委的车不方便。”

“什么事不方便？”

“我不便问嘛，可能有什么比较隐蔽的事吧？他们男人的事，女同志只可意会不可言传，在纪委这边弄什么案子都是单线专线联系，在纪委系统即便是内部的工作人员，也有严格的纪律，不能过问和打听别人办的案子。所以封加渊来借车我也不能问干什么、去哪。”

市纪委的封加渊借我干妹的车来到宜环看守所干啥呢？郑津想，如果办案就不好直接问封加渊。那可以问问爹嘛。于是他拨通了郑铜修的电话：“爸，您好！您吩咐封加渊在查什么案子啊。”

“黎副书记对秦圆政治上不敏锐、工作上不配合、话语上不投机有些看法。”

“您说这也太笼统、太概念化了，有什么具体事吗？”

“肯定有。黎镜仁副书记在新州的政绩引起省委主要领导的重视，随后列入正厅后备干部。黎副书记如果今年上不去，过了这村就没这个店了，机会相当难得。可是这个当口，省市公安两级认定黎镜仁副书记推荐市公安局买的防弹衣与穿防弹衣前去缉拿新州人肉炸弹重要犯罪嫌疑人钱毕仁时中弹牺牲的特警队长邓大佑有直接关系。省公安厅召开了新闻发布会，各大报刊和各大知名网站闹得沸沸扬扬，这事摊到谁的头上都受不了啊！黎镜仁副书记的老同学、省委组织部副产长亓官云涛知道后，让黎镜仁副书记在市公安局开一个‘邓大佑中弹牺牲时所穿的防弹衣不是他所推荐的防弹衣，不是一个厂家’的证明。这事黎镜仁副书记绞尽脑汁琢磨好久，认为这事交给市公安局秦圆副局长去办比较稳妥，可秦圆不理这个茬，黎副书记大为恼火。黎副书记那天找到我和杜、林两位检察官，决心要给秦圆一点儿颜色。决定从纪委入手对他进行‘双规’，让他品尝一下不听话、不服从黎镜仁副书记的命令所带来的后果。同时也要收到杀鸡儆猴的效果。封加渊开吴丽丽的车子到宜环看守所，是他们找吴大鹏老板取证。在出发前我同封加渊说，下去搞案子不要动不动就开纪委的车子，这不符合和谐社会的要求。”

郑津同郑铜修通完电话，立即拨通了封加渊的电话：“加渊老弟，你来宜环县也不告一声。哎呀！你们纪委干部一个个都神秘兮兮的。我现在也在宜环看守所，今天中午我为你们接风。”

“郑津局长，你搞错了，我不在宜环。”

“你来宜环时吴丽丽那部皇冠不是借给你了吗？”

“是的，车子是我借的，可我没用这部皇冠车，那部皇冠车是我们纪委的余中言还有郭宇新用的。我另外借了一部车在新州市区内调查取证。”

“哎，我都被你们整懵了，有机会就过来玩儿，我来宜环任职这么久了，你还没来过。”

“祝贺你高升，有机会就会过去。”

郑津离开看守所，一路往局里赶，快进宜环公安局的大门时，看守所所长裘培德打来电话：“郑局，吴大鹏不肯到我隔壁房子住，吃饭也不来，问他什么原因他不吱声，也不知道他那把壶里装的什么药。我让他出来，你跟他做做工作可以吗？”

“这小子咋整的，当面答应好好的，一转身就变卦了？算了，电话就不要打了，我回局里有急事。”郑津答。

原来，在宜环县看守所，他不便告知吴丽丽，吴大鹏关在这里，毕竟身边有局里的司机还有看守所的干警。他匆匆回到办公室便拨通了吴丽丽的电话：“干妹，我已回局里了。我告诉你，我刚才到宜环看守所，不是去视察工作，而是去看你干爹吴大鹏的。”

“怎么啦，现在我干爹有下落啦？他的手机一直处在关机状态，我好担心他的安危，我是睡不好、吃不香。感谢你，我心头这块石头可以落地了，我会抽个时间去看看。”

郑津说："你真的想你干爹，那得拿出实际行动啊。"

"这样，你约我好吗？以你的时间为准。"

"就明天，可以吗？"

"可以啊。"

第二天，郑津开着警车来接吴丽丽，可电话打不通。"昨天约好的呀，今天咋就爽约呢？"郑津心里嘀咕开了。郑津一看表都上午8点半了，他有点儿不耐烦，打到他爹那问，郑铜修说："没看见人啊。"电话挂了。

"是不是有新男友了？"郑津自言自语地说，他真不知该用什么办法找到她。噢！他想起来了，她可能到黎镜仁副书记那汇报什么工作呢，或者黎副书记找她有事呢？郑津转念一想吴丽丽在市政府里边工作，与黎副书记可以说没有直接工作关系，怎就跑黎副书记那儿汇报工作呢？另外黎副书记也不可能有什么事找她呀？郑津想拨打黎副书记办公室座机电话，可刚拿起手机又打消了这个念头。

郑津沉思一会儿，想到有一次黎镜仁副书记让他去汇报工作，他按照预约的时间赶到，可离黎副书记办公室大约还有五六米远的时候，突然房门打开，闪出一个甩马尾辫、身着连衣裙的吴丽丽！郑津的余光看见了她，但马上抬起头看天花板，避过了那尴尬的场面。想到这，郑津斗胆拨通了黎副书记的座机，再拨还是没有人接听……毕竟是公安局长，他郑津绝对不缺少那悟性。王甜甜不在黎副书记的身边，黎的爱人孤守省城那个家，黎的寂寞是情理之中的事情。加上在高升进步方面遭遇了比较大的阻力，其心理压力也是空前，黎副书记需要找个人排遣释放压力。尽管他看了很多减压的书，但都不管用，实践证明最管用的就是和王甜甜、吴丽丽聊聊天，接触接触。

想到黎镜仁的长寿秘诀，郑津断定黎镜仁副书记和吴丽丽昨晚一定在一起。如果这个判断是准确的，那他郑津决不能冒昧去打黎镜仁的手机，于是郑津就这样耐心地等待着。

郑津刚在车上盹了一会儿，这时电话响了。"郑局，我丽丽，你现在在哪呢？"

"我在你办公室等你，怎么今天爽约了呢？"

"有事，有要紧的事，现在刚起来。"

郑津为自己的准确判断力感到自豪，干公安的就是与不干公安的大脑不一样，这东西不服不行啊！“那我过去接你？”

“不用了，我过去。”

郑津寻思还是吴丽丽过来好，过去接，要是遇见黎副书记，那多尴尬啊！丽丽也是聪明人，知道委婉拒绝。

透过车窗玻璃，郑津看到吴丽丽从的士上下来，一副疲惫状。她也懂得如此包装一下，不同坐一部车过来，人多嘴杂的。上车后，郑津问吴丽丽要不要吃个早点，吴说不想吃了。

“咋啦，不舒服？”郑津用体谅的口吻问。

“好久没有熬夜，一熬夜就没食欲。”吴丽丽说。

郑津半开玩笑说：“年轻人有体力，但也要注意身体嘛。你要懂得，享受、快乐、尽兴的背后常常是痛苦和疲惫，这叫什么呢？这叫哲学，懂吗？”

“你说啥呢！”吴丽丽说完，一拳擂在郑津的身上，满脸的愠色，“你也不说句让妹妹开心的话。”

“有啥事不开心？我能帮上忙吗？”

“嗨！真倒霉。”吴丽丽说。

吴丽丽这么一说，郑津用诧异的眼神望着吴丽丽，觉得自己的判断有重大的错误，就带着愧疚的口吻对吴丽丽说：“你把事情的原委说一说。”

“昨天晚上我已经休息，半夜三更我弟弟吴起南打电话过来说他的女朋友戴琴琴出事了……戴琴琴和她们几个大学的同学用过晚餐就到歌厅K歌，途中吴起南打电话要戴琴琴回家有事，戴琴琴便中途离开，独自一人驾车回家。途中，戴琴琴从反光镜中看到一部皮卡车在自己后面跟进。戴琴琴以为那部皮卡车要超车，由于自己的技术不是那么熟练，便放慢了车速。从反光镜中看出，那部车没有超车的意思，而是突然加速重重地撞向戴琴琴的车，这时戴琴琴头脑一片空白，心里一阵阵发毛，心想真倒霉，是不是遇到一帮酒鬼了。不管咋地，自己没有违章，是该部车追尾造成的交通事故，追尾车应负全部责任。怀着忐忑的心，戴琴琴熄火下车。这时，一个身着马甲、头戴鸭舌帽的男青年上去就向戴琴琴的右脸抽了一记耳光：‘就你家有钱呀，半夜三更还跑这来炫富，把钥匙拿来！’另外一个留长发的年轻人一把抢过车的钥匙，上车就将车发动；另外一个矮个子马上就坐到车的后排座位；穿马甲那个青年扭着戴琴琴也上了车。这时戴琴琴全身颤抖，但不时地与他们据理力争，说自己没有违章行驶，要他们赔偿全部损失。戴琴琴涉世不深，从家门到校门再到单位的大门，社会上一些意想不到的事情她全然不知，相当单纯。此时，戴琴琴已经身处险境，已经身不由己了。这帮歹徒没有被戴琴琴的哀求所感动，劫财劫色后，又将戴琴琴的小车抢走，唯独没有要戴琴琴的命。凌晨1点，戴琴琴拖着疲惫的身子回到家中，吴起南看到女朋友那狼狈样，怜悯之情油然而生。公安接到报案，根据戴琴琴提供的线索，连夜一举将歹徒成功擒获。我回到家里，天都快亮了。一头倒下去，一觉睡到9点。郑局，这不叫爽约吧，我都泡在人命关天的大事里了，你说呢？”

“我错怪你了，向你赔不是行么？”郑津说。

“你我之间也不必那样较真喽。”

郑津把车直接开到宜环县看守所，管教民警梁秋德提出吴大鹏，让他和郑津、吴丽丽会面。

“干爹，你受罪了。”

“不，没有事的，你不要伤感，干爹这不好好的吗。有黎副书记、郑副市长以及郑局和你的帮忙，估计这个罪受不了多久，我会耐心地等待为我平反昭雪的那一天。”

“这里生活可以吗？”

“不错的，看守所的医生龚代新说我的肾有点儿问题，还为我弄了补肾的药物。我脸上有疤叫我不要吃牛肉，说牛肉是发物，食用后疤会好得慢。这里的管理很人性化的。”吴大鹏说。

“晚上睡在隔壁不睡在号子里了，怎么样？睡得香一些吗？”郑津问。

“郑局，我到所长隔壁睡，我觉得不大合适。一来怕对你产生负面影响，二来那个杀人嫌疑犯以为我吴某人怕了他，给他产生误判。你说我怕他吗？！昨天我把他收拾了一顿，拳脚都上，给他弄得鼻青脸肿。他现在戴着脚镣，去打他、去羞辱他、去拿他出气，他只有招架之力没有还手的余地。”

郑津没有说啥，只是眯眯笑了一下，这吴大鹏真是洞庭湖的麻雀，经风雨见世面多了，这些臊点子也多。

“吴大鹏，回监号里去。”管教民警梁秋德就这么吆喝开了。

“好，郑局、丽丽，再见！”

吴丽丽从兜里掏出2000元给吴大鹏，吴收下后说了声：“谢谢！”

这时郑津走近梁秋德，并轻轻地拉了一下梁秋德的手：“吴老板是我很要好的朋友，今天我要请他吃顿饭，你给我这个面子。”

“郑局，我没有意见，你最好跟裘培德所长说一下。如果他不知道就把人弄出去，责任在我，轻则挨顿骂，重则吃官司。干这行，责任重于泰山啊。”

“我马上就跟裘所长说一下。”郑津立刻拨通了裘的电话，“裘所，你有空吗？”

“有什么事？您这么大的局长用得着我，我什么时候都有空的。”裘培德说。

“你现在在哪儿啊？”郑津问。

“我在城里办点儿事。”裘培德说。

“你到公安局大厅门口等我。”郑津说。

“好的！”

“我想请吴大鹏出去吃餐饭，你也一块参加，你看……”郑津说。

“没有关系，但最好将检察官赖清文也一块请一下，沟通一下感情嘛！”裘说。

“那由你跟他联系。”郑说。

“自从吴大鹏进了宜环看守所后，赖清文语气和表情发生了很大的变化，从他的言谈举止里，好像带有什么上级命令似的，看他那神叨叨的样子像是检察院派出的卧底。从他那深邃的眼神里能读懂的是对邪恶的不屑，对挑战法律、藐视法律、让法律蒙羞的不法之徒的憎恨，从他那富有节奏且有检察官韵味的坚定步履中，大家有理由相信他是典型的资深职业检察官。”裘培德小声地与郑津沟通。

裘培德刚才不经意间透出的这些细节，作为干公安的人来讲，绝对不能小看。你能看到这滴水，在老道的侦查员眼里就等于看到了大海的形态。不要看现在风平浪静，可是海底暗流在涌动啊！秦圆和尹向东这帮公安的侦查老手，可以说他们过的桥比其他人走的路要多。就他郑津那把刷子，还青涩得很呢！他是摊了个好爹，就凭他那德性，他那业务水准，还差得远呢。

秦圆平时有个口头禅：“上帝要你灭亡，必先让你疯狂。笑到最后的才算是真正的英雄。”

郑津觉得这些细节不能被忽视。他突然觉得有一缕空灵之气在脑际闪过：有可能尹向东和秦圆早已布好了陷阱和袋子，让你去踏、让你去钻。你说吴大鹏关哪就关哪，这正好中了他们的计，这叫引蛇出洞、一网打尽。这帮人老奸巨猾得很，到时候真可以说伤不起啦！

“那你说现在咋整？”郑津回过神来问道。

“那你带吴大鹏去，如果赖科问我，我就扛起！”裘培德答。

“走，到看守所去带吴大鹏。”郑津说。

“吃饭我就不去了吧，我跟梁秋德打个电话就可以。”裘培德说。

“不，不，那不行。我是公安局长，我下命令，我们要提审吴大鹏。”郑津说。

“你出这张牌，我无言以对了。”

“赖科吗？今天中午我请客。”裘又给赖打电话说。

“哎啊，我没有空，对不起。”赖答。

郑津把这边事弄顺以后，马上打电话给黎镜仁副书记、郑铜修副市长，说已带吴大鹏回新州，40分钟可到，定好餐后再联系。两位书记同意参加，郑铜修接到郑津的电话后，马上通知了杜修行和林子墨。

在新州一家五星级酒店好运来小型餐厅内，看见所邀宾客都已到齐，郑津向在场的领导隆重推荐宜环县看守所所长裘培德。听到介绍，裘所立刻起立，正正规规向各位领导敬了个礼，并说了声“欢迎各位领导到宜环县看守所莅临指导工作”。之后，郑津向裘培德介绍了在座的领导。介绍完毕，裘培德有一种受宠若惊的感觉，从心底里十分感谢郑局创造这么一个机会与久闻大名的市委副书记黎镜仁在一起用餐、拉家常、握手。他一握到黎副书记那双大手，一股暖流就涌遍全身，那心跳、那幸福、那荣耀真的无法用语言来形容。他告诫自己握过黎副书记的手三天都不能洗，三天不能与其他人握手，把黎副书记赐予的那份神圣、那份幸福，长久保留在心间，激励自己为了党的事业兢兢业业、奋发图强地工作，用优异成绩回报黎副书记的教诲和鞭策。用餐完毕，每一个人都到早就开好的房间内休息。

话说裘培德在宜环县公安局门口电话邀赖清文吃饭，被赖婉拒。其实赖没有什么事，也没到哪去，自从吴大鹏进宜环县看守所那刻起，他就没有离开过看守所半步。他们三位驻所检察官除了日常工作外，另增加一项政治任务，就是监视罪大恶极的吴大鹏，监视吴的一切动向以及所接触到的人和所发生的事，刚才的一切情况已经由省特侦组全部掌握。

省委特侦组潜入新州后没有住豪华的宾馆，五个人在条件一般的地方住下。

省检察院检察长喻正华指示新州市检察长欧阳辉宏到新州市冬江路喻正街128号222房接头；省公安厅厅长尹向东指示秦圆到新州市冬江路喻正街128号221房接头；进入室内的接头暗号是：敲门，两重一轻，敲两遍。

新州市检察院检察长欧阳辉宏开着一辆地方牌照的车，停在一个僻静处。他一脸严肃地下车，两眼警惕地环视了一下四周，两道浓而密的剑眉紧锁着，特别抢眼的是嵌在左眉中的那枚不大又不小的黑痣，宛如监控雷达在搜寻一切有用情报。那一尊柳书体式的国字脸上挂着从容与淡定。他走到一个拐弯处稍做停留，然后信步走到了222房的门外，他按照省接头暗号"两重一轻"敲过两遍后，没有人开门，他想问问刚才路过的服务员，可欲言又止。这位资深的检察官担心走漏风声。欧阳辉宏检察长拨打省院反贪局副局长钟笑的电话，电话关机。欧阳辉宏检察长纳闷：难道刚到新州的特侦组就被黎镜仁、郑铜修和吴大鹏的爪牙们给缠住了，会出什么意外呢？欧阳辉宏怀着忐忑的心拨通了省检察院喻正华的电话："喻检你好，我是欧阳辉宏。根据你提供的资讯，我已到达现场，可既没有见到人，也没有看到车，手机关机，已经失去联系了。看你那还有什么别的联系方式吗？"

喻检又给欧阳辉宏提供了省政法副书记马文启和省检察院反贪局侦查员龙显威的手机号码。欧阳辉宏先拨了马文启的手机，一打照样关机，再打龙显威的手机也是关机。

集体失踪了！一把准备在新州亮出的宝剑，刚要抽出就断了半截！一踏上新州，就给来了个人间蒸发？由此看来，黎镜仁、郑铜修、吴大鹏为首的黑恶势力是多么猖獗，信息系统的触角是多么深入。

检察长欧阳辉宏带着一脸迷茫的表情开车回到办公室，刚坐下呷了口茶，反贪局长林子墨进来汇报案子。双琼县县委书记宇文博腾因自己未被列为拟提副厅级干部人选而心存怨恨，指示其司机王中剑的妻弟刘晓文等编发信息，通过手机短信、电子邮件、匿名书信、知名网站发帖等方式，对新州市的黎镜仁、郑铜修进行揭发，说他们买官卖官、收受贿赂、结党营私、拉帮结派、纵容包庇罪犯，致使新州市珊瑚人肉炸弹案的元凶逍遥法外。

这个编发短信揭发领导的案子，市委黎副书记指定市纪委和市反贪局查处，加之群众也对宇文博腾书记的经济问题早就有过举报，黎副书记指示反贪局介入后，迅速立案侦查，目前已经查证的犯罪金额达2876万元。

二十、特侦组在行动

第三天省委特侦组钟笑打开手机后，看到有未接电话显示，他马上回拨过去："喂！哪位？"

"我新州检察院的欧阳辉宏。"

"欧阳检察长，你好，现在忙吗？"

"不忙，我现在过去，好吗？"

"好的，我欢迎。"

欧阳辉宏来到宾馆，在222房门口"两重一轻"敲门。听到暗号，钟笑开门，与钟笑在一起的还有省检察院资深侦查员龙显威。

钟笑说："受喻正华检察长的指派，我和龙显威秘密潜入新州，对市委副书记黎镜仁、副市长郑铜修等人涉嫌的经济问题收集证据，为日后采取法律措施作铺垫，这项工作正在展开。如果要开展其他调查工作，得有省委政法委副书记马文启的指示，公安厅两位同志的工作主要是通话监听。从整体看，新州市官场的问题很粗，市委某些领导买官卖官、插手矿山、充当黑恶势力的保护伞，可以说是触目惊心。特别是新州市珊瑚人肉炸弹爆炸案发生后，没有应急预案，也没有应急动员，无声无息。这种无声的背后，却能隐隐听到声声的惊雷。制造这起人肉炸弹的元凶利用金钱美色将执法机关的重要人物、市委某些领导拖下水，他们采取拨脏水、找茬、暗杀等勾当进行污陷。犯罪嫌疑人使用的这招果然有了效果。省委特侦组一行五人一到新州，就秘密接触到曾险遭人肉炸弹暗杀的李京涛。我们一进入市人民医院李京涛局长的病房，就看到了奇怪的一幕……"

欧阳辉宏检察长听到这儿，把眼睛睁得大大的盯着钟笑。钟笑今年38岁，西南政法大学毕业，毕业后一直在省检察院从事反贪工作，他是省反贪战线的一把刀，从他那深邃的眼神里就能看出他那超人的智慧和胆识。

那么，钟笑副局长看到的奇怪一幕是什么呢？在李京涛病房外，有两个人，个头差不多高，也就35岁的样子，寸头，脑门锃亮。一问才知道他们是“新州市民间人士”施卫东、吕其伟。经了解，市公安局局长被吴大鹏指使的钱毕仁操控人肉炸弹炸成重伤后，新州市民间人士马上意识到保护这位刚直不阿、嫉恶如仇的局长的重要性。

李京涛看到有客人来，马上从病床上坐起，与前去的特侦组成员一一握手。病房不大，房内摆了两盆兰草，有一种典雅温馨的感觉。坐在病床上的李京涛局长看上去挺精神的，两道剑眉镶在既有神采又有威严的两眼之上，高高的鼻梁，留着寸头，清癯的脸上没一根胡子。

省政法委副书记马文启将同行一一作了介绍，说明来意。首先，李京涛局长对省委重视新州市珊瑚人肉炸弹案以及对他的关心慰问表示感谢。他抬一下头，又低一下头，看上去是在慢慢开启记忆之门，更像在酝酿一种情绪，似乎有苦涩的故事不愿说出来。让大家去分享他李京涛的坚韧、刚强多好，千万别让一种不良情绪传导出去，伤了来客的心情多不好啊！

李京涛这种一掠而过的情绪和顾虑，已经被有丰富侦查经验的钟笑副局长捕捉到：“李局，你就把你所看、所听、所经历、所想到的，客观地说出来就可以了。这次不一定说完，下次再来也行，以你自己的身体为重。”

“珊瑚爆炸案发生后，大概也就10分钟，我们就第一时间组织人员到达了现场。在短短的时间里成立了伤员抢救组、现场勘查组、现场秩序维护组、寻找目击证人问话组、信息联络组、查阅监控镜头组。到达现场不到三分钟，我接到了一个电话，是副市长郑铜修的秘书，姓曹，内容是市委遵照黎副书记的指示，就发生在珊瑚宾馆的人肉炸弹爆炸案，市委要对应急预案的范围、方法、步骤以及如何向外公布信息进行研究，确定10点开会。由于当时分管刑侦的秦圆副局长正在指导一起杀人抛尸案的侦破工作，所以这起恶性案件由我领衔，我马上告诉对方，我在爆炸案的现场，可能离不开。勘查现场完毕后，我马上与郑铜修副市长联系，并对因工作需要没有列席常委会表示歉意，后来才知道常委会根本没有开。具体原因是什么有几个版本：导演策划本次爆炸案的元凶利用了金钱和女色进行了公关；我李京涛没有参会，公安是处理本次危机的主角，主角不参加开不开意义不大；黎镜仁准备接待省委常委组织部长亓官云涛，时间安排不过来。这一桩震惊全国的人肉炸弹案，新州市委市政府主要领导并没有作出任何反应，这让新州市民大失所望。为了给市民有个交待，有个说法，我们公安局组织精干力量全力侦破此案，经过几天几夜的努力，终于摸到了有价值的线索。我一直都主导着这案子的走向，我不能离开战场，破这个案子我是下足了本钱的，就是拼死，也要拿下这个案子！可是策划这起案子的重要嫌疑人吴大鹏也下足了本钱，要把我李京涛置于死地。但是马克思拒绝接收我。为了摧毁我的意志，他们向我的小孩泼硫酸，要断我的后。事情发生后，老婆问我做这一行后悔不后悔，我真诚地告诉她，我不后悔，如果有下辈子我还会选择公安。有人说，当今的新州官场正不压邪。不！即使有邪，我相信也是暂时的，阳光终究会驱散乌云！你们的到来，给了我李京涛信心和勇气，也给了我温暖和希望。”

听完李京涛的一番感慨，省政法委副书记马文启说：“京涛同志，你的遭遇，领导和我们特侦组的同志都十分气愤，朗朗乾坤之下有人胆敢向正义伸黑手、露獠牙，我们应该给予无情的还击。”

听说钟笑到新州后工作开展得得心应手，欧阳辉宏心里特别地欣慰。就以后特侦组工作的展开，他表示给予大力支持。他试探钟笑：“钟局啊，我可算半个地主，哪些方面需要帮忙的你尽管提。另外，你上边的信息比较多，可以给我提个醒，哪些方面应该注意。”

“欧阳，情况是这样，要说需要支持的事情我想主要是监所检察这块，教育驻看守所的检察官恪尽职守、守廉守洁、保持检察官的纯洁度，谨防被对方拉下水，时刻保持高度警觉，注意掌握犯罪嫌疑人的情况和他们所接触人的情况。在关押犯罪嫌疑人的监号要安插线人，在那儿安一双眼睛，随时关注他们活动的情况。驻看守所检察官特别是监所科科长要由有侦查经验的人担任。总之，检察官对看守所这块阵地绝对不能丢，这是上级下的死命令，谁丢了这块阵地就拿谁是问。”

“这事我听明白了，还有什么指示？”欧阳辉宏十分谦逊地问。

“你我不能说指示，准确的说法叫做沟通。有关情报方面事情我可能掌握的多一点儿，我是搞反贪的。为什么我不去接触新州市反贪局的人员？你这个老检察官可能也能猜得八九不离十了。”

“我看到的只是一些表象、一些怀疑，没有确凿的证据。”欧阳辉宏说。

“你说说有哪些？”钟笑问。

“我只知道林子墨与郑铜修关系很铁。那一年郑铜修找到我，要我在班子里提议当时在临福县任检察长的林子墨到市反贪局任局长，同时进班子任党组成员。不到两年，郑铜修又找到我，要我提前任命林子墨任副检察长。当时我以职数已满为由推脱，郑说这不是职数问题，是我的态度问题，而且是政治立场问题。嚯！郑铜修还给我扣了个帽子，真的来气！我把电话一撂，我不理这个茬。这事以后，往日里郑见到我热情打招呼、嘻嘻哈哈的表情换成了黑脸，鼻子碰掉了，捡起走人！他林子墨因为有郑铜修作靠山，把我这个检察长也不放在眼里。真的，把我整急了，谁说我都不买账，包括黎镜仁也照样！我不提请人大，任何人都没辙，这是法律赋予检察长的一项职权，除非你用非法手段把我弄下台。”欧阳辉宏说。

“那你就做个顺水人情！”钟笑说。

“林子墨这小子德行差，郑铜修在临福任县委书记时，林子墨整溜须拍马那套，从一个名不见经传的助理检察员、检察员、科长、副检察长，到最后升为检察长。在临福县检察院群众就反映他不咋地，动用自己神圣的职权谋私利。这不仅伤害自己，也伤害有德性有真才实学的其他优秀检察官。这真是官大一级压死人啦，我没有买郑铜修的账，郑把这事向黎镜仁汇报，意思是向我施压。黎镜仁后来真的约见了我。”

钟笑副局长听了发生在黎镜仁、郑铜修、林子墨、杜修行四个人身上的一些事，越发对黎、郑的嘴脸有了深刻的认识。黎、郑想通过安插自己的亲信，掌握和窃取人民群众对他们的举报揭发，以期延缓他们灭亡的时间，甚至想金蝉脱壳，逃避法律的严惩！钟笑副局长秘密查证黎镜仁和郑铜修的思路更加清晰，决心更加坚定！

于是钟笑副局长和龙显威检察官加大了秘密查证新州市以黎镜仁和郑铜修为首的贪官的力度和速度。首先明晰这帮贪官在新州任职的年限，黎镜仁在新州任职八年、郑铜修十余年，还有其他人员都一一查证；第二通过民间人士把脉新州市腐败官员路线图；第三深入新州市所辖市区县了解民众对新州市官员的评价和举报；第四盯死吴大鹏这个犯罪嫌疑人账户的变化，特别是他的资金流向，以及流动的频率；第五跟踪调查黎镜仁、郑铜修两家婚丧嫁娶活动时账户的资金变化。

省委特侦组五名成员经过几个月的艰辛跟踪，将有关黎镜仁和郑铜修这些人贪污受贿等不法证据，源源不断地汇集到省委常委、政法委书记曹昆办公室的保险柜中。后来的调查简直令人瞠目结舌，有的甚至骇人听闻。

那年黎镜仁的父亲去世，新州市从科级、副科级干部以及一些私人老板转的账和现金高达558万元。景韵多是新州市桂馨县县长，与吴大鹏一起入股开矿山，赚足了银子，五毒俱全，一个星期只有两天在办公室可以见到他。他为了效忠黎镜仁得到提拔，便隔三岔五送点儿烟酒，但还是未能如愿。黎镜仁父亲去世，吴大鹏马上告知了景韵多，第二天银行开门后景韵多用五张银行卡取现22万元，坐着吴大鹏的车子将这笔钱送到黎镜仁的手中。黎对景的印象不是很深，原来只送些烟酒肯定没多大印象。这次进贡22万元，又有吴大鹏的引荐，有了比较深的印象，后来景韵多的壮举让黎镜仁以及黎镜仁的亲属永生难忘，他究竟干了什么呢？

这段视频是新州市民间人士提供的。在黎镜仁父亲的遗像下，在黎镜仁父亲的棺材前，只见景韵多县长右手拿了一条毛巾，跪在地上对着遗像和棺材一个劲儿地磕头，那个神态酷像大公鸡啄米。他那虔诚、忠诚、孝敬的表演缘于一种怎么样的动机和冲动呢？一般人整不明白，只有他自己和吴大鹏清楚。因为在私下里，景韵多时不时透露想当一届县委书记，过一把当一把手的瘾。同时那也是一个低投入高产出的“官场生态产业园”，当一届县委书记一年捞它几十万元，那不是小意思吗？在去为黎镜仁父亲吊丧的路上，景韵多私下透露，弄上这把交椅预算投入百万。吊完丧回新州，趁热打铁再投入黎镜仁官场生态园30万元，郑铜修10万元，组织部部长10万元。当个县委书记可以说是砧板上的肉，没得跑喽！

景韵多在棺材前长跪不起，吴大鹏都有点儿过意不去了：“景县长啊，都几个小时了，身体为重，对长者对老人意思到了就行了。”

“没事的，一个这么优秀的老人培养一名优秀的市委副书记，他为新州市人民谋了幸福，他是新州人民的恩人啊！没事，我的身体还行的！”景韵多坚定从容地回答。

后来景韵多被提拔为桂馨县县委书记。景韵多在桂馨县两手抓，一手抓项目，一手动干部，整个项目和干部提拔效果火爆。景韵多心里的价码，副处是30万元，正科20万元，副科10万元，股级干部5万元。当然喽，那几十万元也不能一个人独吞，这也要考虑市委副书记黎镜仁的感受，到时他会有脾气的。他会想，你这小子塞给我52万元就完事了？在县委书记这个位置上捞到的钱就一个人吃独食了？你这小子真不懂得感恩。如果有了这样的评价，那景韵多的政治生命顶多只有两年，那就会屎壳郎搬家——滚球球了！景韵多很精，据钟笑副局长掌握的情报，景一年至少打点黎镜仁30万元，一般都是每年春节之前。景韵多也没有因为身份的改变，对赌色有所收敛，而是到了变本加利有恃无恐的地步。

这天市委召开副处以上干部会议，首先进场的郑铜修副市长。他梳着二八分的头，爬满皱纹的脸和饱经历练的眼绽放出笑意向大家挥着手。他着一身笔挺的中山装，显得特别精神，脚穿一双老人头布鞋，右手夹了一支中华牌香烟，神采奕奕地向主席台走去。过了5分钟，市委副书记黎镜仁进来，他那稀疏的头发三七分，宽阔的额头之下高高的鼻梁之上架着一副金丝边框的眼镜，加上身着十分得体的高档皮尔卡丹西装，雪白的衬衣上扎着一条亮丽的红色领带，五十出头的他尤显年轻。他眼里闪着春风得意的神色，气宇轩昂地在主席台就坐后，时而环顾四周，时而看看演讲稿，时而用右手扶扶架在鼻梁上的眼镜。

可能黎镜仁和郑铜修并没有注意到，参加这次会议的有省委特别侦查组省委政法委副书记马文启，省检察院反贪局副局长钟笑、侦查员龙显威，省公安厅刑侦队员秦维新、网侦队员胡悦。

他们为什么有这个兴趣参加这样的会议呢？他们又怎样知道有这样一个会议安排的呢？

事情是这样的，省委特侦组领队与市检察院检察长欧阳辉宏有个例行通报会，主要内容就是吴大鹏在看守所内外的活动情况，以及最近出现的一些新情况。据特侦组掌握的翔实情报，宜环县看守所裘培德在吴大鹏指使下，邀驻宜环县看守所的赖文清科长已经两次赴新州市五星级宾馆接受宴请和其他奢华服务；省委特侦组组长马文启出示了秘密拍摄的影像资料以及从银行账号查证的资金状况，同时马文启告诉检察长欧阳辉宏，上述资料已经传到了省委常委、省政法书记曹昆的秘密保险柜中，下一步的工作安排是把吴大鹏定为重点监视对象，以及他所接触到的人员活动状况。特侦组的策略没有变，还是欲擒故纵，能更充分更完整地掌握他们的犯罪证据，真正达到一剑封喉、一招制敌于死地的效果，以排山倒海之势，摧毁腐败分子的坚固堡垒，还新州大地一片灿烂和微笑。这次新州珊瑚人肉炸弹案那么多无辜的生命死伤，如此恶性的案件都可以摆平，可见这些披着共产党人外衣的败类多么胆大妄为，竟敢践踏神圣的法律，践踏人类的良知与道义。由此推断，他们亵渎法律与道义绝非就此一案，前天晚上召开例会分析采取倒查的方法，理清脉络。一是查清黎镜仁、郑铜修浸淫腐化新州官场的时间；二是查阅所有涉案金额大、从轻发落的卷宗资料；三是调查走访案件知情人；四是调阅银行账户，追查行贿的踪迹，资料弄齐后整理影像视听资料传回曹昆的秘密柜内；再就是秘密深入各区县市接触一些民间人士，从他们那可能会获取有价值的情报。

检察长欧阳辉宏高度评价了省委特侦组秘密进驻新州后卓有成效的工作。认为他们侦查经验丰富、手段别出心裁、隐蔽十分巧妙，目前还没有“打草惊蛇”。

欧阳辉宏一行8点56分到达会场，坐在了顶靠后的座位。马文启说这便于秘拍秘录，这位既是军人又在部队当过正团职检察官的马文启曾是军中的办案能手，他破获的军中大要案威震全军，尽管看上去他个头不足一米七，但那剑眉之下嵌入的咄咄逼人、摄人心魂的眼神，看得出这是位威严而强大的男人。到达会场后，领导们陆续到场。

郑铜修主持会议，他一张口就拿他为什么穿中山装说事：“我今天一进会场有不少同志问我，为什么要穿中山装而不穿西装。虽说穿西装显得年轻，但我觉得我们中国人就要有中国人的历史情结，尊重我们自己民族的历史、文化。中山装是由孙中山先生提倡的，也由于它的简单、实用，自辛亥革命开始就和西服一起流行。1912年民国政府通令将中山装定为礼服，修改中山装造型并赋予了它新的含义，立翻领、对襟，前襟五粒扣子，四个贴袋，袖口三粒扣，后片不破缝，这些形式其实是很有讲究的，根据《易经》周代礼仪等内容寓以新的含义：第一，前身四个口袋表示国之四维（礼、义、廉、耻），袋盖为倒笔架，寓意为以文治国。第二，门襟五粒纽扣表示区别于西方的三权分立的五权分立（行政、立法、司法、考试、监察）。第三，袖口三粒纽扣表示三民主义（民族、民权、民生）。第四，后背不破缝，表示国家和平统一。第五，领口定为翻领封闭式，显示严谨治国的理念。”

郑铜修副市长为了强化其讲解中山装的造型特征，时而用手指指其身上穿着的中山装，时而站立，时而转身。其解读的效果相当好，不愧曾经是优秀教师。他讲解完毕，呷了口茶，像是意犹未尽。这时黎镜仁斜了他一眼，他十分知趣，马上打住，切入今天的主题。说句心里话，黎镜仁那不屑的一瞥，使郑铜修心里很是不快：解读中山装与今天的廉政会议是十分吻合的，中山先生提倡的礼义廉耻与我们党现在提倡廉政建设也是完全一致的。

心里不快归不快，人家是新州的副书记，他只有服从的份儿。

大会该由黎镜仁副书记作主旨演讲了。

黎镜仁那草书体的国字脸在灯光的照射下熠熠生辉，那宽大肥厚的嘴里不时流泻出动听的说辞：“同志们，我今天要与在座的处级以上干部交流的题目是《留点儿东西去敬畏》。我很喜欢美国小说《飘》，给我印象最深的是女主人公郝思嘉与邻居老人的那段精彩对话。那位已经年逾古稀的老祖母对从不服输的郝思嘉说，‘我劝你留着一点儿东西去敬畏吧，正如留着一些东西去爱一样……’在生活中，在新州履职的过程中，在下基层接触百姓的过程中，在处理纷繁复杂的矛盾和纠纷中，我渐渐知道了什么叫‘敬畏’。著名的弘一法师在圆寂前，再三叮嘱弟子把他的遗体装龛时，在龛的四个角下各垫上一个碗，在碗中装上水，以免蚂蚁虫子爬上龛后在遗体火化时被无辜烧死。我知道，这是敬畏生命。据说，美国首任总统华盛顿在谈到自己走向总统宝座的感觉时，他惊骇地说‘像是走向刑场的囚犯一样’。我知道，这是一位美国历史上杰出的政治家敬畏权力和职责的另一种表述方式。我在这里特别强调一下，在座的手中都有权力，不要有了这个权力就神气得不得了，忘乎所以，就解除了思想武装，不防微杜渐，不加强思想和世界观的改造，随波逐流，以为权力一到手，幸福快乐就跟你走。同志们啊，不完全是这样的，要记住，权力是把双刃剑，你稍稍不留神，就会酿成大错甚至带来无尽的痛苦。我再次强调一句，当官是一个高危的行业，你稍稍懈怠就可能身败名裂，几十年的流血流汗，几十年的埋头苦干，混到最后一样都没留下！唐太宗曾经形容自己‘每思一言，行一事，必上畏皇天，下惧百姓，但知常廉常惧，犹恐不称天心和百姓意也’。我知道，这是敬畏天心，敬畏百姓。明朝开国皇帝朱元璋，一次问群臣：‘天心和人心哪个最快活？’一位叫万刚的大臣答道：‘畏法度者最快活。’这一回答赢得了朱元璋的赞赏。我知道这是敬畏法律。‘君子之心，常怀敬畏。’孔子强调‘三畏’：畏天命、畏大人、畏圣人之言。‘仰不愧于天，俯不怍于人。’孟子以此表明自己对天、对人的敬畏之情。一个人心存敬畏，才能按照自然规律和道德准则行事，追求和谐和真善美；一个人心无敬畏，则会肆无惮忌、随心所欲，其结局是极其可怕的。敬畏，在某种程度上就是我们生存的底线，对个体生命而言，没有了敬畏之心，也就意味着失去了生活的根基和价值。”

市委召开的廉政会议一结束，黎镜仁走进办公室，就打电话要景韵多书记来一趟。

景韵多一进办公室，黎镜仁不像原来那样客气：“作为县委书记，有些事情一定要有敬畏，不能太放肆。如果你放肆了，那桂馨的整个局面就乱套了。那个残局是谁的事啊，那肯定是我黎镜仁的事。”

景韵多被黎镜仁的当头一棒给打懵了，被黎副书记弄得一头雾水。他心里想自己没有做错什么事啊，自己也没有去放肆过嘛，从早到晚都在为桂馨谋发展而费神费力，自己错在哪里。他仰起脸，一副狐疑的眼神看着黎镜仁，那意思是说：没有做错事，咋就半路杀出个程咬金？

黎镜仁从景韵多的眼神里知道景韵多想要什么，可黎镜仁故意不把窗户纸捅破，让他自己去猜，让他自己去反思。

“今天开这个会不是无病在叫喊，现在有的人病得已经很严重了，所以要开这个会，要给大家吹这个风。从政之人，有权之人，不要忘乎所以，肆无忌惮，否则到头来自己只能咽下自己种的苦果，这玩意儿有谁代你去吃？世界上没有这样的傻瓜。另外，我想提醒你一句，当县委书记也要学会保护自己。我实话实说，老百姓比你县委书记聪明的多得是，不要以为你比谁都高明，认为你是几十万群众敬仰的人，这个大错特错！你当了县委书记可能是某种机缘的巧合或者造化，你认真回忆一下，你到桂馨做过哪些对不起百姓的事？”

景韵多青着脸，低着头，他努力回忆着在桂馨县履职的过程。去年全县GDP为50.66亿元，增长为12.4%，为十年来增速最快的一年。全县上下认真落实“科学发展至上，群众实惠第一”的要求，认真落实“一三五六”经济发展思路和“三不卖”经验理念，强力推进“三化”进程，经济发展和社会各项事业都迈上了新台阶。人民生活继续改善，要说令人家说三道四的事没有什么，在干部任用上都是按程序操作，都是群众评议、组织考评、常委表决进行的，所有提拔的干部都具备了良好的德、能、勤、绩，那真正做到了群众满意、组织认可，提上来的干部个个优秀，成绩突出。至于说一些礼尚往来的事有过但不多，也是在自愿的基础上打点的，没有索要的因素，所以按道理也不会有人去告呀，这是互惠互利的事啊。噢！景韵多想起来了，要出问题可能就是王中榜身上的事，王中榜打点了10万元，局长也没有到手，一气之下到医院住院去了。这说明什么？说明王中榜这个人感情脆弱、官瘾太大，经不起组织的考验。实践证明，这样的干部不用是完全正确的。目的没有达到就以住院要挟组织和我这个县委书记，他王中榜要告可以啊，应该是我先告他，他想当官不走正道走邪门歪道，还要用糖衣炮弹向我进攻，拖我下水，达不到目的就泼脏水。那10万元拿回去不就得了吗？这不存在受贿的问题——我收了钱，没为你王中榜谋利，你有什么告的，惹急了，明天交到市纪委廉政账户，让你10万元打水漂。再说这10万元钱我没有去挥霍，我用于救死扶伤，为出了车祸的一位搞养殖的老百姓拿去应急周转了，这事错在哪儿呢？

想到这里，景韵多理直气壮地抬起头，用不服的眼神对着黎镜仁那穷追不舍、咄咄逼人的眼光。两人眼神碰撞交汇后，黎镜仁说："在用人问题上你向谁做过承诺，而承诺过后又没有兑现？"

"我一般不会。"景韵多信誓旦旦地说。

"你一般不会，但你二般的时候就承诺过，是吗？"黎镜仁追问。

"我二般也没有承诺过什么。"景韵多回答。

"你做错了事，还在嘴硬，还需要放一段你承诺过的录音给你听听？你有这个雅兴吗？"说完，一拳擂在办公室上，黎镜仁怒了。

"那绝对是诬陷！"景韵多反驳道。

黎镜仁手脚麻利地摁下录音的开关："你要感谢的是你的父母，是他们改变了你的命运，让你学文化，让你学会做人，同时还为你取了个好名字。当然，人的名字是个符号，但从取名那天起，它绝对融入了父母对后代的真诚情感与殷切期待。好，你中榜了。"

听完这段话，景韵多瘫坐在黎镜仁办公室那张进口的真皮沙发上，心里骂开了：王中榜这王八犊子，还会使用这个毒招，真是人心隔着肚皮，看不见也摸不透啊！真是白骨精化美女——人面鬼心！明一套暗一套，杀人不见血，这次被他弄惨了！

但景韵多也绝非等闲之辈，他又昂起头，盯住黎镜仁的眼光："黎副书记，我跟你认真地说，也坦率地说，王中榜偷录我的言辞是真实的，它也只能说明我景韵多说过这段话，这段话哪一句伤害过他，哪句话违法啦，哪句话违反道德良知啦？其实整个这一段话就是鼓励、激励和期待，我说王中榜中榜了，可能是工作先进中榜了，在搞什么评比榜上有名了。"景韵多还在辩解。

"景韵多书记，你不要嘴硬，市纪委调查得到王中榜的亲属送呈的秘密录音后，到桂馨人民医院找到了王中榜。经过救治，王中榜生命体征良好，思维清晰，王中榜咬定了为了谋取县农业局局长一把手的位置送给你景书记10万元，问钱的来源，他说是从银行取的。你收下钱后才有刚才那段录音的说辞，难道这里有什么水分吗？"黎镜仁诘问。

"他王中榜有什么证据证明我收受了他的10万元现金呢？是有录像或录音？我要求黎副书记把王中榜偷录我说的话给全部放完，听听到底有没有他王中榜送来10万元的痕迹。"景韵多反诘说。

看来景韵多熟悉证据运用的规则，证据断链那确实不能证明王中榜送给景韵多10万元钱成立，光那段录音不能证明这一点，这就不能作为法律意义上的证据来使用，也就是说此证据没有形成证据链。景韵多据理力争使得黎镜仁副书记无言以对，看来这方面的知识景韵多比他强，因为有了这方面的知识，一只煮熟的鸭子也学会飞了。

"你站在公正的立场上，用自己的良知来认真对待这个问题，你有问题就如实地说，改了就好。"黎镜仁说。

"我坐得正，行得正，身正不怕影子斜，您放心，我不会让黎副书记操心听闲话的，我会用优秀成绩回报您对我的栽培。"

这一话题说完，黎镜仁用一种十分期待的眼神对视着景韵多，景韵多很会度人，他清楚黎副书记要说的就是桂馨县三大班子（县委、政府、人大）办公楼搬迁的问题，因为黎在暗中已经指使了"老乡"黎维前事先对景韵多打点了，这打点的背后就有黎副书记的影子。那天景韵多回家休假黎副书记知道，黎副书记也知道景韵多家的住址，黎维前不知道。这些表面的现象足以证明黎镜仁副书记在主导这件事，说白了，黎镜仁铁定要黎维前拿下桂馨县三大班子办公楼的搬迁工程。上次黎镜仁莅临桂馨专题研究三大班子搬迁办公楼的议题，资金来源、资金的规模、存在的困难与问题，黎镜仁都十分清楚。宏大的建筑存在巨大的资金缺口，这个问题怎么解决？最后还是黎副书记拍板定案：从国家下拨给地方的粮食、粮种每亩35元补贴中出1220万元，用于三大班子搬迁工程；资金还有缺口，又从全县退耕还林款中出3000万元用于工程；以桂馨县开发区的名义向银行贷款2000万元；又硬性规定三大班子办公楼的干部每人以个人名义向银行贷款5万元，交给政府支付工程费用。

既然资金缺口问题已经解决了，那么这次黎副书记准备提出什么问题呢？景韵多痴痴地看着黎镜仁，用眼神探究这个答案。

黎镜仁也似乎明白了景韵多书记急切需要了解知道什么，黎镜仁面容和蔼，目光慈善望着景韵多："接下来的工作最要紧的就是工程招标问题。"

"这个问题我已经考虑过了。"景韵多说。

"你打算怎么办呢？"黎镜仁问。

"第一步向社会发出招标公告；第二步资质审核；第三步确定参与招标的建筑单位；第四步公开发包，确定施工单位。"景韵多答。

听了景韵多那官腔式的回答，黎镜仁把脸沉了下来。你景韵多怎么给我来这套，这玩意儿好像我不知道似的，这东西还需要费这口舌吗？

景韵多看出了黎镜仁的不快，面带微笑说："公开招标公告是给人看的，怕人家多嘴。在私底下要黎维前邀三个或两个建筑单位过来招标，也就是陪标，这三个或两个建筑队伍举举牌，做做样，给他封个红包走人了事。到最后落到黎维前这个工程来承建，你看是不是这个操作过程。"景韵多说。

黎镜仁听了景韵多说到点上的话，满脸盛着笑意说："我补充一点，来报名的施工队多也没关系，首先要提高报名的门槛，每一个报名的工程队交报名费1000万元。另外，凡是黎维前介绍的就发邀请竞标书，不是黎维前介绍的就以种种理由不发邀请竞标书，只有这样才能确保黎维前的承建工程队拿下承包权。"

"就按黎副书记的思路去做。"景韵多痛快地说。景韵多回桂馨后，紧锣密鼓、亲力亲为、鞍前马后为黎镜仁操持这件事去了。四个月过去，黎维前顺利拿下了这个造价2个多亿的桂馨县三大班子办公楼的搬迁工程。黎镜仁的亲戚黎维前拿到工程后，黎镜仁和景韵多的银行账户各多100万元。

这事让景韵多心花怒放，举手之劳就能得到如此丰厚的回报，值！但，一想起王中榜就让他高兴不起来，毕竟他送了10万元到自己的手上，这咋处理比较妥当呢？景韵多苦苦思索。

哎！有了，王中榜送的10万元明天就打入市纪委的廉政账户，这样可以达到一箭双雕的效果。一来也出口恶气，让你去告，枉费心机，你王中榜贪污来的钱为非法所得，上交纪委理由足够充分；二来得到廉政勤政的好名声，把自己包装一下，廉政典型，鹤立鸡群，为以后提拔作好铺垫。

第二天，市纪委书记的手机有个短信提示："景韵多为你尾号7*66的账号转入人民币10万元。"纪委一秘书打了景韵多书记的电话："景书记你又存入市委廉政账号10万元，对你这种行为表示肯定，市纪委准备发个向你学习的通报，号召全市党员领导干部向你学习。"

"谢谢鼓励，我会一如既往地做廉政建设的表率，为促进党风政风逐步好转尽尽自己的绵薄之力。领导，您还有什么指示吗？"景韵多说。

"关于市委呈报你拟被评为'全国廉政建设标兵'的事情，预计下个月就可以批下来，这个应该没有悬念。第一个是你的事迹很感人；第二个是市委有关部门到上级相关的部门作了汇报。到时再祝贺你到北京参加颁奖晚会，你是我们省唯一获此殊荣的县委书记。据省委组织部门的同志讲，你已经列入市委副书记的后备干部人选，到那时真的就可以说你喜事连连。你去北京之前，在新州火车站专门为你召开欢送大会，参加人员预计2000人规模，这是市委黎副书记的指示。你从北京返回新州还要举行欢迎仪式，并要召开座谈会，谈谈参加全国颁奖的观感、体会。这个殊荣不仅是你一个人的，也是新州全体人民的。"

景韵多通完电话，准备与一中校长景为怀通个电话，毕竟东方仁美那朵校花是由他那培植的。刚拨6位数，突然一个短信发过来，景韵多认真翻阅着这条短信："景书记，我代表全家感谢您的雪中送炭，在您的亲切关怀下，我爸出院了，欢迎到我家做客。东方仁美。"

看完东方仁美发来的短信，景韵多没有喜形于色，也没有回复短信，他正在琢磨如何将东方仁美弄到手，成为自己的情人。如果国家授予他“全国廉政建设标兵”在寒假期间举行颁奖仪式那就妙了，就以去北京考察一些知名艺术院校为名带上东方仁美一同前往，弄个蜜月之旅多好啊！自己经营这么久了，应该会修成这个正果。

一个礼拜六的上午，景韵多邀景为怀到东方仁美家散散心。两人拿着水果去慰问因车祸受伤的东方智仁，其实这是景韵多的借口，景为怀也知道景韵多在追求东方仁美这位校花，可不凑巧的是东方仁美不在家。东方智仁说，她刚走一个小时，说是他舅舅县农业局局长李寿山过生日，过去祝贺祝贺。景韵多无心再聊，放下送来的礼物，直奔县农业局局长李寿山的家。

东方仁美看到自己家的大救星来了，立刻起身迎接。她身着一袭明黄雅长裙，黑发侧披，如下泻的瀑布，很有动感，素颜清雅的面庞淡淡而笑。

用餐后，李寿山很有雅兴要去K歌，大家都应允。东方仁美的歌声让景韵多听得如痴如醉，赞口不绝。最后每人来了一曲就散场了。景韵多亲自驾车将东方仁美送回家。漆黑夜色中两颗心都躁动不安。在车上景韵多问了她的学习情况、读书的学费、有无生活困难等，东方仁美一一作了回答，最后说了声感谢景韵多的话。景韵多接着这句话说：“就一句感谢就完了啊？”

“那您说我还怎么感谢您呢？”东方仁美问。

“你不觉得这种说辞太空洞了吗？”景韵多答。

“只要出自内心的真诚，就不是虚情假意的空洞啦，您说呢？”东方仁美说。

“从严格意义上讲这也是空幻的。比如一个县委书记向市委书记表态，相当真诚，说今年全县要完成GDP60亿，但没有具体项目支撑，没有实际行动，没有体现这一数据的载体，那就是虚的、空洞的。”

“好了，那我服你了，你把车停下来。”

“停下车做什么？”

“你下来就知道了。”

景韵多把车靠路边停下，把车灯熄灭了，坐着不动，等着东方仁美发话。

“好，都下车吧。”

景韵多下车慢慢走向车的右方，朦胧的月光下东方仁美张开双臂用含情脉脉的眼神等待着景韵多入怀。景韵多看到幸福的港湾就在眼前，他大步流星将东方仁美揽入怀中。

“您一个县委书记如此痴情于我，我已经感受到有生以来的莫大幸福和快乐。您的事业现在如日中天，有家有业。而我呢？一个青青涩涩冒冒失失的小毛丫头，一心向往着自己的艺术天地。高中毕业后我理想中的大学是北京音乐学院或北京大学艺术学院，然后就业、结婚生子。人各有志，你我大路朝天，各走一边，但我会永远记住你对我的好和对我的呵护。我想十分真诚地告诉你，我年纪小阅历少，但我的内心足够强大，就是我的父亲遭遇车祸我都没有掉一滴泪。泪代表什么？代表软弱！代表无能！我有独立的人格，因为我今年都满18岁了，请记住，没有您，天堂就会变地狱。”

“你是一个很有个性的女孩子，又天资聪明。认识你是在你们桂馨一中庆祝教师节文艺晚会上，你那充满青春活力的艺术呈现让我终生难忘，看你的演出我年轻了许多、快乐了许多、幸福了许多。我相信有你和我在一起的日子一定过得有尊严、很体面、又淡雅。张爱玲的小说《红玫瑰白玫瑰》中曾经写道，‘振保的生命中有两个女人，一个是他的白玫瑰，一个是他的红玫瑰’。其实每个人的生命中都有着自己的红玫瑰与白玫瑰，无论是男人还是女人。白玫瑰是要同我们共度一生的人，人们爱它的圣洁单纯，在我们心烦意乱、疲惫不堪时，它会让我们感受到安全宁静。因此我们中的许多人至今仍会理直气壮地说他爱的是白玫瑰。但是，时间久了我们往往不自觉地厌烦白色，它的过分简单平静会让我们感到生命的消逝，死亡的迫近。久而久之，白的真成了衣服上的一粒饭，看上去是那样的不雅，让人厌恶。这时，即使多么理智道德的人也难以控制潜意识里自己可望而不可即的红玫瑰，它宛如烈焰般烧灼着我们，让我们十分焦躁不安。红玫瑰也许是我们曾经美妙但无可奈何的初恋，也可能是在拥有白玫瑰之后不经意间抓住的一缕情丝。红玫瑰在我们心中盛开，它如此美丽动人，令人有占为己有的冲动。但是道义与理智让我们无法摘下它，我们只是把红色埋压在心底，一有闲暇，头靠沙发，眼睛微闭，就回味起曾经拥有的挚爱，这让人感到简单而麻木的心有些隐隐作痛。那是为了曾经痛失的真爱，我们发现最初的爱人依然那般美好，也依然活在我们心底。但我们不想摘下红玫瑰，因为我们害怕，我们恐惧真正拥有红玫瑰后它并不如想象得好，它的热烈会烧得我们体无完肤、身败名裂，而它自己也面目全非了。就这样，红玫瑰还是红玫瑰，白玫瑰还是白玫瑰，我们很理智地把两者分开了。爱白玫瑰的圣洁，爱红玫瑰的热烈。虽然我们控制对红玫瑰的爱，但它有时情不自禁地出现，尤其是在白不再是床前明月光的时候。但这也很快就过去，因为人是理智的动物，我们想着红玫瑰做了一个美梦，梦醒后精神振奋，回到现实生活中又要与白玫瑰磕磕碰碰继续走过长长的人生。红的好像成了生活中的镇痛剂，这就是生活，平凡的日子永远是最长也是我们所不能失去的，红色是我们永远的真爱和永远的梦。可是一旦回到现实就会变味儿。振保在道德家的眼中是可耻的，他道貌岸然，骨子里卑鄙无耻、灵魂肮脏，因为他玩弄了两个女人的感情。但是从另一方面看，振保又是相当勇敢的，有勇气拥有红玫瑰和白玫瑰。而我们却不敢拥有，只是默默地在心底幻想，我们没有玩弄过别人的感情，但是我们的确欺骗过一个人的感情，即使她如闪电般只有一瞬，但它毕竟发生过。如果好人与坏人是如此划分的，那么振保固然不是什么好人，但我们也不怎么样，我们没有权利去指责振保，因为我们和他一样都拥有不一样的玫瑰爱人，虽然我们不想心甘情愿地承认。振保的所作所为已不再重要，因为他毕竟是一个虚构的人物，我们是属于现实的，白玫瑰也是属于现实的，因为道义不允许有太多的振保存在。刚一开始我要你做我的红玫瑰，这只是一个玩笑而已，爱必须在道德和法律的约束下开始和结束。”

“听了您对爱情的诠释，使我又长大了许多，您说的话在理，实在，让人终生受用。”东方仁美说。

俩人上车后，景韵多告诉东方仁美：“可能放寒假后，我会到北京参加一个授奖的大会。你不是很向往北京音乐学院吗？去考察一下，这机会难得。”

“是很好的机会，可我爸的病还要继续服药，钱是个问题。”东方仁美说。

“这一切我包圆。”

“好，那也得我爸妈同意才能去。”

“那当然喽，就说我也去北京，他就会放心。”

将东方仁美送回家，返回县委大院，景韵多见东方仁美的舅舅县农业局局长李寿山在县委传达室的门口立着，这么晚了还有啥事？

李寿山一看景韵多回来了，招了一下手，车停了下来，李寿山上了车。驶进幽深的县委大院，景将车子放进车库，俩人进了景韵多的办公室。李寿山看起来情绪不是很好，欲言又止。看到这情形，景韵多说："这么晚了有啥事啊？"

李寿山终于打开了话匣子："你到我家用餐，王中榜老婆看见了，你离开后，就站在我家不远的地方破口大骂：'这些贪官污吏，有钱能使鬼推磨，送钱送得多，当官不用说。'王中榜病好出院了，不上班也不请假，看见我在办公室就赖在我办公室不走，扬言要砸平我的办公室，并发誓只要他有一口气，一定要告你，让去坐牢。"

"他要弄我景韵多去坐牢？！骑驴看唱本走着瞧！看谁去坐牢！看谁笑到最后！你先回去，有我支持，你大胆工作，不要畏首畏尾的。王中榜这只王八蛋看上去很老实，在背地里下我的套。对他这一套我早就有提防，不钻那套。他以为我会买他的账，送钱就有官当，给我送来10万元，以为局长就是他的啦？为什么不让他当，一是这人道德败坏。有什么体现？想当官，给我送钱。二是已涉嫌贪污。据我了解，他老婆没有工作，家庭主妇，小孩又要读书，他一个月的工资不足3000元，他那10万块哪来的？你回去后写个匿名的举报送到我这来。"景韵多咬牙切齿地说。

李寿山的匿名举报信写好后，呈送到了景韵多的办公室，景韵多马上打了检察长弓剑长的电话："弓检，你好，你来趟我办公室。"

弓剑长检察长来到景韵多的办公室就问："景书记有什么重要指示？"

"别客气，我这有封群众的举报信，你组织力量认真查一查。只要查实，刑罚规定犯罪起点数5000元，就把他关起来最后判刑。你看有什么困难？"景韵多说。

"不管遇到多大的困难也要一查到底。"弓剑长说。

"你有这个决心很好，但具体操作上一要加强领导，二要组织精干力量去查，三要确定初查的方向，四是初查完毕后需要立案了，我要听取你的汇报。我来桂馨县工作这么久了，还是第一次向你们检察院交办案件，这个案件的重要性你应该很清楚！"景韵多说。

"这我肯定清楚，查科级以下干部是基层检察院反贪局的主要职责。假如他王中榜触犯了法律，受到了惩治，那将起到很强的警示作用。"弓剑长说。

一个星期过去，初查县农业局副局长的工作结束，景韵多听取汇报后说：

“你们初查时接触过王中榜吗？”

“没有接触过王中榜，我们内部有规定，不允许接触初查对象。”弓剑长答。

“好，依法立案查处。”景韵多发出指示。

第二天，反贪局办案组到农业局传唤王中榜，可是王中榜房门紧锁。打手机，手机处于关机状态，王中榜到哪去了？李寿山要办公室主任去询问一下他老婆，他老婆说：“他带了包，说出去散散心，叫我不要去找他，并说他会死在县委书记景韵多的手上，其他没说啥就走了。”

主任问王中榜的爱人：“离开家时带了多少钱？”她说：“他身上只带有几百元钱。”

办案组迅速向检察长弓剑长汇报：“这问题就粗了，你们的动作肯定被王中榜察觉了，不然这么凑巧？”

“这事肯定会让景韵多书记不高兴。”弓剑长说。

“景书记，我剑长，有个事向你汇报，王中榜可能畏罪潜逃了。”弓剑长立刻景韵多打了电话。

“弓检，我不管这些，我景韵多活要见王中榜的人，死要见王中榜的尸。”景韵多怒气冲天地向弓剑长发出追逃指令。

景韵多刚放下电话，郑铜修来电话：“景书记向你沟通两件事。第一件，祝贺你，你已经被中央授予‘全国廉政建设标兵’。第二件你可能也知道了吧，新州的薛荣伟、贺嘉兴在新州全市散发举报信，说黎镜仁副书记和我有经济问题，他们手中掌握有确凿的证据。真他妈的胡说八道，我和黎镜仁副书记兢兢业业为党工作几十年，不说功劳，也有苦劳吧。这般刁民，诬告陷害，逮住了打入十八层地狱。昨天晚上他们分别向黎副书记和我打电话，要我们俩各交50万元，不然举报信就往中纪委和最高人民检察院寄，要把我们弄得体无完肤、身败名裂、死有余辜、永世不得翻身！”

“您这事赶快与市公安局沟通，要他们介入此案，这事也同时告诉郑津局长，要他为您老出谋划策。”景韵多说。

“听你的，回新州就过来聊。”郑铜修说。

三天过去，王中榜还没有下落，弓剑长度日如年！

第五天弓剑长带办案组来到李寿山办公室，弓剑长来的目的是要破解王中榜失踪之谜。弓剑长是搞刑侦的老公安，他综合分析得出以下结论：“身上只有几百元一是他不会逃得很远，二是可能有什么急事过一两天就回来，三是可能畏罪自杀。后者的可能性很大。”

弓剑长要李寿山带路，在农业局的院子里走遍了犄角旮旯，最后来到王中榜办公室的外面。在这，弓剑长检察长稍作停留，他敏锐地感到这儿气味不对劲儿，有一股臭的味道向他袭来。弓剑长的直觉告诉他，王中榜可能在自己的办公室自杀了！

办公室主任刘江打电话要开锁王来开锁，开锁前大家的神经绷得紧紧的，还用手捂住口鼻，屏住呼吸，等待开锁王打开王中榜办公室。可打开一看，王中榜的人和魂都不在这，臭的来源也找到了，原来在王中榜的办公桌底下死了一只硕大的老鼠。办公室主任刘江作出了合理的解释，前几天全农业局的院子里投放过鼠药。

但弓剑长检察长没有停下他的思维和脚步，他带着办案组上了家属楼楼顶、杂房房顶，最后到了办公室的顶楼，弓剑长又闻到了一股奇臭味。他继续寻着奇臭味向最高层走去，觉得这奇臭味与刚才在办公室闻到的气味有很大不同。弓剑长左脚刚一踏上顶楼，一具躺在远处角落的男尸进入了弓剑长的眼帘，他没有走近那具尸体而是要李寿山赶快拨打110。

公安对尸体进行了尸检，但是这不是要找的王中榜！而是一个乞丐！弓剑长无功而返。

因为第二天景韵多书记要离开桂馨县前往北京接受颁奖，所以弓剑长紧张的神经可以舒缓一下了。

景韵多接到前去北京的消息后，急忙打了东方仁美的电话，东方仁美很高兴地接受了邀请。之前也跟她爸妈说了，他们都同意，都说女儿遇到贵人，个个心情很愉快，利用寒假出去散散心，去感受一下大都市的氛围对以后成长很有好处。

新州火车站，为欢送景韵多，市委领导黎镜仁、郑铜修、徐球晴都站在了临时搭建的台子上，市直干部和桂馨县的四大班子成员和副科以上干部都坐在台下，聆听市委副书记黎镜仁的讲话：“同志们，在这难忘的时刻，我们大家欢聚一堂，为桂馨县委书记获得中央授予的‘全国廉政建设标兵’喝彩祝福。这个殊荣的获得，不仅是景韵多书记的光荣，也是全新州市680万人民的光荣。新州人杰地灵，在这片热土上诞生了许多可歌可泣的英雄人物。在这片热土上有勤劳勇敢的人民。历史终将证明：胜利将永远属于新州人民。”黎镜仁副书记的即兴演讲获得热烈的掌声。

接着，左胸佩戴着大红花的景韵多容光焕发地走上台前作感恩主旨的即兴发言：“尊敬的市委黎镜仁副书记……”讲到这，景韵多戛然而止。大家很诧异，仔细一看，景韵多遭遇了几枚臭鸡蛋的袭击，其中一枚臭蛋打中脸部，弄得他狼狈不堪。蛋袭过后，人群中有人呼喊口号：“大贪官滚蛋，大贪官下台！打倒新州的贪官！贪官不除，新州不宁！”台上的官员听到群众高呼打倒贪官的口号，个个脸上铁青。一时间，欢送会却成了声讨贪官的大会。

这整个场面被省委特侦组秘密拍录下来，想必这样的实况传回去，省委常委、政法委书记曹昆会敏锐地察觉到，新州的骤风暴雨即将来临。执政党最大的危险是腐败，这个问题解决不好，政权的性质可能会改变。而搞这种欢送会也是奢侈浪费和形式主义，不仅浪费钱财，更重要的是消蚀奋斗精神，败坏社会风气，同样是一种腐败行为。

这是省委特侦组第二次向曹昆书记传回新州市官员的实况。省委特侦组离开省城前，曹昆书记就要求特侦组注意收集一些很有价值和有实效性的新闻，以及缉获重要情报（包括短信、对话、银行数据）及时传输。并要求每晚八点通过密线汇报一天的活动情况，将重要信息整理归纳后以书面形式直接报给省委。

这个乱糟糟的场面，以及有人呼喊口号“打倒贪官”的事，是黎镜仁副书记到新州履职以来的第一次。几千名观众第一次目睹了黎镜仁颜面尽失、威风扫地的真实表情。维护秩序的公安人员立刻把呼喊口号及向景韵多投射臭蛋的人逮住，押回公安局审讯。此人如此胆大，到底是何许人也?

经过公安的突击审查，此人正是景韵多指示检察院要将其逮捕坐牢的王中榜，王中榜没死，而且活得很洒脱。临走王中榜告诉老婆出去散心，只带了几百块钱几天就回来，其实王中榜身上带了一张银行卡，有3万元。

王中榜来到新州，等他从火车站出来时，车站广场的西面有人在搭台子，一问才知道市委明天要欢送一位县委书记赴北京领奖，但不知道是新州哪位县委书记。等他到车站附近吃完饭回来，一条宽大的横幅挂在台子的中央。王中榜很好奇，走近一看是“热烈欢送优秀县委书记景韵多赴北京领奖”。他怕看错了，又看了一遍，不错，是这王八蛋景韵多，想必景韵多给了上级不少的好处，不然黎镜仁副书记、郑铜修副市长不可能让他景韵多当这个模范。

知道这个重要信息后，王中榜到禽蛋批发部去买鸡蛋，一看一边有个筐里装有臭蛋，问多少钱一个，卖鸡蛋的人说不要钱。王中榜一阵高兴，这些臭蛋打到景韵多身上，这叫臭蛋打混蛋，定叫他滚蛋。

第二天看见景韵多闪亮登场，王中榜气不打一处来。景韵多刚一开口，就遭到王中榜臭蛋的袭击，所谓的欢送会就这样草草地狼狈收场。

在欢送会场外的东方仁美也看到景韵多的往日风采不再，十分狼狈地走下台。她暗叹，说当官是高危行业确实不假啊。她没有迎上前去安慰景韵多，这样可以压缩人家的想象空间，避免景书记招惹更多的意想不到的麻烦。手上没有车票，但她知道去北京的特快空调车是19点08分从新州发车，行程1008公里的里程。18点20分钟，景韵多身着一身光鲜的西装在司机和秘书的簇拥下来到去北京方向的候车厅。看到景韵多来了，她站起来示意了一下，然后坐下了。她没有喊，也没有用手致意，她怕景韵多的手下猜测。离开车10分钟，景韵多要手下回去，不用送到站台了。

北上的列车风驰电掣行驶在茫茫沃野上，晚上12点过后，两人都有了困意，东方仁美靠在景韵多的怀里酣睡起来。过了一会儿，景韵多也闭上了眼睛。但是两名民间人士李光先、李广昌没有休息，他们俩已经充当起了省委特侦组的义务侦察员。

黎镜仁与郑铜修神情沮丧地回到办公室，双双刚坐下，各收到一则短信：“50万打到我账户，一切可以免谈，不然会有你的好……”接踵而至的坏消息再一次将他们推向痛苦不堪的深渊，关于黎、郑遭受敲诈的事情已经被省委特侦组盯上。

二十一、黎镜仁和郑铜修被特侦组盯上

话说上回新州市检察院检察长欧阳辉宏约省委特侦组的五位侦查员旁听了由副市长郑铜修主持的全市副处以上干部教育工作会议，散会后，欧阳辉宏检察长在他的办公室拿出一份举报信，又轻轻地放在办公桌上，用神秘的眼神打量了特侦组的马文启、钟笑一下，又用呵护珍惜的眼色望着那份举报信。办公室里静静的，掉根针都能听见。

马文启和钟笑望着欧阳辉宏检察长那神秘兮兮的模样，猜想这背后大概有什么惊天秘密。

“这封举报信已收到几天了，这封《市委领导充当保护伞，国有资产被瓜分一空》的举报信声称，市委副书记黎镜仁和副市长郑铜修充当非法矿山的保护伞，收受贿赂，存在严重的贪污腐败问题，落款人为皇甫嘉仁。”欧阳辉宏检察长话音刚落，有人敲门。

“你们俩到里屋去一下。”欧阳辉宏说。

“好的。”马文启和钟笑到里屋后，欧阳辉宏还稍稍将里屋门带了带，然后去开门。敲门的到底是谁呢？而且敲门之声那么重。这可是欧阳辉宏第一次听到这种声音。

打开门，大步流星走进来的是杜修行副检察长，落座后杜修行镇静自若，扶了扶架在鼻梁上的眼镜。他用自信的眼神看着欧阳辉宏检察长说：“珊瑚人肉炸弹案的嫌疑人吴大鹏已经移到我院的起诉科审查，这个案子案情复杂，社会影响相当恶劣，为了慎重起见，想向您汇报后再提检察委员会讨论，您看咋样？”

“我同意你的看法，这个案子是一起震惊全国的案子，公安那边破案不那么顺手，也引起了受害人家属和群众的非议。到了我们这个环节要抓紧时间认真审查阅卷，对导演策划过珊瑚人肉爆炸案的嫌疑人吴大鹏，要进行深入详细的讯问。这个案子成败与否，将直接影响我们检察机关在人民群众中的形象和威信，我们这个审查环节很重要，如果有时间，你也可以亲自阅一阅卷。对于重大恶性案件，你作为分管审查起诉的副检察长可以一马当先，亲自审查起诉，尝尝做主诉检察官的滋味，你看咋样？”欧阳辉宏说。

杜修行一听，心里有点儿不愉快，他说：“我都快50的人了，那几本厚厚的卷宗没有一个月不可能阅完。”

“一个月弄完也合乎法定审查时间嘛！”欧阳辉宏检察长抓住他不放。说完，杜修行蔫蔫地走了。欧阳辉宏把里间的门推开，要马文启和钟笑出来喝茶。

一落座，钟笑就说：“来人的派头一定不小，还敢跟欧阳辉宏检察长讲起价钱来。从对话来分析，这一位应该是杜修行副检察长，他的一幅‘立检为公，执法为民’的行楷书法获得过国家级一等奖；另外，他写的论文曾多次获国家级奖，他有深厚的文学书法功底和深厚的理论素养，口才也不错，接触过他的人对他评价相当不错。”

欧阳辉宏检察长听完钟笑对杜修行的评价，只是轻描淡写地嘿嘿两声，就没有下文了。钟笑望着欧阳辉宏检察长，希望能得到“嘿嘿”两声背后蕴含着的内涵。欧阳辉宏眼望着钟笑，他也知道钟笑期待着他对这种回应方式作个正解：“关于杜修行副检察长，我对他的评价是，他一天只读两本书，一本是白天读，另一本是晚上读。”

聪明的钟笑开始笑起来了，不说话，隔了一会儿，钟笑说：“我只知道他白天读的那本书，但不知道晚上读的哪本书。”

“你小子不要装蒜，你我都是搞侦查出身，都不少悟性、灵性。”欧阳辉宏说。

“你是侦查的老前辈，你那次到省反贪局讲授《反贪侦查与反侦查》给我留下了深刻印象，你那句‘抓狐狸的人要比狐狸还狡猾才能擒获狐狸，不然就会被狐狸咬伤’的话已经成了我们的口头禅。”钟笑说。

“哪里，哪里，后生可畏啊，你入戏很快，气场也相当足，你那无坚不摧的气概，坚毅果断的侦查作风，赢得了省院领导和同行的高度评价。我那天数了一下，近几年厅级官员栽在你手上的就有12人，处级干部22人，为国家挽回经济损失3个多亿。你现在是久经沙场、叱咤风云的老将了，我说的后生可畏，是有理有据的。”欧阳辉宏说。

“过奖过奖，在座的两位领导都是我的老师。”钟笑谦虚地说。

马文启接着钟笑的话说：“我只是你的上一级领导，但不能当你的老师，在侦查方面知识和经验，曹昆书记对你评价相当高，在省委特侦组人选审查会上一致的意见是：省委特侦组反贪侦查组组长非钟笑莫属。”

“说句实话，搞侦查无非就是比别人多了个心眼，加上缜密的逻辑思维能力、抗挫折的心理承受能力、准确判断推理能力比别人高一筹。我能粗略知道你们省委特侦组已经掌握了哪些重要官员的问题、哪些一般官员的问题，你获取情报之快、之准确，是前几年搞侦查所不能比拟的。对现在的侦查手段只有两个字来评价，厉害！”欧阳辉宏说。

马文启和钟笑一听，脸上并没有特殊表情，只是淡淡一笑。没有说明，也没去延伸这个话题，欧阳辉宏心里相当明白，他们省委特侦组掌握的资料那可是绝密级情报，就是承办人疏忽了，将这篇盖有“绝密等级”的情报放在欧阳辉宏的办公桌上，他都不能去摸一下、不能去瞄一眼。

这玩意确实很神秘，这个神秘的面纱只有特定的人才能撩开。

最后钟笑握住欧阳辉宏检察长的手说：“你是这里的地主，很多群众还需要你无私的帮助，我们有成绩、有斩获、有功劳，但是这些荣誉的背后都能看到你那生动的影子，你刚才那份举报信就很能说明这个问题啊。”

“对，这份举报信给你们。”欧阳辉宏说完，将皇甫嘉仁那份举报黎镜仁、郑铜修的信交给了钟笑。

钟笑副局长读了这份举报信，似乎又捕捉到一些有价值的线索，脸上泛出满意的神情。过了一会儿，钟笑抬起头，望着欧阳辉宏，也希望能从他那得到对这封举报信信内和信外的解读。

“欧阳检察长，恳请你再次当我的老师，你是看到这封举报信的第一人，我是第二人，我想听听你对这封举报信内外的信息作出注释。你对新州的情况相当熟悉，对新州官场的情况也不陌生，你所提供的资讯应当是很有价值的。”说完，钟笑和马文启用期待的眼神看着欧阳辉宏。

作为一位从事侦查工作的资深检察官，从把那封举报信交给钟笑那一刻起，欧阳辉宏就知道钟笑会来这一手。一来在我这个老师的面前作个姿态，表示他很谦虚，他仍然是欧阳辉宏的学生，看来这是一个人的为人之道，无可厚非；二来我欧阳辉宏浸润新州官场多年，知道的事比别人听到的多且真，因为自己从事过侦查这门行当，有喜欢收集情报资讯的情节和习惯，钟笑确实想从我这得到一些真实的情况。

欧阳辉宏摁灭烟蒂，迎着钟笑那逼近的眼神，思绪随着升腾弥漫的烟雾展开。他缓缓打开了话匣子："首先，肯定皇甫嘉仁这封举报信不是空穴来风，有它的客观性；二来据我了解，类似的举报信皇甫嘉仁向新州市直的单位发出了38份。他为什么发这么多封，他要造舆论，对黎镜仁和郑铜修形成社会舆论的压力，最后向黎、郑俩人诈钱，将黎、郑俩人推到两难的境地。你不交钱给我皇甫嘉仁，我还继续往省里、中央告，告得黎、郑俩人头晕脑胀、天昏地暗、无心上班、坐立不安。你黎、郑每人向我皇甫嘉仁交50万元，勒索成功，说明黎、郑俩人的屁股确实不干净。黎、郑要出这口恶气，必须通过公安机关介入破案。到头来案子破了，黎、郑俩人的名誉威信也就赔进去了，你说你干干净净的，还怕半夜鬼去敲你的门吗？皇甫嘉仁知道了郑铜修和黎镜仁半夜怕鬼去敲门，所以皇甫嘉仁专拣软柿子捏，他准备去当一回敲黎、郑俩家门的鬼。黎、郑俩人一定会上钩，你们等着瞧，这事黎、郑俩人不会不顺从的。心虚啊！我认为皇甫嘉仁这个点穴术，应该会有效果。"

"你的自信从何而来？"钟笑追问道。

"那天是我群众接待日，皇甫嘉仁一进接待室的门，就自报家门，他是临福县人，在临福县和几个亲戚合股开了个矿山，多的出了200万元，他东挪西凑出资50万元，一共三个股东凑了600万元。地址选好了，要到新州市弄什么采矿证、生产许可证、矿长资格证，还打点黎镜仁和郑铜修各50万元。批下来后没有几天，说上级下文此矿要查封，无奈又去打点黎、郑俩人，他们都说已无回天之力，还是要关停！后来发现同期批下来的还有吴大鹏，他的矿并没有关停，在热火朝天地生产。进一步了解，吴大鹏为了挤走皇甫嘉仁的矿，重金打点了黎镜仁和郑铜修各200万元。皇甫嘉仁的矿被关停掉，损失几百万元，为了揭开矿山的黑幕，他就一直在告，他发誓一定让黎镜仁和郑铜修把吃他们的钱吐出来，不吐出来跟黎、郑俩人没完！对于皇甫嘉仁的举报，我作了解答：由于举报对象是两位厅级干部，根据查办贪贿案件的管辖，黎、郑俩人都应该属省检察院反贪局负责查办，但上级检察院交办的除外。我答应他，会把他的举报信往省检察院反贪局呈报。皇甫嘉仁还说，遭到吴大鹏、黎镜仁、郑铜修打压排挤的，还有翁正中。”

“哎，这个名字很熟悉呀。”钟笑说。

欧阳辉宏阴郁着脸说道：“这个就是后来被吴大鹏炸死的那个翁正中。”

“噢，原来如此啊。”钟笑说。

“不管咋说，这些贪官都充当着不光彩的角色。”欧阳辉宏说。

“这是他们残暴贪婪的一面，他们有没有温情亲民的方面呢？”钟笑说。

“有，肯定有，他俩亲民的故事，《新州日报》一到年关都要进行盘点，每人一年不少于10件，用以赢得口碑。另外，黎镜仁副书记在推进新州城镇化建设方面有大规划、大手笔、大动作；在城市硬化、亮化、绿化方面卓有成效；以项目为龙头，提升新州的竞争力方面有新思维、新突破。对一个人还是应该有公正客观的评价。”欧阳辉宏说。

“你看这个举报线索，我们特侦组从哪下手查呢？”钟笑问。

“还是万变不离其宗，从黎镜仁和郑铜修的账户查起，我的想法是纵向和横向都要查。”欧阳辉宏答。

“何为纵横都查呢？”钟笑问。

“所谓纵，就是讲黎、郑俩人从任职以来的账全部调出来，从那些大额款项中发现行贿人，再去查行贿人的账户。通过查行贿人账户，再从他们大额转账中发现他们对其他官员行贿的蛛丝马迹。所谓横，就是把他们一家人的银行帐户都查完，再去发现其他的线索。这个工作量很大，但收获一定也不小。”欧阳辉宏说。

“欧阳辉宏检察长说得很精彩，不愧是行家啦。”马文启说。

“不敢当，不敢当，三个臭皮匠顶个诸葛亮嘛。”欧阳辉宏说。

“有的事情还要欧阳检察长帮忙的。”钟笑说。

“你尽管提啊！这一切调查都会在不动声色下完成，为了呼应省委特侦组的工作，我们也作了秘密部署，支持你们的工作是我检察长的天职。”欧阳辉宏说。

“谢谢您。”马文启和钟笑起身告辞。

欧阳辉宏准备打电话要办公室主任准备协查通知书，刚摁下两个号码，林子墨进来了。

“林局坐。”欧阳辉宏停拨电话号码，马上招呼林子墨坐下。

林子墨不动声色坐下，好像有心事似的，没开脸。欧阳辉宏望着他问什么事，他半天才冒出一句：“刚才我上楼梯时看见省院反贪局副局长钟笑，另外还有一个不认识的往下走，他们有什么事啊？”林子墨问。

“省院反贪局副局长，他是你们的顶头上司，是部门领导，要找也是找你这个反贪局长啊，他不可能找到我这来，你说呢？”欧阳辉宏答。

“他可能不是找我的。”林子墨说。

“你怎么知道他不是找你的呢？”欧阳辉宏诘问。

“他们下楼的速度很快，等我反应过来时他们已经过去。我估计他们也应该看到我啦，所以我推断不是找我的。”林子墨说。

“这事到此打住。你来找我有什么需要沟通的？”欧阳辉宏说。

林子墨神秘兮兮、小心翼翼地将右手伸进口袋，用余光扫视着欧阳辉宏。林子墨将那份沉甸甸的东西拿出来，送到他手上，接着说：“这是举报厅级干部的举报信，请你阅示！”

欧阳辉宏检察长接过举报信，用余光瞄了一下，心想，你这份迟到的举报信我已经倒背如流了，然后看了看日期问：“你是几号收到这份举报信的呀？”

“我要查一下登记本，这几天在上案子，没有时间，所以耽误了。”林子墨说。

“时间再紧，规定的东西不能变味。规定举报厅级的信当天必须送达我阅示，你忘了？”欧阳辉宏说。林子墨无言以对，蔫蔫离去。

马文启、钟笑离开欧阳辉宏的办公室后，回到了驻地。他俩认为需要讨论研究一下行动的方案和步骤。

省院反贪局侦查员龙显威说：“黎镜仁和郑铜修的银行账户要查清楚，这是点的问题。另外面的问题就是他们老婆、子女、儿媳、女婿的账户要查，一些亲戚的账户也不能放过，他们有可能将钱转到其亲人亲戚的名下去投资矿山、房地产，把他们的非法财产进行包装，逃避打击。”

接着，网侦队员胡悦说：“对近期和以后黎镜仁和郑铜修的通讯情况都要全程监控，监控到他们，就掌握了案件命门，一切信息的进出都要围绕黎、郑转。”

钟笑说：“除了刚才龙显威说的以外，我想说，对于黎、郑关系很铁的老板要盯死，他们进进出出的钱那么多，都到哪去了？要一笔笔落实去向，到时候省委特侦组指挥部下达收网指令时，我们才能一招制敌于死地，才能打出我们特侦组的声威。”

泰维新说：“我同意胡悦的看法，近来我主要审阅犯罪嫌疑人范仁召、钱毕仁和吴大鹏的刑事侦查卷，我也参与审讯过这三位犯罪嫌疑人，总体印象是基本证据、基本事实是扎实的，能够形成证据链条，办案的刑侦干警也得力。三位犯罪嫌疑人当中最难攻下的是吴大鹏，他很不配合，自恃有钱有后台，气焰十分嚣张。据了解看守所对他来说不叫看守所，那叫他的家，进出自由，吃香喝辣，吃喝玩乐。今天看到的皇甫嘉仁这封举报信只是冰山一角啊！我在这里打个保票，黎镜仁和郑铜修会满足皇甫嘉仁的要求，你们信不信？”泰维新说完，用诡秘的眼神环视着大家。

“四位侦查员谈了自己的看法，说的在理、地道、管用、实在，对皇甫嘉仁这封举报信所衍生出来的一系列问题要持续关注，关注的重点是黎镜仁和郑铜修，这一劫他俩都难以逃脱。我也同意维新的判断，在钱弄出去之前，黎、郑俩人应该已经布好了口袋让皇甫嘉仁来钻。钱弄出去后，守株待兔、抓个现形，然后打入监牢，以解黎镜仁、郑铜修之恨。最后的结局是皇甫嘉仁送给黎、郑各50万元构成行贿罪，为了想要回那100万元，皇甫嘉仁才用非法手段敲诈勒索。具体分工，维新和胡悦监控黎镜仁和郑铜修的通话记录，钟笑和龙显威监控黎镜仁和郑铜修的账户情况。”

黎镜仁和郑铜修收到皇甫嘉仁的举报信后，俩人寝食难安。在黎镜仁的办公室，郑铜修眉心紧锁，额头沁出的汗水在灯光的照射下特别抢眼。他盯着举报信发呆，然后下意识地用右手解中山装的第一枚纽扣，驱散一下那莫名的燥热，从他死鱼似的眼睛里看不出一丝生动的神情。他似乎有些渴，便起身，僵直地、不自在地去倒水，那简直就像一具移动着的僵尸，面部没有了血色，苍白得让人发瘆。就像是一个待枪决的死囚临刑前的状态一样，他喝一口水，叹一口气，又喝一口水，又叹一口气，喝了第三口，他长长地叹着气，眼睛望着天花板。不一会儿，他收回望向天花板的眼神，双手捧住水杯低下头去。

黎镜仁的心情跟郑铜修差不多，只是从外表看不出他内心的慌乱。黎外表的淡定与从容让郑铜修也受到感染，他抬起头期待黎镜仁能给出处理这一棘手事件的方略。对郑铜修的期待，黎镜仁早有察觉，只是不动声色而已。

黎有极深的城府。王甜甜被亓官云涛调到省委组织部后，每个星期天也回来看看自己的儿子王师野，同时也与黎镜仁聊聊旧情，晚上就到吴大鹏为他俩开的宾馆吃住，就像夫妻一样生活。黎镜仁阅读完亓官云涛发给王甜甜的短信，把手机放回原位，坐在沙发上看一档新闻调查的节目去了。这些都是做给王甜甜看的，他表面上若无其事，心里却在翻江倒海，想象王甜甜与亓官云涛在一起，可能会做些什么，会说些什么，以后王甜甜会不会还跟自己好之类的。王甜甜从浴室出来了，黎镜仁会上去与王甜甜相拥一下，接下来为王甜甜泡一杯玫瑰花茶，递上法国香水（这一切都是吴大鹏早就备好的）。假如有兴趣就做一做，没有兴趣就谈娱乐、谈养生、谈孩子、谈听见和看见的新闻，黎镜仁从来不提及王甜甜与亓官云涛那档子事。王甜甜不经意说亓官云涛的工作方法、和副部长之间的关系，以及下到各市州区考察干部当中一些有趣的人和事，黎镜仁的态度是只听，不发表任何评论。

黎镜仁看到郑铜修低沉的情绪，小声说："事到如今，着急上火没用，唯一的方法是在私底下跟他谈判，尽可能缩小对你我的影响面。我的意思是满足他的愿望，装好套子让皇甫嘉仁来钻，把他弄去坐大牢。你现在就主动联系一下他，此事宜早不宜迟，懂吗？"

"黎副书记说得很在理，我现在就打皇甫嘉仁的电话。"

郑铜修拨通了皇甫嘉仁的电话，但没有人接听，等了一刻钟，皇甫嘉仁用短信回复："我现在乘坐前往北京的火车，这儿很嘈杂，无法接听电话。"黎镜仁和郑铜修一看短信，全都傻了眼。

"这事再不采取紧急措施，那就完蛋了。"郑铜修说。

"你赶紧回复皇甫嘉仁的短信。"黎镜仁说。

"怎么组织语言？"郑铜修问。

"有事好商量，钱不是问题，我们尽可能满足你的要求。我们俩原来的做法欠妥，请予以理解。请告知下一站的站名，下车后，我派专车去接。"黎镜仁说。郑铜修听着黎镜仁的口述，快速记下，给黎镜仁看过后，一字不差地发给皇甫嘉仁。

皇甫嘉仁回复说："我不脑残，但很缺钱，倘若有意，请速转钱，入我账户。"

俩人读过短信，觉得要以转账方式迅速把钱转入皇甫嘉仁的账号。黎镜仁转给皇甫嘉仁50万元，由市委办公室秘书王甜甜去完成，郑铜修转给皇甫嘉仁的50万元，由吴丽丽去完成。安排好后郑铜修立即指示郑津派网侦公安监控皇甫嘉仁的具体位置和动向。

郑津回答说："一切准备就绪，钱一转入皇甫嘉仁的账户，就可以下手。可以说万事俱备只欠东风。"

第二天，皇甫嘉仁被抓获，其账户的100万元也被冻结。省委特侦组一直处于高度的戒备状态，共截获通话、短信数十条记录。通过这次转账，省委特侦组发现了黎镜仁的账户没有动，转入皇甫嘉仁账户的户名是王甜甜；郑铜修账户也没有动，转入皇甫嘉仁账户的户名叫吴丽丽。得知这个情况后，马文启下令查清王甜甜和吴丽丽的身份信息。

听到马文启的指令，钟笑点燃一支烟，吸了一口，慢慢地吐出长长的烟雾。随着烟雾的漫开和爬升，他的头也缓缓抬起，那扑闪着灵光的眼神穿透雾障，迅速捕捉到了那50万元背后的玄机。那些得到过黎镜仁和郑铜修大好处的老板为了规避反贪局的重拳，从保护领导干部的形象出发，要求领导指定一个他们信得过的账户洗白再拿去消费。领导要自己的心腹去开户，再把账户告诉老板即可，这种送钱方式颇为安全，操作方便，看来狡兔不止三窟啦！

钟笑又深深地吸了一口烟，张嘴说话时还带了"叭"的声响，像是尝到了很有滋味的果子似的，满脸都堆满了得胜的喜悦。马文启看见这一幕，心头也掠过一丝惊喜，望着钟笑，也希望能够得到钟笑对刚才这个线索那独到的见地。钟笑说道："马书记，这个线索的价值和意义不在于汇出多少钱，它真正的价值是，给我们省委特侦组揭开新州官场、商场的重重黑幕开启了另外一扇窗。通过这扇窗，可以窥视到一幅浓墨重彩的水墨画，但你只要细细观察，水墨画的背后列队站了一排厚颜无耻的贪官……"说到这，钟笑故弄玄虚不说了。

钟笑掏出烟，递给马文启，再拿出一支叼在嘴上，俩人"叭嗒叭嗒"地抽起来，享受一种别样的快乐和惬意。

烟抽到一半，钟笑又打开话匣子："马书记，下一步要以最快的速度弄清楚新州市领导干部身边的'二奶'或者'情人'。原来反贪局查贪官一般是查本人的、老婆孩子的，另外就是亲戚的，对于'二奶'、'情妇'几乎没有涉及。其实这些人成了贪官真正的保护伞，把她们揪出来就能揭开贪官丑陋的嘴脸。当然喽，贪官藏钱手段有数种，上次我参加对一个大贪官家的搜查，结果在煤气罐内搜出几百万。还有就是埋在地下的，裸官将钱转到国外的，等等。”

“你不愧是反贪高手啊，那查‘情妇’、‘二奶’如何入手呢？”马文启问。

钟笑没有吱声，只是用一副神秘的眼神看了看马文启。

就在俩人相对无语宁静的时刻，前去对王甜甜和吴丽丽身份核查的工作小组回来了。

秦维新将查询资料攥在手上，看了看马文启和钟笑，欲言又止，马文启有点儿不耐烦：“说啊！”

秦维新不是不愿说，而是所查的对象与之前判断的情况相去甚远，落差相当大，所以一时缓不过神来。

秦维新清清嗓门，字正腔圆地说：“王甜甜原系市委副书记黎镜仁的秘书，28岁。丈夫游守祥29岁，新州市政府法制办公室副主任。两人育有一子，王甜甜现已调到省委组织部。从已经查获的短信和通话记录来看，初步判断王甜甜与黎镜仁、亓官云涛均有一种超乎寻常的关系。”说完，秦维新将查获的一段亓官云涛发给王甜甜的短信给马文启看。看完，马文启铁青着脸，沉吟了一会儿：“真肉麻透了，现在某些高级干部也要来点儿低级的了，老牛吃嫩草，换位思考。”

钟笑从马文启手上拿过去一看：“嚯，真别有洞天啊！不过这也没有什么奇怪的，古今中外，老少配的多得很。”

“王甜甜那么年轻，一开始就得到黎镜仁的赏识重用，也就心甘情愿地让黎镜仁尽情去享用。王甜甜既能谋个响当当的官位，又能享受黎镜仁给她的金钱上的满足。”马文启说到这稍作了一下停顿。

这时龙显威接着说：“现在我们所掌握的，有一笔68万元从黎维前账号转入黎镜仁账号，又从黎镜仁账号转到亓官云涛账号20万元，这估计是买官的钱。另稍带说一下，亓官云涛的账户时不时有其他州市和省直的官员转入的钱，金额相当惊人，与王甜甜调动的时间相吻合。亓官云涛账户上支出近200万元，我估计是为王甜甜买房和购车用的。黎镜仁另有一笔钱20万元转入了王甜甜的户头，黎镜仁这笔68万元的巨款，他自己只剩28万元。我的分析，这68万元的巨款应该是黎维前找到黎镜仁帮忙之后的行贿款，但行贿的事由不清，下一步需待查清。从黎维前账户支付情况看，从其账户转入黎镜仁老婆的账户有100万元。我敢肯定地说黎镜仁和景韵多俩人为黎维前帮了什么大忙，不然黎维前不会那么大方的，这里头肯定是个大项目，这事还没查清，还要继续跟踪。另外，吴大鹏账户进出的钱还要不断进行监控，我们特侦组没有潜入新州前，新州市公安网侦已经查获的情况都已经归档。值得我们留意的是，只要吴大鹏还没有被送上断头台，正义与邪恶的较量就将继续上演。”

“龙显威同志说得很到位，下面请秦维新同志继续将查获的信息说说。”马文启说。

“吴丽丽，市政府干部，30岁，离异，有一男孩。据掌握的信息，她不仅与吴大鹏有亲密关系，还与郑铜修、黎镜仁保持着特殊关系。还有，吴大鹏每年给吴丽丽30万元，郑铜修收受贿赂也先打入其户头，然后吴丽丽再转入郑铜修亲戚账户，郑的亲戚再转入几个投资矿山的账户。或者行贿人直接打入郑铜修的账户，这些都是近几年郑铜修一些账户显示出来的情报。我的发言完了。”

钟笑接着说：“郑铜修这些年学乖了，他妄图筑起反制反贪侦查的屏障，挡住反贪反腐向他挥出的铁拳。但前些年他的账户流进流出的钱惊人，宜环县一个涉黑的矿老板一次就向他转账200万元，后来这个矿老板因涉嫌行贿被检察机关逮捕。”

二十二、特侦组与神秘接头人联合

时钟已经指向了晚上10点，将今天所掌握的情报传回特侦组常务副组长曹昆后，负责新州方向的特侦组的马文启也有了丝丝困意。突然，今天白天得到一个令他震惊和愤怒的事情又把困顿和疲惫驱赶跑了。于是他利用加密内线通知下辖的反贪侦查组和网络侦查组到他的住处开会。其他四名特侦组成员到来之前马文启为他们泡了菊花茶，作为兄长又是这儿的头，他有责任调养好大家的身体，身体是完成特侦任务的基石。

大家细细地品着菊花茶，也静静地等候着马文启发布侦查命令。在发布命令之前，马文启故弄玄虚地从喉咙眼里发出“嗯，嗯”的声来，大家就齐刷刷地将眼睛往他的头上聚焦。马文启有些不自在，发话了：“在座诸位，特侦组来新州以来每次开会，个个眼光都齐齐地投注于我的秃头，知道里面是富矿区，经常想上这儿找点儿话题或衍生出其他的事情来。有些同志，那话里有话的，你以为我脑袋进了水啊，听不懂啊！说什么我‘一毛不拔’小气，那是没办法的事，特侦组经费那是一定要规范的。我们是来干什么的，大家都懂不用我说，那句话今天用到我们身上很管用，‘打铁要靠本身硬’。这次奉省委特侦组之命潜入新州执行特殊的使命，我想这不仅仅是要侦查、缉获、新州某些领导干部手握重权、用权寻租、滥用职权、买官卖官、行贿受贿、贪污腐化的有力证据，而且是一次净化美化自己灵魂的绝佳教育。今天我们已经触摸到了新州某些当官做爷的领导干部的心脏出了问题，心律不齐、嘴唇发紫、有时发抽，有的快要口眼邪歪手脚凤爪啦！如果我们更进一步，还会发现其生命体征不稳定的其他原因。另外通过开展这次侦查活动，对于提升我们自己做人的品质也是受益匪浅啊。当今社会做人难，做好人难，要做一个优秀的侦查人更难啊！人字好写，一撇一捺，可真正接触到真实的社会、真实的官场，那可是难上加难。言归正传，我命令明天特侦组秘密进驻宜环县，具体任务是：钟笑组寻一个事件主角，深入了解情况，查阅、调阅封存在宜环检察院的刑事卷宗；秦维新组调阅获取2003年前五年宜环县一个叫危骇林的老板的账户和通讯情况。我们五人通过接头人再找到原任宜环县检察院副检察长兼反贪局长的乐正公谨。下面提几点要求：一、保管好所带枪支；二、检查其他装备；三、龙显威负责办理租车事宜；四、胡悦负责结算退房事宜；五、6点30分准时从新州出发。散会。”

四位侦查员走后，马文启还阅读了宜环县的大致情况。宜环县始建于隋炀帝大业十八年，至今已有1800多年的历史；雄居湘南边陲，素为兵家必争地；宜环县资源丰富，有金、银、铅、锌、锡等矿，境内煤资源相当丰富，年产煤400多万吨，是全国100个重点产煤县之一；自然生态良好，境内有国家级森林公园；交通发达，从新州出发约一个小时的车程。看完这份资讯，马文启洗漱后准备休息。这时神秘接头人来电话了：“马书记，我是你已经接触过的那个人。”

"什么事？你说。"

"今天我联系了几次乐正公谨都联系不上，那你们明天还去宜环吗？"接头人说。

"你明天再联系一下，然后再决定。"马文启说。

第二天临出发前接头人打来电话："电话通了，没人接听。"

"你继续联系，我们已经从新州出发了。"马文启说。

接头地点在一个偏僻的地方，离开宜环县城20分钟的车程，再行20分钟就是邻省的一个小镇，大家对这地方都满意。住地背后一座大山，树木葱茏、云雾缭绕，前面有条小河，水质清冽，好一个绝佳的风水宝地。

神秘接头人说，乐正公谨检察官已经联系上了，他正在宜环县人民医院住院。来到人民医院，乐正公谨在打吊针，远远看过去他已经睡着了，大家不忍打扰，便到宜环县城区逛了一圈。接头人说针已经打完，马文启的意思是不能在医院谈事，那里不保密，可又不知道医生同意不同意让乐正公谨出来。

特侦组成员鱼贯而入，弄得乐正公谨不知所措，也不知他们为何而来。接头人靠近乐正公谨耳语一番，说明来意。这时马文启打开了话匣子："检察长好，我们特侦组一行慕名而来，向前辈学习讨教，不知道你的身体是否允许？"

乐正公谨检察长已满头银发，他面容消瘦，眼睛布满了血丝，看上去一米七的个头，不足一百斤。他用嘶哑、微弱、缓慢的声音说："辛苦你们了。"

"这是我们应该做的。"马文启说。

接头人与医生联系回来说："乐正公谨可以回家接待客人。"这让特侦组的全体同志兴奋不已。

来到乐正公谨家，大家走进去，不到100平方米的房子显得有些拥挤。墙上挂满了乐正公谨立功受奖的奖状，上面落满了灰尘。

特侦组说明来意，乐正公谨轻启记忆的匣门，准备将已经尘封多年的往事讲述给特侦组的同志听。负责视听资料收集的胡悦已经将设备调试好了，等待乐正公谨讲述那令他永生难忘的执法历程。

一切程序完毕，乐正公谨喝了一口水，说道："大家受省委领导指派来，我很欢迎，也愿意把自己所知所想与大家交流沟通。实话说，我心里很悲凉，作为一个执法者，一个检察官悲惨到这个地步，这不是我一个人的悲哀。我是黎镜仁和郑铜修危害新州的牺牲品，要说怪，只能怪自己认理不认人的禀赋。但是直至今天，我也无怨无悔，没有我们这代人的付出，就不会有文明的进步。你们省委特侦组的到来，给了我力量和勇气。一直以来我对黎镜仁和郑铜修的关注都没有停止，这场关注还要继续下去，直至黎镜仁和郑铜修他们彻底灭亡为止。”

“检察长，请你把事情的原委说一下，可以吧？”马文启说完，有人敲门，不开，还在继续敲，而且越敲越凶。

乐正公谨小声对大家说：“我成了黎镜仁和郑铜修保护下黑恶势力监视的对象了，这里经常有人敲门，看看我在不在家。假如我不在家，他们就动用人马满街去找，怕我到省里、到中央去告他们。我住院期间都有人跟踪，你们到宜环来，我都为你们捏了把汗。朗朗乾坤，党的天下，这还像话吗？所以刚才我说这不是我个人的悲哀！你们先到我卧室里去避一避。”

乐正公谨的爱人把门打开，进来的不是别人，而是乐正公谨的儿子乐正朝阳。原来乐正朝阳去医院探视乐正公谨，见病床上的父亲不见了，打手机又关机，他以为父亲又被郑铜修的黑手弄去了。就在去年，乐正公谨因重病去省城就医，前后有二十多天，病情稍有缓解，乐正公谨执意要回宜环住院。因为省城的费用比宜环高出好几倍，一个月两千多元的退休工资受不了那个折腾。住进宜环县人民医院没有几天，郑铜修和危骇林手下的“巴子”和“眼镜”强行将乐正公谨从病床掳走，一个正在值班的医生阻止，也遭到“巴子”两记耳光，被打得口鼻流血。

医护人员眼巴巴地看着“巴子”和“眼镜”把乐正公谨拖下床，光着脚丫，架到了宜环医院的太平间。太平间摆着两具尸体（一老一少），已经散发出难闻的气味了。“巴子”和“眼镜”捂住口鼻离得远远的，审问乐正公谨到省委告状的事，请他老实交代问题。乐正公谨用微弱的声音告诉“巴子”和“眼镜”是去住院治疗，住院证和检查身体的资料放在病室的床头柜里。“巴子”和“眼镜”指着两具尸体说：“如果你说谎，就跟他们两个一样的下场。”

“巴子”和“眼镜”审查后确认，乐正公谨真的是去住院治疗了，才肯离去。这事也让乐正公谨大大虚惊了一场。

乐正公谨让儿子退出，让爱人把门关上，叫省委特侦组成员从卧室出来。乐正公谨继续说：“那是个明月高悬的秋夜，我在家接待了一位神情忐忑的老人。

老者欲言又止，凭着职业的敏感，我断定老人有什么急事要向我反映，对我又不是绝对信任。在我一番开导下，老人颤颤巍巍地说他们一个好端端的厂子倒了，两百多号人没班上，职工有的靠开出租摩托，有的靠到外打工维护家用，有些职工有病没钱治就等死，有些职工的子女读书没钱只有辍学在家待着。可厂长贾成芳却吃香喝辣，经常带情妇许倩游山玩水，拿着公款大肆挥霍。老人诉说完，眼泪缓缓爬过眼眶，顺着脸颊滑落了下来。听了老人动情的控诉，我的心里沉甸甸的，很不是滋味！老人告辞时拿着我的手说：'就拜托检察官了，为民作主啊！'老人顿了顿又说，'贾成芳用工人们的血汗钱编织了很强的关系网，工人们说要告他，他便扬言，我贾成芳吃一点儿拿一点儿算什么，你们去告，那是瞎子点灯——白费蜡。反贪局找我、传我、关我，最后还得放我回家过年，凭你们怎么说，只要我不认账，神仙也没有办法。可见贾成芳是个阴险狡诈的家伙，我担心你们检察官拿他没办法啊！'我坚定地给老人表态，'有法律做后盾，有事实做依据，有人民群众的大力支持，正义终将战胜邪恶'。紧接着侦查工作按法定程序风风火火地展开，外围证据锁定后，拟传唤贾成芳时，两次传唤都扑了个空。原来贾成芳带情妇跑了，情急之下我们内部商量请公安机关发通缉令。通缉令下达的第五天，贾成芳来到检察院，一副若无其事的样子。"

乐正公谨把当天与贾成芳的对话情景一五一十地复述了出来——

"你终于来投案自首了。"

"我没有任何问题，不存在投案自首的问题。"

"那你现在来检察院反贪局干什么？"

"我不干别的什么，我今天来想实心实意请检察院反贪局把我们厂的问题澄清一下，以正视听。"

"你们厂有什么问题。"

"我们厂没有什么问题，这一点可以用我的党性和人格作保证。有些居心不良者告我，说我有什么经济问题，这纯属诬告陷害！"

这时，乐正公谨把将已经掌握的证据往桌上一摆，斩钉截铁地问道："这是怎么回事呢？"贾成芳猝不及防，脸上当即掠过一丝不易被人察觉的恐慌。

乐正公谨紧追不舍："这是怎么回事？"

"这是我们厂购货后付甲方厂家的280万元货款单。"贾成芳怵怵地答道。

“经办人是谁？”

“经办人是许倩。”

……

“我们秘获出纳员许倩的笔迹，”乐正公谨继续对特侦组说道，“经过文痕检验，确系许倩所为。我迷惑不解，难道真的是工人们在无事生非？还是我们的侦查思路、手段出了问题？最后我们决定再将这笔280万元的货款进一步深挖追查，结果贾成芳和许倩的狐狸尾巴露出来了。甲乙双方根本没有业务往来，采用虚假手段骗取公款280万元，已经构成贪污罪。我们马上采取了强制措施。贾成芳和许倩尝到铁窗里面的味道了。贾、许被刑拘的第四天，危骇林约我吃晚饭，我拒绝了。后来他让郑铜修出面约我，我还是婉拒了。危骇林最后丢下一句话：‘你就看着办吧！’看到我油盐不进，危骇林气急败坏，他马上向郑铜修说我不买账。郑说：‘他不买我的账，可以，看他那个反贪局长能神气多久，他把我姓郑的惹急喽，我有本事让他后悔一辈子……’”

马文启一行从乐正公谨检察官家了解情况后，宣布各组分头行动，但要找找那个神秘接头人了解情况，掌握更多的情报来源，可是老打不通电话。第二天再打还是不通，马文启怀疑是不是被人跟踪而暴露身份了，他认真回忆过去每一个细节有没有走漏消息的迹象，但还是放心不下。马文启又拨通了电话后，对方说：“我已经到沙河县，电话不便说，再见。”

回到偏僻住所的钟笑副局长一直都没有开脸，一言不发，一个人躺在了床上。马文启喊他起床吃饭，他说没有食欲，过了一会儿还哭出了声来。马文启放下饭碗过来安慰：“钟局你怎么啦，刚到宜环水土不服，身体不适吗？”

钟笑不吱声，声音越哭越大。片刻，马文启等钟笑的情绪稍稳后，说道：“不管什么事，吃饭是大事。”接着用洗脸盆接上水要钟笑擦把脸，钟笑擦完后又躺在床上，马文启要他坐起来，问：“什么事情让你这么动情，这么激动？”

钟笑看了一眼马文启，脸上闪出一副凝重的神色说：“马书记啊，他乐正公谨与我是同行，干着一样的工作，穿着一样的制服，一样的称谓。面对着腐败分子，在同样的社会环境之下，我沐浴着阳光，可他乐正公谨却与我有着天壤之别的命运。他现在病魔缠身，这个病都是因为郑铜修他们滥用‘双规’，剥夺人身自由。这些细节始终萦绕在我的心头，老是往我心灵最脆弱的地方钻，让我伤心流泪。乐正公谨由于被郑铜修折磨68天，最终落下心脏病、高血压。”

乐正公谨检察官的遭遇，激发了省委特侦组的全体人员，更加坚定了他们从证据入手、从细微入手、一招制敌的信念。大家夜以继日、加班加点，终于查清了郑铜修下毒手采用“双规”迫害乐正公谨的铁证，郑铜修、危骇林、贾成芳等人共同开办宜环县笠斗山煤矿、林上冲煤矿、鸡窝坪煤矿、杏树岭煤矿、倒石洞煤矿的事实，一一浮现出来。

他们将宜环县检察院反贪局查证的贾成芳和许倩贪污的卷宗以及网侦缉获郑铜修的所有证据装订完毕，传回省委特侦组常务副组长曹昆。曹昆接到乐正公谨因公正执法而遭遇迫害的材料十分震惊，马上作出指示：对腐败分子决不能手软，要深挖细查、广辟线索、广泛接触，以获得更多的线索空间。更要注意保密工作和自身安全。全体特侦组成员要树立特别能吃苦、特别能战斗的精神，精诚团结、忘我工作，向党和人民交一份满意的答卷。收到曹昆的指示，大家表示一定不辜负省委领导的嘱托，深挖犯罪，为严惩贪官掌握铁证，还新州社会一片和谐宁静。

那夜，驻地，月黑风高，伸手不见五指。突然，住户家的狗一阵狂吠，准备休息的特侦组全体人员立刻警觉起来，是不是几天的活动情况被郑铜修的爪牙发现了。大家清楚宜环县是郑铜修经营多年的地盘，他利用手中权力贪污受贿的钱投入宜环矿山的就有几千万，可见他浸淫之深。郑在这里构筑了很牢固的黑白两道的关系，加上其儿子郑津又是宜环县公安局局长，特侦组在进驻宜环之前进行了深思熟虑的研究，才最后决定由神秘接头人选址驻在偏僻的农家小院。

秦维新特侦出身特别麻利，他马上将右手拉了一下77式手枪的枪栓，一松手一颗子弹上膛，其他三名携带枪支的钟笑、龙显威、胡悦也都将一颗子弹送上膛，顿时屋内气氛凝重起来。马文启决定先由秦维新打头阵探虚实，其他人作预备队员跟进。把灯拉熄，秦维新轻轻开门，刚一出门，一只猫从柴草垛蹿出，吓了他一大跳。田野一片寂静。5分钟过后，一个人影往秦维新的方向运动，距离大概100米。距离在快速缩小，80米、50米、30米，到了手枪的有效射击距离，刑侦出身的秦维新沉着地注视着这条黑影。接近20米时，秦维新把手枪的保险打开，子弹处在待发状态，他屏息静气。突然，他喊出：“站住，不许动，口令！”

来人听到秦维新的喝令，马上站立不敢再动，稍稍停了一会儿，答复："宜环。"

一场莫名的紧张就这样被解除，原来是神秘接头人。

神秘接头人握住秦维新的手说："你们的警惕性挺高的，不错，在宜环需要有这种高度的警惕，才能万无一失啊。"

"为什么这么晚才来呢？"

"我从2000年来新州，宜环是我来得最多，也是我陷得最深最熟悉的地方。认识我这张脸的人很多，有一段时间我在宜环一住就是半个月，反正吃住都是危骇林和贾成芳他们负责。有时候和郑铜修副市长到宜环搞现场办公，郑副市长很喜欢宜环这块土地，跟这儿的矿山老板多是铁哥们。来到这儿，郑铜修没有待够一个星期就不会离开，因为在宜环吃喝玩乐大概用三天，但他还要到另外一个很神秘的地方小住四天。"

"那个是什么地方呢？有那么神秘吗？"

"神秘得很。"接头人说。

"那么神秘的地方你都知道，说明你也是够厉害的了。"

"谈不上厉害，那次同危骇林和贾成芳一块到邻省的一个小镇去游玩儿，酒过三巡，危骇林有了些醉意，开始向我说心里话。他说他为郑铜修情妇东方美玉购置了一套价值120万元的小别墅，席间我提出吃完饭后去欣赏一下。

"别墅造型别致，是这个小镇最豪华的，依山傍水，云雾缭绕，鸟语花香。那儿有著名的风景点京鹅岭，景区内一座座石山突兀耸立，绝壁千仞，让人十分震撼，京鹅石靠山临水，造化天成。

"那天我也喝得半醉，我们一行来到东方美玉住的那栋别墅。东方美玉穿一袭色彩斑斓的淡红色连衣裙，显得特别热情而大方。一条长长的马尾辫拖在身后，那原本只有一米六六身高的她，显得有一米七六那样高，线条感特别强烈而生动。她脖上配一条贝壳项链，就像一团五颜六色的光环朝我们撞来，撞得大家的心怦怦乱跳。东方美玉很热情也很有品位地邀来客品茶吃水果，大家礼貌地呷了一口茶，就告辞了。"

这个信息引起秦维新的极大兴趣，说有的贪官狡兔三窟，看来郑铜修也不例外啦！神秘的接头人被请到房里，与马文启、钟笑握了握手，坐在了紧靠马文启的床边。马文启发话了："你告诉我，你已经去沙河县了，说在沙河等我过去，怎么又变卦了呢？”

神秘接头人轻轻地说道：“宜环可是郑铜修的大本营，在这待得时间过久，走露风声、暴露企图就可能前功尽弃。你们和我的身份不同，但目标一致。我只负责一个点一个线，你们负责新州市委黎镜仁、郑铜修、徐球晴、景韵多，还有杜修行、林子墨以及与之有牵连的吴大鹏、危骇林，你们的工作还可能涉及上边某更高级别的官员。你们的责任之重、压力之大是难以想象的。为慎重起见，思考再三，我决定赶快返回宜环。你们几个需连夜撤离，怕夜长梦多。你看马书记，这样安排怎么样？”

“有那么严重吗？我们现在住在这偏僻的地方，信息相对闭塞，又没有上街。”马文启说。

“马书记我这顾虑是有依据的，你知道你们去宜环检察院找乐正公谨了解情况，楼上楼下都住了些什么人吗？你们去宜环县检察院调阅复印刑事卷宗时出示的有效执法证件，是要复印留存于宜环县检察院档案室的。你们接触到的档案室的人员，还有办公室主任以及分管办公室的副检察长是什么人？与郑铜修们有啥关系你们清楚吗？这位副检察长叫马被灵，这个就是郑铜修把乐正公谨‘双规’撤职后的补位人。马被灵是郑铜修的红人，现在任宜环县检察院的常务副检察长。这次省委特侦组到宜环县检察院调阅卷宗必须要过马被灵这个关，要他批准后方可复印和查阅。当然这只是一种想象或者判断，但这次我陪同郑铜修到沙河县视察煤矿整改的事，在沙河宾馆他说，听说近来省委派人进驻我们新州了，要到各市县走走看看，这些人的身份不应该是巡视员之类。巡视员按理说不能看卷宗和复印资料。我没有吱声，可我惊出一身冷汗。肯定是马被灵这小子透露了情况。之后，我借机离开沙河赶回宜环，赶到半路天就黑了。出租车到了你们住的叉路口下车，不曾想受到你们这么高规格的迎接！”

“看来我们牵一发而动全身啊！”马文启说。

神秘的接头人到达省委特侦组不到一刻钟，手里的电话响了！这么迟了会是谁来电话呢？接头人一看是郑铜修打来的：“看来这老东西对我也有了警觉了，可不能暴露身份，现在不是暴露身份的时候，火候还未到。”

“这个电话可不能接啊，伙计你接电话就会暴露我们的位置啦。”钟笑神色不安地对接头人说。

“这个我懂，郑铜修、危骇林、吴大鹏等黑恶势力反侦查能力很强，下手也相当狠。”

郑铜修来电话三次，神秘接头人都没有接听。最后郑铜修只好发短信：“刘局，我已经到达新州，请回电。”

神秘接头人没有理郑铜修，正与大家研究撤出宜环的时间。

马文启就现在撤离是否合适想听听大家的意见。

“明天早上撤出较为合适，今晚撤出有夜色掩护是安全的，可路况不熟悉。再则要防止其他意外的因素，如车况问题，路途中可能遭遇劫持，等等。有一点可以肯定，我们住在这肯定没被发现，现在关闭所有手机。”

第二天一早告别宜环，一行6人乘坐那辆租的汽车往沙河县方向进发。一上车那位神秘的接头人就开始为大家介绍起沙河的历史、人文习俗来，这使省委特侦组的同志产生了浓厚的兴趣。

车辆途经崀山县时，驾驶员胡悦从反光镜看到一辆小车像是跟踪他们，胡悦开得快那辆车也开快，胡悦开得慢那辆车也开得慢。这时胡悦请示马文启，把车子靠边停下来看看。马文启应允：“稍缓一下，等带枪的四名同志将子弹上膛再停下来。”车子靠右边停了下来，那辆跟踪车快速向他们靠近，也在5米开外处停了下来。

跟踪车上的人员过来，要省特侦组的同志下车。糟了，确实被郑铜修和危骇林的马仔跟踪了。钟笑说：“他有枪我也有枪，就看谁出枪快了，哪怕是千分之一秒，他只能是我的枪下鬼。”跟踪车上的人员一个劲敲门。马文启命令坐在右侧的钟笑快速下车示警，只发射一发子弹，视情况再行对目标开枪，其他人员（指带枪人员）以车子作依托和掩护对马仔射击。

说时迟那时快，钟笑推开右车门，右脚刚一接触地面，开枪示警，然后快速转身向车头处跑过去隐蔽起来：“缴枪不杀！”

听到枪声，跟踪车的人一个个都趴在了地上，不敢抬头。听到钟笑的报告，马文启下车，走近跟踪人员问：“你们是干啥的？”

惊魂未定的跟踪人员一个个起来，一个带头模样的立刻用右手往兜子掏什么东西。马文启手疾眼快，跑过去一把抱住他：“你要掏枪老子在这就解决你。”钟笑过来用枪抵住那个带头人的脑袋，那人一边挣脱马文启一边说：“你们干啥的呀，你们弄错了嘛。”

马文启：“请亮明你们的身份。”

“我准备掏证件可你把我抱住，我咋亮身份呢？”

“噢，误会了，我以为你小子掏枪呢。”

马文启接过证件一看：临福县检察院反贪局副局长徐军。关于跟踪的事，徐副局长解释说，近期他们立案侦查国土资源局一位副局长贪污受贿的问题，到他家搜查之前他就已经携款潜逃。他开的车与马文启这部车的型号相同，所以误认为马文启这部车是他的那部车，误会了，对不起。

大家握手告辞，一场虚惊就这样被消解。

车上那位神秘的接头人从袋里掏出一封举报郑铜修的信，交给了钟笑看。这是一份手写的原件，上面写着：

上级领导同志：我们以十分愤怒的心情向您们控告和揭发中共新州市副市长郑铜修生活腐化以及他包庇沙河县国土资源局局长杨闯光贪污受贿的事实。

我们把杨闯光的贪污受贿的举报信送到沙河县检察院反贪局局长葛振峰手里，仅用一星期就查清了杨闯光贪污受贿的事实，对其进行了刑事拘留。闻讯赶到沙河的郑铜修指责反贪局局长葛振峰跟他唱对台戏。

葛振峰说：“我是反贪局长，是在执行国家法律。你说杨闯光没问题，我们反贪局查出了问题，这就是铁的事实。”

郑铜修无言以对，怒火中烧，回到新州后，要封加渊第二天上午9点到他办公室研究对策。

第二天郑铜修刚进办公室，一条短信进来：“老公，我可能有了。东方美玉。”收到这条短信，郑铜修喜出望外，都50多岁了还要做一次爹，感谢上苍啊！

郑铜修不顾一切风尘仆仆赶到宜环县邻县一个小镇的别墅里，一进门看见风情万种、温柔体贴的东方美玉……

临走时，郑铜修突然发现里面间卧室有一套男人的西服和一双安踏鞋，郑顿生疑虑，强装笑脸离开了那个小镇，离开了东方美玉。

郑铜修一回到新州就采取非法手段对葛振峰局长下了手。第一招用一个在校女生约葛振峰晚上出来，然后抓拍；第二招买通发廊女晚上在葛振峰散步经过的地方等着，发廊女上去挽住葛振峰的手被他们偷拍，说葛振峰有男女问题。

在实施阶段第一招失灵，葛振峰从来不接听陌生电话；第二招有了效果，照片洗出后送给郑铜修，郑喜出望外。

宣布"双规"葛局长那天，省院检察长喻正华来沙河县检察院视察工作，得知详情后，喻检义正辞严地对郑铜修说："朗朗乾坤之下，你郑铜修竟敢做违法乱纪的勾当！你今天不把葛振峰局长放了，我非把你的那张面具撕下来不可，你郑铜修等着瞧！"郑铜修只好放人。

郑铜修吃案子的事，地球人都知道。综上所述，郑铜修之流为非作歹，应依法惩处！

举报人：王守纪、王守法

读完这份举报信，钟笑问接头人获得这封举报信的渠道，接头人说："到沙河来，也是说矿山的事。在沙河县国土局门口有两位老人，大概有六七十岁了，他们听说上边来了人，就把这封举报送到了我的手中。杨闯光我很熟悉，此人很有手腕和心智，他有时候也打点一下我。我照收不误，多则五万元，少则一两万元，这些钱都是从老板那弄来的。我向你们保证，我的钱都是存在廉政账户上的。"

钟笑说："你这个属于投案自首，我们会从轻发落的。"

车到沙河县已近黄昏，秘密接头人决定到宾馆住宿。为了不暴露身份，大家决定用秘密接头人的身份证登记。一进沙河宾馆，大家忙着下车，秘密接头人突然要大家停下脚步。原来他发现郑铜修的小汽车就停在宾馆的停车坪，这只老狐狸原来没走，他说他已经回了新州是在说谎。最后，大家一致意见是到另一个地方去住。

在一个偏僻地方住下后，马文启主持开了个短会："进驻沙河有几项工作，作出以下安排。第一，要弄清楚郑铜修在沙河县的活动情况，包括通信流量，继续跟踪窃听通话内容。第二，根据举报人王守纪三人的举报线索，彻查杨闯光与郑铜修的交易内幕。第三，放松一下心情，到沙河几个风景点走走。第四，欣赏下沙河县有浓郁地方特色的文化，丰富下阅历净化下心灵。同时，根据原来的工作分工，分头做好各项准备工作。”

钟笑、龙显威、秦维新、胡悦离开马文启的住处后，马文启要神秘的接头人留下有事相商。“伙计，为什么郑铜修没回新州，却跟你说回了新州。目前他还在沙河，这个已经有证据证实是真的，刚才网络定位侦查秦维新和胡悦已经向我报告了这个情况。另外，他明明在沙河，打你的电话和发短信又有何用意，这些问题值得你我深思。你回忆一下在言谈举止方面或在哪些场合，你无意中是否泄露过你的真实身份信息。”马文启说道。

看见神秘接头人若无其事的样子，马文启继续说：“你在新州混了这么多年了，原来紧张的神经有了松弛，原来高度戒备的心理防线出现疏漏，对于卧底这项特殊的工作也感觉出了腻味，或者天天想回归去做平常人。在公园里散散步，有吵杂的声音，有小鸟陪伴，有新鲜空气，或徜徉于自己心海的岸边去打捞未来的希望，做这些事情可以不带面具，又能还原一个真实的自我，活在一个属于自己的世界里。由于有了这些因素，所以容易露出蛛丝马迹。我随便跟你说一个人，你可能不认识，桂馨县委常委、政法委书记马德膘。这是一个公开的身份，从省委政法委下来之前，省委领导又交给他一项特殊任务。为什么省委安排他必须进常委，而且又到政法委书记这个岗位？这些组织上是有用意的，凡是上边来的‘空降兵’绝对不只一个普通角色。我国正处在经济转型、社会转型的特殊历史时期，各类矛盾大量滋生，社会管理相对滞后。有的地方官员和黑社会势力搅在一起，他们一手遮天、鱼肉百姓，贪污腐化，已经对执政党的执政根基产生了巨大的冲击。这是一个十分危险的信号，已经引起了高层的极大关注，所以以‘空降’、‘卧底’、‘省委特侦组’等组合方式出现，是非常时期的非常手段，也是扔向党内腐败分子的催泪弹，也是定点、定向、定线、定人、定位清理党内腐败分子的神兵天将。上次我列席了由省委领导同志主持召开的省委特侦组第二次全体会议，会议严正指出：‘对党内滋生蔓延的腐败问题，我们不能睁一只眼闭一只眼，现在我们一定要把眼睛擦亮，盯住腐败分子不放。那就是将法律赋予我们的职责行使到位，那就是对腐败分子，绝不手软！前期特侦组的工作是卓有成效的，但绝对不能满足，绝对不能松懈，绝对不能放松警惕。在新州的特侦组的同志，一定要经常警示自己，严格党纪国法，严格做人底线，恪尽职守，从容面对各种复杂的环境，出污泥而不染，圆满完成省委交给你们的特殊使命。’回到新州后，我把这次会议的精神和会议视频给所有特侦组成员观看，大家都很振奋。胡书记工作日理万机，还那么关注新州的情况，并给特侦组充分肯定，大家很受鼓舞，表示决不辜负省委胡书记的期望，把新州的工作做深做细，给每一个贪官的脖子上系一条牢固的绳索，最后根据贪官贪进袋子的资金量来排队编号，再装订进档，成为历史的记录，警示后人，告慰先烈。”

马文启说完后，神秘的接头人接着说：“马书记刚才说得很到位，我不重复。我离开省检察院反贪局，从2000年开始到新州市任国土资源局副局长。当时喻正华检察长单独让我到了他办公室，严肃地对我说：‘刘春江同志，经党组再三考虑需要派你到新州市去卧底，但在跟组织部门协商推荐时，要以培养干部综合素质为理由。通过这一包装，就可以防止走漏风声，便于隐蔽身份，开展工作。当时喻检要我下去主要说了四个理由：一是我从西南政法大学毕业，有很好的法律功底，年轻有为，又没有结婚；二是有两年多的反贪侦查经验，承办了两三起大、要案；三是脑袋灵活，角色变化快；四是从他案头接到的举报信来看，新州方面举报国土矿山的问题居多，想让我在这一方面开辟反贪工作的新战场。听完喻检的理由，我觉得说得很客观，我服从了组织的这一安排。三天后我来到新州，局长为我接风洗尘。第二天晚饭是由郑铜修请的客，他人很随和，说话斯斯文文的，一套中山装穿在他那一米七的个头上显得特精神。那次用餐，给我留下了极深的印象。吃饭之后，我不解，当了副市长的郑铜修为什么亲自为我这个副局长洗尘，真是丈二和尚摸不着头脑。后来才知道都是他亲自操刀管矿山的审批，这事就让我十分诧异，搞侦查的绝对不会缺少悟性，在省检察院检察长喻正华的案头为什么会有那么多举报新州国土矿业方面的问题呢？后来我经常看到副市长郑铜修游走于矿山的影子，他做事相当老道，为了通过我这个环节，先让矿山老板打点我，然后请我吃饭，让他作陪，饭后送红包、泡妞。红包我要（但事后交到省检察院廉政账户）了，泡妞就免了，我做个样子然后走人。这几年下来，我收受的贿金有100多万元，我都如数交给省检察院廉政账户处理。我想我这个中间环节都有那么多的不义之财，那郑铜修管关键的审批，不知捞了多少‘好处’，这样摸底的对象我就找到了。我尽可能地接近他，贴近他，和他套近乎。他把我当老侄，我也对他敬重有加，官场喊郑副市长，私下里喊老叔。

“后来我们到了无话不说、无话不讲的地步，我试图走进他的世界，他好女色，比如吴丽丽、晓莉还有东方美玉。有时他说，人老了，跟年轻人在一起就显得年轻，人生不过百年，玩玩女人，找个乐子，做鬼也风流！如果说暴露卧底身份的话，应当与上次市纪委的封加渊将我‘双规’有关。他被我骂得无法招架，后来我偷偷从纪委走了，找到了郑铜修。郑把批示我‘双规’的副书记朱来福和封加渊狠狠地批评一通，后来他们知道我同郑铜修很铁，所以知道市纪委内部一些人偷鸡摸狗的事。我分析封加渊极有可能将我在纪委骂他们的话告诉了郑铜修，所以郑铜修才有了对我的防备举动。但这事我无怨无悔，浸润新州几年了，把相关的情报交给喻正华检察长就可以收兵了。”

“不，不，我们最好一块撤离新州，你我有共同的任务，接下来的工作还需要你给我们特侦组以支持。”马文启书记说。

“在新州走一步看一步，如果我的身份暴露就马上回省院反贪局。”神秘接头人说。

看见马文启没吱声，神秘接头人又说到：“马书记，我的身份一旦暴露，就意味着你们省委特侦组的身份也会暴露。为了你们的安全，我只有走人，这叫断尾求生。”

“如果你的身份确实暴露了，你刚才说走人应该是上策。但问题应该不会那么严重吧！等到明天就应该有结果。”说完，大家回去休息。

第二天，大家按照事先的工作部署紧张而有序地进行着，晚上9点进行情报汇总。

一、通讯和跟踪监听情况：

1．黎镜仁与郑铜修通话3次，内容是尽快将吴大鹏无罪释放；

2．杜修行与黎镜仁通话2次，内容是吴大鹏涉嫌爆炸杀人的卷宗已经移送到市检察院公诉科，研究如何运用合法手段将吴释放，尽可能做到天衣无缝、完美无缺，让被害人家属和大众媒体无话可说、无懈可击；

3．杜修行与郑铜修通话2次，内容与黎镜仁的通话相同；

4．吴大鹏与黎镜仁通话2次，请求帮忙；

5．吴大鹏与郑铜修通话1次，请求杜修行和林子墨施加影响；

6．吴大鹏与杜修行和林子墨通电话请求帮忙，并答应一定给予感谢；

7．吴大鹏与郑津通话4次，内容是对桂馨县公安局看守所给予的关照表示感谢，并要求郑津向黎、郑、杜、林四人催办出狱的相关工作，之前之后都会感谢；

8．郑铜修给情妇东方美玉打电话1次，短信3条，内容肉麻；

9．危骇林给东方美玉发过5条信息，内容肉麻；

10．黎镜仁给王甜甜发短信3条，大致是一些怀念旧情以及幼儿王师野的一些话题；

11．郑铜修与景韵多通话1次，景汇报进北京接受党和国家领导人接见的一些情况和一些意外，郑发短信要景韵多来沙河县玩儿。

二、行贿与受贿事实的查询情况：

1．吴大鹏向黎镜仁行贿50万元；

2．吴大鹏向郑铜修行贿50万元；

3．吴大鹏向杜修行行贿50万元；

4．吴大鹏向林子墨行贿30万元；

5．吴大鹏向郑津行贿30万元；

6．杨闯光向郑铜修行贿，分别为20万元、30万元、20万元；

7．杨闯光向东方美玉行贿20万元。

汇总完毕，省委特侦组新州组组长马文启作了总结发言："通过跟踪监听以及查阅银行账户情况，我们发现有以下几个特点：一是这伙人之间联系越来越频繁；二是围绕的主题就是为吴大鹏解套；三是吴大鹏为逃避法律严惩，行贿数额巨大；四是不仅自己受贿，情妇也受贿；五是危骇林与郑铜修的情妇有染；六是郑铜修与马被灵没有通话记录，不存在神秘接头人暴露身份的可能。明天的工作：走访王守法等三人，彻查杨闯光与郑铜修的金钱交易，到沙河县人民检察院调阅杨闯光的卷宗。工作安排完后大家分头行动。"

这时神秘接头人约马文启到沙河的街上走走，感受感受沙河的气息。宽阔的街上流光溢彩、车水马龙。来到一个僻静的青石板铺就的小街，只见苏香亭的水在潺潺流淌，但从苏香亭出来后就急急忙忙的，一刻也不愿却步，怀揣着它们向往大海的理想和抱负，日夜兼程。在石板路的尽头居住着王守法等两位老人。

那次神秘接头人下乡路过这片街区，看见墙上贴满了民众对政府的建议，对司法机关案件处理不公的看法，其中也看到了举报副市长郑铜修包庇杨闯光的内容。一打听，老人就住在这。因为神秘接头人就是国土部门的官员，当然有义务、有责任倾听群众对国土部门领导的举报和意见。时间不早了，一看“二王”，老人都已经休息了，他们计划明天再做深度了解。

往回走的路上，神秘接头人继续谈起沙河“二王”的事。在沙河县，群众给他们起了个外号——“太平洋警察”。王守法是老初中生，在县城关建筑公司上班，土建工程师，已经退休在家，至今已连任五届城关镇人大代表。由于“二王”爱管闲事，在一些领导心目中“二王”是不受欢迎的。有人说他们“二王”是烂仔头，社会不稳定分子，已经列入了黑名单。新来的县委书记东方俊男上任后，做了一番深入了解，觉得原来对“二王”的评价不客观、不实际。一次东方俊男在全县干部会上说，一个政府如果没有人批评或者敢去批评，惧怕群众品头论足，群众一说不同意见，尤其是批评的意见，就给人家安个名号“刺头”、“唯恐天下不乱的坏分子”，这种让人住嘴的做法是完全错误的。一个政府、一个人都不可能十全十美，都有这样和那样的缺点和错误，别人给你提个醒，这是好事，兼听则明嘛。不要怕群众批评，一个能虚心接受群众批评意见的政府才能是个高效、廉洁的政府。

有了县委书记东方俊男对“二王”的一席评价，“刺头”的帽子从此被摘掉了，两位老人的精神也解放了。

“二王”怀揣着一颗善良真诚的心，为了党的肌体更健康，为维护群众利益而操心奔走。“二王”听说沙河县国土资源局局长杨闯光有贪污受贿行为，纪委不查，反贪局查，结果出来贪贿问题，这事就触到了郑铜修的神经。反贪局没查之前，杨闯光就已经重金打点了郑铜修，郑铜修见如此多的钱，马上答应把此事摆平。听说反贪局查出了问题，这让他十分恐惧，怕拔出萝卜带出泥，遂马上对反贪局局长葛振峰进行“双规”。

“二王”得知好人受气，坏人神气，气不打一处来，他们自己起草文稿，状告郑铜修庇护杨闯光。在郑的办公室，“二王”明确告诉郑铜修这份举报信已经寄往省纪委、中纪委了。“二王”的指责声惊动了秘书，吴丽丽也来了，她看到自己心爱的人遭到他人羞辱，压了一肚子火，但又不敢发。

郑铜修看见吴丽丽走进来，心情稍稍好受一些。郑铜修缓过神来后，让吴丽丽把门带上，怕这丑事弄得满城风雨、家喻户晓。郑铜修安排吴丽丽为两位老人斟了两杯茶水，然后便让她离开。

这时，郑铜修用一副无奈、压抑、恐惧、仇恨的眼神看着“二王”。“二王”用鄙夷、不屑、藐视的眼神回敬着郑铜修。当眼神交汇的一刹那，郑铜修掠过了一丝不安的神色，他很清楚自己做过的不齿事，他怕激起群众的愤怒。他知道这股力量不可小看，水能载舟亦能覆舟。一想到这些，他脊背发凉，心里发出一声叹息：看来上帝留给自己的时间不多了！

郑铜修在努力控制自己内心的恐慌，极力排除那些不健康的情绪，但那恐慌无孔不入，时进时出，来去无踪。大概是被“二王”突然袭击的原因，他突然脸色苍白，一头埋在自己的臂弯里。王守法见状马上起身和王守纪一起将郑铜修挪到那张进口的真皮沙发上躺下来。

这时王守法与王守纪用沙河的土话作了个耳语：估计哏家什哥没西佁死（估计这家伙不是装死），改一曲梭得问题哒沙仁蒿责任（等一会儿出了问题我们有责任）。王守法忙去喊秘书，王守纪赶忙摁人中、合谷以及内关穴，5分钟过去，郑铜修的神志慢慢恢复了。又过了5分钟，他坐了起来，睁开疲惫浮肿的眼睛对着“二王”说：“对不起你们了，请你们原谅。关于杨闯光的问题我们会依法依纪去处理的，在工作中我有很多地方做得不够，你们就不要再往上去告状了。有什么需要我解决的事，我们在一块商量着办，或者我去沙河或者你来新州，你们看怎么样？”看见两人不吱声，他又接着说，“你们二位来我这做客，每人一瓶茅台，回去品尝一下。这些都是真茅台，不会有假，你们大胆喝。”

说完，郑铜修打开其中的一个柜子，柜里装满了高档酒。两人表示笑纳，装好后准备走人。快到门岗时，王守法让王守纪停下脚步。王守纪不解，天都不早了，赶快赶车回家，回去弄个六斤狗崽，这里有贪官送的茅台，喝他两盅多来神啊！

王守法说：“贪官送的和自己买来的，那味道还是有区别，意义也不一样。贪官送的东西属赃款赃物不干净，这玩意要不得。另外，这也说明我们投降了，我们咋能屈服于贪官的小恩小惠呢？他也太低估我们的人格了。去他妈的！不要！酒放在门卫走人，然后要门卫写个收条，再打个电话给郑铜修。”

酒交给门卫后，王守法打了个电话给郑铜修：“郑副市长，你的心意我们领了。”

“哪里哪里，一家人说两家话，一点儿小意思嘛，不用谢了。如果你们喜欢喝茅台，有机会来新州就到我这来，我十分欢迎你们。酒是有喝的，就是没有很多菜呀。”

“不，不，是这样，郑副市长，我们坐大巴回家，车上怕有人抢劫。来时在车上我们两位老人家就遇上歹徒，他知道我们老了没有反抗能力，挨个搜，好在我有500元藏在鞋底，要不就没有回家的路费了。谢谢你了，我们已经把茅台酒放在了门卫王开寿那里。王开寿打了个收条给我们。酒，请你查收，我们下次再来。”

郑铜修听到王守法说下次还来，不由得心里一阵发毛，六神无主。看来，这两老鬼还不是一般的草民阶层，他们仗义，打抱不平，做人有边界，说话有底线，不义之财不要，在找理由推脱。等了一会儿，门卫王开寿打通了郑铜修的电话，郑要王将茅台送到他办公室。

王开寿边走边骂：“这些大贪官，逢人就撒钱。赃钱花不完，怕人去告状，用钱买平安。既想当大官，又要贪大钱。”

“二王”挤上回家的公共汽车，王守法对王守纪说：“他郑铜修也太小看咱了，想用几瓶酒来封我们的嘴，他还是不了解民意民情啊！”两人一阵开怀大笑。

到沙河的第三天，省委特侦组走访了王守法、王守纪，又到沙河检察院查阅了反贪局立案侦查杨闯光的卷宗，发现了郑铜修共同受贿的问题。省委特侦组对郑铜修要将沙河反贪局长葛振峰“双规”的用意有了更深层次的了解。

接下来省委特侦组进入休整时期，大家利用这个机会去看看沙河的人文景点，了解沙河的风土人情。马文启要求特侦组全体同志，以诗的形式抒发对每一个景点的感想，并有明确的分工：马文启负责写苏香亭；钟笑负责写潘江水库；龙显威负责写香仁桥；秦维新负责写光峰岭；胡悦负责写平头百姓街。三天下来大家精疲力竭，但回到住处都没有了困顿，大家你一言我一语地开始研究诗的意境和写法来。

马文启说他对写诗没啥研究，对苏香亭了解不够全面，可能是最后交卷，等着挨罚了。那天阳光明媚，他约了钟笑再次游苏香亭，这次与上次不同的是他带上了纸笔。苏香亭，位于沙河县城北门，原来称“苏香涌月”，是一眼半月形的泉，深不过尺余，水清见底。立于苏泉旁，涌泉自沙石处缓缓汩出，串串晶莹剔透的水汽泡欢快地从沙石底儿冒出，宛如无数的珍珠欢腾跳跃。苏泉之水，其质清纯，其色晶莹，其味甘甜。泉底有一层细细的沙砾，随着泉水的涌动，上下翻滚，时高时低，时左时右，酷似米筛。在阳光的辉映下，沙粒银光闪闪和水面的涟漪相映成趣。

入夜，皓水当空，泉水映出一轮明月，犹如银盘落井，幻影浮光，四壁皆辉，有置身瑶池仙境般之感。每当深夜人静，泉泡有声，凝神聆听，犹如垂珠滴玉。

沙河人视苏香若生命，早在道光二十四年（1844年），就在泉边建亭，供游人憩，起名“苏香亭”。1920年重修，1956年再次修葺，1986年沙河县人民政府进行了第三次大修。如今展现在人们眼前的苏香亭，已是雕梁画栋，琉璃碧瓦，八角飞檐，一派富丽堂皇的景象。亭临泉上，圆柱挺立，亭泉浑然一体，宛如玉盘托金冠。人们至此游憩，或坐、或视、或歌、或舞，赏心乐事，各得其宜。泉边，不时有姑娘小伙、老人孩童来捧水喝，看那甜滋滋乐悠悠的神态，真无法用文字来表述。

多年来，苏香亭以它那甜美的泉水，养育着一方百姓——一条发自苏香的潺潺小溪水，似玉带在城里蜿蜒盘旋。人们汲取苏香水，酿造出金黄缠绵的倒缸酒，酿造出甘美醇香的新生活。

马文启抄录完毕，走到苏香亭旁边，掬了一捧苏香水品尝起来。一口喝下，又来了一捧，感慨油然而生，真是甘甜，名不虚传。他又绕着苏香亭走动停下、又走动又停下，看看琉璃碧瓦，观观清澈泉水，然后沿苏香水跟踪它那亮丽的身影，寻找写诗的灵感。

回到住处他把诗的名字拟好——《苏香亭的水》，然后十分流畅地写下了以下文字：

你从哪里来
我问了你那么多句

你都不理我
于是，我感觉到你的清高
我凝望你通亮的影子
摇动思维的舵
让时间老人牵着我的感觉
来到你的生源地
那里没有埋怨
每个角落布满了公平
我追寻你的踪迹
你还是不吱声
扭头便跑
我追赶着你
牵住你的手
握住你的感觉
这时你才说
你一心净化自身
为沙河人们提供甘甜的乳汁
我问你有何烦恼
你说那个世界布满了黑暗
我说黑暗可以做蓝色的梦
梦可以洗去你身上的尘埃
没有黑夜的过滤
你不会有这么晶莹剔透的水滴
我问你向往什么
你说你企盼光明
选择一个吉日
选择一块圣地
于是，你摇晃着身子
带着追求光明的希翼

来到了亮丽的
充满爱的世界
你把自己的爱
无私地奉献给了沙河
于是
沙河人酿出了醇美、甘甜的倒缸美酒

马文启写完，问钟笑："怎么不写呢？这可是政治任务，一个合格的侦查员一定要养成写东西的习惯。一个侦查员没有文化的浸润，没有严谨的逻辑思维能力，没有丰富的想象力，没有空灵的思维空间，就无法掌握和驾驭整个案件的节奏，就不能向党和人民交出满意的答卷。"

"马书记啊，你凭啥说我就没写呢？"

"我看你那神态。"

"神态能说明我没有写文章？人不可貌相，海水不可斗量。我内心翻江倒海都已诗如泉涌了。"

"是吗？你小子神了。"

"我也不是什么神，比我神的还有呢，我都排在老四了。你不要不服，你是老五。"

听钟笑这么一说，马书记傻傻地看着他，看来省委特侦组成员真是特殊材料做成的。"那全拿出来看一看，也让我拜读拜读吧。"马文启说。神秘接头人手里拿着四个人写的诗稿，只是用眼神看了马文启一眼，没吱声，仿佛有诗神的那种清高。

神秘接头人作为总评审，他完全有资格胜任这一职务，他曾是西南政法大学《诗刊》的总编审，比如他写的《侦查》就受到好评：

用第六感官去感知
你喜欢且又讨厌的东西
用武装到牙齿的细胞
做成一个个精灵

放进一台GPS定位仪内
去驱赶浮躁与虚幻
然后锁定曾倾注过情感的物体
再用精确的语言
制作成美丽的魔杖
进入一个魔盒
去搜寻另一个未知

还有一首诗《逮捕》也颇受同学们喜欢：

是的，这个字眼有些生硬
但不必害怕
也不必惊恐
大凡逮捕
只是想把法度与事实
铸就那把刀
在心灵的边缘做上一个记号
只是想把一点点文明的元素
注入病体的血液中去
只是想把十分放纵的灵肉
置放于体面而又静谧的盒子里

马文启看见神秘接头人不理茬，心里闷闷不乐。神秘接头人说道："伙计，在特侦组里头你是老大，包括我也要服从。但是要说文学创作，你得听我的，不能随随便便拿人家的稿子。试卷做完后，不是人人都能传阅的，等到评审完之后再拿去拜读，这也要讲规矩。"

神秘接头人这么一说，把马文启给整了："我遵命。"随后他把写好的《苏香亭的水》文稿交给了神秘接头人。

拟获奖结果如下：

第一名　　钟笑《走进潘江水库》

你那柔情的胴体
牵引过多少情郎的眼神
你那含情脉脉的眼眸
曾牵去过多少情郎的心魂
山风徐徐掠过你的发际
越过重叠的山峦
你又捎去了爱的讯息
游人呼唤你的尊名
你那柔美的眼里亮出无私的光芒
拂去游人的疲惫
在你充盈爱意的眼神里
我读懂的是
爱的永恒
爱的无价
几多风雨飘摇的岁月里
你用一颗明亮的爱心
温暖过多少曾被爱遗忘的人
拯救过多少在爱的绝望中沉沦的人
滋润过多少在爱的边缘彷徨的人
小鸟那光芒四射的羽翼里
能找到你爱的影子
那肥美健硕的鱼儿身上
能找到你爱的痕迹
文人墨客跳跃的华章里
能找到你赋予灵感的喝彩
不经意间
我浸润到你的爱湖里

猛然间发现
我有了几多被爱的醉意

第二名　　胡悦 《穿行平头百姓街》

卖过肉的板车
爬在街旁
如劳作一天的老牛
在诉说一天的疲惫
卖肉的老板
裸着光亮的膀子
坐在门坎上打盹
蓬乱的头发
在街风中律动
街旁几个小女孩
穿着亮丽的裙子
每人手里拿着
装满童话的瓶子
随着童歌节拍
在不停地跳动
街尽头坐着一位年迈的盲人
老者颤抖的腿上
放着一盘花生
盲人展开手的感觉
剥出鲜亮的花生
夜幕撒下
一切都变得朦胧

第三名　　龙显威 《冬天里的禾田》

稻香留在空旷的禾田
稻花的影子还在
寻着那沁人的汗香
还能找到农人的脚印
冬天里的禾田
又有了些许疲惫的样子
禾田披上嫩绿的鹅黄
干枯的禾兜在寒风中律动
我知道
那是向世人昭示它不甘寂寞的禀赋
让农人去追忆它往日的风采
让所有向往春天的人
去追赶春天的脚步
禾谷在成熟的季节里睡去
却时常在梦里去慰问
冬眠于农人脚印里的青蛙

第四名　　秦维新 《在尖峰岭上》

风很放肆
思维在风中摇曳
树在风中扭动着酸痛的腰肢
钝嘴鸟和尖嘴鸟
沿着风制作的曲线在穿行
大概是在寻找
原本就属于他们的欢乐
城市离我很远

云彩离我很近
尘嚣离我很远
快乐离我很近

第五名　　马文启《在香仁桥上的感觉》

时间的彩虹托起我的肉身
托起我的灵魂
托起我带波纹的感觉
我身上溢着红光
做着花雨伞的梦
我不再是大地的儿子
老天接纳了我
我要到太空去
那里是极静的住所
没有鲜黄的尘埃
没有大地的悲凉
没有蚂蝗的缠缚
我背上了装满感觉的行囊
风牵着我款款而行
我的身上又长满了新的希望

对于作品的排名大家没有异议，但作为有名气的诗神，大家不依不饶、七嘴八舌地要神秘接头人来一首。

“对不起，我现在确实没有现货。”

“就凭你那水准，脑筋转动一下就有了。”钟笑说。

神秘接头人走近马文启，不动声色，眼睛看着马文启。马文启一头雾水：“你的意思，要我同意才能发表你的杰作？”

“不，不，我不是那个意思。你现在是这儿最大的官，首长都没有指示，我在这乱说一气，起码对首长不尊重啦。”

“你我谁也不领导谁，群众呼声很高，我马文启绝对服从民意。”

“既然我们马书记有指示，我只有服从啦。”他用诗人的眼神打量大家后说，“明天是我第三十个生日，为了使这个生日更加富有张力，在沙河这个特殊的地方我有感而发了。”

《男人三十》

三十岁的男人
为人夫、为人父、为人子
如同正午的天空
一肩挑着旭日
一头挑着夕阳
一头做着孺子牛
一头当着孝顺儿
三十岁的男人
承接过雨露
也经受过风雨
开始伏在爱情的边缘
回味爱与被爱的甜蜜
开始站在顶梁的位置
品尝人生的疲惫与艰辛
三十岁的男人不再轻狂
开始站在理性的高度思索人生
原来在爹妈面前的不羁
亦被岁月调教得圆转
三十岁的男人
如一杯浓烈的酒
有燃烧的激情

更有笃定的爱心

神秘接头人朗诵完毕，大家报以热烈掌声。掌声落下，钟笑说诗不错，但不够温馨，不够朦胧。神秘接头人说：“满足钟局的愿望，毕竟我们是自己人，下面我再朗诵一首。”

《孩子》

孩儿他不愿离开我
尽管有时我瞪他的眼
他说他还小
海边的潮汐
会把他掠走
他让我陪着他
坐上去日本的轮船
去寻一休哥
他让我陪着他
到美国去找米老鼠唐老鸭
入睡前
他让我牵住他的小手
待他在梦中
进入童话的故事
不会迷路

这时，马文启起身对大家说：“我们省委特侦组一行来到沙河县没多久，就收获了这片神奇的土地给予我们的诸多灵感灵气，写就了一首首富于沙河气息和沙河印迹，健康、活泼、向上、温馨的诗歌。接下来我们省委特侦组要更加深入广泛地去吸吮沙河文化的营养，以期丰富人生，开拓视野，滋养灵魂，净化心灵。我只说个大概，当然，神秘接头人也算是半个沙河人啦，最有发言权的非他莫属，他是我们的向导。”

大家回到住房。秦维新和胡悦急忙浏览监控设备，不由得惊出一身冷汗，坏事了！

二十三、神秘接头人秘布天罗地网

秦维新、胡悦打开房门，来不及洗把脸，就急忙走近监控机检查监控情况。他俩将监控到的声音资料回放：

监控一：

郑铜修问杜：“你运作这事没有麻烦吧？”

“郑副市长啊，咋能没有麻烦呢，你和黎镜仁副书记交给我的任务，再大的麻烦也不怕。”

“看哪天有空，要吴大鹏做东，感谢你帮了我这么个大忙。”郑铜修说。

“哎呀，吴大老板首先要感谢的是你和黎镜仁副书记啦，没有你们俩做后盾，那可是一事无成啦。”杜修行说。

“你跟子墨是具体操办之人，没有你们去操控那把神圣之剑，吴大鹏不仅要蹲大牢，还要走上断头台。所以说你俩的功劳之大，那是不能用语言来表达的。”郑铜修无比激动地说。

监控二：

“黎副书记，我是杜修行，向您报喜啦。”

“什么喜事啊？快说。”

“吴大鹏的事给办好了！”

“好，好，好哇。我让吴大鹏老板为你和林子墨举行答谢宴。”

“不必客气了，这是我们的职责，应该做的。”

“杜检啊，话不能这样说，做人啦，就要知恩报答的。哪怕那个报答是一杯淡茶、薄酒，也融入了那份情、那份爱啊。”

“我同意你的说法，好的，我静候您的指示。”

“我想了解的是，吴大鹏的案子是作何结论的。”

“结论就是存疑不诉。”杜修行说。

“你给我详细解释一下好吗？”黎镜仁说。

“检察机关作出的吴大鹏涉嫌杀人案存疑不诉，是根据刑事诉讼法第140条第4款规定的条款作出的，就是对于证据不足、不符合起诉条件的，可以作出不起诉的决定。”杜修行答。

“好，我懂了，你不愧是法律专家。”黎镜仁说。

“黎副书记过奖了。”杜修行说。

监控三：

“黎副书记，您好啊！我吴大鹏。”

“吴老板，什么时候到家里的啊？”

“刚到家一会儿。”

“先在家休息几天，有空我会邀你来新州聚一聚，为你接风，为你洗洗晦气，为你祈福。”

“谢谢黎副书记的厚爱。”

“你这么说就见外了，这是应该做的事啊。”

“真的，我和我的家人从心底里感谢您！是您还给我一个公正，一个清白，使社会彰显了正义，给了我第二次生命，给我的全家带来了幸福和快乐。通过这次生与死、血与火的锤炼，没有你就没有我，我深深懂得只有黎副书记才能把我从死亡线上救出来，所以我要在政治上要求进步，我要加入中国共产党组织，为党的事业奋斗终身。入党后严格用共产党员的标准要求自己，像黎副书记那样，以身作则当好模范，吃苦在先，享受在后，遵守党纪国法。”

“我坚决支持你加入中国共产党的组织，现在我们要在民营企业家里头发展党员，扩大党对民营企业的领导。另外，我还有想法，今年新州政协换届，有一个新州市的政协副主席英年早逝。他走了，你上去，你看咋样？”

“感谢黎副书记的精心栽培。”

“不用客气，这事八字缺二撇，就看你努力不努力。是这样，你向市委组织部长徐球晴写个报告，提出要求，我不作声。你找他后，他会主动找我来沟通这事情。对此，我会马上作出正面的回应，要他具体去操作。这只是个设想，但事在人为。我相信你进入新州市政协班子后，将为新州政协带来活力，为新州政协在改革的大环境中做出新的贡献。”

“好的，按照您的指示办！我要先把家里安顿好后，再邀命运攸关时帮助我的领导表达我诚挚的谢意。”

监控四：

“郑铜修副市长您好，我是吴大鹏。”

“吴老板你辛苦了，你受罪了，你毫发无损地出来我就放心了。你身处看守所之中，我心处煎熬之中。一纸合法的手续将你从中救出，这是多么伟大的胜利啊。你出来不是我一个人的功劳，所以应该感谢的人，不止我一个人。”

“但我知道，我出来，您起了关键的作用。为了表达我的心意，安排一个合适时的日子到新州请您做客。”

“不用客气。”

监控五：

“杜检好，我是吴大鹏。”

“吴大老板好，回家里开心吗？”

“很开心啦，是你让我重获自由，让我能呼吸到新鲜空气，让我获得了尊严，让我与亲人团聚，让我重拾自信自强，让我重整河山，让我为新州的经济腾飞再尽一点儿自己的绵薄之力。”

“好，有志向。世事无绝对，当我们听到别人的指责时，请先不要愤怒，我们应当先静下心来反省自己，自己是不是真的错了？然后有则改之，无则加勉。因为这个世界最了解你的人，正是发现了你缺点的人，不管动机是什么，从这一点来说，对于我们是有利的。我们大多数时候是在别人的批评和指责中，弥补自己不足的。美国总统威尔逊曾经说过，如果每天花五分钟坐下来思考，那么三分之二的事情，便会迎刃而解了。我们所要做的就是把不利变为有利，当‘山穷水复疑无路’时，换个角度想想，很可能就会出现‘柳暗花明又一村’的动人景象。要重视别人的指责，它往往成为我们前进的动力，老祖宗早就说过‘知耻而后勇’。”

“杜检说得很精彩，通过这件事我会做出深刻反思，认真吸取教训。”

监控六：

“林检，好想你啊，我是吴大鹏。”

“吴老板啊，我也好想你了，什么时候来新州玩啊。”

“有空我会过去，请你们坐一坐，喝杯小酒，以表达我的心意。”

“不用客气，应该帮的忙。”

监控七：

“郑津局长，你好！我是吴大鹏，我平安到家了，向你报个平安。”

“平安到家就好，平安就是福啊。”

“郑局啊，你是我的大恩人啦，在宜环看守所的日日夜夜，是你给了我温暖，是你给了我体面，是你给了我尊严，是你给了我平安和幸福，是你让我重新找到了家的感觉。你是我终身难忘的大恩人啊。”

“忙于工作，你在宜环看守所我照顾不周，请你谅解。”

监控八：

“丽丽你好，我是你干爹。”

“干爹你好，我听郑铜修副市长说了，你的事办好了，祝贺干爹重获自由，什么时候来新州，先打个电话联系。”

“我重获自由有你一份功劳，有你一直以来的付出。从爆炸案发生那天起，你都一直在为干爹付出，为干爹作出牺牲，为干爹摇旗呐喊，我们俩很有缘啊！没有你的左右逢源，没有你从中斡旋，事情不会有这般圆满。”

“干爹，你是有福之人，大难不死必有后福啦。”

“谢谢干女儿的祝福。”

秦维新和胡悦马上把已经监听到的情报输出一份请马文启书记阅示。

马文启抿着嘴看完监听到的情报，眼神在秦维新、胡悦之间稍作停留："秦维新同志，你要钟笑和龙显威也过来一下。"

"好的。"

钟笑和龙显威两人怀揣不安的神情来马文启的住房。"马书记有何急事啦？"钟笑问。

马文启没有做任何的回应，埋着头在思考着什么。突然他抬起头来，扫视大家过后说："正义与邪恶斗争的大幕已经拉开，一个杀人恶魔居然堂而皇之摇身一变成了法律的受害者，还扬言要加入中国共产党的组织，还要在新州市政治舞台上有一席之地，要大展宏图。如果有机会还要展示更大的政治抱负，为党和人民做点儿力所能及的事，这真是让人啼笑皆非的事啊。看来这事是新州的特产，我在官场也摸爬滚打几十年了，还是头回听说，太长见识了。"马文启发表感慨之后稍稍停了一会儿。

钟笑问马文启："什么事情让你有感而发呢？"马文启没有吱声，只是看了钟笑一眼。

钟笑看完监听到的情报也怒火中烧："这些王八蛋真到了肆无忌惮的地步了，几条鲜活的生命让他们吞噬了，满嘴的鲜血。现在有这班灵魂肮脏的贪官，亲手拿来香皂和漂白粉为吴大鹏洗净漂白，让他变成了受害者，值得同情的人，入党积极分子，未来新州政坛之星，真是颠倒黑白啊。"

秦维新接着说："吴大鹏同黎镜仁、郑铜修、杜修行、林子墨无亲无故，他们冒着牢狱之灾的风险、顶着徇私舞弊的罪名，敢为一个杀人魔头伸援手，敢越雷池。我相信他们绝对没有一个人有特异功能，能逃避法律的严惩，那么他们这一涉嫌犯罪的团伙为何又能如此的胆大妄为呢？我想有以下的心理原因：一是金钱至上的心理，认为现在是金钱至上的社会，谁不爱钱，谁不需要钱，所以把钱打点到关键人物身上就可以摆平一切，就可以把黑的说成白的，把有罪的人说成无罪的，扭曲事实真相，颠覆社会公平与正义，道德与良知。二是黎镜仁、郑铜修仗恃自己位高权重，在新州民间和政坛无人能撼动他们。他们是什么呢？他们就是新州的太上皇，在新州几乎到了'君要臣死臣不得不死'、'父要子亡子不得不亡'的境地。已经铁证如山的案子，竟要政法机关放人。三是侥幸心理，他们十分天真，认为他们犯下的罪行，只有天知地知，天衣无缝、滴水不漏。他们绝对不知道后面还有一双双火眼金睛在盯着他们，盯着那一只只黑手以及那一只只黑手所导演的悲剧和罪恶。从我们调阅的毒贩麦洛通的刑事卷宗可以看出，他们的侥幸心理多么严重。在他们看来在卷宗里没有他们的蛛丝马迹就可以大肆敛财，大肆进行非法的交易，大肆去践踏国家的法律，就这样一桩惊天的贩毒大案都能无声无息被蒸发、被化解。其实我们省委特侦组已经查证，黎镜仁、王甜甜、杜修行难逃法网。我们省委特侦组掌握的这些铁证，权当秋后算账用吧。”

马文启认真听着记着，他突然停下笔望着大家，然后把目光收回，点燃一支烟，慢慢地吸着，一缕缕淡淡的烟雾缓缓弥漫开来。其他特侦人员清楚，他的这个定格定型的习惯之后，就要发表重要的带方向性的讲话。马文启重重吸了两口，突然两眼扑闪出灵光，脸部肌肉紧绷，嘴角微微动了一下，说道：“吴大鹏从看守所出来是好事还是坏事呢？可能大家都会有不同的答案。我的答案是什么呢？我个人认为这是件大好事。为什么说是大好事呢？其一，这就彻底暴露了这些人肮脏的心灵、丑恶的嘴脸，让他们的罪行大白于天下。这也是我们特侦组掌握他们确凿犯罪证据的绝佳机会，这说明这伙犯罪团伙离覆灭越来越近了。其二，这活生生、血淋淋的事实告诉我们，腐败与反腐败的斗争是一项长期的斗争，不可松懈，不能满足于一时的胜利。其三，这个铁的事实提示我们特侦组同志，我们还任重而道远，我们要保持昂扬的斗志、饱满的热情，兢兢业业地忘我工作，坚决完成省委特侦组领导赋予的艰巨而光荣的任务！接下来网侦的同志继续监控，钟笑和龙显威马上查清这伙人银行账户的肮脏交易，查清后立刻将这一重情报汇总传给省委特侦组常务副组长曹昆。好，就到这，散会。”

神秘接头人就在特侦开会这当儿，接到了郑铜修打来的电话：“小刘，你在哪里呢？很久没有见面了，想跟你聊聊了。”

“郑副市长，我就在新州啦，我也想见见您了。我知道您忙工作，怕打扰您。”

“看你什么时候有空，我们聚一聚喽。”

“听从您的指示。”

“今晚可以吗？”

“今晚不凑巧，已经有约了。”

“这样啊……哦，你把那档约推一推。”

“不行啊，爽约对人多不礼貌啊。”

“哎呀，你找理由嘛，找个既合情又合理的说辞，那不就搪塞过去了啊。”

“那样做人不地道，爽约一次可以，下次别人就不相信我了，我会出现信任危机啦。”

“我不是教你骗人，你能明白我说这话背后的意思吗？”

“这个我猜不透。”

“也不要你去猜透，猜透了就失去神秘感了。现在我决定，明天晚上我请客，没有其他人，就我们俩，你一定要赴宴。”

神秘接头人听到郑铜修下达命令的口吻，心头掠过不祥之兆：难道自己与省委特侦组在一起的行踪被他们的马仔察觉了？难道他们能监控到我的通讯？难道市纪委封加渊这小子到郑铜修那告了我的状，郑铜修要单独给我点儿颜色看一看？难道……

神秘接头人心头一片茫然，他来到马文启的房间，就刚才郑铜修要摆鸿门宴的事与马文启作了沟通。马文启认为：“你权当好事去接触去判断。时间长了，弄油了，也弄疲了，难免会出差错，出些纰漏。这就告诉我们要引起高度重视，哪怕出现一丝疏忽都会前功尽弃，所有取得的成果都将付诸东流。你一定要去赴这个应酬，试探郑铜修的虚实，看他那个葫芦里到底装了什么药。”

神秘接头人叹了口气说道：“司马昭之心路人皆知啊。”

第二天晚上，神秘接头人提前10分钟到达酒店，刚落座，郑铜修带着吴丽丽来了。神秘接头人与郑铜修的眼神作了一个互不明白的交会。神秘接头人始终保持着从容淡定的心态迎接郑铜修亲自设局的鸿门宴，他已经酝酿了如何应对郑铜修一些无端的说辞或刁难。两个人的眼神做过两次对视之后，郑铜修打开了话匣子：“刘局，多日不见，在忙啥呢？”

“这段时间比较忙。根据有关文件精神，我们新州市国土资源局由分管矿山的我牵头，抽调矿管科、地质储量科、执法队，利用科、地籍人员组成检查组，对全市所有矿山企业进行了全面排查。在排查过程中，对无合格用地审批手续的矿山企业，责令其停止违法经营；对私自与村民签订协议占用集体土地乱采乱挖行为责令停工，限期恢复土地原状；对有安全生产隐患的矿山企业责令其停工整顿。”

“看来你是个大忙人呢！”

“不，哪有咱郑副市长忙呢。”神秘接头人回答说。

郑铜修绝对不是傻瓜，他已经听出了弦外之音：“说些正经的，不要扯偏了，你们搞这次专项检查大致需要多少时间？”

“大概要两个月时间，检查方案出来后，会向您呈送相关文件和资料。您不是分管矿山嘛。具体的时间安排文件里头都有。”

“什么时候送到我这儿？”郑铜修问。

“下周一。”话音刚落，吴大鹏右腋夹着包进来了。

吴大鹏在吴丽丽身边落座，一股少妇的体味混和着法国香水味马上向吴大鹏袭来。吴大鹏极力将自己的嗅觉舒展到极致，还真就捕获到了从吴丽丽身上散发出的一丝丝郑铜修的狐臭味。吴大鹏心如明镜，他离开吴丽丽去蹲大牢，吴丽丽的感情生活由郑铜修经营打理伺候，她的身上有郑铜修的狐臭味就不足为怪了。

看到干爹吴大鹏坐在自己身边，吴丽丽又用亲密的眼神再次打量了吴大鹏。她时而微闭着眼，时而又紧闭着眼，时而将头埋进臂弯，时而深深吸食一口空气，又慢慢地吐出。大约五分钟过去，她脸上呈现出淡淡的红晕，从淡淡的红晕里释放出淡淡的玫瑰般的清香。一阵回味过后，吴丽丽握住吴大鹏的手深情地说：“干爹，在那个地方让你吃苦头了，遭罪了。你出来了，我悬着的心也就落地了。”

吴大鹏慢条斯理地说：“我把自己去蹲大牢，看作是一笔财富。真的，我从来就没有悲观过。一来有黎镜仁副书记、郑铜修副市长，还有杜修行、林子墨两位检察官的营救，给我树立了必胜的信心；二来在狱中我学会了开心的方法。”

郑铜修说：“你总结得很到位，你在看守所中得出的亲身经验，也值得我学习效仿。”

神秘接头人觉得郑铜修有偏味：“唉，方法可学，但去蹲大牢我们不要学，也不能仿效。”神秘接头人心想：这么多年你郑铜修染指矿山国土，染指房地产，染指买官卖官，可谓作恶多端，不久可能会一语成谶的。神秘接头人一语点破郑铜修，郑闻之，一脸的铁青不自在。这么多年在一起，吴大鹏和郑铜修做了什么勾当，这位神秘接头人很清楚，想要他打马虎眼是做不到的。他郑铜修绝对有自知之明，真是一位有反省能力的人。

一阵尴尬过后，神秘接头人接着吴大鹏话题说：“没有人生是完美的，必须承认自己的弱点，并乐意接受别人的批评、建议、帮助和忠告。另外，在面对失败或挫折时所抱的态度应该是从中吸取教训，回头是岸。生活必须诚实和富于正义感，这样才能吸引好朋友去帮助你。著名心理学家巴达斯曾经被问及：‘哪些是人类最基本及最深切的心理需要？’他回答：‘人类需要爱。’但这不限于男女之间的爱。从心理学家的观点来看，好人都是快乐的；无论在顺境和逆境中，生活的态度都应该是处之泰然，能屈能伸；当你做任何事时，必须坚持个人的信念；只要时常保持心境开朗，快乐永存心间，快乐是不会舍弃任何人的。”

郑铜修听了神秘接头人的人生感悟，忙说：“刘局，平时看你木讷讷的，今天像是决堤的洪水滔滔不绝，这是从哪学的？请教一下。”

“郑副市长，您这是笑话老侄啦。您是老牌大学生，有很好的口才，又有很好的文采。那回全市召开处级以上干部会议，您娓娓道来，从您身上穿的中山装说起，极具历史感和现代感，并且紧扣会议主题，生动体现了一个市委领导对语言、对主题思想的驾驭能力，以及对听众心理期待的一种准确定位。您让受众懂得的不仅是一种服饰文化，还有一种服饰美学。您是我到新州任职以来遇到的为数不多的随机应变快、逻辑思维强、语言质感好的厅级领导，实至名归。这些都来源于您的天赋、勤奋、好学、刻苦、责任、担当、韧劲、睿智。您是具有现代文明、现代知识、现代理念、现代管理经验的行政领导和法学专家，您的法学论文我也拜读过。”

“不，不，你过奖了，那些所谓的论文不完全是我的思想，我很惭愧。你看过后，会有一种‘坑爹’的感觉，那是为了完成硬性的任务到网上下载的，有剽窃之嫌，让我都有负罪感。”郑铜修说完后，吴丽丽说大家用餐吧，边吃边谈。

第一个谈的是郑铜修：“几个月来，我脑袋闷得慌，有种不透气的感觉。”

神秘接头人说：“最近我看过一个养生杂志，说老人不要吃猪油，吃多了容易堵血管，其实您每天吃瘦肉就能保障您一天的脑力和体力的需求。您老出去开会，坐车子下乡，然后到宾馆用餐，致使身体过多地摄入了盐、油、味精，又不锻炼，身体会越来越差。”

吴大鹏接着说：“近来发现自己得痛风，医生说这个不能吃那个也不能吃，不知道吃什么好。”

郑铜修说：“痛风宜吃的食物一是高钾质食物，比如香蕉、西兰花、苹果、番茄。钾质可减少尿酸沉淀，有助于将尿酸排出体外。还要多摄取充足的碱性食物，如海带、黄瓜、苹果等蔬果。二是多吃固肾的食物，固肾食物有助排泄尿酸，有山药、韭菜等。三是苹果醋，苹果醋含有果胶、维他命、矿物质（磷和钾及酵素），酸性成分具有杀菌功效，有助于排除关节、血管及器官的毒素，经常饮用，能调节血压、通血管、降胆固醇，亦有助于治疗关节炎及通风症。饭后可以将一茶匙苹果醋及一茶匙蜜糖加入半杯温水内，调匀饮用。”

吴大鹏听后觉得大受启发，立刻起身又敬了郑铜修一杯红酒。

“吴老板这么会关心郑副市长，来，我也关心一杯喽。”神秘接头人也敬了郑铜修一杯红酒。

两杯红酒下肚，郑铜修那张老脸呈现红晕，人开始兴奋起来。看见吴丽丽离席出去接电话，郑铜修来了神，他给大家讲了个关于妇联的故事。

这一则笑话讲完，吴丽丽进来了，看见大家鸦雀无声都在喝闷酒，为了活跃气氛，吴丽丽先用手指了指挂在头顶上的灯说：“有一天，小男孩问他爸爸，是不是做父亲的总比做儿子的知道得多，爸爸很肯定地回答说，那当然啦，这还用去怀疑吗？这时，小男孩问电灯是谁发明的，爸爸回答，是爱迪生发明的。小男孩又问，那爱迪生的爸爸怎么就没有发明电灯呢，爸爸张口结舌，傻傻地看着儿子。”

神秘接头人接着说，喜欢倚老卖老的，特别容易栽跟头，权威往往是一个经不起考验的空壳子，尤其是在当今这个多元、自由、民主、法治开放的时代。郑铜修听到神秘接头人的延伸解读，心里有点儿不快：“刘局啊，我们俩相交这么多年，什么时候我倚老卖老过，做什么事都蛮民主的，工作中也是如此啊。去年吴大鹏老板开矿山占地的问题，当时你说可以与莲塘乡砠背村的村委会签个占地协议。协议签好后，矿山马上投入了生产，这事上我就没有倚老卖老武断做决定。当然喽，我支持同意你的意见和决定，这次全市由你牵头清理矿山违法占地，吴老板与莲塘乡砠背村签订的协议是非法的，也在这次清理之列。你这个牵头的局长看看这事怎么样去变通一下，如果处理不好、不公，人家向上告状，那就麻烦了。新州涉及矿山的事，全都往我这推，告状的一个比一个厉害。有的到省纪委、省检察院、省政法委、省委领导那去告，有些居心不良之人不把我郑铜修告倒搞臭是不会罢休的。有的还告到了中纪委、最高人民检察院反贪总局。当然所有的举报信我都看过，这些信息我是掌握的，在这里我不瞒大家说，上头我也有人，有点儿过硬的关系。不然的话，我早就被那些无中生有、惹是生非、居心不良的人告倒了！现在我仍旧开心、快乐，活得很滋润充实。”

郑铜修说话时，神秘接头人只是用略带不屑的眼神一直盯住郑铜修那张皱巴巴的脸。他那极具夸张的面部表情，还有那张贪婪的嘴里吐出来的正义、秩序、法律、道德、良知以及廉耻，极富戏剧表演天赋以及人物角色的变换更迭，像是一部极具讽刺意味的小说，看了让人喷饭，让人仰天长笑。看到他，就如同看到了活生生现代版的人鬼于一体的真实剧照。莲塘乡砠背村的事全部由你一手导演策划，现在把全部责任都推到我刘春江的身上，你郑铜修是组长，你不拍板那玩意管用吗？！你倒好，入了干股占了便宜还要卖个大乖，把我往火坑里推，以后群众就告我刘春江，你郑铜修干净干净、清白清白。你郑铜修清白吗？每批一个矿山你都索要100万，我顶多就是10万8万2万1万，都是一些小钱而已。何况这些小钱我一分没有占有，全部打入了省检察院反贪局的专用账户，我刘春江问心无愧。

郑铜修滔滔不绝地说完，神秘接头人不理郑铜修的茬，只用愤怒的眼神瞟了郑铜修一下，之后他点了一支烟，腾云驾雾了起来……

吴大鹏看到这沉闷的气氛心里不是滋味，他明白这是郑铜修说话不得体造成的。吴大鹏试图打破沉寂，举杯劝神秘接头人喝一杯。神秘接头人没有吱声，照例抽他的闷烟，不耐烦了，就拿蔑视的眼神瞟一眼吴大鹏。吴感受到了那眼神的可怕，有点儿起鸡皮疙瘩，他心里清楚他是杀人恶魔，他是拖郑铜修等贪官下水的祸手。

吴大鹏看见神秘接头人那让人恐惧的表情，知道要坏事了。吴丽丽见此场面，马上救场：“刘局来一杯，就一杯！我本来不喝酒，来，图个雅兴，赏个脸，给姐赏个脸行吗？”吴丽丽嗲声嗲气、妩媚可爱的样子，也没能让神秘接头人打开话匣子。

郑铜修在心里努力检讨自己，他有两个错误。一是打电话说俩人聚一聚，结果来了一个杀人恶魔，又开来“一辆公共汽车”，有骗人之嫌，还以命令式出现，损伤了人家的尊严。二是把本来是郑铜修该负的责任推到刘春江局长身上，嫁祸于人，做人不地道。

神秘接头人心想，在郑铜修这个大贪官眼里，我刘春江与他是同类。我受过多少贿吴大鹏肯定会告诉郑，以为我刘春江是上了他们那条贼船的贼，所以郑铜修敢如此亵渎我的尊严乃至人格。走着瞧吧，看谁能笑到最后。想到这，神秘接头人越想越生气，立马起身走人，带翻了面前的一只酒杯。

那个场面就好像是刚刚发生过车祸的现场，三个人被这突如其来的碰撞带来的“惨烈”场面吓傻了，你看看我，我看看你，不知所措。最后，饭局只好草草收场。

事情的原委是这样的，吴大鹏出狱后，听说矿山清理工作马上开始，他也着急上火，怕停业整顿和关闭。现在有人把郑铜修插手矿山的事告到省里和中央了，他们怕把事情弄大，商量要市国土资源局副局长挡个驾，俩人最后决定邀刘吃个饭，吴大鹏为刘春江准备了6万元的红包。

走出宾馆的刘春江，马上用专用电话联系马文启：“马书记啊，我刘春江。”

“春江啊，你现在居然是活体的啊，没有遭调戏暗算啊。”

“他想的有那么容易吗，到最后是不欢而散，我借机提前走人，把那帮大贪官、杀人狂、破鞋都甩在那餐桌上了。郑铜修敢跟我玩那套，真瞎了两只狗眼！他以为他是贪官，我刘春江也是贪官，彼此都是秃子谁也不笑话谁。”

“郑铜修心狠手辣，你要提防。弄不好，下一步他会用他的杀手锏‘双规’把你搞臭，把你国土资源局副局长的职务抹掉，让你告老还乡，回省城。你那边的事，我说不准的，我不知道你卧底卧到什么时候走人。最好与你的直接领导沟通，汇报一下你现在在新州的处境。我这边的工作有条不紊地进行着，吴大鹏为了出狱向黎镜仁行贿50万元、郑铜修50万元、杜修行50万元、林子墨50万元，郑津30万元，这些情况连同他们之间通讯的情况以及吴大鹏出狱的情况都传到了曹昆书记手中。对这些贪官什么时候动手的问题，我特侦组专题开会进行了研究，但我们只是提出建议，采纳不采纳，还要取决于省委特侦组集体领导的最后决定。我们还在沙河，你看我们下一步往哪移动或进驻，我想听你的意见。”

“是这样，你在沙河再待一天，我在新州处理一点儿小事后我再过去接你们到桂馨。桂馨的县委常委、政法委书记就是你的同事嘛，到他那待几天，他那应该有情况。”

“好的，就这样定了。”马文启说。

在沙河还要待一天，马文启拟派特侦组的同志到沙河县人民法院参加刑事审判庭的一次旁听，旨在丰富证据是如何被法官采信的。

郑铜修、吴大鹏和吴丽丽被刘春江撂摊子后，面面相觑，不知如何好。郑铜修心里窝着火，立刻拨了刘春江的电话，可电话是通了，就是无人接听。那股无名之火在郑铜修的心里越烧越旺：“一个小毛孩，竟敢在我的面前逞能？我要让他尝尝我郑某人的厉害！”说完，他立刻拨通了封加渊的电话。这时吴丽丽马上阻止：“我是个女人，头发长见识短，可是就这事情你得听我说一说。小不忍会乱大谋，就我的理解和平时的观察，这个刘副局长绝对是个人物，我提醒你们俩，他应该是一个有城府、又干练、挺神秘的人物。他是从哪个部门来的清楚吗？他原来干什么的你们清楚吗？不要以为他刘春江就是一个市国土资源局副局长，没什么大不了，在他面前说话随随便便。没有应有的提防心理，问题不知道哪一天就会冒出来，弄得措手不及。我主张对待刘副局长的问题采用冷处理比较稳妥，你动不动就‘双规’，把他整急了，可能的结果是拔出萝卜带出泥，那后果不堪设想。”

“我也同意丽丽的观点，这样做稳妥一些，以后关于矿山的事情还要靠他帮忙。下一步我约他先聊聊，聊开了就好，聊不开再约他聊，我相信功夫不负有心人的。”吴大鹏说。

“好，同意你俩的意见，这事就这么处理。我的司机来接我了，你们接着聊，你们俩都好久没有亲热过了。”听郑铜修这么一说，两吴相觑而笑。

“郑副市长，我明天再跟您联系，有一些事情跟您商量一下。如果有可能就邀黎镜仁副书记、您还有杜修行和林子墨两位检察长聚一聚，表达我的感激之情啦。”

“好，好，明天再联系。”

郑铜修走后，吴大鹏和吴丽丽来到早已登记的总统套间。打开门，映入眼帘的是粉黄色的帐幔，头顶是一袭一袭的流芳，床榻相当宽大，榻上盖着红绿相间的高档被子，被子边缘还绣着细细的花纹，处处无不透出属于少妇的那种细腻与温婉。榻边便是窗，精致的雕工，稀有的木质，在月光之下，能依稀看见窗外旖旎之景，假山、小池、绿色荷藕、粉色水莲。在这温馨的氛围里，吴丽丽用妩媚的眼神去抚慰吴大鹏，吴大鹏却装着没这档子事。稍后，吴丽丽伸开双手去搂吴大鹏的腰，吴大鹏急忙后退了两步。这一退，把吴丽丽弄得一脸尴尬：“怎么啦，难道你不爱我了。”

“不，不，稍等！”吴大鹏说。

“稍等是什么意思？”吴丽丽问。

“稍等……”

“你说啊。”吴丽丽不依不饶要吴大鹏作出解释。

刚才吴丽丽手挽着吴大鹏的手向总统套房走来时，有股很难闻的狐臭味，对这样的气味吴大鹏相当敏感，闻之反胃，恶心、呕吐。吴大鹏知道吴丽丽染上这种气味的原因不是别人，而是那个大名鼎鼎的郑铜修，平素里挨着郑坐时一闻全身都难受死了。黎镜仁没有这狐臭味。按照常识，狐臭不会传染给人的，但俩人在一起做爱时有可能沾上，吴丽丽身上的狐臭味应该是昨天晚上或今天中午郑吴俩人做那事时给沾染上的。吴大鹏不想让吴丽丽靠近就是这原因，那么吴大鹏说了稍等又有何用意呢？稍等就等掉了，就不做了，就这样黄了，就这样拜拜了！

吴丽丽肯定不愿意，好不容易攀上一棵摇钱树，吃穿不愁，又依靠这棵摇钱树进入了市政府机关，三十几岁就弄了个副处。这么多年来她精心打理伺候黎镜仁副书记、郑铜修副市长、吴大鹏干爹，除例假外都是有求必应。她也非常习惯这种生活方式，有时下了班，黎镜仁副书记打电话过来问吴丽丽有应酬还是没有应酬，这样的暗语彼此都明白。如果郑铜修预约在先，就告诉黎镜仁已经有应酬了。如果黎镜仁事先有预约，郑铜修稍后来电，就告诉郑铜修有应酬了。如果吴大鹏预约在先就以吴大鹏为优先原则，然后按电话先后顺序排列来应酬，让大家都开开心心，快快乐乐。

此时吴丽丽心中一纠结便一头扎在床上，呜呜咽咽地哭起来了，吴大鹏让她哭，没有去搭理她。过了一会儿，在柔和的灯光下，吴丽丽抬起头望着吴大鹏问：“脸上那个疤怎么回事呢，你当时是不想进去了，还是想自杀呢？”

“当时是想给秦圆他们找点儿麻烦，一个是脸弄伤了，我就得住院就不进看守所了。我在医院，他们的干警就要陪着我看护我，让他难受怄气，让他知道我吴大鹏也不是那么好惹的。另外，我受了伤，他们有监护不到位的责任，有失职之嫌，给他们带来无形和有形的心理压力，又可以打乱他们的如意算盘。后来，市纪委的同志找我调查，我把当时的情况说了一通，听调查同志的意思是，市委黎镜仁副书记和郑铜修副市长想借此事把市公安局常务副局长秦圆修理了一下，但是当时秦圆不在事发现场，所有修理不到秦圆。等于这事秦圆躲过了一劫，如果真的在现场，那秦圆轻则丢官，重则坐牢，那可就惨透了。为了我的事，李京涛搭上了半条命，李京涛的儿子李杰面目全非也只有半条命。如果秦圆去蹲大牢，那我吴大鹏就赚大了。值，相当的值。说明什么呢？就是告诫市公安局的领导，我吴大鹏绝对不是一只待宰的羔羊，也不是一盏省油的灯。对于我，他们市公安局的人会给我一个名号定位，是什么呢？应该用烫手的山芋比较确切。”

“好，我干爹伟大啦。”吴丽丽说。

“伟大倒谈不上，说有点儿小聪明还是说得过去的。“

“这可不是说有点儿小聪明，那是相当聪明，你同意我的评价吗？”

“也说得过去喽。”

“你能进去，不久又出来，那一般人是不可能做到的，不聪明那只有待宰的份儿。”吴丽丽说。

“聪明的背后也要有金钱做后盾，当今社会，没有这东西，”吴大鹏用食指和大拇指做了个数钱的动作，“再聪明也白搭的，你说呢？这次出来，就撒出去几百万啦，你看，我这条命值钱不值钱？！”

“钱当什么呢？人都没了，那就是一堆废纸啊，花几百万，能保住一条命值啦。不要去心痛它，钱得靠人去赚，留得青山在不愁没柴烧！”吴丽丽开导说。

“对，不要去计较钱的问题，以后赚也不是问题，有你从中调剂黎镜仁副书记和郑铜修副市长的关系，我吴大鹏如鱼得水，以后的事业是锦上添花，我一定不会忘记你在这其中的功劳。特别是黎镜仁副书记那里，你要勤走动走动，要主动一点儿，就是过去不做那事，也可以聊聊天，逗他开开心。我听郑津说王甜甜调省委组织部后，俩人的关系淡了许多，没有原来那么融洽了。我不明白黎镜仁那么聪明的人怎么就同意让她调省委组织部呢？”吴大鹏问。

“听说省委组织部副部长亓官云涛对王甜甜相当赏识，一个省委组织部长在市里要个人，黎镜仁敢挡吗？就是心理不愉快也不能挂嘴边的，这是一个市级政治家起码的常识和成熟的表现。”吴丽丽说。

“说得有道理，如果不顺从，随时可能丢官的。”

第二天用过早餐，吴大鹏打了郑铜修的电话，一打关机，再打还是关机，都快9点了还没有开机，吴大鹏判断这老鬼可能昨天晚上跟晓莉在一起。无奈，吴大鹏拨了黎镜仁的电话：“黎副书记好，我吴大鹏，我想到您那汇报一下思想，进一步得到您的教诲。”

“欢迎你的光临啦！”

吴大鹏开着宝马来到市委大院，车就停在黎镜仁副书记办公楼下面。他右手夹着一个公文包，昂首大步往黎副书记办公室走去，走着走着突然看见一个扎马尾辫的少妇走在他的前头，从背景判断是王甜甜，但不敢确认。甜甜不是已经调省委组织部了吗？回来干什么？有可能与黎镜仁副书记藕断丝连，还在重温那往日的温情和情爱。吴大鹏看到这幕立刻放慢了匆匆的脚步，距离保持在20米开外。

不错，进黎副书记办公室的那个马尾辫确实是王甜甜。王甜甜调省委组织部后住在一家宾馆的608房，这是亓官云涛专门为她开的。一天晚上，亓官云涛问起她爱人和小孩的事，亓官云涛说赶快把你的爱人调来省城工作，小孩和保姆都过来。

王甜甜听到亓官云涛如此回应，脸上掠过一丝不快的神情，难道她与亓官云涛的感情就这样了结了？就这么短的时间他就不爱我了，或者是他已经有了新欢了。王甜甜只是心里想想，没有追问原因。她立刻答应了亓官云涛的这一安排，专程回新州办理这事。

刚一到新州，亓官云涛就给王甜甜打了电话，让她保重身体。这话她能听懂，她告诉亓官云涛她一个人住在同学家里，请放心。关于游守祥和王师野及其保姆住房问题，亓官云涛告诉王甜甜已经托一个老板弄好了，就等着王甜甜一家人入住。另外，王甜甜爱人游守祥的工作问题，已经安排在组织部下辖的老干部局工作。

王甜甜到新州后，直奔新州市精神病医院去看望游守祥。王甜甜来这看他一共来过10次，每次来都为游守祥送点儿好吃的，还有换洗的衣服。有一次，还为他专门买了一台电脑供他学习和娱乐。他喜欢写诗，王甜甜打印后就替他送到《新州日报》社发表。看到自己的作品发表在报纸上，游守祥心里美滋滋的，原来的精神病也好了许多。这次来，王甜甜还专门为游守祥买来了省城的土特产，还有一套1200元的新西服，内衣内裤，两双高档皮鞋。一进病房，王甜甜看见游守祥在玩儿电脑，播放的是他特爱听的《涛声依旧》。这歌在校求学时俩人一块哼唱，陪伴着他俩走过青涩的年代，踏上爱情的旅途进入婚姻的殿堂。

王甜甜在游守祥的身后站了一会儿，没被游守祥发现。王甜甜看见游守祥全身心投入，不忍心去打扰他。她轻轻放下带来的东西，又轻轻走出病房。半小时过去，王甜甜又回到游守祥的病房看见游在浏览新闻了，她轻轻走到他身后，用双手将游守祥双眼蒙住，游被突如其来的一幕给整懵了。游马上用手去掰蒙住他双眼的手，刚一接触，马上喊了声："甜甜，甜甜你来了。"一双多么熟悉的手，一双曾经抚慰过对方心灵的手，一双曾经为爱情筑巢的手。久别之后又重逢，心中会有太多的感慨，既有惊喜也有叹息，更有纠结。

听游守祥喊自己，王甜甜马上回应，并且也喊他的名字："守祥，我亲爱的老公。"听了这温馨的呼喊游守祥转身起来与王甜甜相拥在一起。久违了，久违了的相拥，如今在一个特定的地点特定的环境，诠释着别样的滋味，一对原本恩爱的夫妻，心贴着心的爱人为何会步入如此令人揪心的危途？是人有太多的企求？太多的奢望？太多的理由？还是人本来就有兽性？就很贪婪？

人活着，追求功名、权力、金钱、地位，只要合法正当，不去违背法律、道德、良知，都无可厚非。但不论追求什么，都要适可而止，如果让贪欲牵着鼻子走，最终会走向万劫不复的深渊。

俩人相拥之后，王甜甜要游守祥离开这儿，回到那个属于他的家。游守祥没有作答，眼睛里的泪水不停地打转转："我现在不也挺好吗？如果我出去可能引来杀身之祸，黎镜仁那帮爪牙能放过我吗？"

"不，我已经不在他身边了，这样他就不会加害于你了。"

"你到哪去了？"

"我已经调省委组织部去了。"

"你的门子越整越硬了。"

"是那里的领导很赏识我，我没有花一分钱请一餐酒。"

"我知道你的学识、做人、外表都很出众，你的前程一片光明，我会为你祝福的。尽管咱们之间无所谓爱了，但彼此的那份情还在，依旧没有泯灭。在省城孤独的夜晚，如果你能偶尔想起，在求学的路上，在人生的旅途中，曾经有个人爱过你追求过你就足够了。我向你发誓，我对你的爱是发自内心的，是发自灵魂深处的，没有理由，没有托词，没有附加条件。一开始我们谈恋爱，你清楚我游守祥既不是官二代，也不是富二代，我是典型的草根后代。你说我适合你的价值观，因为原本你也是草根一族的后代。因为你出众的表现，你进入市委机关后又得到黎镜仁副书记的赏识，当了黎镜仁的秘书。这之后你来了个大逆转，这一转，都把我给转晕了，转残了，差一点儿搭上了性命。”

“守祥，过去的事就让它过去吧，不要再去揭它了。我们是原配，还是原配好，原配真啊。你跟我一块去省城吧，那里已经筑起了爱巢，工作也为你弄好了。”

“我不去，我哪儿也不走了，我就在这精神病院终老。人生对我已经没有什么魅力可言了，我已经看透了。甜甜啊，你走你的阳关道，我走我的独木桥，在这个世界上，我已经没有任何的牵挂了！因为我无儿无女，我现在是鳏寡孤独之人啊！”

“你父母难道就不是你的牵挂了？”王甜甜问。

“不，不，他们已经到天国去了。”游守祥答。

“不是还好好的吗？”

“你我这事一出来，他们备受打击，一病不起，俩人相差不过月余都驾鹤西去了。”

王甜甜一听，一副错愕的神态，然后又用惋惜的眼神望着游守祥，并不断反省自己所做的一切给这两位老人带来的心灵伤害，以及对他们身体的摧残，一种负罪感油然而生。于是，她趴在游守祥的肩头呜咽起来。王甜甜那感伤的泪水流经游守祥那情感的匣门时，游守祥再也不能控制，便号啕大哭起来。两种哭声两种宣泄情感的方式交融在一起，各有各的诉求、各有各的难处、各有各的纠结、各有各的苦衷。稍倾，游守祥停止了哭泣，接着用右手为已经移情别恋的王甜甜拭去泪滴，说道：“甜甜，我尊重你的选择，你在省城我在新州，天各一方，但我仍旧会为你祈福。若有来生，我都会如此，你不必为我牵挂。茶凉了，我自己会续上。人生就是这样，苍凉，辉煌，沦落，轮回。此生相忘，只盼来生。”

“我已经感受到了你对我的爱，今天这种结局都是我的错，我王甜甜向你谢罪了。你要鼓起勇气，不能过于悲观。”

“好了，你走吧，你可以走了。我告诉你，你现在再也不是一个人，你牵绊着别人的情感，我想这可能是你幸福的原因所在，也许是痛苦的原因所在。”说完游守祥倒在床上闭上双眼抽泣着……

王甜甜无奈，回到新州的家，打开门，王师野和保姆在玩游戏。久违的母子相拥在一起，孩子一个劲叫妈妈，王甜甜的眼泪扑簌簌地流下来。她止住泪水，拨通了亓官云涛的电话："亓官云涛部长好，回到新州找我老公谈了，他不愿到省城，他说还是新州好，故土难离，十分眷恋依恋。"

"你再做一次工作，一定要他过来，这是政治任务，你懂吗？他不同意，你可以找一找他的同学做做工作，不能一条路走到黑呀。"

王甜甜也被弄得一头雾水，咋就非得要把他游守祥弄到省城？那不碍手碍脚吗？这滚滚红尘，王甜甜一时还看不破，但他亓官云涛如此安排一定有他更深层的考量。在亓官云涛的棋局里，王甜甜丈夫游守祥的功能谁也无法替代。

于是，王甜甜按照亓官云涛的布局展开工作。王甜甜找到游守祥最要好的同学郭靖宇。经过一下午的说服，游守祥基本被说通，但王师野的事情一直也没明说。王甜甜对王师野是去是留没有主张，想听听他的意见，游守祥说："要知道他是你的心肝宝贝，我爱你，那么也一样是我的心肝宝贝。尽管他不是我的血肉，和我非亲非故，但我不会排斥他，我会像爱我自己的孩子一样爱他的，你放心就是了。"

接下来，王甜甜打了黎镜仁的电话："黎副书记，我王甜甜。"

"甜甜啊，什么时候回来的啊？"

"我刚到新州。"

"为你接风洗尘吧？"

"不用了，就在家里吃，你过来吧。"

"已经有安排了，对不起。"

"是这样的，有个事我要向你汇报一下。"

"你过来，我在办公室等你。"

临行前，王甜甜换了一身黎镜仁最喜欢的装束，并把披肩发梳成了马尾辫，喷上了淡淡的法国香水。

王甜甜拖着一条长长的马尾辫，配上那鲜艳夺目的连衣裙款款向黎镜仁办公室走去，被紧靠其后的吴大鹏看见，吴大鹏无奈，只有退到宝马车上等待。

话说王甜甜走到黎镜仁办公室门口的一刹那，正在埋着头阅读文件的黎镜仁突然抬头，死死盯着王甜甜愣起神来。就在愣神的当儿，王甜甜已经走进了黎镜仁办公室。黎回过神来立刻站起，马上去关门。王甜甜懂黎镜仁的那些老套路，后退了两步，黎一脸的不快："咋啦，到了省委组织部就高贵了，就不是原来的王甜甜啦。你现在是有变化，胖了白了，辫子长了粗了，可原来的情应该还有一些保留吧。”

王甜甜不语，一脸的严肃，这让黎镜仁开始反省上次携王甜甜去省城见亓官云涛的失误。一切都是枉然，都是徒劳，说句透心凉的话，那次黎镜仁副书记携王甜甜去见亓官云涛有他的用意，准确的角度定位：王甜甜就是黎镜仁的消费品，让王甜甜在那出场，就是要提升黎镜仁在亓官云涛心目中的分量，说明黎镜仁有智慧有能力有魅力有独道的审美能揽到才女美女。后来的事实证明黎镜仁的如意算盘打错了，不仅正厅的事泡汤，自己身边的美女、事实上的老婆被那个老同学亓官云涛很不客气地挖走了，挖到亓官云涛身边后成了亓官云涛的实际夫人。

黎镜仁看见王甜甜那严肃劲儿，马上把房门打开，转过身来说，等一会儿要开个常委会。

王甜甜明白，他黎镜仁下逐客令的用意就是要逼迫王甜甜就范。你王甜甜无事不登三宝殿，肯定有什么事相求而来，干脆不理你这个茬，你爱咋地就咋地，我黎镜仁没有你王甜甜也照样过得滋润安逸。王甜甜能就范吗?

王甜甜听到逐客令没有马上响应，而是用鄙夷的眼神望了黎一眼后，快步走出了黎镜仁的办公室。黎镜仁呆呆地立在那，一副痛楚的表情。他后悔，这个逐客令真不该下，太过鲁莽了。看来昔日版的王甜甜和现代版的王甜甜确有天壤之别。

说实话，王甜甜拜访黎镜仁是出于一种礼貌，但亦有原来那份情那份爱，如果没有这些元素，也没有必要去黎镜仁那里遭到那种极不友好的“礼遇”。王甜甜去黎镜仁那主要有两件事与黎沟通，一是游守祥调动的事，二是把王师野带离新州去省城的事。现在既然黎下了逐客令了，那就没有必要与他再沟通了，一切都照计划办。

王甜甜下了市委办的楼，被眼尖的吴大鹏捕捉到了，吴大鹏三步并作二步走到王甜甜跟前：“王秘书，你好。”

“哦，吴大老板，什么时候荣归故里的啊？”

“还不久啊，谢谢你的关心。”

“关心不到，力不从心啦！”

“不，我知道，你一直以来都对我的事业很支持。听说你进省城了，在省委组织部当官啦，好啊，我们新州人杰地灵出人才啦，祝贺！真诚地祝贺！你当大官了，我这一介草民还需要你的关注、关心和支持哦！”

“你吴大老板一直以来对我很关心、很照顾，以后有什么事用得着我的地方我会尽力的，这么多年你也知道我的为人。”

“知道，知道，为人很有才华又实诚，难得的美女。”

“过奖了。”王甜甜说。

“这次回新州有什么重要的事啊？”吴大鹏问。

“不重要，一点儿小事。”

“需要帮忙吗？需要我，你就尽管说。”吴大鹏说。

“如果你的车子有空，就送一下我一家人回省城。”

“没有问题。”吴大鹏爽快地答道。

“那就托你的福啦。”王甜甜说。

“不用客气，请问什么时候。”

“明天上午8点半吧。”

“好，一言为定。”

吴大鹏与王甜甜告辞，径直朝黎镜仁办公室走去，一看门紧闭，吴退回市委接待室坐着，等待黎镜仁开门。吴大鹏坐在接待室一边喝水一边寻思着刚才王甜甜的表情，判断俩人应该是谈崩了。如果是这样，对黎镜仁的身心应该是一次重创，他把门关上，应该是想调整一下心情，舒缓一下焦燥的情绪，或者正在处理其他吴大鹏想不到的事情。10分钟过去，20分钟过去，门还没有开。唉，真有点儿烦了。28分钟时，黎副书记办公室的门轻轻地开出半张脸宽，吴大鹏起身，正往那方向挪步时，突然闪出一个人，定眼一看，是市委秘书游甜。游甜秘书出来，背向吴大鹏走了。望着甩着一条马尾辫的游甜，吴大鹏想，能当黎副书记这样的官真是太滋润了，如果还有来生，也做个像黎副书记这样的官，过把瘾就死而无憾了。

看见露出半个脸的门缝，吴大鹏急切地向黎副书记办公室走去。大概还有3米远，那半张脸没了，门再次被关上，这一下把吴大鹏弄得满头的雾水。吴大鹏转身往回走，走到半程，回头一看，嗨，门大开，见鬼了，玩儿什么猫捉老鼠的游戏？

这回吴大鹏干脆就小跑着进了黎镜仁办公室，一进去，黎要吴把门关上。

黎马上为吴斟了一杯红茶，俩人坐在长长的进口真皮沙发上开始聊重要话题。

“感谢黎副书记的关照，让我虎口脱险。托您的鸿福，我代表全家感谢您的大恩大德啊！”吴大鹏说。

“不用，不用谢，见外了，你我的感情搁在那儿呢，我不能见死不救啊。如果那样，我这个当书记的太没有人性啦，现在公安的有些领导思想方法有问题，成天在那喊口号‘命案必破’，为了应付上级，对付检查，将无辜的你弄去交差。这能行吗？这叫什么共产党领导啊？共产党历来就是实事求是，不放过一个坏人，也不冤枉一个好人。你这事可人命关天啦，我作为新州市委副书记，首要任务不仅仅是管民生，还要把维护社会的公平正义作为第一要务。如果社会没有公平就不会有正义，就不会安定和谐，人民就不会安居乐业，人民的幸福指数就会下降。现在市公安局的极个别领导无视社会的公平正义，为了邀功行赏，为了政绩不择手段，不顾人家的感受而歪曲事实真相，对无辜者动用国家所赋予的侦查权和刑拘权，这是对国家法律的亵渎。现在真相终于大白于天下，拨乱反正，你吴大鹏的重获自由，是一次维护国家法律尊严的正义行动。你赢了而且赢得很漂亮，赢得扬眉吐气，赢得让李京涛们瞠目结舌，焦头烂额，让他们尝尝我黎镜仁的厉害。你出来后，首先把矿山、房地产打理好，如果需要我出面斡旋的你尽管说，不要客气。要积极要求加入中国共产党组织，你作为一个成功的企业家，记住一定要在政治上有归属感，要进入新州市的政治版图圈。前段时间一位市政协副主席英年早逝，这个职位空缺，我认为你是合适的。当然需要走一些程序，搞一些推荐的材料，这个我会安排人去做。市委组织部那边我会单独同徐球晴部长说这件事。”

“谢谢黎副书记的提醒，这点儿小意思您收下。”吴大鹏从衣兜里掏出一张存有20万元的银行卡交到了黎镜仁的手上。黎镜仁没有推辞。

离开黎镜仁的办公室，吴大鹏又与徐球晴进行了联系。来到徐球晴的办公室，吴大鹏没有客套，照直说出了黎镜仁刚才的话题。徐部长说按黎副书记的意思办就可以了，就具体的时间表排定一下。吴大鹏说了一声谢谢就走人了。

吴大鹏刚刚走下楼梯，手机响了，一看是王甜甜打来的：“喂，吴大鹏老板，我王甜甜，我想明天走早一点儿，因为回省城还有要紧事。”

第二天，吴大鹏将王甜甜、游守祥、王师野及保姆送到省城。在车上，王甜甜与亓官云涛通了电话：“亓官部长您好，我是王甜甜。”

"甜甜好，什么时候到省城？"亓官云涛问。

"上午11点半。"王甜甜答。

"我马上安排午餐。"亓官云涛爽快地回应。

一家五星级酒店的餐厅里，王甜甜介绍了今天一起来省城的吴大鹏，吴大鹏马上起身，毕恭毕敬地同亓官云涛握手。说实话，吴大鹏同这么大的官握手还是第一次，他心里怦怦直跳，脸上泛起了潮红。他情不自禁地想：看来自己的官运财运双运皆兴，今天能遇上亓官云涛这个大官就是一个好的兆头。他喝得很尽兴，还主动敬了亓官云涛部长两杯五粮液。

接待宴完毕，吴大鹏要王甜甜留步，将一张5万元的银行卡放在王甜甜的手上。王甜甜没有推辞，只说了一声谢谢。

吴大鹏看到王甜甜接受了卡，马上小声地对王甜甜说："过不久我会来省城，有一件事要拜托你帮个忙。"

"哎，不用客气，你吴大老板的事就是我王甜甜的事啦，你尽管说。"

……

二十四、吴大鹏拜访亓官云涛

原来，吴大鹏到徐球晴部长处就自己拟当政协副主席的问题进行了沟通。徐球晴部长认为非公务人员任新州市政协副主席还没有先例，新州市政协副主席是副厅级别，按照干部的任命权限是由省委组织部管辖。市一级组织部门有推荐的工作可以去做，如果在省委组织部门有过硬的关系，那可能就没有问题。吴大鹏听了徐球晴部长的点拨，豁然开朗，突然想起王甜甜调省委组织部了，这关系应该可以利用。离开徐球晴部长后，吴大鹏马上以自己的名字开立了一张5万元的银行卡给王甜甜。吴大鹏送给王甜甜的5万元，只是建立沟通纽带的开始。

星期一，阳光明媚，吴大鹏心情很好，他拨通了王甜甜的电话："王领导好，我吴大鹏，想去趟省城，不知合适不？”

“可以，没问题。”王甜甜答。

“我需要带什么材料过去？”吴大鹏问。

“把政协副主席的推荐材料带一份过来，我先看一下，然后再交给亓官云涛部长看，有时间我会跟亓官云涛部长介绍你的事迹。”

吴大鹏听王甜甜这么一说，心里高兴透了，她王甜甜去吹风比什么人都管用啊。吴大鹏决定再给王甜甜一张20万元的卡，给亓官云涛一张30万元的卡。

吴大鹏着手准备进省城求见亓官云涛的一切准备工作，包括车辆检修，带一些土特产、高档香烟，等等。

王甜甜一家人住在省城的和谐小区，3楼128平方米，加保姆4个人还算宽敞。王甜甜有时一个星期4天不在家，她现在是在亓官云涛和游守祥两个男人之间穿行、游走。说实话，作为官场的职业女性也够累了，上班后，重要的文稿她还是亲手撰写，绝不劳驾他人。

她4个晚上不在和谐小区居住，主要是陪着亓官云涛。有一天晚上，王甜甜问亓官云涛为何要游守祥来省城的事，这个谜始终没解开。亓官云涛不作答，只是淡淡一笑。王甜甜寻思是亓官云涛怕她两头牵挂，影响工作，要不就是怕同仁们当中引来闲话。这在王甜甜心中是个不解之谜。

那些不在家的晚上，游也不吱声，他知道王甜甜调省城后亓官云涛副部长很器重她，工作很忙，有时就睡在办公室。游知道王是个相当优秀、相当敬业的女性，从心底里很佩服王。

由于王师野还小，晚上把尿的事都是游守祥来管。有时王师野晚上发高烧，游就弄冷毛巾附着在王师野的额头。王师野慢慢懂事了，游守祥就为王师野买来小玩具，一来二去，俩人形影不离，游去上班也要跟着一块，游下班回来，王师野上前牵住游的手，一个劲儿地喊“爸爸”，游照答不误，还亲切地喊着“宝贝师野”。在游守祥生活的世界里，有王师野就能找到乐趣，生活就充实，每天都过得很有意义。在游守祥的内心世界里，师野是黎镜仁的种，他来到这个世界没有任何的过错，所以同龄人该有的快乐，他应该拥有，让他从小就成长在一个被爱围着的童话世界里，这对他今后的成长有好处，长大后或许是个了不起的人物呢？因此，游守祥悉心照料王师野。对于这些，王甜甜也十分感谢游守祥，觉得他变了，变得包容和淡定。有时他同王甜甜谈在新州市精神病医院的学习情况，他在那里看过五十多本书，还写了一些读书笔记，这些书使他脱了胎换了骨。游通过总结体会，了解了人生存的秘诀，在省委老干局工作得心应手，横纵向关系处理很好，得到领导和同志们的认同。

那赞扬话有时传到亓官云涛的耳里，亓官云涛从心底里欣赏和佩服王甜甜的睿智与聪慧。他觉得与王甜甜相识到相亲相爱完全是天赐良缘，从这一点说，他也感恩新州市委黎镜仁副书记。自从甜甜到省城组织部上班后，一看到王甜甜他就有一种莫名的冲动，能马上调动所有情感往她身上投注。工作之余，一种说不清道不白的东西老在头脑中徘徊萦绕：她是我心爱的，我不能没有她，我不能离开她，她就是我的一切，她就是我生命的全部。那一次，邀王甜甜一家来吃饭，亓官云涛相当喜欢小孩，开始不细看，看不出王师野有特别之处，定眼细细打量了王师野，亓官云涛觉得不像是游守祥的血脉。王师野那神韵那作派像极了黎镜仁，对于这一层薄薄的窗户纸，他不想去捅破，就让它朦胧一些吧。做官做人都不必那么较真，俗话说水至清则无鱼，人生一世可以同流，但不一定合污啦，这也是做人的诀窍。

亓官云涛很客观地认为，在和王甜甜认识之前，她跟谁怎么样，那无谓，她原先在黎镜仁那里当他的贴身秘书，看到王甜甜的妩媚、才华、天生丽质、秀外慧中，说黎镜仁没有那种冲动，除非是人的另类。她王甜甜现在为我当秘书，我有义务和责任让她开心快乐幸福，因为她是我的女人。

夜深人静，亓官云涛有时一个人静静地想，假如她王甜甜为他亓官云涛怀一个小孩那多好啊，那一定是聪明的孩子。如果让他留学到美国，定居在美国，几十年后，弄不好还是个美籍华裔总统呢！那对中国对世界可是个大贡献啦。这事亓官云涛先深藏于心底等待一个良机再说，好让王甜甜赞成这样做，同意这样做。至于说要游守祥调省城老干部局上班，这是谁都不能替代的，这个功能以后会显现……

那天晚上，俩人坐在沙发上，王甜甜打开话匣子，说新州一个很出名的老板想当一届新州市政协副主席，要找部长帮个忙。亓官部长说："这个新州市委那边先要上报推荐材料，再提部委会研究决定，然后再说另外的程序。如果确实很优秀，没有其他的政治问题，应该没有问题。"

"这个老板叫吴大鹏，有上亿的财产，就是上次送我们来的那个。"

“噢，是他呀，我印象很深。”

“他准备明天过来，你有空吗？”王甜甜问。

“有，喊他过来。”亓官云涛答。

第二天上午，吴大鹏开着他那部宝马来到王甜甜已经订好的宾馆。王甜甜在228房订好了中餐。中午12点一刻，王甜甜身着一款修身蕾丝短袖白色连衣裙，脚蹬罗马坡跟小短靴，肩挎高档女式包，来到228房。刚一落座，吴大鹏也进来了。

“亓官云涛部长呢？”吴大鹏问。

“他在开会，马上就过来。”王甜甜答。

“大领导日理万机，打扰了。”吴大鹏说。

“这段时间事比较多，可家乡的大老板来了，再忙也要热情招待喽。真的，家乡那份情结真难以抹掉，我来省城这么长时间了，还时不时梦回家乡，每次都让我幸福开心，都让我依依不舍啦！”

王甜甜话音刚落，亓官云涛部长步入了房间。吴大鹏、王甜甜很礼貌地起身。

“坐，坐，不必客气。”亓官云涛说。

吴大鹏、王甜甜坐下，王甜甜向亓官云涛介绍了坐在身边的吴大鹏：“这是我们新州的大老板，坐拥一亿资产，是一个对新州经济社会发展做过很大贡献的人。”

“成功人士，社会精英。”亓官云涛评价说。

“谢谢两位领导的夸奖，我所做的一切离领导的要求还相差很远。”吴大鹏谦虚道。

“好，好，好，人谦虚就有进步发展的空间，吴大老板这么成功了，还这样谦虚，那一定是前程似锦。是这样，亓官部长，吴老板今天来就为一件事：新州市政协有一个副主席职位空缺，我上次回新州也听到新州市委有这个意向，认为吴大鹏老板适合任政协副主席。新州那边做推荐的工作没有悬念，但副主席属于副厅的级别，考虑和任命的权限都属省委组织部门，所以有必要提前找亓官云涛部长预个热，熟悉一下码头。”王甜甜话音刚落，吴大鹏立刻把拟任新州市政协副主席的推荐材料递到亓官云涛的手上。亓官云涛只是粗粗地瞄了几眼，就把推荐材料放入了公文包内。

吴大鹏见亓官云涛把推荐材料往包里一搁，心里一阵发凉，像是在他那滚烫的心头搁了一块冰。看来，亓官云涛对自己任这个职务不抱希望。但吴大鹏毕竟是商人，见多识广，他能从容应对这尴尬的局面，内凉外热。吴大鹏看见菜一上来，主动为亓官云涛夹菜；见亓官云涛吃过菜，马上递过纸巾；看见亓官云涛喜欢吃的菜，重复给他夹。看见吴大鹏如此会来事，亓官云涛也只是淡淡地说了声谢谢。

不过吴大鹏也很满足，他知道自己的半斤八两，如果不是黎镜仁、郑铜修两位领导，还有就是杜修行、林子墨两位副检察官给力，哪轮得到他吴大鹏在这个地方被一位省委组织部副部长接见并餐叙。

饭后，王甜甜要吴大鹏回避一下，她要与亓官云涛沟通些事，于是她贴近吴大鹏一番耳语。

吴大鹏离开餐桌后，王甜甜对亓官云涛说："吴大鹏的事，你尽心去办好，他这人很会做事，办什么事情很有分寸，当个新州市的政协副主席应该很称职，这事就拜托你了。"

"他是农民企业家，非公务员，要弄个新州市的政协副主席恐怕有一定难度，这是其一；其二是他有没有参政议政的能力，能否胜任这个职位还是未知数；其三是群众民意怎样，口碑好不好；其四是政治水准、道德水准如何。现在社会上针对政协的负面反映不少，给政协形象抹黑的人也不少，你能肯定吴大鹏不是这类人？"亓官云涛说。

"估计不是那种人。"

"估计这个词不能用在这个地方。'估计'用在这，可能酿成不可弥补的政治危害。你能断定他是一个遵纪守法的公民？你都对他不了解，只有一面之交，听人说不错，就说这个人不错，以偏概全，那会酿大错。你是局外人，不了解我这个组织部长的难处，以为当这个组织部长有权很神气，因为是管官的官。实话给你说，我从当组织部长那天起就提心吊胆的，从来都没有安逸过。组织部长如果把事情弄错了，那送神就狼狈了。"

"只要吴大鹏当新州的政协副主席别人没有闲话，没有负面的反映就没有问题，是吗？"

亓官云涛淡淡一笑，就再没有任何言语。这让王甜甜琢磨不透。这事就像隔着一层雾似的，似是而非。通过刚才的会话，王甜甜才略知亓官云涛是个很有城府、很有心计、很会趋利避害的高级官僚，这让王甜甜第一次领悟到了高深莫测的真切意蕴。

吴大鹏在走廊上闲逛了一会儿，黎镜仁来电话："喂，大鹏吗？你现在在哪儿呢？"

"黎镜仁副书记，您好，我现在在临福县，有几个朋友在餐叙。"

"你入党的事怎么样？"

"入党申请书已经交给党支部书记了。"

"关于市政协副主席的事在张罗吗？"

"哎，这几天在应付上级对矿山的检查，没得空闲，没有去沟通。"

"你抓紧时间弄，那天徐球晴部长主动与我进行了专题研究，市委组织部门已经着手弄材料了，你一定要配合市委组织部门的这个节奏。"

"好，我会根据你的意图去办，谢谢黎副书记的关爱。"

吴大鹏知道王甜甜要他回避的意思，他估计王甜甜与亓官云涛沟通得差不多了，于是他拨了一下王甜甜的手机，然后摁掉。吴大鹏的心现在是悬在半空中，因为两张银行卡都没有送出。送不出去，这副主席的事肯定泡汤的，所以他壮着胆子拨王甜甜的手机。

王甜甜手机上有一个吴大鹏的未接电话，她知道吴大鹏有点儿等不急了。王甜甜很为难，亓官云涛这态度不明朗，她也难以定夺。但出于一个知性女人的悟性，她果断要吴大鹏回228房。

"亓官部长好，谢谢部长对我的厚爱和提携。"吴大鹏说完，从衣兜里掏出两张卡，一张放在亓官部长手里，一张放在王甜甜的手里。亓官云涛部长接到那张30万元的银行卡在手上没有停留，就放在了隔座的王甜甜手上。这一举动让王甜甜十分诧异和惊讶，她在心里窃喜起来，看来有戏，有戏啦，她在心底里这样吆喝着。

吴大鹏悬在心头的石头也轻轻放下来，脸上绽放出难得的笑容。会来事的王甜甜马上决定报答亓官云涛，于是她吩咐吴大鹏以后再联系。吴大鹏也知趣，马上退出228房，准备走人。可走了几步又返回："两位领导，我从家乡带了点儿土特产来。”

“好，我下去。”王甜甜说。王甜甜把吴大鹏带的土特产和10条高档香烟装进自己的车里，马上回到228房。“走吧，亓官部长。”王甜甜说。

“到哪儿呢，是回家？还是……”亓官部长问。

“平时你那么忙，我也不忍心让你多来，必定事业和身体要紧啊。”

“你就直说吧！”

“到688房，已经开好了。”

“遵命。”

二十五、特侦组发现吴大鹏行贿新招

吴大鹏离开省城，在回新州的路上他的心一直忐忑不安，主要是因为30万元的银行卡递给亓官云涛时，卡没在他的手上停留就直接放在了王甜甜的手上。这种委婉拒绝的方式让他很不适应、不舒服，就这个细小的过程让他心里极度不安，心老悬在半空中，于是他把车停在高速公路的服务区给亓官云涛发了个短信："尊敬的亓官云涛部长，您好，我是吴大鹏，我的成长进步承蒙您的提携与厚爱。为此，我会好好珍惜这份情谊，欢迎您来我们新州做客。”发给王甜甜的短信内容："王甜甜秘书，您好，我是吴大鹏，我们之间已经是无话不谈的朋友了。关于我拟任新州政协副主席的事，就全权拜托您了，到时我们共同分享成功的幸福和喜悦吧！”

亓官云涛和王甜甜各自看完短信后，王甜甜要求交换看一下，亓官云涛露出一脸的严肃。王甜甜用余光看见那张已经拉得长长的脸，惊诧不已："怎么啦，不同意？”

“那你说我的短信该不该让你看呢？”

“这个应该你回答。”

“我的回答是不能看。”

“那我遵命，不过其实这也没啥，彼此的信任应该是无缝连接才是。你我是知己，就不应有栅栏，犹抱琵琶半遮面，那多不好啊。你我都赤条条地在一起了，还有什么私密的东西可以去保密，而见不得阳光呢？”

“甜甜，你说对了一半，感情不能代表一切，感情也不能证明一切。另外，官场之人忌讳感情用事，这很容易酿成大错。我很坦诚地告诉你，现代化的通信工具手机是你我私密的空间，对于这个空间唯有相互尊重、互不越界、互不干涉才会有感情的未来。记住，每一条生命都有其独立的人格，独自的生存空间，所以彼此去呵护这神圣的私密空间，才能获得彼此的信任。我需要强调的是，你很清楚我是干什么的，知道我特殊的工作性质，这些点到为止。”

“我听懂了，你又让我读懂你写的那一章——《人，要学会守住自己的私密空间》，你这个当部长的就是与众不同啊！”随后，俩人相拥，走出去后，各自忙自己的事去了。

回到新州的吴大鹏用两天时间筹划拟任新州政协副主席的事。先以他吴大鹏的身份证在建行开了三个户，分别转入两个10万元、一个5万元，再以其老婆的身份证在工商银行开了5个户头，从吴大鹏的账户各转入5万元，然后分别送给黎镜仁10万元的卡一张，郑铜修10万元的卡一张，送给徐球晴5万元的卡一张。

省委特侦组一行离开沙河县到桂馨小住两天后，回到新州市住在市郊相对不起眼的旅馆里的第三天，负责网侦窃听的秦维新和胡悦截获了吴大鹏与黎镜仁、郑铜修、郑津、王甜甜、吴丽丽、徐球晴、杜修行、林子墨的通话记录以及吴大鹏向上述有关人员发送的短信。根据这些情报，钟笑和龙显威迅速到银行查证，吴大鹏从其账户转入其他账户共计95万元，从吴大鹏帐户转入其老婆账户30万元，另吴大鹏提现20万元。针对这些新的情报，马文启立即召集大家开会，研究决定侦查和获取证据的路径。

钟笑第一个发言：“吴大鹏这个行贿新招，应该出自他师傅林子墨先生。那年反贪局局长在省检察院举办的反贪局长学习班上，我讲授侦查获证当中，遇到一个新案例新的行贿手段。如果没有林先生的提示，他吴大鹏没有这个悟性，没有这个反侦查能力的提升，这个行贿新招为我们锁定吴大鹏行贿的对象带来难度，工作量也会大大增加。但我相信，魔高一尺，道高一丈，我们一定有能力和智慧擒获贪官那一只只肮脏之手，对新招可以一剑封喉。”

“你的一剑封喉，跟我们谈一谈。”马文启说。

“不，暂且不表。”钟笑说。

“这里没有外人，都是同呼吸共命运的同仁，有啥密可保的呢？”马文启说。

“我想听一听秦维新那边的情报。”钟笑说。

“有道理，那请秦维新同志把监控侦听到的情报披露一下。”马文启说。

听完秦维新汇报后，钟笑接着说：“以吴大鹏和他老婆的身份证开户的数量与短信，和打电话的数量是匹配的，这就基本上确定了钱的流向。我断定下列人员收受了吴大鹏的钱：省委组织部副部长亓官云涛、省委组织部秘书王甜甜、市委副书记黎镜仁、副市长郑铜修、市委常委组织部长徐球晴。”

秦维新深深吸了一口烟后说：“我同意你这种判断，但判断不是定罪的证据，只能明晰侦查的主攻方向，行动的路径，帮助我们寻找突破口。我想听听具体获得犯罪铁证的操作方法。”

“肯定有获得犯罪证据的招术，问题是其他的同志愿不愿意听。”

“这个就暂缓放在以后侦查沙盘推演时再说吧。刚才两位组长把所查证和侦听到的情报进行了通报，情报反映的问题翔实、客观，这批情况说明以下几个问题：其一，吴大鹏是爆炸杀人的重要嫌疑人，他急于把自己洗白。现在是这个恶魔把钱送给黎镜仁、郑铜修、杜修行、林子墨后，摇身一变，变成一个无辜的受害者，被关了几个月。市检察院在杜修行、林子墨的操纵下给出吴大鹏存疑不诉的结论，等于说吴大鹏这满身沾满鲜活生命鲜血的魔头变成了疑罪从无的无罪之人。他扬言公安机关滥用职权抓他坐牢，强烈要求赔偿，不赔他将告到省里直至北京，气焰十分嚣张。他蛊惑一批马仔准备冲击要挟真正为民除害的公安机关，把打击的矛头直指忠于职守、为民执法的李京涛、秦圆局长。其二，他吴大鹏又急于给自己抹红。在黎镜仁、郑铜修的操作下，这个罪恶累累的恶魔要加入党组织，他决心要‘以共产党员的标准严格要求自己，为共产主义事业奋斗终身’。为党组织输送新鲜血液，这是市委副书记黎镜仁的本职工作，无可厚非。但放进吴大鹏这种人，对我党危害极大。其三，吴大鹏准备马上融入新州官场圈，把自己做大、做强，并已经擂响战鼓向新州市政协副主席的宝座进军。如果能如愿以偿，那黎镜仁、郑铜修的功劳谁也抹不掉，当然喽，行贿受贿的罪名也是赖不了的。当然也还有省委组织部副部长亓官云涛、省委组织部秘书王甜甜的功劳，到时也秋后一块儿算账。其四，吴大鹏为了捞取更大的政治资本，刚才神秘接头人跟我透露，吴已经向新州市慈善协会捐款60万元，捐给扶贫基金40万元。吴大鹏的这一‘义举’立刻被登在省报和新州报上。郑铜修看后一个劲儿地为吴大鹏叫好，说他是有政治眼光的老板。下一步的工作安排，一是把已经收集到的情报归纳成条理性的东西后，传到省委常委政法委书记曹昆手里。二是请示是否可以行动，或者还是等到吴大鹏大功告成当上新州市政协副主席后再动手。同时提出我们对行动时机的利弊研究分析以及对策，把这些研究成果一并报过去，供省委特侦组的决策层决策使用，给他们提供理论支撑。这篇报告由钟笑副局长写出第一稿，我看过后再提交大家讨论，然后定稿。三是网侦监听工作不能间断。我最喜欢听鲜活的鱼游动的声音，那样生动，很有韵味。我最想亲自听一听黎镜仁副书记、郑铜修副市长与吴大鹏的通话实况，那就真来神啦！今天晚上的活动由神秘接头人安排。”马文启讲完，宣布散会。

钟笑副局长没有休息，马上草拟那份报告。草拟时，钟笑和龙显威一起进行了切磋，首先确定报告的题目——《关于对黎镜仁、郑铜修、杜修行、林子墨、吴大鹏等犯罪团伙收网行动的报告》：

尊敬的省委特侦组领导：

根据你们的指示命令，我们负责新州方向的省委特侦组一行五人携带收集犯罪证据的装备和防身武器秘密潜入新州市辖区。在2000年已经卧底于新州担任新州国土资源局副局长的刘春江的引导和协助下，在当地公安检察院的支持下，我们特侦组五位侦查员不辱使命，忠于职守，坚持点上与面上、纵向与横向收集犯罪证据的原则，坚持重要犯罪嫌疑人全天候跟踪监听缉获搜集情报的原则，坚持重点案件重点知情人走访的原则，坚持低调秘密取证保密的原则，坚持客观公正不带偏见获取证据的原则，取得了显著的成效。一是涉案人数之多是前所未有的，经过监听和实际查证，涉案的大小官员108名。涉案级别最高的为副省级1名，另有厅级干部4名，处级干部28名，其余是科级以上干部。二是涉案金额之大也是罕见的，已经查证记录在案的已经有两个亿。涉及的主要领域为房地产、矿山以及市委和县委机关、执法机关，涉及的罪名主要有受贿罪、贪污罪、行贿罪、滥用职权罪。

出现上述问题主要原因：第一，是某些党员领导干部带头违法乱纪，给新州的社会风气带来了严重的影响。有的干部跟风犯罪，出现了“不捞白不捞，捞了也白捞”的错误观念。第二，某些党员领导干部意志薄弱，经不住金钱和美色的诱惑。第三，大多数涉案的领导干部有严重的侥幸心理，认为他们做那些肮脏的交易只是天知地知你知我知。第四，涉案人员有法不责众的错误认识——人人都这么搞都这么贪，我不去贪就显得另类，显得不合群；都这么贪，也不能统统抓去坐牢。第五，过了这个村没有了那个店，有权不贪，无权后悔，所以有权时大贪特贪，创造机会贪。上层领导把城区公共设施刚弄好没有两年，换了新领导马上换公共设施，这一折腾那位领导钵满盆满。因为不这样折腾就没有人向领导行贿，没有人向领导行贿，就没有提拔重用的机会。因为要当官还要送钱给更大的领导，群众说现在的官不是干出来的，而是送钱送出来的。因此，基层的政权组织已经出现了用人价值导向的严重颠覆。不是极少人，而是有一定数量的人，不是去琢磨事，而是去琢磨领导喜欢什么，不喜欢什么，天天挂嘴边。第六，黎镜仁、郑铜修、杜修行、林子墨为了追逐金钱和美色，滥用职权腐化堕落，受贿犯罪、执法犯法。他们收受震惊全国的珊瑚爆炸案嫌疑人吴大鹏巨额贿赂后，颠倒黑白，罔顾事实，将这一嫌疑人无罪释放。这一事件激起了受害人家属和群众的严重抗议和不满，对党和政府的形象构成了严重的伤害。不仅如此，黎、郑领导集团积极操纵吴大鹏入党，推举吴大鹏任新州市政协副主席，这是一起极其荒唐又令人啼笑皆非的政治事件。据情报显示，上至省委组织部亓官云涛，下至黎镜仁的领导集团，对吴大鹏拟任鼎新州市政协副主席的意见惊人的一致。没有别的原因，而是吴大鹏大把大把的钱送到上述官员的手中后，才有那种一致的意见。这一残酷的官场现实摆在那，是马上收网将这伙犯罪集团一网打尽，还是推后收网，让这伙犯罪集团充分表演，尽情表演，彻底暴露他们贪婪的本质，对此，我们作情况分析如下：

1. 现在收网，可以迅速打击和压制以黎镜仁为首的犯罪集团的嚣张气焰。

2. 给吴大鹏制造爆炸后遭受伤害的无辜者带来心灵安慰。

3. 可以压缩对党和政府造成负面影响的范围和空间。

4. 能迅速彰显党和政府对反腐败的决心和力量。

5. 可以消解受害人家属进京上访的冲动。

对不收网的情况分析：

1. 可以进一步掌握黎镜仁犯罪集团的犯罪证据。

2. 可以彻底暴露黎镜仁集团与人民为敌，犯罪的主观恶意和本质。

3. 可以让省委安排的新的市委领导班子更加成熟稳妥。

4. 对于部署彻底摧毁黎镜仁犯罪集团做好前期的亮剑行动赢得更多的时间。

5. 吴大鹏为当新州市政协副主席所送出去的钱款不好定性为受贿行为，因为副主席还未到手。官位到手后，完全可以定受贿罪。

综上，我们认为马上收网为妥！

当否，请指示。

省委驻新州市特侦组

2004年10月2日

晚上8点，钟笑拟提请马文启研究这份报告。去送报告时，马文启正在接电话，钟笑看到马文启那凝重的神情，马上退了出来。钟笑神情不安地往回走，什么事情让马文启书记呈现出那种表情呢？

马文启突然接到通过加密打过来的电话，估计上级有什么重大的行动部署，他接起电话一听，是省委常委政法委书记曹昆打过来的：“文启你好，在前方辛苦了，首先向同志们问好！现在的工作顺利吗？”

“谢谢领导关心，一切顺利。”

“你们获取情报时是否走漏过风声呢？”

马文启一听两眼发花，头脑发晕，脸色相当凝重：“没有啊，到新州这么长时间，根据省委特侦组领导的指示，没有住过豪华宾馆，大都住在城边的小旅店甚至租住民宅。出行打出租车、步行，没有涉足过娱乐场所，没有接受过任何人的邀请。另外，所接触过的人也是很有限的，应该不会有走漏风声的问题，这一点请曹书记放心。”

“没有走漏过风声，说明你们保密意识强，侦查的方法得当。前段的工作很有起色，要继续发扬执着、勤奋、吃苦的精神，完成省委赋予你们神圣、艰巨而光荣的使命。关于爆炸案重要嫌疑人吴大鹏被无罪释放的问题，已经引起省委书记胡新华的高度重视。前天他指示我一是查明释放的原因，二是提出切实可行的建议，三是做好社会面上的工作，维护社会稳定是当务之急。之后，省公安厅厅长尹向东还向我作了专题汇报，我们一致认为：涉嫌爆炸罪的犯罪嫌疑人吴大鹏能被无罪释放，背后一定存在着相当严重的权钱交易，其后果怎样一时也难以评估。你还要继续密切注意他们的犯罪动向。”

“好的，我们特侦组坚决服从命令，保证完成任务！最近又有新情况、新动向，我们拟马上传过去。还有我们的想法已经草拟成报告，给领导决策提供理论支撑。”

马文启与曹昆通话完毕，要钟笑把草拟的报告提交给他。马文启看过后，比较满意，改动几个字后，要求马上传到曹昆书记那里。

曹昆书记接到新州特侦组截获的情报后，觉得事不宜迟，他赶紧拨通了省委书记胡新华的电话：“喂，您好，我是政法委曹昆，一个重要的情报向您汇报。”

“好的。”

曹昆书记拿着新州特侦组传回的绝密情报，来到了省委领导的办公室。见曹昆进来，省委书记胡新华立即从办公座椅起身，将曹昆迎到宽大的长沙发上坐下。曹昆将情报递给胡新华。胡新华看完后，立即站起来，来回在宽大的办公室里踱步。随后，他回坐到办公椅上，拿起一支红色的铅笔画杠杠，打圈圈。

曹昆望着神色相当凝重的胡新华，心里开始琢磨起来，这回省委领导会立刻下狠手擒获以黎镜仁为首为害一方的犯罪集团，看来真正亮剑的时刻到了。

打完圈圈，放下那支红色铅笔，胡新华一双炯炯有神的大眼睛射出的光死死地盯住被红色铅笔圈住的黎镜仁的名字。突然，胡新华那凝重的眉毛一拧，嚯地一下站起，重重一拳打在黎镜仁副书记的名字上："一个风度翩翩、衣冠楚楚却青面獠牙的家伙，把一个好端端的新州弄得乌烟瘴气！典型的好人受气，坏人神气！"

胡新华愤怒过后，又回坐到长沙发上："曹昆书记啊，看来新州的问题不下重手是不行了，共产党领导的天下，怎么能让这帮贪官污吏、杀人恶魔横行霸道呢！就现在这样严重亵渎法律、收受钱财、包庇纵容犯罪嫌疑人的严重案件，你看怎么处置，什么时候处置，我想听听你的看法和对整个形势的通盘考量。"

"我接到新州特侦组传过来的情报，看完后，我的心里沉甸甸的，看来新州那边形势比我们先前判断的还要糟。这次登台表演的有资深元老级的演员，也有大腕级的新秀，舞台的灯光、音响、舞美、设计堪称一流。那真是五彩斑斓，眼花缭乱，光怪陆离啊。但我估计其票房收入不一定高，都是拿纳税人的血汗钱去搭建的。这场戏其实是一场闹剧，由他们写剧本，由他们出演员，但是演多长时间这个由我们来决定，由我们来拿捏。就我目前所掌握情报来分析，现在还不宜马上去阻止他们演。让他们尽情充分去表演，这里包括大腕级新秀亓官云涛的表演也要成全他。咱们都是有生活经验的人，脓包起来了，迟早会穿帮的，穿了帮就能把脓挤出清除掉，起脓包的那个身体部位就能恢复正常。据新州方向特侦组提供的情报来看，吴大鹏的触角和那只沾满了受害人鲜血的手已经拿起大红包打点到了亓官云涛和王甜甜那里。这个红包有多大？新州特侦组提供的情报是50万元，买官卖官到了你胡书记的眼皮底下了。目前应该有高度的警觉，亡国亡党的脚步在迫近，这个稍稍有点儿良知的人都可以窥视到的。这不是危言耸听，客观带血腥的事实已经证明了这种判断。有一件事还需要跟您沟通，亓官云涛从新州市委调来一位秘书，就是刚才说的王甜甜，她原来是黎镜仁的秘书，其实是黎的情妇。她为了拴住黎，还为黎生下一个男孩叫王师野。"

听到这，省委领导插话："王甜甜以前没有结婚？"

"结了，丈夫叫游守祥，原先在新州市法制办供职，副处待遇。孩子生下来快一岁时，游守祥发现不是自己打造的产品，特别是看到王师野走路的范儿，游守祥更加坚定了自己的判断，那神韵就像黎镜仁。几个月下来，游守祥精神失常，萎靡不振。一天，他突然出现在黎镜仁的办公室，那副骇人的熊样差点儿把黎吓昏过去。游一阵指责过后，把黎镜仁办公室砸成一片狼藉。黎只有让他发泄，不敢去阻拦，最后只好躲进里间避风。风潮一退，黎镜仁来了个后发制人的招。一开始，黎要李京涛出手挽回他尽失的颜面，李京涛清楚黎那德行，采用婉拒拖延战术。黎没辙，只好找到郑铜修的儿子郑津出手相救。郑津给出的答案是不够判刑的条件，游最好的去处是市精神病院，实际将游软禁，不让他出来闹事为上策，黎同意郑这一高明的建议。郑津把游守祥赶到市精神病院，实际上是为黎镜仁腾出床位，让黎镜仁与王甜甜过上了二人世界的生活。吴大鹏刻意为黎镜仁、王甜甜打造了二人世界的房间，已经提前付清了两年的费用。可是后来，情况发生了戏剧性变化。珊瑚爆炸案破案工作在黎镜仁和郑铜修的阻挠下艰难前行，这个功劳要归功于尹向东同志，在投入大量当地武警公安的情况下，将重要嫌疑人之一钱毕仁抓获，但也付出了沉重的血的代价——特警队长邓大佑被钱毕仁的手枪击中防弹衣，但防弹衣不防弹，半个月后邓大佑牺牲；另一位被击中的是一名武警，但只是被子弹击中防弹衣产生的冲击波震断两根胸骨，对生命没有大碍。”

“怎么同样的防弹衣，其结果不同呢？”胡新华感到纳闷。

“亓官云涛和黎镜仁的话题就是从防弹衣这儿引出来的。”曹昆说。

“这八杆子打不着的事，怎么扯到了亓官云涛这儿来了呢？”胡新华问。

“黎镜仁和亓官云涛是同学，黎镜仁推荐给市公安局的防弹衣是劣质防弹衣，穿上这防弹衣的特警在擒获钱毕仁时中弹牺牲，黎自知罪责难逃，便找到亓官云涛支招。”曹昆说。

“噢，我清楚，你们为把这事查清付出了大量心血。”

“我任职以来也接到过新州市民对郑铜修、黎镜仁的一些举报上访信，结果反馈过来的情况是说，‘一些人为了当官为了敛财没有达到个人目的而对黎、郑两位领导进行人身攻击和诬告陷害’。省纪委给我这个结果之后，仍然有同样针对郑、黎的举报信，其中对郑铜修的举报信有三份是实名的，有举报人的住址和手机号码。这种方式的举报我原先不多见，因此我对举报内容一条条进行摘记、分析，最后我得出以下结论：对新州郑铜修的举报绝非空穴来风，举报内容应该是真实可信的。因为一个自然人，只要有健全的心智，都有自我保护的意识。这个举报人已经有一种‘舍得一身剐，敢把皇帝拉下马’的气概，把自己的生命都置之度外了，无所顾忌了，已经准备鱼死网破了，所以这几封举报信有相当高的可信度。我打算批给省人民检察院检察长喻正华去查，正华所领导的反贪局每年都查处不少影响全省和全国的大要案。这个同志是反贪局长出身，做什么都很注意前瞻性、预见性，紧扣社会热点问题、敏感问题，提前部署。比如针对一些举报出来的问题，他马上判断出这个行业以后可能就是反贪局需要挥重拳的行业，他就见机行事将优秀的侦查员安排下去卧底。那天正华向我汇报全省反贪工作形势时对我说，他下派到新州市国土资源局卧底的刘春江检察官工作相当出色，在市国土资源局任副局长，与市委副书记、副市长经常接触，很快就融入到他们的世界里。几年下来，刘春江侦查员不仅熟悉了新州市矿产资源总体规划，而且还熟悉了新州矿产资源的现状和缺点，矿业经济在全市国民经济中的地位和作用，以及矿山从立项到批准的整个流程。在这些过程中，老板要送多少钱，送给哪个环节的人，他都清楚。在办理过程中有专门提篮子的人，就是从煤矿老板手中拿多少钱保证煤矿批下来的人。提篮子的人与郑铜修他们都是要称兄道弟的，关系相当熟络，一般100万元到150万元之间办成此事。新州矿业多，刘春江在新州国土局任职期间，卧底受贿100多万元，都如数存入后上交。这是一个很成功的案例，以后这项工作还要做，就是空降下去，融入进去，打成一片，称兄道弟，时机成熟，信手擒凶。这件事情说明选对一个部门的领导是多么的重要。我对喻正华检察长熟知，在省委特侦组成立前，他就给我提出过这事。提这个之前，他从省公安厅厅长尹向东那儿得到一个很重要的情况，他说所查新州市珊瑚爆炸案的重要嫌疑人吴大鹏分别向他的账户和新州公安局长李京涛的账户打进5万元钱，然后举报尹向东同志和李京涛同志的受贿信件各部门都收到了，另外还在新州市的大街小巷张贴了他们俩受贿5万元的大小字报。经深入查证和利用监控监听等手段发现，吴大鹏和黎镜仁副书记、郑铜修副市长、市检察院常务副检察长杜修行、反贪局长林子墨之间的活动相当频繁，他们勾结在一起谋划如何把吴大鹏漂白。为此，吴大鹏将自己的矿山出卖变现钞2800万元，先期打点黎镜仁和郑铜修以及杜修行、林子墨等人的钱达580万元。这桩震惊全国的新州珊瑚爆炸案背后的黑幕被徐徐拉开。喻正华检察长和尹向东厅长得到这些鲜活翔实的情报后十分震惊，俩人异口同声马上要成立特别侦查小组秘密潜入新州，把这一桩桩黑幕彻底撩开，把一张张贪官和杀人恶魔的嘴脸一个个拉出来亮相，把他们那肮脏的灵魂放在太阳底下暴晒，让受害人和主张正义的人们扬眉吐气，挺直腰杆，让正义的阳光永远陪伴在善良人们的左右。关于特别侦查小组以什么形式出现，他们俩进行了认真切磋。他俩都认为，各自为政力量不够强大，把公安有独特优势的侦查权和检察独立侦查权相应融合嫁接，那侦查所产生的效率将是惊人的，所获取的情报也是空前的。但谁牵头呢？对这个问题，他们也琢磨了一阵，两位睿智的侦查专家给出的答案，省委政法委牵头最好。这事敲定后，由省检察院负责起草报告的文稿，然后双方召开小范围的联席会，确定人员装备。这个《关于拟成立香禾省委特侦组的报告》于会议后的当天就到了我的案头。我看过后耳目一新，说实话看这样的报告那是别样的享受。读完这一报告后的第二天，我把喻正华、尹向东两位同志招呼过来，哎呀，那场面我真的很受感染，感染什么呢？平时我要他们俩到我这开个会都着便装，但那天一个着检察长制服，左上衣兜沿中间别着一个很显眼的检徽，一个穿着公安制服，还大头盖帽。开始我不清楚，后来才知道他们每人携带了一把77式手枪，弹匣内还装有7发子弹。这让我十分好奇，那架势就像一个勇士待命出征，随时听从党的召唤，不管前方是地雷阵，还是敌筑有坚固碉堡，他们都要身先士卒，冲锋在前，拿下阵地。他们的口号是：人在阵地在，誓与阵地共存亡。这是多么好的兄弟，这是多么好的指挥员啊，党和人民赋予的任务要他们去完成，一百个放心！小范围的会议在十分秘密的环境中进行，最后形成一个决议文本。这个决议文本您看过后，给予了充分的肯定。得到您的批示后，我们再一次召开会议研究省委特侦组组长和成员人选，以及工作目标、携带装备、经费申报、纪律章程等。我们又成立了特侦组党小组，出发前还召开了第一次党小组会议，大家纷纷表示：不辱使命，不当逃兵，冲锋陷阵，摧毁敌人那坚固的堡垒，向香禾省委交出一份满意的答卷。这是多好的战士啊！深入新州后他们舍小家顾大家，有的父母病重、小孩感冒，都无暇顾及，一门心思扑在准确完整缉获以黎镜仁、郑铜修为首的犯罪集团的犯罪情报上。在搜集情报之余，他们还参加一些慈善活动，比如深入沙河县为16位百岁老人捐款。他们又深入沙河大街小巷、文化景区，去感受那里的人文气息和政治、经济、文化社会的进步。为了提高自己的综合能力、审美能力，马文启同志还组织大家进行诗歌比赛，并举办相关知识的讲座。看来他们在新州市的工作、学习、休闲安排得相当科学，这是一支党和人民信赖的特侦组。为了获取翔实可靠的情报，他们不辞辛苦，租一辆小卧车走访调查了新州市所辖县区市，走访人数2989人次，获取调查材料823份，照片218张，录像89个场景。这些来自一线的真实资讯，进一步揭露了黎镜仁、郑铜修这个犯罪集团贪婪的本性。从传回的资讯中得知，这个犯罪集团为了控制矿山的资源，防止对他们可能的利益造成损害，郑铜修滥用‘双规’手段，把根本不是党员也不是公务员身份的普通百姓弄来‘双规’。有的一规就是几个月，出去后精神恍惚，有的弄成终身残疾，有的家破人亡，十分触目惊心。黎镜仁为了敛财，将一批劣质防弹衣压着市公安局李京涛购买。李京涛以没有钱为由拒绝购买，黎镜仁利用手中的财政大权，拨付钱款购买了这批防弹衣。特警队长邓大佑执行抓捕珊瑚爆炸案主要嫌疑人时穿上了黎镜仁强行推销的伪劣防弹衣，结果一条鲜活的生命就这样戛然而止。后来经过侦查获知，市委副书记黎镜仁收受贿款68万元，去向是这样的：送给省委组织部副部长亓官云涛20万元、情妇王甜甜20万元；自己留下28万元。这简直就是拿我们公安干警的生命去做交易啊，悲哀、悲哀啊！一个市委副书记应该把维护、保护、呵护所在辖区老百姓的生命为己任，爱民如子，让他们安全幸福快乐自由地生活，为新州建设出力作贡献。可黎副书记为了金钱，为了一家一己的快乐与幸福，把百姓的生命当儿戏，把自己的幸福快乐建筑在百姓的无限痛苦之上，这是多么悲哀啊！看过这份报告后，那天晚上我辗转反侧，难以入眠。特警邓大佑被子弹击中的那种痛苦，鲜血流淌后那副惨白的脸，额头上因疼痛渗出的细细汗珠，牙齿因痛苦摩擦出的细碎声音，以及临终时从那双大大的眼睛里流出来的对亲人的那份依恋，对同生死共患难战友的那份眷恋，对自己所热挚爱的公安工作的那份执着，始终在我的灵魂深处萦绕徘徊。”

省委领导静静地听着曹昆书记述说，时而扶扶眼镜，时而呷口茶。曹昆讲述完，省委领导没有作出任何反应，而是不动声色地看着曹昆，似乎还想听听新州那边的故事。他绝对很清楚，一个市委副书记、一个常务副市长已经堕落到这般田地，一定还有更加触目惊心、精彩纷呈的故事。是继续让黎镜仁们演下去呢？还是赶紧下令收网？如此腐败横行之地，作为省委书记是否有必要来次微服出访？另外，把这批贪官依法惩处之前，需要做出周密的组织和人事安排。现在组织部长亓官云涛也被牵入黎镜仁的腐臭里头，对他作出调整，必须得到中央组织部门的支持。那么这个时机是选在什么时间为好呢？这些都需要有一个智囊。胡新华很清楚，一场看不见的，不需要流血但可能流血的战斗在悄悄逼近。考验他智慧能力的时候到了，他作为省委特侦组的组长，新州是他到该省任职以来向腐败犯罪集团开的第一枪。这一枪能否打出十环，完美收官，真正让新州的百姓伸直腰杆享受明媚的阳光，真真正正当回主人……，想到这里胡新华收回目光，起身，在办公室来回踱步。他一会儿把双手反剪在背后，一会儿把双手拢到胸前……

这些细小的动作都让细心的曹昆书记收藏于心，他清楚胡新华在作出重大决策前，深思熟虑之时都要来回走动，从他那身体语言里不时透出刚毅果断的气息。曹昆看着胡新华来回在办公室里走动，已经夜深人静了，他想来个主动告辞。正准备起身时，胡新华眼中突然闪现一缕灵光，他走到案前，请曹书记记录："我现以省委特侦组组长的身份命令你做以下工作：第一，缉拿新州市以黎镜仁、郑铜修为首的犯罪集团的时间选在吴大鹏出任新州市政协副主席之后。具体什么时候动手，召开一次省委特侦组全体会议后决定。第二，周密缜密制定出缉拿黎镜仁犯罪成员的具体步骤，一是先缉拿谁，用多少兵力去缉拿，缉拿的时机，缉拿的策略方法，缉拿分多少个战斗小组，组长是谁，成员多少，携带几支手枪；缉拿前执行缉拿小组的培训、沙盘推演，每一组所需的一名向导，这名向导是谁，都要明确。二是做出兵力安排，公安需要派出多少兵力，武装警察部队需要多少兵力支援我们，这个事前要与武警和公安的领导进行商量确定。第三，要先行确定承办案件的部门，这个事先与喻正华检察长沟通，就现在浮出水面的处级以上干部，由市级以上反贪局侦办就可以了。吴大鹏涉嫌爆炸罪这次必须缉拿归案，他这个关键人物这次不能出任何状况。第四，车辆装备预案。第五，再次下令冻结新州市所有官员以旅游考察等的名义出境，什么时候解冻根据案情进展再作安排。第六，对可能发生的意外事件作出处置预案，可能有不明真相的群众受到一些刑满释放人员的挑唆行打砸抢的犯罪行为，这些都要全盘考虑。你看还有什么补充的。"

"我毛遂自荐，抓捕黎镜仁、郑铜修等人的事宜由我操持，你看如何？"

"好。但杜修行和林子墨那边就要由喻正华检察长设计和操作，时间必须与黎镜仁他们同时展开。对吴大鹏缉拿的时间放在抓捕黎镜仁之前完成，方法也采取诱捕方式。执行诱捕设计由新州市国土资源局副局长刘春江负责，因为刘春江在新州卧底多年，以他出面邀出来吃中饭小酌一杯容易使吴上钩。为了使吴大鹏打消顾虑，应考虑同时邀郑铜修一同前往，这样成功率会更高。另外，建议将桂馨县县委书记景韵多也列入这次的抓捕对象。不早了，休息吧。”

二十六、吴大鹏华丽变身

上午8点30分亓官云涛给新州市组织部部长徐球晴打了个电话，告知吴大鹏任新州市政协副主席的任命文件已经下发，请予查收。徐球晴接到省委组织部副部长亓官云涛的电话后，准备与黎镜仁打个电话。这时，吴大鹏来到了徐球晴的办公室。吴大鹏难掩心中的喜悦，将一个袋子放在了徐球晴的办公室里间，吴大鹏说：“徐部长，家乡的一点儿土特产，让你尝尝鲜。”

“你我不必那么客气啦！”徐球晴话刚说完，觉得不对劲，不像是土特产，他急忙躬身打开一看，是几扎现钞，“哎，不必了，你的企业发展还要很多的资金。”

“不，就这一点儿，作用不大。”

徐球晴没有再推辞，马上将现钞放一个箱子里。徐落座，吴问徐球晴政协副主席的事情办得咋样了。徐告诉吴这事没有悬念，大概过几日就会下来，这事让他尽快到亓官云涛那里走动一下。吴说：“省里的组织部长比您大两个级别，不敢高攀啦，到您这我的心都有点儿发怵。”徐说：“你当上政协副主席后，我俩是平级了。”吴有自知之明，也知道自己那半斤八两，那个副主席怎能跟徐部长去比呢，实际上也没有可比性。吴大鹏坐在沙发上，刚进来的高兴劲儿没了。关于他任新州市政协副主席的事，他吴大鹏拎了30万元的现钞到省城王甜甜和亓官云涛那儿去攻关，离开省城前，说马上会有消息。可现在徐球晴部长告诉他吴大鹏说，任命过几天就会下来，这事把吴大鹏弄得一头雾水，到底亓官云涛的话是真的，还是徐球晴部长的话是真的，吴大鹏惶惑不解。徐球晴已经说到这份上也不好意思去深问细问，毕竟刀把子在别人手里，那个遥控器也揣在人家的口袋里。人嘛，不能时时都当老大，珊瑚爆炸案已经当过一次老大了，那次老大当得真来神，那真是惊天地泣鬼神。当然，说白了，那是他吴大鹏一生当中胆量和人欲的一次大放纵。

正在这时，徐球晴的电话铃响了："喂，徐部长，我黎镜仁，我想问一下省委组织部下了吴大鹏那个市政协副主席的任命吗？"

"噢，我问过省委组织部副部长亓官云涛，他说还要过几天。"

"怎么这么长时间了还没弄下来呢，你再催一下。"

"好的，好的。"徐球晴答道。

吴大鹏听到徐球晴部长与黎镜仁副书记的电话内容，关于这桩任命的事，根据吴大鹏的直觉，省委组织部副部长亓官云涛和王甜甜所提供的资讯是正确的，是真话，市委组织部徐球晴这话是假话。但作为精明的吴大鹏来讲，不想去捅那层窗户纸，那样于事无补，弄不好还会坏菜。于是吴大鹏忍着，轻轻走出了徐球晴的办公室，徐球晴也只是轻描淡写地说了声："好走。"

下午一上班，徐球晴刚来到办公室一会儿，吴大鹏就带着一脸的狐疑来到他跟前："徐部长，我任副主席的事情就全拜托您了。"说着掏出一张银行卡递到徐球晴手上。徐随手把那张卡放在桌上后，快速拿了一份《新州日报》盖住。

"你任副主席的任命下来了。上午你走后，我立刻打了亓官云涛副部长的电话，进一步证实了你被任命副主席的喜事，祝贺你。"说完，徐球晴紧紧握住吴大鹏的手。

吴大鹏心中的那块石头终于落地了，但他并没有多少喜色，得到这样一个真实版的任命信息，却又花去了真金白银10万元啊。于是他心里骂开了，这班贪官也真黑，一个不是货真价实的官位，竟撒出了100多万元。想到这，他又开始后悔起来，假如心胸放亮一点儿，气量放大一点儿，眼睛看宽一点儿，不去跟翁正中斗气，那多好啊！结果珊瑚爆炸案成了千古恨啦，一个哲人说得好，你伤害别人的同时其实已经伤害到了自己，你要将别人置于死地，其实自己也离死期不远了。这桩惊天的人命案一出来，基本上积蓄耗光：为了救命把矿山出卖变现去打点帮助救命的官员；为了给自己弄一个救生服，多一层保护层，弄个新州市政协副主席也要低三下四，不仅损伤自己的人格和尊严，还要撒银子。这前前后后一共花了2180万元，早知如此，何必当初呢？这撒了金钱又伤人格的事真让吴大鹏悲愤难当，他一走出徐球晴的办公室便不停地击打自己的脑袋和胸部。这一幕正好被吴丽丽看见，她知道有什么刺激的事情让吴大鹏很悲愤。“干爹，你咋啦？”吴丽丽这么一问，吴大鹏的眼泪毫无掩饰地流了下来，吴大鹏用忧郁的眼神看着吴丽丽，只是摇了摇头，没有回答。吴丽丽执意要吴大鹏到自己办公室去坐一坐，吴大鹏这才说话：“不了，我还有急事。”俩人分手后，吴大鹏往自己停车的位置走去，快接近自己的宝马车时，看见黎镜仁和郑铜修两位领导下车，没有了往日那容光焕发的风采，一脸的忧郁和倦意。吴大鹏知道又出什么大事了。吴大鹏再次壮起胆子去细细品味两位领导的眼神以及面部表情，明白这两位领导遇到的棘手事与自己有关联，因为那眼神的每一章每一节都写满了埋怨、责备、怪罪！到底有什么棘手的事弄得两位领导灰头土脸的呢？

原来，昨天，虎岭广场在不到两个小时的时间里就聚集了近6000人进行集会示威，据不完全统计，撒出传单两万多份。得到传单的人们纷纷往新州市虎岭广场聚集，引起整个新州市区的交通瘫痪，严重影响了人们正常的生活秩序。

市民张晓军在人民路的十字路口等红灯，一个身披红色绶带的人走过来从车窗外递给他一张宣传单。嗬，这玩意还真有新意，大开眼界，首先是那名号新鲜，“新州市民间反腐败人士”，他活了40多年，第一次接触这样的名号。再就是那些诗句鲜活：“欲悲闻鬼叫，我哭贪官笑，洒酒祭冤魂，扬眉剑出鞘。新州已经不是过去的新州，新州的人民也不是愚不可及，贪官和黑恶势力相勾结的时代已经一去不复返了。我们要的是真正的公平正义，为了真正的公平正义，我们不怕抛头洒血，为了明天新州的繁荣和谐，我们一定要设酒重祭。”多么铿锵有力荡气回肠的诗句啊，张晓军看完这宣传品，马上调转车头往虎岭广场驶去。虎岭广场人山人海，人声鼎沸，往主席台望去，有千余名身披红色绶带的民间反腐败人士站在前台中央，他们手挽着手，不断地呼喊口号，“打倒大贪官黎镜仁”，“打倒大贪官郑铜修”，“打倒新州政协副主席行贿犯杀人犯吴大鹏”，“贪官不除，新州蒙羞”，“坏人神气，好人受气”，“我们要披肝沥胆，镇妖除恶”。

口号呼完后，一个高高大大、气宇轩昂的年轻人走到前台，作了慷慨激昂的发言：

新州市的同胞们：

今天我们新州市民间反腐败人士在虎岭广场集会，谴责声讨我们新州市以黎镜仁、郑铜修为首的腐败集团。他们占着显赫的官位，不是为市民着想而是为自己的腰包、官位还有极少数黑恶势力着想，为了自己的一己之私，滥用职权，徇私枉法，执法犯法。在新州，正义得不到伸张，黑恶势力很吃香，一个沾满了人血的刽子手吴大鹏向黎镜仁、郑铜修为首的贪腐集团行贿2000多万元后，从监狱的大门神采飞扬地走出。那个场景相当壮观，光去迎接杀人恶魔出狱的宝马车就有28辆。其他车辆加在一起一共66辆，说什么“六六大顺”。这个被市检察院两位副检察长杜修行、林子墨“存疑不诉”的吴大鹏荣归故里，足足花了近百万元买来各色礼炮放了八天八夜。这场迎接杀人魔头的盛宴波及邻近的十里八乡，群众有的徒步，有的打的，有的开车往杀人魔头吴大鹏处云集，一睹杀人魔王吴大鹏的“尊容”：只见吴大鹏这个杀人魔王穿着红鞋红裤红衣红袜子红衬衣，戴着红手套红帽子登台演讲：‘乡里乡亲们，我吴大鹏没有死，今天荣归故里，感谢大家的关心、关怀、关爱，感谢以黎镜仁副书记郑铜修副市长以及市检察院，以超人的胆量以实事求是的精神将我从死亡线救出。我要感谢黎镜仁领导给了我重见光明、重获新生的机会，感谢他们的大恩大德。从今以后，一心跟着黎镜仁副书记，敢教日月换新天！’接着新州市歌舞团、香禾省京剧团作了23个节目的表演，吴大鹏赞助了明星演员出场费10万元，一般演员1万、2万、3万、5万不等。

一个杀人魔头居然要当我们新州市政协副主席，这真叫人大跌眼镜，瞠目结舌。这是以黎镜仁为首的犯罪集团对珊瑚爆炸案受害者的二次伤害、对坚持公平正义道德良知的挑战。今天我们民间反腐败人士就在虎岭广场搭擂台迎接挑战。今天的迎战，我们没枪没炮，只有我们善良的血肉之躯。

但我惭愧地告诉大家，今天的挑战，我们民间反腐败人士很可能会输，因为以黎镜仁为首的腐败团伙有非凡的能耐。在这里我告诉市民们，我们是良民，我们只想表达对新州市贪官的愤怒、不屑，因为他们不代表我们百姓的利益，而是代表他们自己和新州黑恶势力的利益。

借此机会向广大市民表达我们的歉意，因为我们的集会诉求，影响了你们正常的生活秩序。

张晓军一边听一边往民间反腐败人士负责人发言的主席台靠近，他定睛一看，大红的绶带上居然还写了“喻国梁”，一眼望去就是一个讨喜的主儿，宽阔的印堂习习生辉，伟岸的身躯着一款笔挺的西服，红色的领带衬着白色的衬衫，一对剑眉之下衬着一双刚正不阿且又善良的大眼睛。

喻国梁的主持发言完毕，宣布下一个议程：为珊瑚宾馆爆炸案遇难人的家属和受伤致残人员颁发慰问金。随后，一群身着白大褂的男女登上主席台站成一排。

六位受害人接过慰问金正准备转身往台下走时，被一个气质尚佳的人往人群外领去。领这个人也没有与喻国梁打声招呼，喻国梁马上让副会长吕其伟把受害人招呼回来。喻主要怕出现意外，现在杀人越货也不乏其人，看见身揣现钞都痛下杀手，吕其伟带一班兄弟上去，将那个当官模样的人一顿质问：“什么人？”

“市民政局的。”

“市民政局的？有证件吗？”

“我没有带。”

“没有带，那对不起，请这般难兄难弟回去。我看你这小子也不像个正经货，猥猥琐琐的。”话音刚落，那个当官模样的人撒脚便跑，正好被市公安局的便衣逮个正着。

吕其伟向喻国梁作了汇报，说喻太有眼力了，这些不法之徒利用人们的善良做丧尽天良的事，所以说，害人之心不可有，但防人之心不可无啊。说到这，喻国梁责成吕其伟负责把六位受害者专人专车安全送到家，做善事得善始善终啊。

安排完后，喻国梁宣布向贪官示威游行开始，话音刚落，游行队伍浩浩荡荡向市委进发。民间反腐败人士身披红色的绶带，带上写着民间反腐败人士成员和自己的姓名，其他人右手举着三角小旗，旗上写着“打倒贪官”“把大贪官立即法办”“我们呼唤清官”“我们拥护热爱清官”“我们憎恨贪污”“我们热爱拥护中国共产党”“打倒黎镜仁、郑铜修”“还新州清廉、公平、正义”“清除官商勾结，反对愚弄百姓”。

喻国梁和毛令遂走在队伍的最后，他们右手举着三角小旗在尽情呼喊口号。其实就在喻国梁和毛令遂的三米开外，已经有五个戴墨镜的壮实男人跟踪着，这一切他们都没有察觉。这五个人一脸的严肃，一脸的正经，有四个青年都留着寸头，一个岁数稍大的光头。他们都穿着笔挺的西服，蛋青色的领带衬着一件白衬衣，显得特精神。张晓军跟在这特殊着装人的背后，觉得好奇。张晓军断定这五个男子是受过良好训练的武警，他们有任务啦，也可能已经转业了，今天来新州松江湖旅游凑巧遇上集会游行。他们好奇，因为在别处绝对没这样一道风景线可以同这风景匹配。张晓军当兵出身，观察力极强，他还注意到有四个人的腰间佩戴了手枪，于是他判断这应该是身手不凡的特警。但又有疑问，其中一个人的手里为什么还拎着一架微录机。他又否定这是特警，最后，张晓军叹了一口气：“嗨，猜不透。”张晓军怀着十分好奇的心上前想问个究竟，可呼喊的声音一浪接着一浪把他的欲望也挡了回去。反贪官反腐败的怒潮用震撼新州大地的呐喊，回应一年前新州珊瑚宾馆爆炸案中炸死炸伤百姓的哀号声。游行队伍走过的街道两边站满了看热闹的民众，他们鼓着掌，也呼喊着“打倒新州贪官”的口号，一个六十多岁的老头看到这一幕热泪盈眶，心里无限感慨“共产党又回来了”。他呼喊着：“共产党万岁，打倒贪官。”

这位老人叫翁三仔，是翁正中的叔叔。他得知把他侄子炸死的吴大鹏被放了出来，还要当新州市政协副主席后，老人气得不轻，马上到新州人民医院住院，听说民间反腐败联盟集会游行声讨那班徇私枉法的贪官，便拔掉针头，穿着病号服过来看热闹。那个场面让他十分震惊，看来痛恨贪官的群众还真不少呢，嗨，真解气、解根。听人说，这些看不到首尾的游行队伍还要到市委大院的广场上集会，过夜，绝食示威。翁三仔也随着流动的队伍来到市委大院的广场。

新州市委大院里人声鼎沸，约过了半小时，西装革履的喻国梁站在简易的主席台中央发表讲话。

各位乡亲，各位有良知的同志们：

大家辛苦了，今天我们到达了游行的目的地——市委大院，原来我们没有来过，因为原来无事所求。今天来这，肯定有事相求，有句话叫无事不登三宝殿。

我只求市委副书记黎镜仁及副市长郑铜修出来和我们见上一面，作个沟通、对话、互动。求新州市委市政府对被珊瑚爆炸案中遇难和受伤的受害人伸伸援手，献献爱心，不能不闻不问，置之不理，甚至纵容罪犯。市委广场尽管离腐败的源头和策源地很近，但我们不怕腐臭，我们能够经得起腐臭。我们每个人来之前都注射过防止被腐臭感染的血清，有抵御能力。所以我们准备在这里多待些日子，直到达到我们的诉求，腐败分子垮台灭亡为止！

我们只为两个字“正义”而来，但我们可能被非正义的行为打压、诽谤、栽赃、污蔑、谩骂，甚至遭受那些人面兽心、佛口蛇心、别有用心、叵测居心之徒的加害与算计。对于这些，我们只是一笑了之，不足为道。今天我们在这里，就已经把我们的生命置之度外。因为我们所追求的，是有体面有尊严的生命，我的讲话完了。

省委特侦组接到神秘接头人的密报后就打的直赴虎岭广场，对集会现场进行实拍录像，然后加上文字说明传到省委特侦组常务副组长曹昆手中。

省委特侦组又跟在游行队伍的后面，对游行队伍进行跟拍录像，原来在张晓军眼里酷似特警的那五个戴墨镜的壮实男人，正是省委特侦组的队员。

喻国梁走到台前宣布以下活动安排，请珊瑚爆炸案被炸身亡的翁正中的妻子于秀梅上台，被炸受重伤的秦玫丽、边境、贝时贵、祖歌、童川上台。他（她）们都身着白大褂，身上披着写有“还我公道，惩办贪官”的黄色绶带，这一特殊亮相，顿时让台下几千人鸦雀无声。

第一个进行控诉的是于秀梅，她身高约一米六，四十岁年纪，但看上去有五十岁左右。她文化程度不是很高，初中文化，还没有开口，哭声在先：“父老乡亲啦，我丈夫被吴大鹏炸死了，我天天以泪洗面，我们家顶梁柱子塌了，天都黑了，我失去了活下去的信心。在孩子和乡里乡亲的鼓励下，我才慢慢走出那段阴暗的日子。我的丈夫炸死都这么长时间了，政府没有一个当官的到过我家去安慰一句，行凶的吴大鹏也没有赔我家一分钱，我丈夫那条命连狗命都不如啊！我听说吴大鹏这个恶魔否认杀我丈夫翁正中，没有罪，是市公安局冤枉了他。天啦，这都能赖得掉吗？今天我就讲一些，请大家给我这个寡妇人家做个主啊……”

于秀梅还没讲述完，被珊瑚爆炸案炸断右腿的五年级女学生秦玫丽已经拄着拐杖站在了台前。小玫丽扎着红领巾，脸上毫无血色，身材瘦弱矮小的她给人以弱不禁风的感觉。她从衣兜里掏出一张早已写好的发言稿：

叔叔阿姨们，你们好，我叫秦玫丽，今年读五年级了。珊瑚宾馆发生爆炸那天，我路过那，突然一声巨大声响带着巨大的气浪，把我击倒在地，我昏死了过去。后来好心人把我抬到医院救治，醒来后，我发现自己失去了一条右腿。摸着空荡荡的裤腿，我的心就像是悬在空中似的飘来飘去。爸爸看到我情绪低落，开导我，给我买来好吃的，后来找来班主任于艳琴老师来抚慰我的心灵。在好多好心人的关心呵护下，我慢慢地走过了那段让人恐怖的岁月。

可是后来一个严重的打击又把我拽回那痛苦的日子，为了医治我的病，家里的积蓄花光了，爸妈一天到晚拼命卖水果，但也不够交治病的钱。为了我日后的读书和生活，医生说考虑安条假腿，价格很贵。妈妈一听如五雷轰顶，一下子失去了对生活的信心。一天她跟爸爸说回家有事，回家后她喝下农药自杀。我失去一条右腿，又失去了我心爱的妈妈，我整天泡在巨大的悲痛之中，也慢慢地产生了巨大的负罪感。我经常自责，如果不遇那天的爆炸失去右腿，那就不会失去我的妈妈！

病未痊愈，由于交不起那昂贵的药费，我只好出院。在家里我拖着那只空空荡荡的裤腿，过着飘忽不定的日子。我的伤情被民间反腐败联盟的叔叔阿姨知道了，要我回到医院继续治疗，费用全部由他们支付。

在这里，我向叔叔阿姨报个喜，民间反腐联盟的叔叔阿姨们已经为我订做了假肢，以后我就可以信心满满地生活学习。感谢民间反腐联盟的叔叔阿姨们，是他们给了我第二次生命。

说完，秦玫丽一只左腿长跪不起，低着头，双手合十祝好心人幸福天长地久，好人一生平安。

听着小女孩秦玫丽那悲惨的遭遇，特侦组的全体侦查员都噙着泪水。

贝时贵刚一上台，马文启的手机收到一则短信提示。他看过短信后，用凝重的神色与特侦组的其他同志使了个眼色，省委特侦组迅速离开。

二十七、特侦组领导夜访新州城

马文启收到了省委特侦组常务副组长曹昆一条通过加密传过来的短信："我于今晚八点一刻到新州市，只许与李京涛同志沟通相关事宜。曹。"马文启接到这条短信息时已经是下午5点30分了，他将短信内容告知了李京涛，李激动不已，看来新州有救了，真正干正事的人不再受气怄气了，他李京涛可以伸直一下腰杆子了。

马文启和李京涛沟通的主要内容：一是到李京涛办公室会合，特侦组先行离开，一刻钟后李京涛离开；二是布置接待地点；三是特侦组晚餐订在市公安局食堂；四是保卫工作主要由特警来完成。

特侦组在公安局食堂用完餐后，到李京涛办公室商量先开个保卫工作人员的会议，提出要求和注意事项。会议在市公安局会议室召开，李京涛对二十名特警官兵说："今晚有位领导莅临我们公安局，你们的任务就是保护好首长的安全。你们是我们新州市公安的精锐，相信大家能够完成保卫任务。所有的武器都要处在战斗状态，遇到特殊情况要及时报告，不得擅自开枪。现在回去做准备，散会。"

李京涛回到办公室，为特侦组的五位侦查员斟了壶茶水，大家一边呷茶一边小声议论，省委特侦副组长曹昆为什么要选在夜晚而不是白天来新州视察，他这次来新州的背景动因是什么，秘密视察新州后会有什么跟进的大动作，大家都分析判断着。

省委特侦组的四部车徐徐开出喧嚣了一天的省城，进入由北向南的高速公路。车子以每小时120公里的速度往前推进，大约一个半小时后，夕阳开始快速向着远处的山峰下沉，山峰翘首正等待着夕阳来作客。夕阳快接近山峰时，还慷慨不惜地烧起橘红色的晚霞，使得原野更加壮观。那轻薄的晚霞撒在特侦组的车上，透过车窗，那红色绽放在大家的脸上，每个人都显得容光焕发。

天空的霞光渐渐地淡了下去，橘红的颜色成了绯红，慢慢地绯红又成了浅红。到了最后，当这一缕缕红光都消失了的时候，那突然显得高远的天空，则呈现了一片肃穆的神秘的色彩。这种神秘的色彩与省委特侦组神秘潜入新州执行着神秘的任务，与车上带有神秘色彩的人相呼应，更加强化了神秘的氛围。过了一会儿，星星从深邃深蓝色的天幕中开始探出头来，不停地眨着那一只只明亮的眼睛。

夜色在不断地加浓，星星越来越多了，城市和农舍的灯次第亮了起来。在幽深的夜色中，曹昆用深邃的大眼睛注视着幽深的夜里所发生的一切。可是这时，他觉着光靠这双眼还不足以去总结这瞬间发生的一切。他由掌变拳，轻轻地捶打着那亮而宽的印堂，他知道印堂再往里延伸十厘米就是第六感官的发祥地。拳敲击过后，印堂开始发热，他清楚这是第六感官已经开始搜寻外部世界的一切变化，并通过分析处理，作出最后决断。

特侦组的领导一行驶入新州市公安局大院，在一旁迎候的有马文启、钟笑、李京涛等人。在暗处，真枪实弹的特警个个处在高度戒备状态。

只见曹昆身穿一件笔挺的风衣下车，刚才坚毅威严的脸上带着笑意，与前来迎接的人员一一握手寒暄。当马文启把李京涛介绍给曹昆时，曹昆握住李京涛的手说："你的事迹我看过，很感人。"两人握着的手始终没有松开，一问一答地来到市公安局会议室。

大家一落座，曹昆说："一桩爆炸案，久拖不决，牵扯的精力之大、涉及的人员之多、涉案的层级之高，看来出乎我们的意料。就当前的形势判断，正义与邪恶的较量还在激烈进行，一幕幕大戏精彩纷呈，各路角色大显身手，各路人马都在暗中较劲。现在看来，黑云压城城欲摧啊，但我们的曙光就在前头！今晚来主要是慰问战斗在一线的特侦组的侦查员们。从传回的情报看，你们做了大量富有开创性的情报收集工作，这些富有价值的情报为日后制服犯罪嫌疑人奠定了很好的基础。你们卓越的侦查手段和精湛的侦查技巧赢得了特侦组领导层的一致肯定。但是我们不能满足，因为我们所面对的敌人还没有偃旗息鼓，所以我们应当保持高度的警觉，穷尽一切法律所赋予我们的侦查手段，客观、公正、真实地搜集情报。另外，据我个人的判断，黎镜仁、郑铜修一伙的表演即将接近尾声，你们特侦组要作出抓捕预案，具体由马文启副组长安排。”

说完特侦组的事，曹昆转过脸来握住坐在一旁的李京涛的手说：“你为了破获珊瑚爆炸案，把生死置之度外，造成终身残疾，儿子遭犯罪分子毁容。作为省委副书记和省委特侦组副组长，我心存内疚。但请你相信，我们绝对有能力将犯罪分子绳之以法，不会让你的血白流！”

李京涛用木木的表情看着曹昆，曹昆松开李京涛的手之后，用十分真诚期待的眼神，想听听李京涛对刚才那番话的回应，其他到会人员也有同样的期待。李京涛没有丝毫回应曹昆的意思，与他相邻的秦圆用脚尖轻轻地点了一下李京涛，但李京涛仍旧像是置身于会场之外，所有在场的人觉得李京涛变了个人似的，他以前可不是这种表现和做派，反应相当敏捷，表述的内容完整准确，可今晚李京涛变了，变得如此木讷，变得如此不解人意，变得如此让人疑惑和纠结。

“喻正华检察长，关于新州市检察院对吴大鹏作出存疑不诉的决定，要立刻成立专门班子对此案认真进行复查，确定业务娴熟、政治品质过硬的检察官承办此案；审查完之后，省院立刻作出《撤销不起诉决定书》送达新州市人民检察院，然后我再择机行动。我的悟性告诉我，对新州市的犯罪集团重拳出击的时机已经到了，这事不可再拖，再拖可能会造成不可估量的损失，我们将成为罪人，因为有个罪名叫玩忽职守罪，就这事我想谈点儿不十分成熟的意见。第一，确定需要一网打尽的犯罪嫌疑人名单；第二，确定承办某一人某一案的反贪局；第三，为反贪局提供一份犯罪证据清单；第四，提供捕获犯罪嫌疑人的多套预案；第五，召开省委特侦组第五次全体会议，研究确定抓捕方案；第六，需要抓捕的犯罪嫌疑人安排到承办的反贪局后，该局要组织查看驻新州特侦组所缉获的监控录像、侦听录音、短信、身份证信息、银行账户信息、所涉及的犯罪金额以及犯罪嫌疑人的家庭成员信息和社会背景资料。这一切都能为日后审讯犯罪嫌疑人准备足够的弹药，坚定必胜的信心，构筑一个完整的立体的能迅速剑指敌人纵深阵地开展凌厉攻势的体系，从而达到一剑封喉、一战立威！今天来了两位省委特侦组副组长，那么两位副组长的任务是什么呢？”说完，曹昆用期待的眼神看了看喻正华、尹向东。

喻正华检察长马上回应了曹昆组长那期待的眼神，说道：“马上确定复查新州市珊瑚爆炸案的优秀检察官并成立一套班子，之后作出撤销新州市人民检察院对吴大鹏的不起诉决定书，为下一步启动法律程序作准备。我今晚留在新州市，什么时候回省城，就看抓捕的预案是否可行再定！”

“我也今晚也要留在新州，与李京涛同志沟通一下，在这里就不说啦，这也算是题外话吧！”尹向东说。在场的人一脸狐疑。尹向东说那话的时候，李京涛也用疑惑的眼神痴痴地望着他。尹向东厅长觉察到李京涛那十分复杂的表情。作为一厅之长，他对李京涛太熟悉了，李京涛对事业的执着劲儿，对党和人民的忠诚度那绝对没有瑕疵。但尹向东对今天李京涛的表现有些不解，一个市级的公安局局长能在这么小的范围内见上省委副书记，那绝对是机缘巧合，说实话那也是一件很幸运的事情。可他李京涛全然不觉，大概在他李京涛看来，这不是一件什么好事，弄不好就是灾祸降临的开始！在李京涛眼里，他曹昆秘密来新州市视察市情，了解民间反腐败人士集会游行示威的事，其实这玩意儿没有什么秘密可言，不用一个小时黎镜仁他们就会知道的。黎镜仁知道这事后，他绝对有政治智慧、政治手段、政治图谋，寻找替死鬼、替罪羊，那么谁又是这次黎镜仁政治危机当中最理想又没有牵强印痕的最佳人选呢？李京涛怀着忐忑不安的心情去了一趟卫生间，回到会议室时已经宣布散会了。

果然不出所料，曹昆一行夜袭新州之事被黎镜仁知道了，他心里有些发毛：这绝对是省委领导深思熟虑后的一次缜密、用心的行动，绝对是为后续的动作作铺垫，为作某种决策前获取拍板定案的翔实资讯。一旦曹昆作出决断，新州，整个新州将是山呼海啸，山摇地动。顷刻间，新州的政治版图就会被改写，新州历史的那一页将翻过，新桃换旧符了啊！黎镜仁怀着恐惧的心等待着那一天的到来。

毕竟是工作几十年的领导干部，他也觉悟过，想主动去投案自首，那样可以从轻发落，宽大处理。可他心有不甘，他做的那些事都是在两个人之间进行的，没有暴露在阳光底下，到时候来了个“坦白从宽，牢底坐穿”后悔就来不及了。再说现在的官场谁没有那点儿事，谁的屁眼那么干净？不管是谁，那屁股里多多少少、大大小小都巴了一点，大家只是心照不宣而已。其实每个人心里都清楚，因为大家都有问题，大面积的腐败，大面积的瘫痪，执法机关权衡利弊，来了个法不责众。把钱退了，吃进去的吐出来就没事了吧，这不就躲过一劫吗？黎镜仁最后决定不投案自首，听天由命吧！

快天亮了，到秘书办公室弄了早点，用过餐后，黎镜仁要秘书通知各大常委9点到会议室开会。离开会还有一个小时，这一个小时里，他黎镜仁在谋划着什么呢？

黎镜仁心里十分清楚，这次曹昆就是冲着民间反腐败人士搞的游行集会示威而来的。在曹的眼里这绝对是一桩政治事件，曹要拿他作反面典型，逼他下野，这完全办得到的，不费吹灰之力。既然如此，不如来个鱼死网破！表面看，新州民间反腐败人士游行集会示威是一班有钱的老板和不明真相的百姓起哄，深究起来这里头绝对有官场的人做后盾，绝对有人在搞幕后策划。这人是谁呢？

正在黎镜仁为这次政治事件寻找替死鬼时，黎的老婆打来电话：“老公，在省城已经传得沸沸扬扬了，说你们新州主持这次活动的是‘新州民间反腐败人士’。我想核实一下，这事是不是真的，如果是真的，请你多保重，想开一点儿。”

“这事是真的，一点儿都不假，但人数可能没有那么多，大概也就万把人吧。为这事省委副书记曹昆昨天晚上秘密来过，这确确实实是一件经过充分策划的政治举动。”

“既然曹昆没有打招呼就走人了，那你咋知道他来了呢？”

“曹来后，省委秘书长文相如打了市委秘书长郭宇通的电话，我才知道的。当然文相如也事先打了我的电话，但我没接听，因为人机分开的，我刚好有点儿事。”

“那你当时干啥了呢？”

“这不吴大鹏要当上新州市政协副主席后想搞个答谢活动吗，这小子时间搞得长，他还要我主持首场感恩晚会。吴大鹏的事，那是市公安局以李京涛为首的一班人冤枉他的，后来被检察院认定存疑不诉，放吴大鹏出来。”

“李京涛与吴大鹏原来有过仇恨吗？”

“这个我就不清楚了，老婆啊，有个事给你提个醒：一个是那些老板打到你账户和我账户的钱赶快取出来，留一些守着账户就可以了。或者把钱取完，把账户取消，日后检察院反贪局冻结账户就玩儿完了，那就不划算了。受贿的名声背起，结果钱一分没得着，我还是选择背受贿的臭名声，不耽误吃香喝辣吧。只要手中有了钱，天翻地覆心不慌，这年头，当官的谁不弄点儿外水啦！二个是把所有钱取出后，带回老家去，用塑料袋包好或弄几个大缸把钱埋起来。”

“你怎么今天突然这样悲观了呢？你原来不是说没有什么可怕的，就连检察长都畏你三分吗？”

“那是原来认识上有偏差，弄我这一级的官员，是省检察院反贪局来办。”

“那边有熟人吗？”

“有几个熟人。”

“能帮得到忙吗？如果他们能帮忙，弄出1000万元或者2000万元给他们，我们要那么多钱干？成天担惊受怕、提心吊胆的，既怕盗贼偷，又怕反贪局查，何苦呢？钱是身外之物，生不带来死不带去，一辈子够花就得了，不要管后代的事啦，儿孙自有儿孙福，你说呢？”

“事情不会有你想得那么简单，你砸出1000万元或2000万元，反贪局的检察官不为钱所动，他们忠诚履职，不吃你那一套，你也没辙啦！”

“你不能老搞那些定式思维，请记住，男人无所谓忠诚！忠诚是因为背叛的筹码还不够！如2000万元都摆不平，那就再砸出1000万元，你说呢？这不就成了嘛。”

“这事不敢去冒险，你说的那玩意也不是绝对的，也有男人视金钱为粪土的。假如砸出去那么多钱，人家把它上交到国库，被视作是行贿的钱，到时候罪加一等，牢照坐不误，唉，就听天由命吧。这个不去怪谁，今天咽苦果，是因为自己亲手栽下了那一棵苦果压枝头的树，我黎镜仁认命了。”

黎镜仁与妻子的这番经典通话已经被省委驻新州市特侦组监听并录音，新州的特侦组常务副组长曹昆喜上眉梢："看来昨天晚上的点穴术已经初见成效，不过大的成效还在后头。"

上午9点整，黎镜仁拖着疲惫的身子，闪着不悦的神色，怀揣沉重的心情，在主持人的位置上坐了下来。参会常委都提前5分钟到达，郑铜修则提前了10分钟到达。他照例穿着一身中山装，只是颜色与以前有所区别——淡黄色，即所谓的恐怖色调。

"今天的题内话是什么呢？有些同志知道，有些同志不知道。今天谈的是一件政治话题，在新州是一个大的政治事件。"所有常委一听到"大的政治事件"，都用木呆呆的眼神望着黎镜仁，整个会场死一样的沉静。

"同志们，我们新州民间反腐败人士煽动一些不明真相的人，大概有万人之多，大搞游行集会示威。这一非法的游行集会示威已经搞了几天了，但由于我们一些同志在政治上不敏锐，居然还蒙在鼓里。当然这事也有凑巧，我们拟上任的市政协副主席吴大鹏同志搞联络沟通工作，大家都应邀出席，这也是我市政治上的一件大喜事。一个农民工净资产一个多亿，为我市的经济作了大贡献。对这样的经济能人，我的想法是要给他舞台、给他平台、给他戏台，去施展他的才智，这也叫人尽其才。就在吴搞联谊活动的同时，新州民间反腐败人士展开了声势浩大的反腐败游行示威，随后，驻在市委大院赖着不走了，还要弄什么请愿、绝食，呼喊口号，又搞什么乱七八糟的反腐败论坛，控诉腐败行为。还有，珊瑚爆炸案的受害者及其家属人人都发表了控告市委市政府不作为、乱作为的讲话，弄得市委大院乌烟瘴气，鸡犬不宁。住在市委院里的干部家属反应强烈，要求尽快清场，捉拿头目，绳之以法！实话实说，今天我们来谈这个话题，确实是慢了半拍。昨天晚上，省委常委、政法委书记曹昆带了一队人马夜袭新州城，我们防不胜防，这里头反映出两个问题：第一，发生这样敏感的政治问题，新州市委市政府做了何种应急预案，有什么切实可行的措施来化解这场政治危机；第二，如此重大的政治敏感事件，新州市委的领导是不是在一线关注前沿的动态，结果没有一个市委领导在游行集会示威的现场出现。今天要大家来主要研究三个问题：第一，给'新州民间反腐败人士'举行的游行集会示威定个性，到底他们这种行为是合法呢还是非法呢，这个定性非常的重要，这为一下步的工作奠定了一个良好的基础；第二，应当采取什么措施终止‘新州民间反腐败人士’这场闹剧，请在座的常委们谈谈手段和措施；第三，对‘民间反腐败人士’的主要头目如何处理。”

黎镜仁的话音刚落，郑铜修谈了以下的看法：“首先，新州民间反腐败人士举行的游行集会示威是非法行为，因为他们这种行为事先没有得到政府部门的批准。其‘新州民间反腐败人士’亦为非法组织，也因为这个组织没有得到新州市政府有关部门的批准。关于黎副书记提出的第二个问题，我想是这样，先接触其头目，限定他24小时离场，张贴布告向人民群众宣传政府的政策主张，以正视听。黎副书记提出的第三个问题，如果其头目在24小时以内离场，可以考虑不抓捕，反之必须法办，严惩不贷。我的发言完了。”

之后，黎镜仁责成市委秘书长起草一份布告文稿并呈报省委省政府，政法书记接触民间反腐败人士，限期24小时之内离场，不然要断然采取措施。随后，黎镜仁宣布散会。话音刚落，郑铜修起身站立，这时黎镜仁赶忙示意他坐下。

大家走后，黎镜仁低声对郑铜修说：“你看我的判断对不对，如果对，就马上下手弄，不拖不推，近期就见成效。”说完，黎镜仁稍稍作了一下停顿，然后死死盯着郑铜修说，“新州民间反腐败联盟游行集会示威，其实就针对我黎镜仁来的，让我难堪，让我在政治上丢分，让我在新州活得不体面，甚至身败名裂。这种政治眼光、政治谋略、政治算计、政治手腕，你看谁能具备，这就是我要与你谈的重点话题。”

听到这，郑铜修作出沉思状，过了一会儿他抬起头，对黎镜仁说：“针对你来的人应该是你的政敌，政敌是谁？谁有这种超人的智慧？省委曹昆不打声招呼就搞突然袭击，而且晚上来，说明你的政治形象已经在曹昆心目中相当灰暗，这个信号来得相当强烈和震憾，令人猝不及防。曹昆打在你脸上的这一记耳光绝对不轻，你应当做好走人的心理准备。我这话说得有些直白，但这事绝对不会有假。你我在官场几十年，这点儿事是可以悟出来的。或许新州留给你的不尽然都是一些痛苦的回忆，但一些痛楚的回忆却是永生难忘的。”郑铜修说完这段话，黎镜仁表情十分沉重，低着头没有回应。

郑继续往下说：“这样来分析一下，你原来的政敌到底是谁呢？和你叫过板又长了一身反骨的是谁呢？”其实郑铜修知道这人是谁，但就不说出名字，他想让黎镜仁自己去说为好。说完，郑铜修故意用迷惑不解的神情看了看黎镜仁副书记。突然，黎镜仁抿着嘴，咬牙，脸露愠色，额头青筋凸起，挥出右拳重重砸在茶几上，怒喝道：“这事非李京涛莫属。”

“为什么呢？”郑铜修判断也是李京涛，但他故意不说，最后还来个诘问。

“据可靠情报显示，李京涛与民间反腐败联盟来往相当密切，他被炸伤住院期间，民间反腐败联盟的成员轮流为李京涛站岗放哨，还有人经常买礼品去慰问。如果没有李京涛的支持，那班乌合之众的民间反腐败联盟没有那么放肆，那么胆大妄为。一直以来他对我们俩耿耿于怀，一直都在寻机报复。这次报复的时机他算计得相当精确，诉求的点也相当准确。李京涛这种借民间反腐败联盟的手撼动我们在新州执政的政治基础，看来已经得逞。主要的体现就是曹昆夜袭新州城，他明明知道我在新州，没有离开半步，来之前根本没有告知一声。可见我黎镜仁在他的心目中已经没有一席之地了，政治生命正处在弥留之际。在这关键的时刻，我们必须赶快出手，充分运用纪委的‘双规’手段，对李京涛实行‘双规’，你看怎样？”

黎镜仁说完，郑铜修没有马上去迎合和认同黎的说辞，而是心不在焉地查阅他收到的手机短信。黎镜仁看到郑铜修一副漠不关心的样子，想发火，但他努力克制着，因为理智告诉他，这不是发火的时候。如果没有郑铜修的支持，这“双规”的事也只能泡汤，那他会处于独掌难鸣的尴尬境地。于是，黎镜仁不急不火地对郑铜修说：“你我是一根绳上的蚂蚱，是政治的盟友，对于李京涛的所作所为我们不能坐视不管，听之任之，你说呢？”

郑铜修看到黎镜仁一副惆怅纠结乞求的表情，十分同情，郑铜修说：“关于你提到的对李京涛‘双规’的事，我同意。但是有一个问题比较棘手，他李京涛是副厅级，又是市人大代表，‘双规’的审批权不在我们这，如果霸蛮去弄，我可能面临政治风险。”

黎镜仁却不以为然地说：“具体的操作你去办，我知道要讲这个原则，一切行动都要围绕现实的政治斗争转。”

“好，按你敲定的原则办。”郑铜修说道。

二十八、李京涛再遭险境

郑铜修打电话与市纪委相关人联系，就如何对李京涛采取措施进行协调。市纪委的封加渊坐定后，郑铜修板着脸十分严肃地说："现在新州市委遭遇了空前的政治危机，这场危机的始作俑者就是市公安局局长李京涛。他这种蓄谋已久的报复行为已经得逞，整个违纪的形态已经完结，我们可以下手把他'双规'了，这事赶快办。"

"人家是副厅，又是市人大代表，我们弄就越权了，还是慎重为好。"封加渊说。

"你是执行者，不是决策者，你不要管那么宽，那是领导考虑的事。有什么事由领导、由黎副书记来担，懂吗？"郑铜修有点儿不耐烦地说。

"我明白你的意思，我服从你的命令，但在具体操作上怎么弄呢？首先，我们要有李京涛是操纵民间人士进行非法活动的证据，你没有证据凭什么去'双规'他呢？另外，确实需要'双规'也得有位领导出面把他叫过来，或者以什么理由把他骗过来，然后马上宣布'双规'。"封加渊有板有眼地说。

郑铜修接着说道："你说这两条很有道理，你先回去待命，我马上去请示黎镜仁副书记再说。"

郑铜修来到黎的办公室。黎镜仁表态："关于谁出面找李京涛来市委宣布'双规'，这很简单……"郑铜修趁着这个空对黎镜仁说："封加渊同志对工作兢兢业业，服从领导。他的副处已经有两年了，看是不是你来表个态解决正处，这样他的工作积极性就更大了，重赏之下必出勇夫啊！你说呢？你放心，弄个正处的定心丸给他吃，对李京涛'双规'的事他封加渊绝对卖力。"

封加渊来到黎镜仁的办公室，在一个单人沙发上正襟危坐："领导有什么指示？"

黎镜仁说："我现在命令你的团队对市公安局局长李京涛执行'双规'。'双规’的地点你们自己定，人员不得少于6个，24小时轮流展开车轱辘战术！给我往死里弄！不获全胜绝不收兵！关于你的进步问题，其实那不是问题，你正处级的事我明天就让徐球晴列入常委讨论名单。你大胆地弄，有事我来扛着。”

“坚决执行命令，不辱使命，完成黎副书记、郑副市长赋予的神圣任务！”

听了封加渊表忠心的言辞，黎镜仁的眼神流露出对胜利的渴望与期待。他立刻拨打李京涛的手机，可惜不巧，手机处于关机状态。

原来，曹昆书记到达新州的第二天，李京涛的手机就一直处于关机的状态，他一直待在家里，哪里也没去，连后来一直留在新州的尹向东厅长找他，也一直没联系上。

当然尹向东厅长找他肯定有要紧的事，于是，尹向东和秦圆亲自登门去拜访李京涛。一到李京涛的家，尹向东直说来意：“那天晚上曹昆要你发个言，弄了半天你咋就没个回应？弄得我这个当厅长的都颜面扫地了，你可能也看到了我那心里的难受劲儿。还好，秦圆救了场，不然我尹向东交不了那个差。今天来，我想探个究竟，对曹昆的询问或者说指示你为何不积极回应，在你的心里掖着藏着什么？你我都是肝胆相照的兄弟，平素里你把我当作你的大哥来看待，在工作的配合上都可以用珠联璧合、相得益彰来表述，今天你一定要跟我讲讲掏心窝子的话，不然我会赖在这不走。”

李京涛知道尹向东厅长的为官与为人，他李京涛也绝对没有对尹向东隐瞒的意思，于是，他用虔诚信赖的眼神望着尹向东厅长，娓娓道来：“尹厅，你我都是新州珊瑚人肉炸弹爆炸案之后第二波受害者，我们虽然没有亲身经历第一波爆炸所带来的痛楚，但经历第二波的伤痛也不亚于第一波。侦破工作一开始，吴大鹏就指使杀手向我的儿子下了毒手。为了进一步阻止破案，吴大鹏又指使钱毕仁制造了第二次人肉炸弹。为了珊瑚人肉爆炸案的破获，我们一家三口已有两人身负重伤，只有我老婆幸免于难。其实她现在也只有半口气半条命了，自从我们父子俩连遭吴大鹏之流的毒手后，她患有严重的精神疾患，高血压、心脏病接踵而来。看见已经面目全非的儿子，她都想过跳楼结束这个没有了希望、没有了生机的生活。让人痛心疾首的事在后来的日子里还在不断上演，吴大鹏不但没有被法办，还被市检察院的杜修行、林子墨存疑不诉。一个罪恶累累的犯罪嫌疑人，在黎镜仁和郑铜修等一伙犯罪集团的运作下，还堂而皇之地荣登新州市政协副主席的宝座，真叫人啼笑皆非，荒唐至极。真的，要来评价现在新州的大地上没有了阳光，只有黑夜，没有笑声，只有哭泣，也不为过。那天晚上，省委驻新州特侦组的同志告诉我曹昆将莅临我市，当时我的直觉反应是：对我李京涛来说这不是个好事，而是又一场灾祸的降临！”

听到这，尹向东闪着十分疑惑的眼神望着李京涛问：“你怎么觉得是灾祸降临呢，省委政法委书记来，应该是好事啊？”

“不，对我个人而言绝对不是那么一回事，不信，马上就有事实来证明我的判断。”李京涛心情十分沉重地说。

“你能就这个问题给我解读一下吗？”尹向东问。

尹向东话音刚落，李京涛电话响了，一看是黎镜仁打来的，李京涛问：“这个电话接不接？”

尹向东表示：“你有啥怕的，接！”

“喂，李京涛局长，好久不见你了，你现在身体恢复的怎么样？现在正常上班了吗？”

“我一切如故，承蒙领导的关心啊。”

“关心不够，请海涵啦！”

“不必客气，黎副书记有什么指示？”

“你我谈不上指示，我想明天上午9点邀你到我办公室喝点儿苦丁茶，谈点儿事。”

“什么事啊？”

“你明天过来就知道喽。”

“好的，我会如约而至。”

尹向东和秦圆的直觉立刻闪现，黎镜仁已经布局要对李京涛下毒手了。他们三人没有再停留，马上回到市局会议室，尹向东让李京涛通知特警开会，尹向东马上打通了仍留在省委驻新州特侦组的常务副组长曹昆的电话。

“喂，曹副组长，研究抓捕黎镜仁和郑铜修犯罪团伙的方案出炉了吗？”

“基本有眉目了。”曹昆答。

“有个事情请帮个忙。”尹向东说。

“有什么紧要的事？”曹昆问。

"电话上不便说。"尹向东说。

"好的，我马上过去。"曹昆说。

曹昆到达新州市公安局之前，二十名特警已经到达。曹昆一落座，尹向东说："开这个会很突然，但不开不行，黎镜仁和郑铜修一伙可能再次向李京涛局长发难，最坏的结果他们会滥用'双规'。对此，我们要有充分的认识和准备，不打无把握之仗。要弄就弄他个一剑封喉，彻底把新州这些滥用职权'双规'无辜干部群众的邪恶势力清除掉。新州市公安局的领导和干警们为了破获新州史上最大的珊瑚爆炸死伤七人案，还使李京涛局长的儿子李杰遭遇疯狂的报复，身受重伤。我们心中有太多的纠结与郁闷，但我相信大家心中的伤痛与郁闷不需要多长时间就可以被抚平和消解。为了揭开新州珊瑚爆炸案的内幕，省委政法委果断决策成立省委特侦组，已经取得了丰硕的战果。而有些战果是预料之外的，看来新州官场的腐败已经到了不整不足以平民愤的地步了。"

"一说起新州珊瑚爆炸案，我的心情就十分沉重，"秦圆接着说，"我经历了抓捕钱毕仁那惊心动魄的一幕，结果一名武警战士身负重伤，我们的特警队长邓大佑牺牲。邓大佑的死让我悲愤交加，难以释怀，我直白地说邓大佑的死不是死于钱毕仁的枪弹，而是死在黎镜仁那腐败的屠刀之下。刚才尹向东厅长已经说到了李京涛局长为了破获珊瑚爆炸案全家的遭遇，真是触目惊心，令人发指。现在黎镜仁和郑铜修为了挽救其狗延残喘的政治生命，将李京涛作为替罪羊。对此事，李京涛在省委领导莅临新州的当天晚上已经有了预感，看来他的判断相当准确。黎镜仁和郑铜修想利用其手中掌握的'双规'权力，借机报复。对此我表个态，我们市局的全体公安干警严阵以待，绝地反击，这次一定要他黎镜仁和郑铜修尝尝我们的厉害。今天，省委常委、政法委书记曹书记在这，我代表所有侦办新州爆炸案的公安干警说说心里真实的感受。为了破获这个惊天大案我们不辞辛劳，一天24小时连轴转，不少干警累倒了简单服点药又爬起来继续战斗。有不少的干警家人、亲人有病无暇顾及，默默承受心中的愧疚。为抓捕真凶，所有参战的干警把生死置之度外，一些干警在抓捕凶犯之前都写好了遗书，交代后事！可是我们公安干警流血流汗地付出，却没有得到应有的回报，我们心灵的伤痛得不到市委领导那温暖的抚慰，相反他们横加指责，说我们办了错案，把导演策划制造血腥珊瑚爆炸案的重要嫌疑人吴大鹏"存疑不诉"。这还不打紧，更荒唐的事情还在后头，吴大鹏出来不久，黎镜仁、郑铜修出谋划策，吴大鹏大把大把撒银子，最后荣登新州市政协副主席的宝座，成为新州政坛的一颗‘璀璨的政治明星’。这颗炫目的政治新星，让吴大鹏及其亲属心花怒放；让受害人及其亲属目瞪口呆、悲愤难当；让侦办此案公安干警大跌眼镜；让有良知的人们群众仰天长叹。人们不禁要问，新州怎么啦？新州已经得了不治之症！我就说这些。”

秦圆副局长说完，李京涛接着说道：“不是我料事如神，这么多年与黎镜仁和郑铜修打交道，我知道他们的心有多黑，手有多辣。曹书记来新州那晚，我预感到灾难会再次降临我李京涛的头上，这个问题就这么简单。曹书记回省城后，新州民间反腐人士游行集会示威的这笔政治账将会算到黎镜仁的头上。算到他的头上，等于明白无误地告诉黎镜仁，你的政治生命已经走到尽头！于是，黎镜仁急需在政治上寻求解套的办法，寻找政治上的替罪羊，翻江倒海寻找一遍，认为我是最合适的人选。一直以来，珊瑚爆炸案久拖不破，久拖不决，穷凶极恶的犯罪嫌疑人逍遥法外，还委以重任，堂而皇之、大言不惭居然当上了新州市政协副主席。这个啼笑皆非的新州版的政治笑话，绝对是新州政坛的一枝奇葩，一抹黑色幽默。我为了给新州人民有个明确的交代，在珊瑚宾馆发生爆炸案的第一时间就组织多警种到达案发第一现场。我亲临现场不久，就接到市委副书记黎镜仁的秘书打来的电话，要求我离开侦破案件现场参加市委常委紧急扩大会议，这个会我断然予以拒绝，因为人命关天，唯此为大！可后来我得到了黎镜仁的一顿臭骂：目无党的领导、目中无人，一身都长满了反骨。对此，我淡然一笑。但对破获本案我忧心重重，后来的事实证明，我的判断是对的。珊瑚爆炸案幕后站着一排位高权重的人物，他们是黎镜仁、郑铜修、杜修行、林子墨等等，我们市公安局再大的能耐也弄不过他们的。但是我作为局长始终没有放弃侦破此案的决心和信心，其实这是一种职业职责的使然，也是一种做人起码的良知的呼唤。但后来我却遭到残酷的报复，我和我的儿子都是中国残联主席的属下了！我们父子俩加起来也只有一条命，我老婆因为我们父子的事，气得半死，住院几个月，也只有半条命。一家三口还有一条半命，我死而无怨，死而无憾，可现在黎镜仁和郑铜修又要对我下毒手。对此，我依然会如约而至，赴汤蹈火，在所不辞。”

尹向东接着说道：“我完全同意李京涛局长的那番发言，关于如何解救李京涛我谈点儿自己的想法，最后由曹昆副组长拍板。”

曹昆用右手的拇指和食指扶了扶架在那张长长的脸上的宽边眼镜，镜片后射出一束束如炬的目光，他用沉着坚毅的语气对大家说：“对这帮违法之徒出手要狠，决不能手软，打出法律的尊严，让他们尝尝我们的厉害。在执行过程中，只要没有黑恶势力介入，不得开枪。祝此次行动圆满成功！”

第二天用过早餐，尹向东厅长来到李京涛的办公室，见李京涛从衣柜里拿出一套崭新的公安制服，准备换下那套已经褪色的公安制服。看见尹向东进来，李京涛一边换衣服一边对尹向东说：“我要秦圆过来一下，也简单作个交接。”

秦圆副局长来到李京涛办公室时，见他将一套崭新笔挺的公安制服刚刚穿好，秦圆触景生情地说：“李局你又要出征了，我都依依不舍啊。你穿上这身戎装，几乎又找回了刚做公安那时候的风采以及那份自信。”

“秦圆同志你就别嘲笑我了，你看我这幅脸面，简直像‘魔鬼’了。以后我做了爷爷，我都不知道如何去面对我的后代啦，惭愧啊！”李京涛一边自嘲一边很麻利地为尹向东、秦圆各斟了一杯茶，接着说，“我如果被‘双规’不知道什么时候回来，局里的工作由你来主持。眼下马上要做的工作主要有两个，一是有两件重案急需告破，二是一年一度的队伍教育问题，这就辛苦秦局了。”

“说句心里话，你赴‘鸿门宴’，我这个副手也为你担忧。希望你能见机行事，顺利穿越这地雷阵。局里的工作请放心，我会竭尽全力做好的。”秦圆说到这，作了一个短暂的停顿，李京涛和尹向东明白秦圆一定还有话要说，两个人都用期待的眼神望着秦圆。秦圆看到两位领导那期待的眼神，慢慢说道：“李局，我有个建议，最好不要佩带手枪，主要的考虑……”

李京涛接着说道：“你下面的话不说，我也能猜出个八八九九来。你放心就是，我李京涛的命不会那么贱，让他们逼得我或者伤害我，我就自己开枪自杀的。当然我更不会开枪去伤害任何人，这个底线一定会把握的，请你们两位相信，我有这个觉悟。”李京涛坚定地说。

秦圆接着说：“既然如此就没有必要带着手枪去嘛，多一事不如少一事，万一出现意外，我们就担心啦！”

“秦局啊，我为什么要带上那把77式手枪赴黎镜仁处呢，我李京涛一不是为了自杀，二不是去杀人，三不是为了要威风，个中原因是什么，用意是什么，以后你会明白的。”李京涛说完，嘴角挂着一丝不轻意让人发现的自信的微笑。

李京涛执意要佩带手枪去见黎镜仁，尹向东绝对知道他李局的用意，于是他表态支持李局的做法。临行前尹厅要李局换一块手机电池，保持联络畅通。

秦圆说："带不带手机都意义不大，一进去，他们马上会将手机收缴。"

"还是带上好。"李京涛说。

"你说带微录机的事，我认为也是多此一举，他们能让你去录音吗？"秦圆说。

"不录也不要紧，这是我的办案工具，随身带，就能找回我的自信，找回我办案的感觉。"李京涛说完，把已经佩带在右腰间的乌黑锃亮闪出寒光的77式手枪摆放在办公室上，气定神闲地呷了一口茶，之后，用双手正了正警帽，对曹昆、尹向东和秦圆说，"我依法佩带的这把77式手枪伴随着我出生入死，吴大鹏指使钱毕仁制造那次爆炸使我负了重伤，这把手枪负了轻伤。它是我无声的战友，这让我心痛不已。不过还好，这不影响它正常战斗状态的发挥，它照样英姿勃发，照样招之即来，来之能战，战之能胜。由此我正式向尹向东厅长报告：本枪战斗性能良好，上次射击完后，枪管膛内已经擦拭干净，可以说没有一丝火药味儿。拟携带子弹7发，为本枪最大载弹量。"李京涛说完将弹匣交给尹向东厅长查看，查看完后尹向东确认为子弹7发，并交还给了李京涛。李京涛马上将弹匣快速推进枪柄内，关上保险后，又将枪交给尹向东。尹向东起立，李京涛庄严正色，字正腔圆地说："下面请尹厅长为我李京涛授枪。"尹向东双手将手枪托起，用严肃信赖和坚定从容的目光盯着李京涛，李京涛马上伸出双手用自信和感恩的眼神看着尹向东。李京涛接过手枪后，郑重将它佩于右腰间，抬腕一看表，现在是8点50分了。尹向东下达备车的命令，从办公室一直送李京涛上车，他们的手始终握在一起。

"请多保重！"尹向东说。

"谢谢尹厅长的关怀。"李京涛说。

李京涛来到黎镜仁办公室外一看，门是敞开着的。看到李京涛进来，黎马上起身寒暄道："好，很守时呀！不愧是老公安啦！"

"我李京涛从来是这种风格啊，可是在有些人的眼中，说我过于老套、古板。这个脾气改不了了，走自己的路，让人家说去吧！"

黎镜仁绝对能听懂刚才李京涛那番话的弦外之音，可他干着急，找不到合适的词来应对李京涛，只是说："先喝茶，先喝茶。"

李京涛反应相当敏捷："你的意思是说先喝茶后说事喽！这样吧，茶省下来，就说事吧，黎副书记有何要事需要我李京涛打点的。"黎镜仁看到李京涛主动向他的防御工事发起进攻，脸阴沉得让人发慌，仿佛刚被霜打了的茄子一样，又黑又紫。他在心里骂开了，你这个欠揍的东西，到我的地盘上还想神气一番，恐怕你小子吃错药了，他心里一边骂一边拨通了郑铜修的电话：

"你到办公室来一下。"

"好的。"

郑铜修接到黎镜仁的电话，知道李京涛已经到了黎镜仁办公室，因为"你到办公室来一下"是他俩早起就约好的暗号。

黎镜仁见李京涛准备走人，他只好把门关上。李京涛气不打一处来："什么意思？黎副书记，我告诉你，你现在已经滥用职权，限制了我李京涛的人身自由了，我现在以口头形式向你提出严正抗议。"

郑铜修进来，神情严肃地纹丝不动坐在沙发上。他着一身藏青色的中山装，微胖的麻脸上五官已经挪位，竖着眉瞪着眼，满是凶神恶煞的表情，一个劲儿地抽着闷烟，用蔑视的眼神瞟了几下李京涛，还故意将烟吸出声来，以警示李京涛不要太狂。

黎镜仁把住门不让李京涛出去，俩人一直在不停地撕扯，弄得黎镜仁一头大汗，拉着一副沮丧的表情对郑铜修说："办案人员呢？"

"我已经说好了啊。"

正当黎镜仁心急火燎之际，敲门声响起。黎镜仁刚一打开门，纪委的封加渊、马提子等人冲了进来，指责李京涛跑到市委闹事，严重影响了市委正常的办公秩序。

没等李京涛反驳，封加渊和马提子马上将李京涛的左右手向后背反扣，姚言邦上前用一个黑色面罩强行将李京涛套住，只露出鼻子。李京涛那只被吴大鹏指使钱毕仁行凶炸断的右手仍未痊愈，钢板仍未取出。封加渊使出全身力气将李京涛的右手向身后反扣又向上推，钢板脱了。李京涛疼痛难忍，额头冒出米粒大的汗珠子，走出黎镜仁的门没几步，人已经昏迷过去。封加渊和马提子仍然没有松掉李京涛被反扣的双手。封加渊是这次执行"双规"任务的头，他对李京涛如此残酷无情。

已经昏迷过去的李京涛瘫在地上，封加渊马上让和德来、童话嘉抬两只腿，四个人将李京涛抬上了车。到达珊瑚宾馆后，四个人又将李京涛抬到了606房。

话说李京涛离开曹昆和尹向东后，曹昆命令省委驻新州特侦组的马文启、胡悦、龙显威、钟笑、秦维新赶赴市公安局执行紧急任务。曹昆主持了这次短暂的会议。这次反制黎镜仁和郑铜修这伙人的任务由特侦组马文启同志负责，一是用六部车潜伏在市委大院门外，一路跟踪他们到非法羁押李京涛的地点。二是动手抓捕的时机定在24小时之后。三是抓捕到的人实行异地关押，这个尹向东厅长已经安排妥了。四是特侦组对黎镜仁和郑铜修及其他对李京涛实施非法拘禁人员实行24小时跟踪监控。五是可以携带依法配发的手枪，但子弹不得上膛，关好保险。

马文启所带领的六部侦查车潜伏在市委大院门外的两侧，半小时过后，纪委载着李京涛的车驶离了市委。六部侦查车一路跟踪到新州市珊瑚宾馆的停车场。马文启和钟笑看见纪委四个人将李京涛抬下了车。这一幕让马文启和钟笑悲愤不已，他俩断定李京涛遭遇了伤害。

马文启没有听钟笑的劝阻，马上拨通了曹昆的手机："喂，曹组长，我们已经跟踪到了珊瑚宾馆，我和钟笑亲眼所见，李京涛局长不是走下车的，而是被四个人抬下车的。我的意思是能不能提前行动。"

"现在行动时机尚未成熟，你们现在最要紧的是搜集资料，比如录像、监听、跟踪。你现在马上安排四个组，每组三人，在非法羁押的场所轮流巡逻，任务主要是绝对不许他们将李京涛转至其他地方，及时观察判断李京涛的生命有无大碍，收集他们的犯罪证据。"

接到曹昆的指示，马文启马上作出安排，一是一律着便服巡逻，二是没有巡逻任务的干警作为机动力量随时准备处置意外的事情。

李京涛被抬到606房，苏醒过来的李京涛想喝水，细若游丝的声音封加渊权当没听见。这时封加渊开始训话："李京涛，你听着，我们六位同志是执行市委黎镜仁副书记和郑铜修的命令，在这特殊的地方我们有缘相见。我们今天的见面就谈公事，就谈你自己的事，你回忆一下，你做过哪些违纪的事？做过哪些对不起党和人民的事，对不起新州市委的事？你现在显出来的只有满身的匪气和邪气。今天我们宣布对你'双规'，是出于对你的关心关爱，促使你悬崖勒马，重新做人。如果‘双规’期间你拒不配合，拒不交代自己的违纪问题，不悔过自新，不听劝告，诸如开除党籍、交司法机关处理，那样的结局和下场是你我都不愿看到的。”

宣布对李京涛“双规”后，封加渊拿起笔交给李京涛签字画押，李京涛接过笔一把甩在地上。“你怎么这个态度呢？”封加渊怒发冲冠，“你小子目中无人，我今天就让你尝尝你目中无人的滋味儿。”说完将李京涛一把从床上拖到地板上。李京涛痛苦难忍，“哎哟”一声，姚言邦一听，气不打一处来：“你还跑这装死来了呢！”一脚过去，正踢着李京涛被钱毕仁炸断的那条右腿上。这右腿的钢板也还未取下，这一脚又使李京涛陷于昏迷之中。这并未唤起姚言邦的良知，他马上又是一脚过去，疼得李京涛一脸泛白，口吐白沫。封加渊马上阻止姚言邦还要踢李京涛的冲动：“停，会出人命的，那会吃不完兜着走的，可不能再踢了。”

封加渊看见李京涛嘴吐白沫，急得一头大汗，连忙将李京涛扶起坐在一张板凳上。他命令童话嘉拿来水，撬开李京涛的嘴往里灌，其他人手忙脚乱摁人中穴，掐合谷穴和内关穴。一刻钟过后，李京涛长长地透出一口气，这意味着李京涛的生命暂时维持着。见此，封加渊马上命令姚言邦、皮夏紫将李京涛置于床上平放。中午用餐时间已到，留下童话嘉和马提子看守李京涛，其他四人到早已订好的餐厅就餐，最后轮换童话嘉和马提子去用餐。但李京涛吃饭的事无人问津，因为临走时封加渊收到了郑铜修发来的短信：“对李京涛不必太人道，可以考虑这几天让他辟谷，当几天神仙道士。”

这条短信让特侦组截获后，曹昆平静地说：“郑铜修这么多年来所累积的几大筐苦果，最终只能由他自己全部咽下。”

封加渊看到李京涛开始苏醒起来，马上对李京涛进行搜身，除了一部手机外，还搜出了一部微录机，一支77式手枪，还有少许人民币。这些东西一一被摆在桌上，之后封加渊手脚麻利地把那支手枪弄到手，他马上将它别在腰间，插起双手光鲜神气地在房间来回踱步。

下午3点刚过，封加渊别上李京涛的手枪带上马提子离开606房。临走时他对皮夏紫说：“我去黎镜仁和郑铜修那儿请示汇报工作，审讯李京涛的事你总负责。”皮夏紫受命。

封加渊乘坐电梯下到一楼，一出大厅的门，马上被马文启等所有参战的干警发现。马文启命令省委特侦组的秦维新、胡悦以及特警干德启、家嘉兴、刘德柱跟踪，要求保持与其联络。

封加渊和马提子并没有到市委去请示汇报，那么他俩要到哪儿去呢？封加渊开着那部办案的丰田车风驰电掣般往郊外驶去，秦维新所带的五人小组始终跟踪在其五十米开外，封加渊将丰田车停在新州市郊外的一片茂密的树丛中。

封加渊和马提子下车，马提子问："跑这来干什么？"封加渊诡秘地笑笑，随后用右手轻轻拍了一下别在腰间的手枪。特侦组的同志带着录像机，一边录一边隐秘前行。走出约二十来米，封加渊回头对跟在后面的马提子说："老弟啊，今天我俩逮了机会来过过枪瘾，这玩意多年没摸过了，从李京涛身上搜出这把手枪来，我的心就直痒痒。"封加渊一边说一边将别在右腰间的手枪拿出来，他两手举枪"三点成一线"瞄了瞄，之后，准备开始正式射击。可是扳机扣不动，再扣还是扣不动，当过兵的马提子看到封加渊那老外行的操枪动作笑了起来。

"别笑了，你过来指导一下嘛！"

"你不请，我不能自作聪明嘛，为人有个原则啦：才不可露尽，话不能说绝。"

"提子啊，你别摆谱了，你过来指导指导，你我有啥保留的呢？"

"好的。"

马提子走近封加渊，封加渊将手枪交给了马提子。马提子左手拿着枪说："你刚才之所以扣不动扳机是因为手枪里的保险没有打开。"

马提子指着保险："这玩意儿向下一拨就可以了，如果你要射击，你可单手扣压活动护圈将第一发子弹上膛，即所谓的单手上膛。"马提子马上演示了子弹上膛的动作，"好，现在枪膛内有一发子弹了，只要你扣动扳机子弹就可发射出去。"说完，马提子把枪交给了封加渊。封加渊提过枪，急不可待举枪瞄准，准备射击。马提子突然想起一件事，马上要封加渊停止射击。封加渊不解，疑惑地说："你刚才不是说可以开枪了吗？"

"不错，可是还有一个开枪的环境，如果环境不允许开枪，你别看那玩意儿小，可杀伤力极大。我在部队那阵，三营组织全营排以上干部手枪射击，由于对射击地域考虑不周，结果一颗子弹误伤到一个驻地老百姓。后来给了营长处分转业了，部队还赔了不少钱给那位受伤的百姓。"

"我们现在在新州市郊，你看这地方多僻静，目光所及，根本没有人在这带活动，你放心就是了。"

"加渊领导，这我可是咸菜炒肉有盐（言）在先，万一有什么意外的事情，我马提子不负任何责任。"马提子说道。

"我封加渊难道那么背时、倒运，喝凉水都塞牙？老子今天就不信那个邪。"封加渊说完，向着正前方树木和一个大石块连发五弹。马提子看到有两颗子弹打在一棵大树上，有三颗子弹打在那块大石头上，分明能看出打在石头上的弹头与石头发生巨大的碰撞后有无数颗小石头急速溅飞，散向林间。有两只站在树上休憩的小鸟来不及逃离，被飞石击中而殒命。

封加渊过完五枪的瘾，转身要马提子过去，马提子摆摆手，表示拒绝。马提子心里很清楚，现在还剩下两颗子弹，一颗潜伏在枪膛内，处于待发的状态，另一发还呆在弹匣内休息。他明白封加渊的意思，要他过去也发两枪，过过瘾。可马提子不领他封加渊那份情，在马提子看来，玩儿点儿其他的还可以，玩儿枪的事他不干。他相当忌讳玩儿那玩意儿，记得当新兵那年，一个黑龙江的新兵名叫张军，人长得牛高马大，准备来年当班长，连里便送他到师教导大队去训练。午休时他和另外一位战友拎着枪，扛着靶去练枪法，每人发射十弹，轮流报靶。由于报靶的信号出现错误，那位战友正在射击时，张军露头报靶，一枪打中脑袋，一命呜呼。这件事惊动了军区司令员，后来师教导大队大队长被撤职，那血的教训这么多年过去了都让马提子难以忘怀。因此，他断然拒绝了封加渊的好意。

封加渊知道马提子没有兴趣，又举枪对准那块石头开了一枪。这时那颗在弹匣内休息的子弹已经上膛。特侦组全程录完像后，全部侦查员上车，隐蔽起来。

秦维新马上与马文启取得联系："喂，马组长，李京涛局长那把77式手枪现在在封加渊手上，在新州郊外一个僻静的树林里连放了六枪。他现在准备离开，是现在下手呢？还是推迟呢？"

"好，我马上请示曹昆组长。"马文启说完，立刻联系曹昆，"喂，曹组长，市纪委这次负责'双规'李京涛局长的封加渊将李京涛的配枪，采取强制搜身的手段，强行取下，非法携带至郊外私自开枪射击。特侦组一路跟踪，秘密录拍。

现在请示你，对封加渊是否现在采取行动，请指示！”

“你们马上行动，封加渊已经涉嫌‘私藏枪支弹药罪’。”

马文启电告秦维新马上行动，把已经犯罪的封加渊逮住。秦维新指示其他侦查员向封加渊包抄过去。封加渊和马提子全然不觉，俩人席地而坐，封正在谈论刚才射击的体会。秦维新等五位侦查员悄悄逼近封加渊和马提子，在二十米开外，秦维新突然要大家停下脚步，他低声对大家说：“我想起77式手枪最大容量为七发，封加渊已经发射了六发，那么还有一颗子弹已经上膛。对此我们不能掉以轻心，逮住封加渊不应该有意外事件发生。现在他们俩背向我们坐着，这个机会相当好。下面我命令胡悦、干德启、家嘉兴三人迅速拿下封加渊，刚才射击那个人就是封加渊，就是身穿夹克那个，明白吗？”

“明白。”

他们三位一会儿猫腰，一会儿匍匐前行。离封加渊大概还有三米远，意外的一幕发生了，封加渊像是听到后面有什么动静，马上扭头，起身，右手快速摸别在腰间的手枪。在这千钧一发之际，胡悦、干德启、家嘉兴一跃而起，将已经站立的封加渊扑倒在地，胡悦和干德启迅速将其双手反扣，家嘉兴赶忙捡起那把77式手枪。家嘉兴一看，封加渊已经将保险打开，这不由得让大家倒吸一口凉气，万一慢半拍，不知道谁是枪下冤魂。

胡悦和干德启把啃了满嘴是泥的封加渊翻转过来，那狼狈相就甭提了，俩人将已经战战兢兢的封加渊拎起。这时，秦维新和刘德柱也已经赶了过来。秦维新怒目圆瞪地走近封加渊，突然用右手一把撸住封加渊那长长的头发：“你认识我吗？省委特侦组的秦维新。”说完左手拿出省公安厅的警官证、执法证摆在封加渊的眼前。一开始，封加渊以为遭遇了绑架，原来这些人是穿便服的货真价实的警察。不到一刻钟，封加渊缓过神来，凶狠狠地对秦维新说：“你们省委特侦组也不能滥抓无辜啊，我可是新州市纪委正处级干部。”

“你可不是无辜，你封加渊现在已经涉嫌犯罪。涉嫌犯罪的人不管是谁，我们都可以抓。”秦维新说。封加渊无言以对，蔫蔫地立在那。秦维新这时发出命令把封加渊戴上手铐押上车，同时把皮夏紫也一起押上去。就在这当儿，突然从密林的左侧传出喊救命的声音。

这突然出现的一幕让执行这次特殊任务的特侦组的全体同志不由得一惊：

"怎么啦？"大家齐刷刷地向着密林的左前方一看，两个学生模样的人抬着另外一个人走来。这一看可傻了眼，一个约莫16岁的学生身负重伤，昏迷不醒。秦维新一问原委才知道他们三位读高中的同学结伴郊游，想释放一下学习给他们带来的压力。他们在密林间欣赏自然的美景，心中充盈着惬意与快乐，突然走在前方的同学袁仁被一颗跳弹击中右胸部……秦维新命令省委特侦组的全体侦查员将伤者抬上车到新州市第一人民医院抢救。人命关天，不容迟缓！

经验丰富的秦维新神情严肃地对已经被押上车的封加渊说："你封加渊一作恶，马上就有报应。"

封加渊恶狠狠地说："你们省委特侦组说话，请不要信口开河，讲话要注意证据。我就打了六发子弹，有两发打在树干上，有四发打在石头上。发射这六发子弹时我根本没有看见人影啊，那人被流弹击中关我什么事？"

"请你记住，我说的那话绝对不是废话，你懂几个问题？你懂得什么叫弹痕检验吗？打中那人的那枚弹头，是不是从你刚才发射那枪出来的，弹痕一检验就能锁住真凶！在你的大脑里以为六发子弹都没有对着人发射，就不关你的事，错了！"

封加渊用一种无知的眼神望着秦维新，这种无知的眼神一闪而过，马上用追问的神情盯着秦维新。秦维新用坚定果敢的眼神回敬封加渊："我问你，你懂得什么叫跳弹吗？就是说你所发射的子弹，其弹头打到石头上后跳起，产生对不确定目标的杀伤，这种跳弹所产生的运行轨迹叫做第二弹道，那人的伤就是这样产生的。"

特侦组成员将封加渊和马提子押到市公安局后，交给刑侦大队的侦查员们执行突审。曹昆和尹向东听取汇报后，立即发出命令："将滥用'双规'，对李京涛实施非法拘禁的其余四人执行刑事拘留，同时营救李京涛局长。"马文启接到命令后，决定对珊瑚宾馆的606房进行突袭，同时调来了新州市人民医院的120救护车到珊瑚宾馆待命。

十名特警执行这次突袭任务，当房门打开时，惊人的一幕呈现在干警们的眼前：李京涛局长平躺在床上，额头上敷着一块白色的毛巾。"不好，李局已经发高烧了，赶快救人要紧。"秦维新急促地下达命令。之后，秦维新又下达命令把屋内四位犯罪嫌疑人统统戴上手铐押上警车。

马文启看见李京涛局长被抬出珊瑚宾馆的大厅，马上迎上前去。当他看到已经奄奄一息的李京涛局长，眼泪止不住地流了下来。他上前握了握李京涛那双颤颤微微的手，声音便哽咽了起来。他目送着李京涛局长上了120车后，马上打通曹昆的电话："喂，曹组长，我……我……马文启……"

"你怎么啦，发生了什么意外啦？"

"我心里难过啊！"

"什么事嘛？"

"李京涛局长现在发高烧，不省人事，已经送往新州市人民医院抢救。"

"好，我们马上过去。"

曹昆和尹向东赶到新州市人民医院，看到已经神志不清的李京涛局长，眼眶里也噙满了泪水。过了一会儿他俩来到主治医生办公室，一问才知道李京涛确实病得很严重，高烧三十九度八，心跳过速。高烧是由于身体某个部位感染引起的，经过进一步检查，原来是右手和右腿的钢板遭受到外力重创后脱落。曹昆和尹向东断定是滥用"双规"的市纪委人员所为，这又为他们增加了一项新的罪名，故意伤害罪，看来对他们这一帮非法之徒采用刑事拘留完全正当合法！

曹昆安排公安干警对李京涛局长进行24小时陪护后，乘车返回市公安局。在市公安局的临时办公室里，曹昆认真地向省委领导汇报了黎镜仁和郑铜修滥用职权对李京涛局长进行"双规"，并对李京涛可能造成重伤的情况。省委领导接到曹昆的报告后指示曹昆和尹向东速回省城。

二十九、收网

曹昆接到省委领导的指示后，马上叫特侦组及市公安局副局长秦圆开了个简短的碰头会："我的肩上有两项重大任务，第一个是李京涛局长这个人命关天的问题，如果病情恶化考虑转省城医院抢救。除了24小时派干警保护外，我们还要考虑对其儿子和爱人的保护措施。第二个是对封加渊等六名犯罪嫌疑人采取异地关押的事宜。”秦圆说完，马文启接着说道：“关于抓捕黎镜仁和郑铜修的方案今晚再议一议、推敲一下就可以出炉，之后我们会马上传回去。除了这项工作之外，还要继续对黎镜仁、郑铜修、徐球晴、景韵多、郑津、吴大鹏等十名犯罪嫌疑人进行24小时的跟踪监听等活动。”

“尹厅长还有什么需要补充的？”曹昆问。

“我想特侦组对杜修行和林子墨这两位副检察长应该‘关爱有加’！他们可是两条大鱼啊，要对他两位严加监控！”

“我想说四件事，第一件事请秦圆同志落实，对新州市大小官员实行出境冻结，何时解冻另行通知。第二件事切实做好保密工作，一如既往地坚持内紧外松的原则。第三件事做好安全保卫工作，特别是对李京涛及其家人的安全工作，要做到24小时有人守护。对他的安全问题，回省里后，我会向胡新华书记汇报，作出进一步的安排。第四件对已经到案的封加渊等六人实行异地关押，但一定要以假封加渊的身份与黎镜仁和郑铜修保持联系，不通话，只用短信方式联系，造成一种李京涛仍在被‘双规’的假象。这个一定要做到万无一失，其他参与对李京涛‘双规’人员的手机给出扣押清单后一律关机。”曹昆作完指示后，立刻离开了新州市乘车往省城疾驰。

曹昆车快到省城时接到了秦圆打来的电话：“曹书记，李京涛局长病危，可否考虑转省城的大医院。”

“我马上报告省委领导。”曹昆挂断电话，马上拨通了胡新华，“李京涛局长病危，是否马上转省城的医院。”

“我同意赶快转来，同时考虑到其家属和孩子的安全也一起来省城。曹书记，我们可不能再让李京涛一家遭厄运啊！你我都有这样的使命啊！”胡新华指示。

秦圆接到曹昆的电话后，立即安排李京涛一家离开新州前往省城。

曹昆一行到了省城已经是傍晚时分，他和尹向东简单用过晚餐后，来到胡新华的办公室。

曹昆刚一落座就收到了马文启从新州发过来的加密短信：“曹组长，抓捕黎镜仁和郑铜修等八名犯罪嫌疑人的方案已经敲定，是否可传到贵处？”曹昆立刻复信“立即传回”，便离开了胡新华的办公室。

随后，胡新华通知省检察院检察长喻正华过来，召开特侦组紧急会议。检察长喻正华进胡新华办公室刚坐下，曹昆手里拿着从新州传回的《关于抓捕新州市黎镜仁、郑铜修犯罪团伙的实施方案》进来，递给胡新华。胡新华瞄了一眼，责成曹昆复印，与会人员人手一份。胡新华说：“从目前所掌握的情况判断，抓捕黎镜仁和郑铜修及其团伙成员的时机已经成熟。成熟的主要标志就是所有十三名犯罪嫌疑人的犯罪事实已经形成证据链，其犯罪成员之间的关系也很清楚，犯罪嫌疑人家庭成员的身份、职业、住所以及银行账户也已经明了。省委驻新州特侦组侦查获得的证据说明，以黎镜仁和郑铜修为首的犯罪团伙插手特别重大的珊瑚爆炸杀人案，颠倒黑白，践踏法律，践踏社会公平正义。他们插手矿山、插手房地产，大肆行贿受贿，对坚持依法办案彰显公正公平的执法者疯狂打击报复。纪委的‘双规’措施成了他们敛财、报复的工具。他们买官卖官，这事也牵扯到了省委组织部的个别领导。我上次进京开会，就这个问题专门向分管干部任免工作的副部长作了汇报。对此我们的态度相当明了，不能让他‘带病’在岗，涉及犯罪的，要向人民检察院移交。今天主要研究的议题就是实施抓捕的具体方案。下面给二十分钟时间大家阅读此方案，然后大家发表自己的意见。”

关于抓捕新州市黎镜仁、郑铜修犯罪团伙的实施方案

△组织指挥体系

行动总指挥：曹昆（省委常委、省政法委书记）

副总指挥：喻正华（省人民检察院检察长）

副总指挥：尹向东（省公安厅厅长）

成员：马文启（省政法委副书记）

钟笑（省检察院反贪局副局长）

龙显威（省检察院反贪局正科级侦查员）

刘春江（省检察院反贪局副局长、新州市国土资源局副局长）

秦维新（省公安厅指挥情报中心副处级侦查员）

胡悦（省公安厅指挥情报中心正科级侦查员）

△抓捕的目标

第壹号目标：黎镜仁（新州市委常委、市副委书记）

第贰号目标：郑铜修（新州市委常委、副市长）

第叁号目标：杜修行（新州市人民检察院常务副检察长）

第肆号目标：林子墨（新州市人民检察院反贪局局长）

第伍号目标：吴大鹏（新州市政协副主席、珊瑚爆炸案主要嫌疑人）

第陆号目标：徐球晴（新州市市委常委、市组织部长）

第柒号目标：景韵多（新州市桂馨县县委书记）

第捌号目标：郑津（新州市宜环县公安局局长）

△抓捕地点，组织负责人，执行人员

一、抓捕叁号目标

A.在新州市人民检察院第三楼党组会议室执行抓捕

B.执行单位：常胜市人民检察院反贪局

C.省人民检察院检察长喻正华以听取新州市检察院执法质量情况汇报、分析为由，召开检察委员会会议，引诱秘密抓捕

二、抓捕肆号目标

执行单位：衡尚市人民检察院反贪局

抓捕地点和组织负责人与抓捕叁号目标相同

三、抓捕捌号目标

A.在新州市公安局第四楼会议室执行抓捕

B.执行单位：怀阳市人民检察院反贪局

C.省公安厅厅长尹向东以听取各县市治安形势汇报为由，召开各县市局长会议秘密抓捕

四、抓捕柒号目标

A.在省宣传部三楼会议室执行抓捕

B.执行单位：永孜市人民检察院反贪局

C.由分管宣传典型、推广典型的副部长负责，以大力宣传省唯一受到中央表彰的典型作专题采访为诱饵，诱其上钩秘密抓捕

五、抓捕伍号目标

A.在省政协五楼会议室执行抓捕

B.执行单位：益湘市人民检察院反贪局

C.以省政协培训新任主席、副主席、政协常委、委员为由进行秘密抓捕

六、抓捕壹号目标

A.在新州市常委会议室执行

B.执行单位：芙香区人民检察院反贪局

C.省委书记胡新华以听取新州市引进项目汇报为由、召开新州市委常委会秘密抓捕。

七、抓捕贰号目标

A.抓捕地点与壹号目标相同

B.执行单位：香禾省人民检察院反贪局

C.诱捕理由与壹号目标相同

八、抓捕陆号目标

A.抓捕地点与壹号目标相同

B.执行单位：香禾省人民检察院反贪局

C.诱捕理由与壹号目标相同

△抓捕八名犯罪嫌疑人兵力安排

根据所掌握的情报显示，新州市黎镜仁、郑铜修等有涉黑的事实，其中吴大鹏就是新州赫赫有名的黑老大，对此，绝不能掉以轻心。因此除执行抓捕任务的各单位侦查人员之外，应该考虑从省武警总队调兵遣将参与执行擒贪行动。拟考虑每一个执行单位配备武警官兵十人，共计需求武警官兵八十名。

△装备保障车辆、武器及其他

A.车辆每一个执行单位配备四台

B.微型冲锋枪、54式手枪、77式手枪、92式手枪

C.手铐若干，黑色头套

△法律手段的前置安排

A.省人民检察院下发纠正错误案件通知书，撤销新州市人民检察院对吴大鹏不起诉的决定书

B.对拟抓捕的八名犯罪嫌疑人制作《立案决定书》，制作之前，每一个执行抓捕的单位到曹昆副组长处获取所要执行抓捕对象的犯罪事实、犯罪证据以及犯罪嫌疑人的照片，还有身份证号码、手机号码、家庭成员的详细情况，以及犯罪嫌疑人的视频音频资料

C.对犯罪嫌疑人刑事拘留的文件的准备

D.对犯罪嫌疑人办公室、住房以及可能藏匿赃款赃物的地点进行搜查的搜查证，以及扣押物品清单的准备

E.对犯罪嫌疑人《传唤通知书》的签发与准备

△注意事项

A.所有参加抓捕人员不得携带通讯工具，只允许执行单位的负责人带一部手机

B.每一个执行单位可考虑携带一些急救药品，中枢兴奋药：尼可刹米、洛贝林；治疗慢性心功能不全的药物：去乙酰毛花苷、毒毛花苷K；防止心绞痛的药：硝酸甘油；抗休克的血管活性药：间羟胺、肾上腺素、多巴胺

要求每一个执行抓捕人员保障和维护犯罪嫌疑人的人格尊严，发现休克昏迷等要及时为犯罪嫌疑人服药，对此，要对执行单位的每一名侦查员进行简单的医疗常识培训，确保这次抓捕安全

C.对执行抓捕任务的所有车辆提前进行一次检修和维护

D.接触犯罪嫌疑人后，出示执法证件以及其他证明身份的证件，戴上手铐、搜身、扣押通信工具

20分钟后，抓捕的实施方案都阅读完毕，胡新华面带坚毅、果断、严肃的神情对在座的三位副组长说："周全决定着抓捕的成败，这个抓捕方案咋样？"

尹向东说："抓捕方案严谨周密，切实可行。我想如果还有什么修改空间的话，那就是承办吴大鹏案的单位是否可以调整一下。吴大鹏涉嫌两项罪名——爆炸罪、行贿罪。爆炸罪是一项重罪，最高可判死刑，行贿罪可没有死刑，按照重

罪吸收轻罪的原则，吴大鹏案我倾向于让新州市公安局来承办为妥。我就说这么多。”

喻正华接着说：“尹厅说得有一定道理，可由新州市公安局抓捕控制吴大鹏，审问地点选在省城某个点。关于审讯行贿的问题最好由主审贰号目标的省院反贪局来承办，这样安排较为妥当些。”

“我个人认为这个抓捕方案还应该增加两个犯罪嫌疑人，一个是王甜甜，再一个是吴丽丽。从已经查明的犯罪证据来看，尽管她们不是主犯，但她们在黎、郑的犯罪链条中所起的作用不可小看，这对于深挖犯罪、震慑犯罪将起到至关重要的作用。”曹昆说完后，胡新华呷了一口茶，立即离开座椅，来回踱步。几位副组长屏息静气等待最后拍板定夺。

5分钟过后，胡新华静静地回到座位，稍待，他扑闪着灵光的眼睛扫视大家后，充满着自信地说：“看到这份融入了省委驻新州特侦组辛勤汗水和聪明才智，即客观实在操作性极强又富于人性的抓捕方案，我的心灵再一次受到震撼，也得到慰藉和洗礼。这个方案用比较完美来评价是恰当的。我同意刚才几位副组长的建议，马上行动，具体由总指挥曹昆负责。抓捕方案定下来后打印二十份呈报特侦组领导层，并下发执行抓捕的单位，密级为绝密。执行抓捕的方案下发后，各单位要对参战人员进行集中训练和沙盘推演，熟悉案情，提出注意事项，加强保密纪律，时间两天完成。之后，处于临战状态，所有参战干警开始进驻被执行地，熟悉侦查地形环境、进出的通道。可能发生意外的要做应急处置预案。执行抓捕的命令由曹昆下达，有特殊情况亦可由喻正华或尹向东下达。抓捕任务三天必须完成。抓捕第伍号目标第拾号目标需要与省政协和省宣传部门协调沟通，这项工作由曹昆具体负责，各部门工作完成之后把协调情况报告给曹昆。抓捕其他目标具体由曹昆和文相如负责。最后，由曹昆具体负责代表我们在座的同志，向仍然战斗在新州反贪第一线的马文启、钟笑、龙显威、秦维新、胡悦致以问候。要他们继续保持那股子锐气，忠于职守，善始善终。方案定案了不是特侦组工作就结束了，因为犯罪嫌疑人不到案，他们还在继续实施犯罪，所以特侦组的斗志一刻也不能松懈。”

胡新华说完，宣布散会，可曹昆并没有马上离开办公室。胡新华没有说话，只是用眼神提示他可以离开了，但曹昆并没有注意到胡新华的眼神，他要说一件很重要的事，但又怕胡新华不高兴，正处在左右摇摆当中。

曹昆蹭在那不走到底为何事呢？这时曹昆下了下决心，要向胡新华提出建议。胡新华用十分坦诚、包容的眼神迎着曹昆的眼神，在这样一种心灵呼应的氛围中，曹昆低缓地说：“领导，有件事情我个人觉得比较急了。”说到这曹昆故意停顿了一下，这一停顿不打紧，胡新华的神经立刻绷了起来。

“抓捕方案所列的八名犯罪嫌疑当中，有的是位高权重的人。为了稳定新州的政治、经济、社会大局，新州的人事安排应当赶快要提到桌面上来，这个人事安排的重要性不亚于抓捕方案的重要性。”曹昆说完，胡新华没有马上接话。曹昆看到这情况，准备起身离开，这时胡新华说话了：“你的建议很好，我上次到北京开会谈到亓官云涛的事情时就已经在考虑这档子事了。我心里已经有了大致的人选，我想是这样，先从省里各部门推荐，干部职工评议，考察后再提交常委拍板。这次郑铜修进去了，谁来接他的职位呢，我想听听你的建议。”

“政法这条线的我也考虑过，要我推荐的话，我认为欧阳辉宏比较合适。”曹昆说。

“关于吴大鹏存疑不诉，从中作坏的是杜修行和林子墨，如果把欧阳辉宏用到这个位置上，应当要考虑可能产生一些负面的东西。”胡新华说。

“吴大鹏同欧阳辉宏毫无瓜葛，研究吴大鹏爆炸案时欧阳辉宏检察长在省检察院开各市区县检察长会议，对这事，特侦组已经查实，并把检察委员讨论记录传了一份给我。我的考虑是，应当考虑实事求是的用人原则，说句实话，特侦组收获颇丰还有一份欧阳辉宏检察长的功劳。支持特侦组工作的同志，在我的记忆里应该还有神秘接头人——新州市国土资源局副局长刘春江，他能否纳入新州市政法部门领导这个人选呢？”曹昆问。

“曹副组长，我完全同意你的看法，刘春江是省院反贪局的副局长，到新州任职，其实就是去卧底的。当时省人民检察院针对某些部门行业高发案趋势，要求派出一定数量且有一定实践经验的反贪局干警空降敏感部门任职。特侦组潜入新州，刘春江引导侦查，点穴侦查的方法和手段效果相当好。但把他用到那位置不太合适，或者说他刘春江已经暴露了卧底的身份就不应该再在新州任职，这样刘不便于开展工作。最好的办法可否考虑从衡尚市调一位分管政法的领导到新州任职，刘春江到衡尚市任职，这样稳妥一点儿。”

曹昆告辞胡新华刚回到办公室，就有一个电话：“曹书记，我们特侦组草拟的抓捕方案通过没有？”马文启问。

“关于抓捕方案的事，特侦组领导层都评价很高，原则通过，只有个别地方作了调整。”曹昆答。

“那我们就放心了。”

“抓捕方案通过后，胡新华专门责成我草拟一份对奋战在反贪一线的特侦组全体同志的慰问信，对你们卓有成效的工作表示充分的肯定，但同时你们要站好最后一班岗，再创佳绩，再立新功。”

“谢谢领导们的鼓励和厚爱，我们一定珍惜这次不寻常的历练机会，丰富每个特侦组同志的人生阅历。另外有个事向您汇报，封加渊被刑拘后，其手机一直在特侦组的手中，我们一直保持着与黎镜仁和郑铜修的短信联系。从黎、郑俩人发来的短信看，他俩迫切需要封加渊捏造事实，进一步陷害李京涛。他们害怕李京涛在尹向东的支持下东山再起，如果是这种结局，他俩会死得很难看！再就从黎、郑发来的短信看，他们对自己的前途命运十分担忧。因此我建议下手应该宜早不宜迟，怕夜长梦多。”马文启说。

“行动的序幕已经拉开，具体时间我会及时告知你。”曹昆答。

第二天，曹昆带上两名工作人员到省政协协商抓捕吴大鹏的事宜，敲定后，又辗转到了省委宣传部研究抓捕景韵多的方案。分管宣传工作的副部长东方良孜被弄得一头雾水，一个被中央认可授予“廉政勤政好干部”称号的人，怎么一下子就成了政法机关要缉捕的对象，一下子从天使变成了魔鬼了呢？这让他一时接受不了，他愣了半天回不过神来。

曹昆从省委宣传部回到办公室将抓捕方案修改完毕，呈送给胡新华。胡新华阅读完后，没有说话，只是瞅了瞅曹昆，他脸上的表情非常坚定、沉着、自信，他的心被一种巨大的力量占据着，这个力量就是他平素里对曹昆讲的那句话——对腐败分子零容忍。旋即，他手执大号羊毫毛笔，沾上一得阁墨汁，庄重地在抓捕方案的上方写下：“按此方案立即行动，收网！”

曹昆离开胡新华的办公室后，将胡新华签发的抓捕方案复印下发到各执行单位。事隔一天，各执行单位抓捕的时间敲定下发。

接到抓捕的时间点后，有的单位把抓捕注意事项复印人手一份，这个鼓舞人心的消息传到胡新华处，他兴奋不已。这种兴奋与愉悦的心情，给他带来创作的冲动，他凝神静气酝酿着，突然奋笔疾书，写下了《出征动员令》。

各位参战的同志们：

你们承载着新州人民的期待，承载着省委特侦组领导的重托，承载着时代所赋予的使命，将奔赴擒虎肃贪的战场，展示我们这支正义之师的力量，彰显我们党反腐倡廉的信心和决心。

你们即将踏上征程，我为你们祈福，胜利和光荣属于你们。

预祝参战的同志们平安凯旋！

胡新华将这篇抓捕动员令撰写完，马上打电话给曹昆副组长："喂，曹副组长，你到我办公室来一下！"

"好的。"

"曹副组长，我写了个简单的动员会，你看怎么样，够不够味道，有没有号召力，能不能调动激发参战同志们潜在的能量。"胡新华说。

曹昆看完后说："不错。"

胡新华对曹昆说："赶紧打印后下发各抓捕单位，下发后请回复电话，你我的电话必须得保持二十四小时畅通。"

曹昆走出胡新华的办公室，刚好遇上前来找他的喻正华检察长。

"我不到你办公室去了，我想跟你沟通两件事：一是《撤销新州市人民检察院对吴大鹏不起诉的决定书以及纠正案件错误通知书》已经制作完毕，清样送你一份，但具体下发到新州市人民检察院的时间值得推敲。关键是如果提前下发，会打草惊蛇，不仅会惊动杜修行和林子墨，而且还会刺激黎镜仁和郑铜修那已经高度警觉的神经。我想，要么同步要么置后，这事我想听你这位总指挥的意见。"说完，喻正华将通知书给了曹昆，接着说，"另外一件事是我建议审讯的地点定在省城为宜。"

"为什么？"曹昆问。

"便于资源共享，某个目标的口供一出来，可以印证另外一个目标可能的罪证，为侦查人员提供丰富的、源源不断的审讯筹码；便于在极短的时间内摧毁犯罪嫌疑人抵抗的心理防线，对摧毁新州这伙犯罪集团起到引蛇出洞的作用。”

“你说得很有见地，我马上下发通知，要求每个抓捕单位的领导，事先选择办案审讯地点，之后等待抓捕命令。”

握手告辞喻正华，曹昆回到办公室，他从衣兜里拿出胡新华写的抓捕动员令，只字未动，只是在落款处写上发布人以及发布的时间。动员令打印两百份后马上下发到了所有参战的同志们。大家读了那份鼓舞人心的抓捕动员令，都感到热血沸腾，全身有使不完的劲。

箭已经在弦，就在这节骨眼上，曹昆的心海，突然泛起了阵阵涟漪，就昨天喻正华提到的吴大鹏这个名字，曹昆总感觉有一种不祥之感，总觉得抓捕吴大鹏的预案不是那么的周详与成熟。如果出现重大失误，将会酿成大错，那他曹昆将会成为历史的罪人。他很清楚肩头的责任到底有多重，同时他相当清楚吴大鹏在这个系列犯罪当中所扮演的角色以及所处的地位，他相当清楚吴大鹏黑白通吃，用呼风唤雨来形容吴大鹏的社会能量，那是再恰当不过的了。这个人有另外一个特点就是生性多疑，所以曹昆断定要捕获吴大鹏仍然有很多变数，逮这只狐狸绝不能贸然行动。

这事先找谁沟通商量？预案成型后再提交胡新华。正在他犹豫之际，马文启有个短信：“曹昆副组长，获悉重要情报，吴大鹏这一伙黑帮开堂仪式在临福县郊区一座庄园内秘密进行，他邀了市国土局副局长刘春江进行观摩。开堂仪式的内容：拜关帝、发毒誓、歃血盟、喝血酒、喊帮规，且每个步骤都带着浓郁的黑帮色彩，誓词也都堂而皇之。”

曹昆回复：“继续跟踪监听。”

曹昆再次细细品读这则非常有价值的短信，然后起身泡了一杯浓茶，每每要思考重大问题，他都有这种习惯。之后他又迅速点燃一支烟，重重吸了一口，然后缓缓地把嘴张开，那淡淡的烟雾也慢慢地被空气稀释，并随着空气的流动向更大的空间徐徐地弥漫开来。同时他那扇睿智的大门也在打开：一个黑帮帮主，不管是到哪儿出行，都会有一帮马仔前呼后拥，鸣锣开道，那架势相当风光！曹昆联想到吴大鹏到省城参加全省政协副主席、政协常委、政协委员的培训班，也一定会出动马仔护送，或者作全程的陪护和保卫。这个推断的合理性出自于吴大鹏涉嫌制造的那起惊天的人肉炸弹大案，他也经常在提防受害方的寻机报复，所以吴大鹏远离故土、远离大本营定会把安保工作做足，甚至做到无懈可击，万无一失。

鉴此，必须有一套应对这场危机的周密缜密的预案，这个目标就是通过召吴大鹏进省城，将其黑帮在异地一网打尽，让他们魂断异乡。曹昆判断陪同吴大鹏来省城的都是他的“精锐”，按大体出动二十名黑帮骨干成员算，就需要五部车。他们有枪，这应当没有疑问，敌方大体是这样，那么我方的预案如下：

准备一百名公安武警，冲锋枪六十支，手枪四十支（五四手枪），车辆二十五台。

总指挥由尹向东和一名武警支队的参谋长担任。

方法：诱捕，以离省城最近的高速路收费站为抓捕地。

由头：查强制保险执行情况，查易燃易爆物品等。

执行人：省交警总队（每车两人），执行人要求所有乘员下车，接受检查。这时公安武警贴近每一位乘员，要求每一位乘员有两人执行抓捕，上铐后，搜役，戴黑色头套。

其他注意事项：一是在高速路一则悬挂横幅，“禁止携带易燃易爆物品”、“严格强制保险制度，确保人民群众生命财产的安全”，营造一种合理合情的氛围。二是省政协培训政协副主席、常委、委员确有其事，要及时把培训通知下达到各市。三是驻新州特侦组抵近侦查和收集相关情报，主要弄清吴大鹏有多少人和车辆前往，是何时离开新州前往省城的，并尾随跟踪及时报告其动态。

大致就这些情况，曹昆放下笔，谁的思想和他曹昆的思想碰撞后就会产生绚丽的火花？这时他想到了尹向东，在曹昆的心目中他是久经沙场的老将，这样的事在他那绝对是小菜一碟。

“喂，尹厅吗？我曹昆。”

“有什么指示？”

“你我就不要扯得那么远了。”

“唉，你是我的上级，你说的话除了在酒席上和离开办公室外，在我的心目中可都是指示。”

“不，不，今天说这档子事不是什么指示，你现在有空没空，有空你过来一下。”

“我马上来。”

尹向东穿着一身笔挺的公安制服，右腰间佩带着一支手枪，刚才还是晴空一样的脸，忽然乌云密布、笑意全无了，他怀着忐忑的心情来到了曹昆的办公室。曹昆把刚才草拟的抓捕吴大鹏的详细预案给尹向东看，尹向东看完后说：“你这个协调总指挥真是无人企及，首先我佩服你相当有深度的思维和高瞻远瞩的洞察力。要说这个预案还有什么需要补充的话……我想是这样，你我都在省城，远离新州，离得最近的是特侦组的成员。这个事由他们那边提供可靠的情报，就是要做到知己知彼。如果不知彼，可能会打乱仗，劳民伤财。就是说特侦组现在成了第一梯队里头的侦察分队，先确定他们的地位，责任就好办，也可以防止不切合实际的方案出台。要提醒他们一句，抵近侦查，到底吴大鹏会出几张牌，以及车辆的牌照、车的款式、吴大鹏乘坐在哪部车上、其车号是多少，这些都不能有任何的差池和疏漏。”

俩人敲定抓捕吴大鹏的方案后，曹昆准备送胡新华批准。他刚一出门，又折回办公室，他突然感到这个方案仍旧不是最佳方案，缺陷是投入大量的警力不说，在高速公路抓捕，造成严重的交通拥堵，可能造成严重的交通隐患，这种得不偿失的抓捕方案应当废止！替代的方案有两个：一个是由特侦组先期进行秘密侦查，确定吴大鹏的活动轨迹，比如他要到政协去上班，其上班的固定路线是哪条，可以考虑密布警力秘密逮捕；第二个是由秘密卧底的刘春江出面以请客的名义将其引出密捕。这两个方案哪个好呢？

曹昆沉思一会儿，他最后认为第二个方案为最优方案，一来投入成本低，二来成功的几率高。他决意马上推动此方案成型并定案。此事不宜迟，曹昆拿起手机拨了马文启的电话：“文启，你好，有个急事与你相商，关于抓捕吴大鹏的方案，从安全性高、得手快、资源少的原则考虑，我突然想到这样一个方案，你赶紧同刘春江接上头，以他邀吴大鹏用餐的方式秘密抓捕吴以及刘春江本人。你同他商量好后，给个回复。”

“好，我马上与刘春江接头。”

马文启和刘春江接上头后，刘完全同意此方案，同时提出要找个请吴吃饭的由头，这个由头就是：省城来了我一帮有头有脸、有钱有背景的朋友，邀他吴大鹏作陪。这帮朋友就是五位特侦组的同志，他们是两种角色：吃客，协助抓捕的人。如果他刘春江出面请客，估计吴大鹏的马仔不会出来几个，因为这么多年的交往，他们之间的感情颇深，吴大鹏不会起任何疑心的。

刘春江同意后，马文启立刻向曹昆作了汇报，曹昆马不停蹄向胡新华作了请示。胡新华听完请示后，只说了一声："此方案很妙，马上执行！"

接下来曹昆拨通喻正华检察长的电话："喻检，原定抓捕第伍号目标执行单位是市人民检察院反贪局。现在作出调整，伍号目标由省检察院反贪局执行抓捕和审讯，配属你们抓捕的有省武警总队的十名官兵，明天上午8点在省委召开动员会。这次抓捕由你们省检察院牵头，指定一名负责人。"

……

刘春江已经几天不见吴大鹏的人影了，他索性给吴发了个短信："吴主席，好久没有谋面了，也好久没在一起小酌了。过两天有我省城的贵客来新州游玩儿，邀您作陪，热闹一番，彰显新州人的好客。春江特邀。"

吴大鹏马上回复了短信："你的朋友就是我的朋友，铁哥们一定捧场，尽兴。可邀他们在新州多玩几天再走，给我做东的机会，尽尽地主之谊嘛！"

刘春江同吴大鹏预约成功后，马上发了个短信给马文启。马文启一刻也没有耽误，给曹昆发出短信："刘吴预约成功，可考虑执行抓捕组星夜潜入新州，祝一切顺利。"

曹昆回复："方案在稳步推进，拟明晚七时从省城出发，请找好落脚之地。"

接到曹昆的短信，马文启给秦圆发了个短信，可秦圆没有回复，这让马文启十分着急。他又拨了秦圆的电话，可没人接听。正在节骨眼上，秦圆到底在忙啥呢？

原来，封加渊一伙被刑事拘留后，一直羁押在新州市临近的衡尚市看守所。一开始封加渊还比较遵守监规，过了几天他情绪突变，不吃不喝也不睡，扬言要自杀。秦圆接报后，带了一位会做心理疏导的同志去做封加渊的工作。刚一接触，封加渊就捶胸顿足，惊呼："掉进李京涛设置的陷阱里了……"

经过做工作，封加渊情绪有了很大好转，秦圆拟离开衡尚看守所。一上车，秦圆看见既有未接电话亦有未复短信，一看都是马文启的。他明白，马文启一定有什么紧急事情。他马上下车，到一个僻静处回了电话：“喂，马书记，有什么急事啊？”

“是有急事。”

“啥事？”

“电话上不便说，等你回来我再告诉你。”

“好，我到新州后就打你的电话。”

“好的。”

秦圆还没到市局，马文启就在那里等了。在秦圆的办公室，马文启没有往日那些客套：“抓捕吴大鹏的方案，最终敲定在新州执行，由省检察院牵头执行抓捕，还配备了荷枪实弹的武警战士十名，于明晚到达新州集结待命。你的任务就是选择集结待命的地点，要求是能吃住，又安全。”

“没有问题，坚决完成任务。”

第二天一大早，秦圆领着特侦组的同志来到市郊一个不大不小的旅店。确定落脚点后，马文启向曹昆发了个短信。

省城的夜晚繁星点点，喻正华检察长清点了参战的所有人员，用志在必得的眼神看着大家。突然，他用右手在夜空中挥舞了一下：“向新州出发！”抓捕组风驰电掣般向新州市区方向推进，到达集结地已经是晚上11点了。一下车，喻正华就指示武警带队的副大队长王大强组织集合，集合完毕，王大强跑步到喻正华处：“报告首长，执行抓捕组集合完毕，请指示。”

喻正华走到队列前面，在正中的位置站定：“同志们，宣布三条纪律：第一条，禁止任何人任何车辆离开这个地方；第二条，严格执行警戒，24小时必须有两人轮流担负警戒任务，排班任务由王大强同志执行；第三条，武器不离身，但必须关上保险。纪律宣布完毕。”

翌日上午，喻正华和王大强紧急碰头商量实施抓捕的具体方案，喻正华提出抓捕方案的出台，必须注意以下三点：第一，吴大鹏出席酒宴有几个人；第二，抓捕的环境；第三，由谁指认吴大鹏。

喻正华记得那句很经典的话语，“细节决定成败”啊。他马上责成刘春江火速到达集结地，并通知马文启等五名特侦组成员，还有市公安局副局长秦圆进行沙盘推演。

被通知人员到齐后，喻正华下达具体抓捕命令：抓捕吴大鹏由两名武警执行，抓捕吴大鹏司机由两名武警执行。说到这，喻正华突然想起，吴大鹏一方到底有几个人参加宴会还不清楚，他责成刘春江打电话给吴大鹏："吴主席好，我准备到新州珊瑚宾馆订餐了，贵方有几人赴宴，请告之。"

"哎呀，那么客气，今晚就只有我和我的司机小徐参加。"

"今晚6点半到珊瑚宾馆，具体包间订餐后再告诉您。"

下午5点半钟，刘春江打电话给吴大鹏："吴主席好，晚餐订在珊瑚宾馆288包间，时间定在晚上6点半。"

"好的。"

晚上6点一刻，五名特侦组成员提前到达288包间。晚上6点半已到，准备上菜了，刘春江打电话催吴大鹏，吴大鹏的电话没人接听。

这时喻正华发来了短信："将士将挥戈而至，兵临珊瑚。"接到喻正华的短信，刘春江心烦意乱，他担心吴大鹏这条老狐狸会从眼皮底下溜走。

刘春江轻轻叹了一口气，又拨了吴大鹏的电话，还是无人接听，于是他马上向吴大鹏发了短信："吴主席，准备上菜，恭候您的光临。"

一刻钟过去，吴大鹏回复："马上到，对不起了，过去再给你解释。"

刘春江收到短信后，又马上向喻正华副组长发短信："狐将入套，待捕。"

喻正华收到刘春江的短信也马上复信："明白，正乘夜幕快速朝你的方向靠近。"

20分钟后，吴大鹏带着司机来到288包厢。一落座，刘春江向吴大鹏介绍省城来客，他用尊敬的眼神看着马文启说："这位是负责矿山开发的管理处罗处长，其他四位同志都是他的属下。"

吴大鹏一听罗处长是负责矿山开发管理的，特热情地起身握手。没等菜上齐，刘春江就提议先喝杯酒，大家响应，一饮而尽。服务员把酒斟满，刘春江又有了新的说辞："罗处长，在我们新州有个规矩，酒不能喝单杯，要喝两杯才算吉利，叫作好事成双。"

酒过三巡，吴大鹏来了神。透过他那犀利的眼神，就能品读出背后隐藏的凶残及巨大的野心；满脸的横肉，足以判定这是一个心狠手辣的主儿。

他看到这么大的官员都在等他一个人来入席，吴大鹏心感愧疚，于是他认认真真地解释了迟到的缘由："三年前我出差花了两万多元钱为父母亲买来海龙海马，后来到中药铺抓来一些中药，和海龙海马一起用家乡的土烧酒浸泡。三年后酒喝完了，但那名贵的海龙海马他们舍不得和中药一块儿扔掉，我父亲便买来猪前蹄将海龙海马用电高压锅炖。午饭时俩老人各盛一碗，准备不吃饭，也要把那些名贵的海龙海马吃掉，因为俩老人知道海龙海马有强身健体、舒筋活血、补肾壮阳、消炎止痛、镇静安神、止咳平喘等药用功能。俩老人都一把年纪了，身体都有这样和那样的不适，俩老人恨不得一口把那些海龙海马吞下，滋养一下身体，带来健康和快乐。俩老人也很感谢我对他们的孝敬，为了他们晚年安康，经常买来滋补品。于是老人怀着幸福的心情，用着颤颤微微的手拿起海马海龙一个劲地啃着，可是怎么去咬，就是咬不动，仔细一看，全都是塑料的！原来就患有心脏病的父亲气得嘴唇发紫，昏厥了过去。"

刘春江接过话茬也说了一段下乡的所见所闻："那次和沙河县国土局的干部下乡，听一位老农说了一段有趣的事。丈夫和妻子吵架，妻子气不过，遂将一瓶农药喝下。有中毒反应后，家人急忙将她送县人民医院急诊科抢救，急诊科医生听说该女子喝了一瓶农药，马上号脉，再看瞳孔，一切正常。医生纳闷儿，难道现代版的农药只杀虫儿，不杀人了？！反正他感到奇了怪了，断定是假农药。于是他正色同那位女子的丈夫说，这可为你节约好几万啦，你得赶紧弄面锦旗去感谢人家卖农药的。知恩图报，做人最起码的良心啊。"

对这两则小故事，大家附和了几句，都说假东西现在是防不胜防，然后继续喝酒。从刘春江宣布今晚的酒规后，几乎都快轮了一圈了，这时轮到马文启了。马文启用余光扫了一眼坐在左手边的吴大鹏，心中有太多的感慨：特侦组潜入新州刚好一年，一年来，特侦组的同志对吴大鹏只知其名，只见其影（监控录像中），今天才见到真人吴大鹏。有你吴大鹏的存在，才演绎出一幕幕惊心动魄的悲剧，才给新州官场某些官员赢得了捞钱的机会，才给新州无数的百姓带来不安和恐惧，才给爆炸案受害者们的心灵上平添了无尽的伤痛。因为你吴大鹏的存在，也才有"省委特侦组"存在的理由和价值。想到这，马文启起身用脚将椅子往后踢开，就像一位武士准备与自己的对手过招似的。他要服务员换两个装二两白酒的大杯子，将高度的白酒斟满，说："吴主席，今天我们一行从省城来新州作客，你们如此热情，也为今后的情谊，我敬你一杯。”说完，马文启很有礼貌地将酒杯高高地举过头顶。

吴大鹏也立马起身将酒杯举起碰杯，俩人同时把二两白酒一饮而尽。双双坐下，吴大鹏见省里来的罗处长给自己敬酒，有受宠若惊的感觉，他没有吃一口菜，要服务员将他那杯装二两的杯子再次斟满，另只为马文启用五钱的杯子盛酒。吴起身，马也起身，吴端着酒杯敬马文启。马不肯喝，说：“吴主席，酒席面前人人平等，我知道你对我尊重，要我少喝，不要喝醉。可今天的酒意义非同寻常，今天可是有缘千里来相会啊，来，服务员把这只二两杯斟满。”

这一幕让吴大鹏十分感动，俩人碰杯后又干了！坐下后，吴大鹏索性拿出两条烟递给马文启：“罗处长，我有不少的矿山，以后有什么事求到了你，你可得帮忙喽。”

“哎呀，你这么大的主席，只要一个电话就行了，不要见面，不用进省城，就为你办妥。”

说完，马文启用眼神示意坐在右侧的钟笑：“吴主席，这位是林副处长，他是具体操刀办事的，只要我一句话，他就马上帮你的忙。”

“你们可是实权人物啦，在这里相知相遇，可真是天赐我老吴良机啊！”吴大鹏说。

钟笑睿智，他绝对读懂了刚才马文启递过来的眼神，于是他站起，要服务员将二两的酒杯装满：“来，吴主席，为了加深印象，为了您和您全家的幸福平安，为了您的仕途顺利，我深深地为你祈祷，请接受我的祝福！”说完，钟笑将酒一饮而尽。

吴大鹏看到这位林副处长都一下喝干了，他也干净利落地将二两酒喝下。刘春江看到吴大鹏晃晃悠悠坐下，判定时机降临！

这时，刘借上洗手间为由离开了席位，刘春江将洗手间的门轻轻带上，按照约定，迅速拨通了喻正华的手机，将情况通知喻正华后，立刻回到了原位：“同志们，感情深一口闷，喝下去不出声，那才叫感情深。今天的酒文化开展得如火如荼，但是还有很大的空间。”

秦维斯听到了刘春江话里有话，也起身要劝吴主席一杯。马文启认真地向正在滑向深醉的吴大鹏介绍说：“这位是甄科长，他是专门管审批盖章的，你清楚，没有那红陀陀在落款处盖上，所有的文件都是废纸，根本不存在任何价值。你别看那玩意儿不大，那里头融入了权力、权威，你别看他是个小科长，可权力也不小啊！”

吴大鹏听马文启一个劲儿地介绍，顺顺畅畅又有二两酒下肚润肠。吴大鹏的舌头在慢慢地变硬，眼中的锋芒在不断地折损、呆滞、迷茫、游离。一个绝佳的机遇已经降临。

可刘春江发出的信号，喻正华那也没有反应，神兵并未从天而降。在这万分焦急的时刻，刘春江想再次进洗手间去……

其实喻正华已经收到了刘春江的暗号，为了使这次抓捕万无一失，他把功课做得足足的，就连每一个细节也考虑得相当周到。列队完毕，先点名，人员到齐，又宣布具体抓捕对象的名单。宣布完毕，喻正华亲自检查所携带的枪支、手铐、黑色头套。检查完毕，喻正华下达登车命令。快要登车时，米湖和明养仁问喻正华，他俩不明白抓捕的预备目标是啥。

喻正华说："我正要找你们进一步明确。"喻正华将他俩带到一个暗处耳语一番，这下才算有了具体目标。

喻正华又下达第二道命令："向珊瑚宾馆进发。"

珊瑚宾馆288房，大家仍在推杯换盏，有几个人已经处于深醉当中。但有俩人没有醉，他们是刘春江和姓徐的司机。吴大鹏想进一下洗手间，让刘春江拖住了："等一会儿，你我这么多年的兄弟，搞一杯。"

"还搞啊，我……我现在已经天旋地转了，我、我、我想吐。"吴大鹏慢吞吞地说。

"哎，哪里，在我们这班兄弟里头，你算得上酒仙，我刘春江相当佩服你的酒量、直率和实诚，你是一个很够兄弟的人。"

"我确实……不行了……"吴大鹏说。

吴大鹏的话音刚落，288的房门"咚"的一声被游咏踹开："不许动，我们是特警！蹲下，抱头！"

一听到是特警，吴大鹏心里一惊，直觉告诉他，他已经遭人算计。旋即，他眼里闪射出凶光，脸上浮出恶毒的狞笑，他想用右手马上掏枪，这时已经抱着头的马文启装醉往吴大鹏的身体右侧一倒，把吴的右手给压住。就这个绝妙的装醉，为抓捕吴大鹏赢得了战机。就在这个当儿，尉迟安平和游咏顺利将吴大鹏双手死死抓住，迅速反拧铐了起来，马上为其戴上头套。司机也一并被戴上手铐和头套。

刘春江被米湖和明养仁反铐和戴头套，这时刘春江一阵哭嚎：“你们乱抓无辜，你们违法啦。”其他省城来的客人也喊着：“你们不能乱抓人啊。”

吴大鹏、刘春江、徐司机被抓获后，喻正华要抓捕组先把他们放进二号车……

刘春江仍旧在哭嚎：“你们乱抓人啦，我要告你们，我们没有犯法！”

这时吴大鹏醒了一大半：“刘局啦，今天喝酒的日子没有选对啊！”

“是的，全怪我了。”

“哎，也不能那么说，这是运气问题。”

吴大鹏和刘春江哭诉完毕后，喻正华检察长命令将吴大鹏转押到三号车，徐司机押到四号车，同时将这俩人迅速交给了省检察院反贪局的负责人，命令连夜往省城进发。其余的同志仍在集结地待命。

这时被米湖明养仁关在二号车上的刘春江仍旧呼喊：“你们乱抓无辜……”

“喻检，二号车关着一个人，咋处理啊！”米湖下车去问。

喻检不加思索：“赶紧放人，这个人确实是错抓的，但责任全在我这。”

刘春江下车后被解开铐子，取下黑色头套，同喻正华检察长来到宾馆的某个房间。喻正华问：“感觉如何，演这个角色够味吗？”

“已经够味了。”刘春江说完，伸出双手，“你看这铐子也咬人，手上有血印了。”

喻正华看完不由得心生怜悯之情：“真对不起你了，让你受惊了，这一切都是我的错。说句大实话，这也是不得已而为之的啊，请你原谅。”

“喻检，你这不说歪了吗？”刘春江坦然一笑。

看到刘春江如此回应，喻正华酝酿抓捕下一个目标的计划。俩人谈兴很浓，最后喻检又为刘春江交代了一拨任务，俩人告别休息。刘春江走后，喻正华马上向曹昆发去了吴大鹏被擒获的消息。

第二天一大早，喻正华就收到曹昆发来的贺信。准备吃早餐之前，他拨通了马文启的手机：“马书记，昨晚上你们那个‘双簧’不错啊，剧本是谁写的。”

“唉，这没有剧本，也没有排演，搞我们这行的，现炒现卖，见机行事。主要的原因是大家有很高的悟性，也叫心有灵犀不点也通。”马文启说。

“那个场面听说你们特侦组极其巧妙地秘密拍录了。”喻正华问。

“你听谁说的？这档子事就连我们特侦组的一些成员都不知道，刘春江就更别说了。”马文启说。

“马书记，这事你就别去深究了。”喻正华说。

“我请示，你这个消息来源我可以查证一下吗？”

“可以，完全可以。”喻正华说。

“我不是说你不应该知道，你也完全应该知道，之后我还要呈送一个光碟给你保存。问题的要害是，我们内部有个纪律，任何东西汇报或者呈送都是按程序来进行的，包括我在内也不能随随便便透露任何资讯。这是一条铁的纪律，一条红线，任何人都不能跨越它。”

“马书记，你也许永远查不到是谁告诉我的这个资讯，你知道我靠什么起家的吗？”

“我知道你是靠办案起家的，你的智慧和悟性比普通人要高三筹。”马文启说。

“不，你过奖了，人嘛，活到老学到老，你一定要将昨天晚上秘拍的资料送我一份，我要向你们学习。你们是怎样营造一种互信的气氛，构建互信是通过什么载体来完成的，还有你们是怎么样让吴大鹏心甘情愿大口大口往下喝酒的。吴大鹏那样凶残、多疑、多变的恶魔，是怎样被酒精麻醉的。你们和刘春江搭演的这一出经典剧目，我敢断定任何经典的侦查教科书里头都找不到的，这些东西弥足珍贵，弥足珍贵啊！因为它出自一线鲜活的、有效的实践经验，如果可能的话，在我有生之年，要编写一本来自侦查一线的《侦查风采录》。这本书必须具备借鉴的功能，指导的功能，为有志于从事这门职业的新兵，在他们必经的成长道路上铺上几颗石子，也不枉此行！”

“喻检，你的这种设想很好。其实我们特侦组潜入新州后，一些成功的侦查案例和侦查体会经常在心里头缠绵、萦绕，我也想把它整理成一本书，到时我们可以合著吗？”

“行啊，相互学习嘛。你现在到我这来，我还要继续向你们学习。”

“好的，我们马上过去。”

挂断马文启的电话，喻正华又拨通了刘春江的手机：“刘春江副局长吗，你过来一下，有事相商。”紧接着，喻正华又拨通了曹昆的手机，“曹书记，我是喻正华，请示一个事情。吴大鹏被抓获后，我突然想起抓吴的技巧也可以套用在景韵多身上。主要的考虑，刘春江是景韵多的继任，在语言上感情上有很多的契合点；另据刘讲，他们之间常有互动，关系很铁，刘诱景上钩容易得手，你看呢？”

“你的思路清晰、准确，我完全同意你的方案。你们抓紧付诸实施，刻不容缓。现在抓捕任务太压头了，昨天一晚没睡觉啊，省领导就这事一天打两次电话。为了将郑津尽快缉拿归案，今天尹向东组织抓捕单位赶赴新州了。我还顺便把昨晚抓捕吴大鹏的消息告诉了他，他们一个劲儿地叫好，鼓舞士气啦。这个抓捕的经典案例还需要加以完善和总结，以后可考虑编入侦查教科书，也可以写一篇纪实小说。刘春江这小子有可能由菜鸟级卧底晋升到骨灰级，他的粉丝不会少的！你们抓捕景韵多的方案我马上报告给省领导。祝你们成功。”曹昆说。

特侦组一行和刘春江进入喻正华所在的338房，房子不算大，大概二十来平方米，七个人确实有些挤。大家坐定后，喻正华宣布：“我本人一向杜绝二手烟，空间小，不允许吸烟。”听到这一指示，已经将一支烟捻在手里的刘春江只好把它放进烟盒。

喻正华严肃地说道：“在座的各路精英，昨晚那战打得相当漂亮，这得益于大家对这份职业的挚爱，得益于对上级命令的高度领会，得益于对吴大鹏及时归案重要性的认识，得益于大家无缝对接的那种高度默契，得益于大家那高深的智慧。你们这个团队已经创造了奇迹，创造了一项纪录，你们已经打响了新州擒贪的第一枪，旗开得胜，非常完美。我完全有理由相信，你们将会续写更多的传奇，这将为你们的人生写就浓墨重彩的一笔，我期待着更多的精彩与经典！今天，我还要延伸昨天晚上抓捕的话题。如果条件具备，今天就行动，我已经请示了特侦组的领导。今天的抓捕延伸到谁的身上呢？大家一定猜不着。这个人，在座的只有一位同志熟悉，就是新州市桂馨县县委书记景韵多，他就是《棺材底下崛起的一位县委书记》中曝出的那个人。想必这篇文章可能有些同志看到过，这真让人开眼界长见识。同时，这里头多少有些黑色幽默的元素。他确实是个不缺少话题、不缺少笑料的人，什么勤政廉政的模范啦，什么献爱心啦，反正有不少的光环围着他、护着他。听说他已进入新州市市委常委的后备人选，是新州政坛一颗璀璨的新星。就是这样一颗政坛新星浸淫于珊瑚爆炸案。据查证，他为爆炸案嫌疑人钱毕仁在桂馨县提供资助和庇护，以及要煤矿老板提供炸药，为钱毕仁制造炸弹。钱毕仁的炸弹制作完后，将去桂馨县执行抓捕的李京涛等公安干警炸成重伤。再者，他大肆行贿受贿，买官卖官，这些我不再一一列举，只强调一点，就是抓捕景韵多相当的重要，刻不容缓。今天研究的主要议题，是抓捕景韵多在哪里比较合适。所谓合适就是安全，得手快！以什么诱饵诱其上钩，这个诱饵设计的一定要合情合理，不会让其怀疑。就这个问题，我想听一听刘春江的，因为你对他很熟悉，所以今天这个诱饵也由你去下，这个任务又要压在你的肩头了。”

喻正华检察长说完，刘春江那红嘟嘟的脸上闪着光，激动地用右手举过眉心向喻检敬礼：“属下领命，请领导放心，我刘春江不辱使命、不负重托，坚决完成任务。我清楚，在抓捕新州市官场的犯罪嫌疑人方面，其他的可能伸不了手，在景韵多这里可以伸上手，因此，我会尽全力策划好抓捕景韵多这件事。当然，我去为他下诱饵，他一般情况下不会怀疑，但首先要明晰，诸多的诱饵当中他对什么诱饵最感兴趣，最容易诱发他的兴奋点。据我的分析，他对当官很感兴趣，还有就是为他唱赞歌也很感兴趣，二者比较我会选择前者。”

“你找个什么理由最合适呢？”喻检问。

“就说省委组织部门的几个好朋友到新州旅游休闲，喊他过来陪陪酒，你看怎样？”

“我想听听特侦组的。”喻正华检察长说。

“我的想法是这样，能不能对他的手机定位监控，定点抓捕，这样的成本会更少一些，而且让他没有反应的机会。”秦维新说。

“刘春江同志，这个方案你觉得怎样？”喻检问。

“如果有这个方案就省心了，我的压力就没了，我十分赞同这个方案，也期待抓捕景韵多成功。”

“好，我同意最后这个方案，特侦组从现在开始就进入临战状态，24小时监控定位，抓捕组马上作出抓捕方案。”喻正华检察长最后拍板。

到了下午，特侦组已经对景韵多的具体位置进行了确定。

“喻检，我是马文启。”

“文启你好，有情况了吗？”

“有情况了，他目前在乡下，是否动手？”

“我马上与刘春江商量一下。”

刘春江一直陪在喻检身边，两人谈了抓捕景韵多的事，还有杜修行、林子墨、黎镜仁、郑铜修等人抓捕的问题。

“春江，现在景韵多在乡下，你看可否下手，我想听听你的意见。”

“问题的关键是在哪下手。他一下去，动静很大，总有一帮人陪着，前呼后拥的。万一走漏风声，马上会刺激郑铜修、黎镜仁等犯罪嫌疑人，他们可能会采取自我保护措施，给下一步的抓捕工作带来难以估量的损失，因此，我不主张现在下手。”

“你分析得很有道理，总的原则是抓捕景韵多时知晓面越小越好。我想最好是晚上动他，根据常理他晚上可能一个人就寝，这个知晓面就相当小。我的想法是，在桂馨抓景韵多，这个大的方向定下了，然后所有抓捕组和特侦组的人员用过晚餐后从新州出发，利用夜幕的掩护悄悄潜入桂馨县，特侦组运用定位系统将景韵多定位后，就立刻动手将其擒获。”喻正华说。

“这个思路很好。”刘春江说。

方案定下后，喻正华下达执行此方案的指令。抓捕组潜入桂馨县已经是晚上9点半钟了，大家驻足于城乡接合部。夜黑得伸手不见五指，大地已经沉睡了，除了轻轻的微风，还有蝉鸣和犬吠声陪伴着。沉沉的黑夜，给抓捕景韵多的工作平添了几分神秘。

“喻检，景韵多在一家茶楼喝茶后，到办公室转了一下，现在正往宿舍走去。”马文启说。

喻检指令：“马上抓捕。”

早已等候在那里的武警突然出现，一左一右将景韵多的手反扣随即铐上，押上车，搜身，将其所有物品包括钱和手机先行扣押。

景韵多开始反抗，大声呼喊着：“救命啊，有歹徒劫持我啦！”秦维新听到呼喊声，立刻将黑色头套为其戴上。

回到集结地，喻正华将抓获景韵多的经过报告了曹昆，曹昆也告诉他们一个振奋人心的消息，尹向东带领的抓捕组已经将郑津抓获，现在赶往省城的途中。

"曹书记，景韵多到案，今天晚上我们组织突审。另外，明天我们将对林子墨、杜修行采取行动，杜、林案分别由常胜市检察院反贪局和衡尚市人民检察院反贪局承办，指示他们于明天上午8点进入集结地待命。请示完毕。"喻正华说。

"好，我马上下达指令。"曹昆回答。

喻正华接到曹昆书记的指示精神后，马上与欧阳辉宏检察长取得联系："欧阳辉宏检察长，我明天上午9点钟到你处调研，参加人员检察长、副检察长，主要想听取当前办案情况以及案件呈现的特点，有什么建议。要求与会人员写出一份书面的分析报告，临会后提交。"

第二天上午8点50分，欧阳辉宏检察长向喻正华报告，与会人员全部到齐，欢迎莅临讲话。喻正华检察长7点50分就已经进入抓捕地域布兵。布兵完毕，抓捕杜修行的一个组已经进入党组会议室的一侧，抓捕林子墨的另一组也已经逼近了二楼。这两个组主要的任务就封锁出入党组会议室的所有通道，严防犯罪嫌疑人借机逃跑。

喻正华接到欧阳辉宏检察长的报告后，要他出来接电话："你赶紧到一楼来一下，我等你。"

"我马上下去。"

欧阳辉宏径直朝一楼走去，两名在三楼布控的武警一左一右将欧阳辉宏架起，可能武警的出手重了点儿，欧阳"哎哟"一声然后厉声问："你们干什么的，什么人，什么意思？"两名武警只用眼睛正视了欧阳辉宏一下，没有吱声，欧阳辉宏满脸愠色，也不知喻正华检察长的葫芦里到底装了什么药。"请你出示你的身份证。"听到这话后，欧阳辉宏正色道："请你出示你们的执法证件。"两名武警各自拿出证件给欧阳辉宏看。

"我是本院的党组书记、检察长欧阳辉宏。"欧阳辉抬着头，严肃地说。

"请出示您的工作证。"两名武警看过后，放行，"对不起，误会了。"

欧阳辉宏黑着脸来到一楼的接待室，他用责怪的眼神看着喻正华问："这么多武警跑到我们这干什么呢，还差一点儿给我上了铐，莫名其妙！"

喻正华握住欧阳辉宏的手说："这事怪我，我欠周到，这事以后再跟你解释。我给你下达省里的命令，把杜修行、林子墨引出来，现在就执行。"

欧阳辉宏返回了会议室，对杜修行说："外面有人找你。"

办公室主任将杜修行引到隔壁的办公室，埋伏在里面的武警立刻关上房门，上铐、戴头套，迅速将杜押离现场。

办公室曾主任又返回会议室说："林检，有人找你。"林子墨感到了莫名的恐慌：喻正华检察长来调研，这么迟了还没到会，整个会场死一样的寂静；欧阳辉宏检察长出去回来后，脸部的表情多了几分凝重，像是有什么重要的事情压在他的心头。林子墨心头有了一丝不祥的预感。听到办公室主任突如其来地喊自己的名字，他不由得全身抖动了一下，接着他慢慢起身，慢慢挪动那细碎的脚步，就像是一个死囚犯拖着沉重的脚镣很不情愿地步入极乐世界的边缘似的。即将离开那熟悉的会场，以及自己熟悉的那把椅子，他带着依依不舍的眼神深情又虔诚地回望了一眼，在大家那迷茫疑惑的眼神注视下离去。

他没有了往日那种昂首阔步的风采，在办公室主任的引导下来到一间办公室，里面突如其来的一声："你被捕了，伸出你的双手。"武警战士给林子墨戴上手铐，戴上头套，将其押上警车绝尘而去！

喻正华检察长完成使命，感觉一身轻松，他那棱角分明的脸上泛出笑意，在璀璨灯光的映照下，更显英姿勃发。他准备离开新州这个让他有过失眠、有过纠结、有过喜悦的惊心动魄的战场。一上车，他拨通了曹昆的手机："曹书记，我是喻正华，圆满完成任务，准备班师回省城，请指示！"

曹昆用赞赏的口气对喻正华说："祝贺你们，你们干得非常漂亮，好，祝一路平安。我和文相如秘书长带着省委领导的嘱托，已经进入新州的地界……"

"祝你们成功！"喻正华用期待的口吻说。

前一天下午4点，省委常委秘书长文相如向新州市委副书记黎镜仁传达了省委领导的指示，省委领导一行于明天上午8点30分到新州调研，所有市委常委参加。黎镜仁接到通知后，马上要郑铜修到办公室来了一趟。

郑铜修照例穿着那件藏青色的中山装，一进来蔫蔫的，无精打采，就像大理石像的表情一样，呆板僵直。细细一看，他那蜡黄的脸上涂满了憔悴、疲惫以及深深的忧伤。黎想问他哪儿不舒服，可话到嘴边又打住了。

郑铜修坐在沙发上，过了一会儿，用双手不停地敲着头，咚咚咚的响声即刻营造出一道道恐惧的氛围。这一突如其来的反常动作，让黎镜仁心里一紧："你怎么啦？"

"心脏供血不足，头脑发昏，主要是这几天睡眠不足引起的。"郑铜修用细若游丝般的声音说。

"有啥事让你失眠啊？"黎镜仁问。

"哎！"郑铜修叹了一口气，接着又叹了一声，然后用绝望的眼神望着黎镜仁。黎镜仁用犀利的眼神回望郑铜修，想从他那绝望复杂的表情里，找寻答案。

看到黎镜仁那追问的眼神，郑铜修如实说出了最近所见所闻和让他难以释怀的事："和封加渊通话，是将李京涛开始'双规'那一天；之后，就一直没有通过电话了，打过去不接，只是短信回复。吴大鹏也是如此，就连杜修行和林子墨也不例外。昨天又接到一个神秘电话，告知我郑津被省公安厅的人带走了，打电话关机，现在下落不明。这些不详的预兆，说明什么呢？我不解，我纠结，我整夜失眠，我整夜做噩梦。在梦里，经常有千万条色彩斑澜的毒蛇缠附着我，身后总有老虎在追逐我，之后还有排列出阵的健硕大猫将我团团围住，一个个都睁大眼睛，张着大口，一副咄咄逼人的表情，让我走投无路，无处躲藏……"

黎镜仁听了郑铜修的一番告白，用十分坚定的口气说："你过虑了，郑津不可能出事，你放心。可能有一些不怀好意的捣乱分子故意发布虚假信息戏耍你，让你心神不安，这叫软刀子杀人，懂吗？你是新州的老政治家了，没有自己的主见，没有哲学思维，任人家去忽悠，那叫什么政治家？"黎镜仁开导着。

郑铜修依然坚持着自己的感觉说："不，那些东西应当不假，我的直觉告诉我，那些朦胧事件的背后，隐藏着十分诡秘又残酷无情的事。"郑铜修说完接连叹出几口粗气，死鱼似的眼睛定定地盯着地板，他那眼光聚集的地方，像是立刻燃起无情之火，无声无息围住他燃烧着，即刻间就把他化作一团白白的骇人的灰烬。接着他叹了口气，便一头跌倒在相邻而坐的黎镜仁的肩膀上。

黎镜仁被这幕给弄懵了："老郑，老郑，醒醒，醒醒。"黎急忙又为郑采取一套又一套的急救方法。一刻钟过去，平躺在沙发上的郑铜修开始恢复意识，黎镜仁递过一杯水。喝下一杯水后，郑铜修那张蜡黄色的脸上慢慢现出了淡红。

黎镜仁看见郑铜修恢复意识，便说道："我喊你过来，是传达省委一个紧急通知，明天上午8点30分省领导来我们新州调研，要求所有的市委常委参会。"

黎镜仁说省委领导要来新州调研，几乎有悖常理，这么多年，省委领导每年来一次新州调研，但不是这个时候。这个安排又结合刚才说到的一连串的事，郑铜修又感觉心脏不适了，嘴唇立刻出现了严重的青紫，宽阔的额头冒出了虚汗，他十分吃力地欲站起离去，可几回都不能站起来。

黎镜仁好像没有看到郑铜修的不良反应似的，强调说："省里要求，任何人都不能无故不到会。"

郑铜修听到这句话，顷刻毛发矗立，心里发出哀鸣，又一头栽在沙发上。黎镜仁要一帮秘书过来施救，半小时过去，郑醒来，在秘书的搀扶下离开了黎镜仁的办公室。离开黎镜仁时，郑铜修只是用十分复杂而又耐人寻味的眼神瞥了黎镜仁一眼。郑铜修走后，黎镜仁的大脑马上快速回放了郑铜修刚才说的那些让人蹊跷的事，同时他的直觉告诉他，省委领导这次来新州有意外事件要发生。

郑铜修回到办公室便打通了吴丽丽的电话。吴丽丽进来，敏捷地把门带上，俩人紧紧地拥在一起，然后俩人坐在沙发上，这时郑铜修从衣兜里拿出一张60万元的卡放在吴丽丽的身上，彼此没有说话。郑铜修主动抓住吴丽丽的手，用眼神与吴丽丽的眼神交汇。之后，郑铜修主动将房门打开，用左手往门的方向伸出，欠了一下身。吴丽丽明理，起身走到门口，用十分依恋又感恩的眼神打量了一下郑铜修那藏着许多未解之谜的眼睛。

郑铜修见吴丽丽走后便把门关上，他来到柜子前翻看自己读过的经典图书、签发的文件、写就的文稿以及发表的文章。他又拉开抽屉，翻看曾经引以为豪的大学毕业证，以及无数立功受奖的奖章。他翻到了"廉政勤政模范领导干部"的奖章和证书，他抬起头，深情地回忆起在北京被领导接见的激动人心的壮观场面。这再一次将他带回为他带来无数荣耀的难忘时刻，他抑制不住内心的激动，眼里噙着泪花，用颤颤微微的双手，一把将那些为他带来荣誉的奖章证书揽入怀中。

随后，他将所有的奖章和证书统统摆在宽大的办公桌上。他小心翼翼地翻阅这些证书授予的时间、内容、授予的单位。当他将那本“廉政勤政模范领导干部”的证书打开时，突然眼睛一亮，有两张银行卡夹在那，其中一张已经泛了黄的银行卡也不知是何年何月夹在这里的。他右手拿着卡，努力回忆这张卡是出自谁的手，噢，是吴大鹏送来的，吴大鹏为批矿送来的100万元。还有一张是吴大鹏为了化解那桩可能面临灭顶之灾的珊瑚爆炸案而送的，这小子算大方，一出手就是200万元。现在吴大鹏大功告成，不仅没事而且还荣登市政协副主席的宝座。郑铜修将那两张卡悄悄地放进了一个皮夹的一角。

随后，他来到一个叫人专门设计的储藏室，小心翼翼地打开门，里面凉飕飕的，因为储藏室里365天都开着空调。郑铜修一进去，就置身于财富的海洋之中。他时而站立时而下蹲，轻轻地、轻轻地抚摸每一件藏品，有名贵手表、名人字画、名贵腰带、名贵手镯、名贵西服、高档皮鞋、名酒、名烟、高档领带，数也数不清。接着他用贪婪的目光去欣赏每一件藏品，就在目光收回的那一刹，他将右手握拳高高举起，将目光定格在那只紧握的拳头之上。当拳头慢慢收回时，他突然想起了十条极其珍贵的用藏羚羊皮毛做成的从欧美奢侈品市场买来的沙图什围巾。他找到后，顺手拿起，绾着沙图什围巾矜持地笑了，心中莫名地升腾起自豪感和成就感。这时，他弯下腰，伸手去拿第二条，他一拖好像有什么东西压着似的，他用力一抽，惊呆了：两只硕鼠一公一母缠绕在一起！他泛着惊骇的表情后退一步，呆了一会儿，上前一步定睛一看两只硕鼠已经死亡。这事让他迷惑不已，这么严实缜密的领地居然有老鼠进入冒犯？！

当他准备关门时不小心打了个趔趄，重重地摔倒在地，之后，右眼皮不停地跳。从那微微跳动的旋律中分明能听到诅咒和谩骂的回声，仔细一听房外，郑铜修的心头立刻升腾起一种不祥之兆。他慢慢地、慢慢地从地板爬起，眼里盈满了绝望的神色。他来到挂镜前，将爬伏在前额的几缕银丝用右手指往后梳理了一下，要它复位。再看，原来附着在中山装上的纽扣奇奇怪怪地全掉在地上。他回座，将皮夹里的12张银行卡放进衣兜里，即便银行卡里存入了1000万元也不觉得沉。过了一会儿，他打了司机晓强的电话。

这时，黎镜仁有事找郑铜修相商，可郑的手机处在关机状态。黎镜仁下意识地两手微微颤动了一下。

临近晚上7点30分，黎镜仁拨通了省委领导的电话：“领导，欢迎您莅临新州视察工作，迎接的工作已经准备就绪了。”

“我会按时到达会场，要认真组织好，确保这次调研工作圆满成功。”领导说。

“这次还有谁会陪同您来呀？”黎镜仁问。

“有文相如同志。”

其实此时文相如和曹昆已经带领抓捕组趁夜幕进驻新州城，前去迎接的有特侦组的全体同志和刘春江。抓捕组安顿后，曹昆组织所有抓捕组干警和武警开动员会，明确分组抓捕对象，叮嘱注意事项。

会议一结束，文相如接到了黎镜仁的电话：“文秘书长，明天早晨从省城赶来新州时间很紧张。”

“没事，我们一定保证8点30之前到达会场。”文相如说。

第二天上午8点15开始，就有常委陆陆续续到达会场，他们分别是市长史文莱、组织部部长徐球晴、常务副市长杨立、市人大主任马大卡、市政协主席汤文龙。市委副书记黎镜仁是最后一个进来的，他拿着文件准备离开办公室去开会时，凭窗一看，几十号公安武警悄无声息开进了市委大院，这一幕让他十分诧异。他怀着忐忑不安的心情走进会议室，刚落座，省委特侦组常务副组长曹昆，省委常委、秘书长文相如气宇轩昂地走进会场。

刚一进来，黎镜仁就感觉了奇怪，不是省委大领导带队来吗，怎么没有来呢？通知里面也没有说曹书记来，曹昆是政法委书记，他与刚才看到的公安武警到底有什么联系呢？

黎镜仁正想了解个究竟，这时文相如字正腔圆地说：“由于中央组织部有关领导到我省调研干部队伍情况，所以省委大领导离不开，由政法委书记曹昆同志主持今天的调研会。下面宣布今天的会议纪律，一是开会期间不许走动，二是不许交头接耳，三是不许大声喧哗。”文相如用手机发出抓捕令，公安武警们马上向会场悄悄逼近。

曹昆与文相如交换了一下眼神后，曹昆说：“下面点名，喊到每个人的名字请起立。”

“徐球晴。”

“到。”

“押下去！郑铜修。”没有人回答，曹昆责问黎镜仁，“咋回事，怎么有一名常委没有到会？”

黎镜仁脸色惨白、表情僵硬地答道：“我通知到了，他也答应了。”

曹昆用坚定的眼神打量黎镜仁，然后厉声喊着：“黎镜仁！”

“到。”黎麻利地起立，站在那，同时用迟钝而恐惧的目光扫视了一下曹昆和文相如。

“请执行人员带黎镜仁到办公室，依法搜查。”曹昆义正词严地宣布。

执行搜查的检察官出示搜查证，让黎镜仁在上面签字。黎稍作迟疑，才慢慢吞吞在被搜查人栏目中签上“黎镜仁”三个字。两个小时过去，搜查完毕，搜查人员命令黎镜仁核准《扣押物品清单》，然后签字。

听到指令后，已经被带上械具的黎镜仁用乞求的眼神看了一眼检察官，然后说：“戴上手铐不便签字。”

“可以解开械具。”检察官员说。打开械具后，黎镜仁很认真地阅读已经登记在案的每一件物品。

黎镜仁表情艰难、痛苦地准核《扣押物品清单》中每一样每一件后，用右手抽了两抽纸面巾擦去已经布满那宽而阔的额头和脸颊上的汗，然后长长地叹了一口气，马上又用右手去解开贴着喉咙的那颗衬衣纽扣，试图让进出的气道通畅一些，以舒缓心中的抑郁和恐慌。签字完后，黎镜仁站起，甩了甩手，双手交递搓揉了一下手腕，大概刚才戴手铐时空间小了一些，不太舒服，然后用乞求的眼神看了看检察官，嘴角还微微动了一下，似乎想要与检察官沟通什么事情。

看到黎镜仁微妙的举动，执行搜查的检察官王俊男想起袋里有一副护腕套。隔了一会儿，抓捕人员准备为黎镜仁重新戴上手铐，王俊男为黎两手先戴上护套，然后再戴上手铐，这样就不会伤到手了。

执行抓捕的各组搜查后，向总指挥曹昆报告，搜查完毕。曹昆发布命令，以每一个抓捕组为单位，撤出新州，班师省城，分别进驻各犯罪嫌疑人的审讯地点。

曹昆和文相如回到省城，就这次组织抓捕黎镜仁等八名犯罪嫌疑人的情况向省委大领导作了详细汇报，从出发地到集结地、从抓捕现场到返回出发地均安全顺利；抓捕中没费一枪一弹，且搜查成果颇丰。美中不足的是：郑铜修漏网。

造成如此被动的原因也许是先期抓捕犯罪嫌疑人时，被犯罪嫌疑人察觉；或是在公安内部，这两人有眼线。对此，新州特侦组暂时还不能撤出，还要继续监控和跟踪。

汇报完毕后，胡新华对这次大兵团抓捕行动表示基本满意，对不尽如人意的地方，胡新华说："无论如何，想尽一切办法也要将这名犯罪嫌疑人抓捕归案。活要见人，死要见尸，现在还不是刀枪入库、马放南山的时候。我命令曹昆、尹向东两位同志组织20名特警，缉捕郑铜修。"

三十、猎狐行动

命令下达完毕，胡新华在办公室来回踱步，他好像还有一件急迫的事情，可一时又记不起来。他用右手轻轻地拍了拍脑袋，然后停下脚步，正在这时曹昆和文相如准备离去。

"你俩停一下，有两件事告知一下，首先李京涛现身体状况怎样？一家人的生活怎样？请你俩加上尹向东代表我去慰问他们一下，以表达我对他及家人的敬意。你们慰问时通报一下抓捕新州贪官的成果，给他带去这一特大喜讯，借以安慰他曾经伤痛、纠结的心。"胡新华说完后，停了停又说，"后天带上公安武警再杀回新州，我也去。"

曹昆和文相如用十分诧异的眼神看着胡新华，省委大领导如此看重这次抓捕行动，看来其分量不可小觑啊！胡新华看到他俩那疑惑的眼神，说："到那去我还有其他任务。"

第三天，带队的车队风尘仆仆到达新州。抓捕郑铜修的车队被安顿在市郊一个集结地，省委特侦组五位侦查员出面进行了汇报。省委的另一路人员直接来到市委礼堂，等待他们的是市委常委、秘书长郭宇通。曹昆和文相如这才弄明白是来宣布市委领导任免通报的。曹昆和文相如想起进驻新州抓捕黎镜仁等八名犯罪嫌疑人的前一天晚上，胡新华还专门打电话征求了他们对拟任命新州市委领导提名的看法。

在抓捕郑铜修的集结地，曹昆、文相如和尹向东召集特侦组五名侦查员和刘春江开会，研究郑铜修可能藏身的地方。曹昆首先要马文启对监控郑铜修的情况作个汇报，然后请刘春江同志对抓捕郑铜修提出建议。

马文启清了清嗓子："大体情况是这样，根据曹昆书记的指示，几天来我们特侦组对郑铜修实行24小时监控和监听。大家发扬了特别能吃苦、特别能战斗的铁军精神，截获了大量的资讯，具体情况由秦维新同志说一下。"

"情况如下：郑铜修仍在内地，但不在我省辖区内，具体位置在离宜环几十公里临省一个叫京鹅岭的小镇的别墅内。情况报告完毕。"

秦维新通报完毕，曹昆用期待的眼神打量了刘春江一下，刘会意娓娓道来："从目前的情报来看，郑铜修在情妇东方美玉那，吃香的喝辣的，拥着美人做美梦——企图躲过这场灭顶之灾。郑铜修藏匿的地方我去过三次，那儿很美，山青水秀，令人陶醉。值得注意的是，那里多山险峻，其藏身地三面环山，易守难攻。另外，郑铜修浸淫黑白两道多年，他身边有防身武器，因此，对于抓捕的方案我们要精雕细琢，力争一剑封喉。我就说这些。"

曹昆的目光移至尹向东的身上。尹向东说："目标已经明确，但地形地貌不详，进攻作战的要素之一必须对地形相当熟悉，才能确定进攻的路线和兵力部署；其次要熟悉敌人防御工事的情况，确定选择进攻的突破口。因此，立刻采取措施，确定派侦察小分队抵近侦查，获得第一手信息后，再研究下一步的抓捕方案。"

"相如同志你谈谈看法。"曹昆说。

"我同意尹厅的意见。"

"根据上述同志所谈的意见，我命令连夜赶赴京鹅岭镇。"

抓捕郑铜修的大部队驻进临省的京鹅岭镇时已是午夜，已经找不到住宿的地方了，所有参战人员只好在车上休息。天刚放亮，大家还在熟睡，曹昆要刘春江带路去熟悉一下郑铜修藏身的大体方位。俩人边走边聊，刘春江说："京鹅岭这幢别墅是郑铜修利用职务之便关照过的煤老板给购置的，此人名叫危骇林，心狠手辣，同时也是个老色鬼。危骇林为了感激郑铜修的关照，在这花了120万元为郑买了这栋别墅。刚从大学毕业的东方美玉与郑邂逅，郑对容貌可人、身材高挑、深目高鼻的东方美玉疼爱有加，就将这栋别墅送给了东方美玉，郑隔三岔五地从新州赶来与其缠绵。但是，对这样一位出落有致的美女，危骇林垂涎三尺。趁着郑铜修刚离开，他就哼着小曲带上礼包登堂入室，一住就是一个星期。后来东方美玉还怀上了危骇林的孩子。俩人演双簧，说是郑的种子，等到孩子一岁多了，才看出庐山真面目。为此郑铜修对危骇林耿耿于怀，决计除掉这个不讲道义和信誉的家伙。就在吴大鹏被捕前的一个星期，他们还策划了灭掉危骇林的方案，由吴大鹏手下的两个头目负责具体操作，但不知道这个计划后来是否实施了。”

俩人大概离郑铜修的别墅还有200米远，便停下了脚步远远眺望，一栋十分气派的别墅呈现在眼前。别墅共有三层，由于依山而建，因而每一层的景致都各有千秋，即发扬了中华传统建筑的精髓，又保持了传统建筑典雅、简洁、富丽于一体的独特艺术风格，以大自然为依托，推崇儒、道、释的和谐统一，含隐蓄秀，典雅大气。

俩人欣赏完后，转头往回走，一看，马文启和尹向东也沿这条小径走来了。大家一见面，就如何擒拿郑铜修你一言我一语地讲开了，最后大家确定了最受认同的一个方案：以当地派出所的名义接近，抓捕组潜伏在别墅两侧。

第二天凌晨，22名潜伏人员悄悄进入郑铜修别墅外围潜伏，最近的潜伏哨能听到别墅内用厕所后冲水的声响。天放亮，别墅北向的潜伏人员发现，该栋别墅还有地下室，地下室的北向还开了一扇只够一个人进出的门。细细一看，沿着门往北山的小径有脚踩踏过的痕迹，从草倒伏的情况判断，这里至少有人走过几次，而且所留下的都是新鲜的倒伏的草。这引起了潜伏组成员马良和付守仁的高度关注，他俩判断应该是郑铜修路过留下的痕迹，那么郑铜修到这干啥呢？马良马上向付守仁做了手势，两位抓捕人员互相交换了一下眼色，然后同时将手枪子弹上了膛。

这时，一缕缕晨光伸出纤纤细手，抚摸着这栋别墅。柔和的阳光从窗户进入，催促郑铜修和东方美玉张开惺松的眼睛，该起床了，可郑拥着东方美玉想多睡一会儿。正在这时，门铃突然响起，郑铜修全身一抖，立刻穿上衣服下了床，来到监控镜头前一看，傻了眼：两名公安虎视眈眈地立在别墅门前。

“开门，我们是京鹅岭镇派出所的。”

郑铜修拿定主意，绝对不能开门，绝对不能自投罗网。郑铜修哆哆嗦嗦、脸色苍白地往卧室走去，缓缓地用右手掀起枕头，然后用左手抓住那支77式手枪。就在手枪到手的那一刹，他的恐惧已经不复存在，他就像抓住了救命的稻草一样，浑浊的眼里立刻射出凶残的光来。随后他用右手一拉枪机，将一颗子弹送到枪膛内，拉开床头柜的抽屉，拿出公文包，包内有从新州带过来的12张银行卡，共计1000多万元，还有一本新州市处级以上干部通讯录以及新州有头有脸的企业老总电话。

郑铜修将包夹在右腋下，同时用深情、庄重、依恋的眼神打量了一下似睡非睡的东方美玉，然后转身咚咚下楼梯来到一楼，到一楼卧室的抽屉里拿出了早已经准备好的大口罩和大墨镜。他退出一楼卧室咚咚再下楼梯来到地下室，这里漆黑一片。郑铜修驻足一会儿，他还闻到丝丝腊肉和着恶臭的味道，倾刻间阴森恐惧占据了他的心灵，他不由得全身颤抖起来。他遭遇了有生以来最黑暗、最瘆人、最恐怖的日子，为了驱赶这些莫名的恐惧，他用右手将挎在右腰上的手枪重重地拍打了三下，借以壮胆，借以驱邪，向黑暗恐怖以及可能藏身其间的冤魂野鬼，发出严正警告：不要招惹我！我有真家伙！他不吃饭专吃人肉的！可现在这里漆黑一片，看不见逃跑的路径。自打从新州来这躲藏后，郑铜修曾有过几次逃跑演练，可那毕竟是大白天打开窗门进行的，现在是窗门都未开。这个黑就像一块沉重的黑布将他的头罩住，情况十分危急。生命攸关之时，他急中生智，赶忙把手机打开，想借微弱的光为他指明逃亡的方向。正在这时，他突然想到脚上穿的高档皮鞋不适宜逃跑，于是他马上折回一楼，将放在床底的一双旅游鞋穿上，这给他的逃亡平添了几许信心。

临到别墅地下室，他又打开了手机，他借着微光前行几步又有一股腊肉混杂着恶臭不期而遇，也不清楚哪来的恶臭，难道是……他没有深想，他十分清楚这股臭味有别于其他臭味，一闻，大脑一片空白，头脑会失忆、失语。

郑铜修捂着鼻跑到逃生门前，悠悠地一声长叹，让门外的潜伏人员马上警觉。这绝对不是一只老狗的喘息声，但酷似一只上了年纪的老鼠遭人围捕时发出的绝望的喘息声。这绝对是郑铜修无奈的叹息，这声音诠释了做一名贪官的悲哀！接着他又长叹了一声，然后将右手置于左胸上自己安慰起自己来：嗨，苦不苦想想人家萨达姆，顺不顺想想人家克林顿！他鼓足了勇气，使出全身的力量，准备快速逃出这个死亡地带。他用右手将门锁拧开，当门打开一半时，他看到模糊的人影，不管三七二十一，郑铜修咬着牙狠命地朝人影连开两枪。接着他往外冲，这时他也听到了警示他的枪声，一声枪响后，早已潜伏在门外的干警一拥而上，将其擒获。

马良不幸被郑铜修打中两枪，还好没击中要害部位，急救组将其包扎后，急忙向山下早已等候在那里的救护车运送过去。

郑铜修被带到曹昆、尹向东和文相如的跟前。三位抓捕组负责人用意味深长的眼神瞄了郑铜修一眼，郑铜修用十分狼狈的眼神看了一眼三位领导。郑和三位领导彼此也熟悉，还在一起闲聊小酌过，每次都是笑声和幽默相伴，于是他想跟三位领导打个招呼。曹昆命令将郑铜修押上车。望着郑铜修那狼狈的背影，曹昆感慨地说："看来他确实活腻了。"

曹昆命令参战人员进屋搜查，一个半小时过去，搜查完毕，只有现金308万元，银行卡两张。搜查人员来到地下室，一进去，一股恶臭和腊肉混合的味道扑鼻而来。搜查人员立即打开窗门，认真搜查每一个可疑之处。付守仁对一个暗处搜查，突然发现一口宽大的简易棺材。搜查人员怀疑郑铜修在这里藏有金银财宝，于是俩人把棺盖打开，顷刻一股股浓烈的恶臭扑来，使人难以呼吸。四位侦查人员眼睛鼻子嘴巴变形扭曲，耳道发胀，脑袋失去记忆，肠胃痉挛，恶心呕吐，大家像是遇到魔鬼似的倒退了好几步，不用怀疑，棺材里绝对有一具成年尸体。

曹昆得知这一重要情况，马上与当地的派出所同志沟通，他们立即向上级报告，两个小时后刑侦和法医来到了郑铜修别墅的地下室。经过勘验，简易棺材里有一具成年裸体男尸和一具裸体儿童男尸，棺材底层铺垫了十公分厚的食盐，四周有五公分厚的盐，成年裸体男尸上铺了三公分厚的盐，幼儿男尸存放于成年男尸之上，上面也布有两公分厚的盐。据粗略测算，腌制这两具尸体大约用了近400斤食盐。

两具尸体被抬出来，经过检验，成年男尸头部中弹两枪，系手枪所为：那么杀人的第一现场在哪呢？刑侦人员对别墅内外进行勘验，最终在别墅地下室发现一滩血迹，初步判断是男尸的血，此人应是在地下室被害的。接着法医对幼儿男尸进行验尸，发现整具尸体完好无损，那么这个幼儿到底死于何因呢？大家判断应该有如下原因：一是下毒药将小孩毒死；二是用水溺死；三是用烟熏导致其窒息死亡。

法医马上剖尸检验，打开胸腔，发现其肺内吸入大量的水，判断是用水溺死的。那么小孩是在哪被溺水身亡的呢？刑侦人员在别墅上下楼层寻找第一现场，经过近40分钟的忙碌，终于在地下室的一角发现了一个直径60公分、深70公分的铝制桶。用手电照射发现，桶底有几颗饭粒，还有疑似从口腔中排出来的液状物体，经过进一步检验，确定是从幼儿体内排出来的，这时可以确定杀害幼儿的现场也在别墅的地下室。

法医确认男尸为危骇林。为了弄清这具幼儿男尸的尸源，侦查人员马上采集到了东方美玉、危骇林和幼儿尸体的血样进行DNA检验，最终确认幼儿男尸是东方美玉和危骇林的儿子。

那么这起恶性杀人案到底是何人所为呢？侦查人员先找到了东方美玉。

问：你这孩子多大了？

答：13个多月。

问：你多久没有见过他了。

答：有半个月了。

问：你怎么断定他有半个月没有和你见面了？

答：有一天宜环县老板危骇林来到这，第二天，郑铜修带了一帮好友也来了，加上郑铜修共有五个人。我清楚记得郑铜修是礼拜天上午来的，大家一块洗菜炒菜，而且有说有笑。我带着一岁多的儿子玩，饭菜弄好后大家一块用餐，席间大家喝了不少酒，危骇林喝得最多。那天吃饭是在三楼观景台吃的，吃完饭郑铜修向一个姓吴的老板使了个眼色，然后架起已经喝醉了的危骇林下去散步，后来就一直没有回来了。吃完饭我下到二楼，这时郑铜修一个人上来，说他要返回新州市召开市委常委紧急会议。随后他说他老年得子，这儿子聪明帅气，得好好培养一下。在新州有幼儿全托的幼儿园，只是费用贵一点儿。他说要我放心，一切他来打理，那里的阿姨很好，这样我们就可以过上真真正正的二人世界的生活了！我觉得郑铜修说得有道理，就让郑抱去了。

问：你还有什么要说的？

答：半个月后，郑铜修一个人来到这里，我问小孩的情况，他说他有空就去看他，为他买些玩具还有好吃的，他很活泼也很可爱，要我不要牵挂他。说不牵挂那是假的，毕竟是自己心头上的肉啊！你们公安今天来问这个，不知道是什么意思。请问，我的儿子有什么意外了吗？

刑侦人员不做任何回应。东方美玉已经知道郑铜修东窗事发了，看来要见到他已经很难了，于是她想到了危骇林，他们之间毕竟有一段温馨浪漫的过往。她在梦里水乡经常流连往返，半个多月来，她打过多次危骇林的手机，可老是关机。东方美玉为了寻找一些精神寄托，开始寻找危骇林送给她的一些物品，她拉开柜子，将压在最底层的两人大合照拿出来，她亲着他、吻着他，心底里呼喊着，危老板，你何时还来？她拉开抽屉一翻，都是郑铜修那老鬼弄来的避孕工具，她急忙把那些玩意儿扔到了垃圾桶……当天，公安机关传唤她，并把她名下的那栋别墅贴上了封条。于是，最让东方美玉幸福快乐销魂的日子，就以这样的一种方式谢幕了！

巨贪郑铜修被捕的消息不胫而走。就在刚返回新州的当天，刘春江拨了马文启的手机："喂，马书记，我收到了新州民众的邀请，要我明晚参加他们主办的《让正义回家》主题晚会，同时也邀请省委驻新州特侦组的全体同志参加！"

"几点开始啊？"马文启问。

"8点开始。"

"我们一定参加。"

三十一、新州的不眠之夜

省委特侦组五名侦查员在神秘接头人刘春江的引导下，从驻地步行前往人民广场参加《让正义回家》的晚会。今日的新州面貌非同以往，整座城市都洋溢着节日般喜庆吉祥和谐的气氛，大家都像要过节一样穿上了新衣服。他们脸上绽放着从未有过的笑容，有的步行，有的开车，潮水一般往人民广场涌去。全市大街小巷张灯结彩，挂满"人民万岁""正义回家""中国共产党万岁""打倒贪官”“打倒巨贪郑铜修”“打倒巨贪黎镜仁”等横幅，大人小孩自发地在自家门口燃放鞭炮和烟花，庆贺新州的大贪官倒台，庆贺人民的胜利！

刘春江和省委特侦组的五名侦查员提前一刻钟到达人民广场，这里人山人海，一眼望不到边，人声鼎沸。大家不由得为之一震，马文启有感而发：人民，只有人民，才是创造世界历史的真正动力！一幅巨大的“今天我们接正义回家”的横幅悬挂在主席台正中央。一行人正驻足凝望横幅，施卫东脸上写满了惬意的笑容，与刘春江和特侦组的人握手寒暄。

8点刚到，主持人宣布晚会开始，晚会的内容：第一，由施卫东发表主旨演讲——《今天，我们接正义回家》；第二，演出歌舞、小品、花鼓戏、相声，为新州人民助兴；第三，燃放烟花爆竹庆贺。施卫东英姿飒爽地往台前走去，他一边走一边挥手，向数万集会群众致意。

各位来宾、父老乡亲们：

今天是我们新州人大喜特喜的日子，因为长期鱼肉百姓、欺压百姓、贪污受贿、生活腐化、买官卖官、滥用职权、亵渎法律、戮害百姓的一批贪官已经被抓起来了，被关进铁笼子里了！今天我们百姓终于可以挺直腰杆子了，终于可以扬眉吐气了！今天，我们接正义回家了！

台下欢声雷动，口号声、欢呼声彼起此伏。

一桩发生在我市的特大人肉爆炸案已经破获，嫌疑人已经被抓，可是因为他们钱多，一些不讲良知、有法不依的执法人员与某些手握大权的贪官合谋，将一个双手沾满了人血的恶魔放虎归山。他们因此得到了大量的金钱，可他们失去了人心，最终失去了自由。

他们自以为位高权重，金钱多多，可以摆平一切，可以把黑的说成白的。但是人民的眼睛是雪亮的，省委特侦组的目光是雪亮的。他们夜以继日，不辞辛劳，按照省委的统一部署，秘密潜入我们新州，采取非常神秘的侦查手段，获取了新州贪官的大量犯罪证据，最终让他们低头认罪，把巨贪和杀人恶魔送进牢笼……

马文启一行刚撤到外围，有三个可疑人员跟踪他们，他们马上租了一部车到市公安局，三个跟踪人员只好作罢。一场有惊无险的事件过去后，马文启决定请示曹昆书记，择日撤出新州。曹昆表示同意，同时表示返回省城后为他们接风洗尘。接风洗尘只是一句客套话，在他的办公室，曹昆说特侦组的工作使命还没有完结，还要投入审讯巨贪的繁重工作中去。

三十二、遣精兵全力拿下黎镜仁

黎镜仁被擒获后，用三招对抗着面前的办案人员：第一招，不吃不喝；第二招，装聋作哑；第三招，装病卖傻。由于不吃喝加之心理压力大、着急上火，他那宽大肥厚的嘴里起了一排泡，就像是又另外长出一排牙齿似的。那泡可能有些疼痛，或者不舒服，黎镜仁的嘴唇时不时抽动一下，在他那充斥着贪婪的眼神配合下，冷不丁一看让人惊骇，他是不是又长出了新的期待或者贪欲了？细细品读他那张草书体式的国字脸，上面明白无误地写着：抵抗、抵赖、顽抗，你们休想从我嘴里撬出去半个铜板；就算是我黎镜仁赚了点儿外快，那玩意儿与我为新州经济振兴所作出的贡献相对应相匹配，那是对能力、敬业、付出、智慧的认可；硬要说不该得那几个银子，说有什么不对、有什么错的话，你尽管说去，反正我黎镜仁问心无愧。过了一会儿，他用一个期待和求助的眼神望了一眼检察官，那意思是坐在一张木凳板上腰痛背酸的，想站起来活动一下，他习惯了原先惬意舒适的办公室。检察官已经清楚他那诸多的不适，一个十分理解的眼神抛过去，黎镜仁知足地站了起来。他小心翼翼地伸了一下腰，他不敢很奢侈地再去伸第二个，生怕太放肆了，引来检察官的不满。伸那个懒腰时他曾想“啊”上一声，舒缓一下结郁在心头的压力，缓解一下那紧张得让人透不过气来的氛围，可他不敢，他怕检察官瞥来不屑的眼神，自己的尊严受到损伤。他梳理了一下那一头纯白色的头发，稍稍仰了一下头，厚厚的嘴唇颤动了一下，想说什么，可欲言又止，继续抿着那厚厚的嘴唇。他回座，审讯的检察官用洞彻其灵魂的眼神盯住黎镜仁，黎没有任何表情，细微观察，只是黎的嘴角挂起一丝苦笑。

对峙、胶着的场景仍就天天在上演。喻正华检察长得知此事，决定亲自出马。上午8点整，喻正华身着笔挺周正的检察官制服，快步来到办公室，他麻利地将那只装有黎镜仁犯罪证据材料的档案袋放在办公桌上，随手就抓起了座机电话。

“钟副局长，你好，我是喻正华。”

“喻检你好，有什么指示？”

“哎，真有指示，省委特侦组的工作还要延伸，懂吗？”

“我懂。”

“那你说一下。”

“就是我们特侦组从新州撤回后，还要介入现在繁重的审讯贪官的工作。”

“你很有灵犀，说中了。你一个，还有刘春江、龙显威三位同志到我办公室，我有重要任务给你们。”

钟笑着夹克衫来到喻正华的办公室，喻正华用信赖的眼神迎接着钟笑的到来。精明睿智的钟笑已经读懂了检察长眼神里所蕴藏的一切，即刻，钟笑周身的血液就如同三峡水库打开了泄洪的闸门似的，不停地奔涌、咆哮着。他暗暗地告诫自己：将这一腔男儿特有的热血化作一把利剑，去挥斩那些肆无忌惮的贪官，以回报喻检对自己的信任。

钟笑、刘春江和龙显威三位检察官精神抖擞地并排坐在一张长条沙发上，喻正华检察长看到自己手中的三把反贪利剑矗立着，心中无比激动，那张国字脸上立刻闪现出信任、自豪和荣耀的表情。他扫视了大家一圈后，打开了话匣子：“今天把你们招来，想必大家也能猜个八九不离十。要你们来就是研究一下审讯黎镜仁的策略技巧，这个堡垒一攻破，那么这次新州擒贪的侦查工作就离胜利不远了。现在审讯处在僵持的状态，推进相当艰难和缓慢。在这关键时刻，我想到了你们这‘三剑客’，我感到了由衷的欣喜，因为你们过往的业绩证明你们是攻坚克难的英雄，是智勇双全的‘三剑客’。我现在命令你们三位今晚8点参与审讯黎镜仁，先在审讯沙盘推演室演示一个小时，然后真枪实弹与黎镜仁接火。我预祝你们大获全胜。有任何消息向我报告，我的手机24小时开着。”

晚上8点整，钟笑、刘春江、龙显威身着检察官制服出现在沙盘推演室。一进入，大家从监控镜头里看见了黎镜仁在与审讯的检察官过招，他巧舌如簧地为自己辩护，最后苦着脸，一副受委屈的表情呈现给检察官。他时而抬头望着天花板，时而下意识地搓搓手，时而用右手敲敲背部，时而双手合十置于胸前，微低头，微闭眼，微微抽动一下嘴角。这时他将自己置身于一个燃香拜佛的氛围里，祈求神灵来保佑他，让他顺利渡过这场劫难。

担任这次审讯黎镜仁的主攻手钟笑将这些细微的东西迅速收集起来，权当讯问的素材，当然他肯定不缺更多更加具有震憾力的“炸弹”。

沙盘推演完毕后，“三剑客”呷了一口茶，大家同时起身，他们每人右手揣着一杯茶，左手拿着相关证据材料，神情威严，目光如炬，迈入审讯室。大家同时落座，同时放下茶杯，同时抬头，同时将威慑的眼神齐刷刷地掷向黎镜仁。就在这一刹，黎镜仁的眼神没有敢与“三剑客”的眼神碰撞，但是“三剑客”的眼神当仁不让，穷追猛打。三道利剑般的眼神再次扑向黎镜仁的脸上、眼上，直捣他的心脏，潜入他的灵魂，去围剿他的罪恶。他只有投降举手，那才收手。

从政几十年，黎镜仁从没有遇到过如此冷峻威严、要魂要命、难于招架的眼神。这种眼神他只是在电影电视里见过，如今那眼神与自己邂逅，他觉得浑身都不自在，甚至浑身在颤抖，他有点儿魂不守舍了。他那双粗大的手不知道放哪儿合适，也不知道自己的嘴巴是张开好还是合上好？眼睛是闭上好还是睁开好？于是，他开始尝试着抓耳挠腮，打发这一恼人的窘境。过了一会儿，他尝试着从“三剑客”之一的龙显威眼神的边缘侵入，不曾想龙显威用犀利的眼神给予反击。他招架不住，又败下阵，两只眼睛不时闪出求饶的神色，让“三剑客”手下留情！

斗眼神是“三剑客”的独门绝活，尽管未闻硝烟和枪声，但对贪官却极具震慑力、穿透力、杀伤力，这确实是于无声处可以听到声声惊雷，让这班贪官领略一番检察官的职业风范！这些犀利眼神的构筑，依仗的是强大的内心支撑，是一件件铁的证据。

10分钟过去，钟笑已经捕捉到了黎镜仁的心理防线在慢慢溃败，乞求手下留情的讯息，他已经悉数收到。见到如此的效果，钟笑心里暗喜，他按捺住激动的心情，准备酝酿下一个冲击波去围剿黎镜仁。钟笑用睿智而又含着威慑的眼神盯住黎镜仁混浊的眼神，一触撞，黎镜仁就避开，钟笑穷追不舍直至他无法躲藏为止。

“黎镜仁！”趁着黎处于下风，钟笑字正腔圆地喊了一声。

“到。”腾的一下，黎镜仁板板正正地起立，看上去有几分职业军人的范儿，两脚跟并拢，两腿挺直，小腹微收，两臂自然下垂，五指轻轻并拢，大拇指贴于食指第一关节，中指贴着裤缝，头正颈直，嘴角紧闭，满脸的严肃。

这一失态的举动，让钟笑喜不胜收，他努力压抑住这份喜悦：“坐下！”

黎镜仁坐下后，两只肥厚宽大的手掌并排置放在敦实的大腿之上，腰板挺着，脖颈往上提，生怕一点儿闪失，惹来检察官的不满意。

“今天晚上由我们三位陪你，我是钟笑，省检察院反贪局副局长。我左边这位是刘春江，省检察院反贪局副局长。我右边这位是龙显威检察官。请问黎镜仁，今晚我们三位审讯你，你觉得合适吗？”

“合适。”

“为什么合适呢？”

“因为我们之间没有其他的瓜葛，没有回避的由头，今天是你们执行职务。”

“那就是说我们之间无冤无仇，不存在任何打击报复的因素，是吗？”

“是这样的，不错。”

“你因什么事到这里，清楚吗？”

黎镜仁抬头看了钟笑一眼，眼神迅速垂落，死鱼似的死死盯住地板，两只大手手心对着手心轻轻地慢慢地搓揉着，一停下来，就微微地叹出一口气来，以其舒缓一下紧张的心情。这一声叹息，就像是无处躲藏的敌军官被追兵紧紧咬住后，所透出的绝望的哀叹。从这低缓的哀叹声中诠释出来的是他已经无法招架，投降还不行吗？

钟笑穷追不舍的眼神盯着黎镜仁:“正面回答我的提问。”

“我因经济上的事到这里来的。”黎镜仁怯怯地答道。

“你能把经济上的事说得具体一些吗？”

"就是不该要的要了，不该得的得了。"

"哪些不该要的要了，哪些不该得的得了？"

"比如过年过节别人送来的烟酒之类的东西。"

"你说的别人是指谁？"

"这个泛指我的属下和一些老板。"

"刚才你所说的不是什么经济上的事，几乎不搭界。准确地说，这是属礼尚往来的事，这你应该清楚。"

"清楚的。"

"既然清楚，又何必绕弯子？！"

黎镜仁那焦燥的嘴唇抖动着，然后仰着脸望着雪白无瑕的天花板。那雪白的光反射在脸上，呈现出的是那贪婪的嘴脸以及强烈的危机感和焦虑感。

钟笑直视着黎镜仁的眼睛，黎镜仁的目光触碰到钟笑的目光后，马上回缩，就像是一只乌龟遭遇到了什么不测，立刻将头缩回脖里藏起似的。

钟笑没有就此打住，他又换上追问的眼神在黎镜仁的脸上毫不客气地盯来盯去。之后，他突然"嚯"的一下站起，将书证重重地往桌上一放，挥起拳头往书证上擂了一记震撼之拳。这记重拳的声音迅速传导到黎镜仁那，引来了他几个寒战。少顷，他那宽阔的前庭布满了细密密的汗珠子，已经点缀了老年斑点的草书体式的国字脸十分苍白，原来坚挺的粗而大的脖子已经无力再去支撑那颗硕大的脑袋，由它垂丧着，定格地悬挂在那，就像是悬垂在悬崖边的一个人，没人施以援手，随时都有可能掉进万丈深渊。

钟笑回座，但那鹰似的眼睛一刻也没有离开过黎镜仁那颗脑袋。就在钟笑落座的那一瞬，助攻手刘春江早已抢抓住了进攻的时机："就你那几寸花花肠子，还值得在我们面前绕吗？你觉得值吗？咋听起来，你是一个很廉洁的官员，是我们反贪局的检察官制造了一起冤枉你黎镜仁的冤案，还要为你平反昭雪是吗？如果真是那样，我们相当情愿挨罚或被革职！但是事实证明你不是清官，你是地地道道、彻头彻尾的贪官，你现在满身都是铜臭味，双手沾满了血腥的味道。假如你真是清官，那么庄严的省人大常委会能罢免你这个神圣的省人大代表的资格吗？！"刘春江说到这，龙显威检察官表情严肃地将省人大常委会罢免黎镜仁省人大代表资格的公告递到黎镜仁眼前。看到龙显威检察官的到来，黎镜仁迅速收抬起垂落在地板上的眼神，抬起头，意欲礼貌性地起立，龙显威麻利地用右手按住他，把公告递过给黎看。看完，可以说很艰难地读完那段只有百把字的公告，黎镜仁的脸上又叠加起了沮丧、落魄的神色。

黎镜仁表情有些异常，脸色煞白，喘着粗气……突然他脸一歪，双眼翻白，四肢僵直，口吐白沫。见状，钟笑使了眼色，龙显威和刘春江急忙过去摁压内关穴位、人中穴位，钟笑马上将早已备好的心脏急救药硝酸甘油和心痛定拿出来让黎镜仁服下。

黎镜仁心脏不适的症状过去，立刻恢复正常。与死神擦肩而过的黎镜仁，用感恩的眼神望着三位检察官。这时龙显威看见黎宽大的额头上附着着细密密的汗珠子，过去用纸巾为其擦掉。黎镜仁用感恩的眼神看着龙显威说道："谢谢！"

一个转身，龙显威为黎镜仁递上一杯茶水，黎镜仁若有所思地品着这杯茶，散落在水杯里的眼神溢出，它诡秘地将"三剑客"的面部表情搜了一个遍。钟笑视而不见，故意问道："你现在的状态还能与我们沟通吗？"

黎镜仁迟疑了一下："我想躺一会儿，有不舒服的地方。"

"你现在感觉哪儿不舒服呢？"钟笑问。

"头有点儿昏。"黎镜仁用细如游丝的声音说。

钟笑与刘春江交换了一下眼神，刘起身拿了血压计为黎测血压。"你的血压正常。"刘春江用警示的口吻说。

黎镜仁试图采取诈称有病的手段使"三剑客"的审讯工作就此打住，明明血压正常却诈称头昏。钟笑心中升腾起一股无名的怒火，他将锐利的眼神一拧，厉声道："黎镜仁你到底想干什么！你规矩点儿！"

黎镜仁用怯怯的眼神望了钟笑一眼，又将死气沉沉的眼神落在了地板上。那张宽而大的嘴轻轻蠕动着，几米开外亦能听到从幽深的鼻腔里发出急促的鼻息声，草书体式的国字脸上现出淡淡的绯红。刚才钟笑的话已经对黎镜仁产生了刺激，他慢慢地心虚了起来，是的，自己有太多不规矩。

黎镜仁这些异常表情悉数被钟笑捕捉到，他将掌握在手中的证据不断地在心中排列组合，准备选择黎镜仁防御最薄弱的部位展开攻势。

最薄弱的部位确定后，钟笑淡定从容地打起腹稿来。钟笑用犀利严谨的眼神盯着黎镜仁，黎镜仁的头照例垂着，于是钟笑厉声道："黎镜仁，你把头抬起来！你听着，你做过哪些不规矩的事，哪些不道德的事，这其间又藏了哪些猫腻，这事你绝对比我清楚。王甜甜怎么回事，你们之间以及相关联的人之间发生过什么事？”

“王甜甜原来只是我的秘书，和其他人有过什么关联就不太清楚了。噢，她后来被省委组织部副部长亓官云涛调到省委组织部当上了秘书。”黎镜仁轻声辩解道。

“你跟亓官云涛是什么关系？”

“是同学关系。”

“有过什么不正当往来？”

“没有什么不正当往来。”

“你照实说，应该会对你有好处。其实相关证据就在我们手中掌握，你说与不说，对我们来说没有任何区别，反过来对你可能就会造成伤害，到时候真是伤不起啊！我不希望看到或听到你落下不老实、不配合、狡辩、避重就轻的名号，你主动说、坦白说本身就是一个忏悔认罪的过程。作为在官场打拼几十年，受党教育几十年的领导干部应该有这个反省能力。你说与亓官云涛没有什么不正当往来，我问你，这个还需要出示一份证据给你看吗？你觉得有这个必要吗？”

黎镜仁听到钟笑一番软中带硬的说辞，用愿意配合的眼神看着钟笑。钟笑迎着黎镜仁的眼神说：“你照实说，不要添枝加叶，把自己的良心放稳着说，还以真实的相貌。你别老用提防我们的眼神打量着我们，我们用不着你提防，你扪心自问，我们三位检察官会加害于你吗？不会吧！”黎镜仁用否定的眼神看着钟笑，就着黎镜仁这把眼神，钟笑说：“我们有做人的底线，有做检察官的规范，我们不会做违反法律、道德、良知的事。”

钟笑说完，黎镜仁用自责的眼神环顾了一下周围，用点了许多逗号的语句说道：“我，曾送，给，亓官云涛，20，万元。”

“为何送钱给他。”

“想谋个职位。”

“什么职位？”

“省政府的正厅。”

“人往高处走，这是人的天性使然，人各有志，我不评论这件事。我只问你这20万元从何而来？”钟笑用探寻的眼神逼视着黎镜仁。

黎镜仁一听到20万元的来源，下意识地用右手掳了一把爬伏在头顶上的白发，旋即抿着嘴唇，后又用牙狠狠地咬住下嘴唇，眼睛里喷涌出愤怒的目光。他到底对谁有怒气呢？是亓官云涛？是王甜甜？是黎维前？抑或是李京涛、秦圆？最后黎镜仁用极其复杂的眼神望了钟笑一眼。

“请接着回答我的提问。”钟笑第一次用了一个“请”字，这让黎镜仁很感动，脸上现出受宠若惊的神色。在这个特殊的地方他能如此获得尊重，心情一下子轻松起来：“这20万元是黎维前送的。”

“用什么方式送的？”

“打到账号的。”

“一共打了多少？”

“68万元。”

“这68万元送了亓官云涛20万元，还有48万元哪去了。”

“送给王甜甜20万元，还有28万元放在了我自己的账户。”

“王甜甜是你的下属，你的秘书，你什么事有求于她呢？”

“我们俩比较要好。”

“不要绕着圈子说话，也不需要润色什么，还原事实即可。”钟笑用警示的眼神看着黎镜仁说。

“她是我的部下，也是我的情人。”

“你们之间还演绎过什么故事？”

“这个隐私可以不说吗？”黎镜仁用诡辩的眼神盯着钟笑。

钟笑用不屑的眼神回敬黎镜仁，黎知趣马上躲闪。钟笑穷追不舍，用痛打落水狗的口吻问道：“一个相貌堂堂的男人，一个党员领导干部，亏你说得出这等事是隐私的？！党的纪律白纸黑字写得明明白白不许包养情妇，你一个市委副书记不知道？！你在主席台上作过所谓‘敬畏’的一篇主旨演讲，我钟笑洗耳恭听了！”黎镜仁用诧异的眼神看着钟笑，钟笑继续道，“你对副处以上干部说做人做事要敬畏，你喇叭筒对外不对自己，你黎镜仁就可以不敬畏，就可以逍遥法外，去玷污党纪国法？你接着往下说。”

"我同王甜甜有个共同的小孩。"

"你利用王甜甜还做过什么？"

"为了不被你们查获，我让一些想揽活的老板，一些想当官的，把钱打到王甜甜的账户。"

"打到王甜甜的账户有多少钱？"

"有个几百万。"

"到底多少？"

"600来万。"

"这些钱的来源你说具体一点儿。"

"大多数是一个姓吴的老板送的。"

"吴什么？"

"吴大鹏。"

"什么人？"

"一个老板。"

"做什么的老板？"

"房地产、矿山老板。"

"他因何事送那么多钱给你？"

"有个爆炸案和他有牵连。"

"你说具体点儿。"

"2003年8月23日吴大鹏策划了一起震惊全省的爆炸案，后来查证炸死了两人，伤五人。"

"这事怎么能跟你市委副书记扯到一起呢？"

"他是副市长郑铜修的老朋友，事出来后，吴大鹏托郑铜修副市长，要我向市公安局局长和市检察院说情和施压。"

"这事吴大鹏直接找过你吗？"

"找过。"

"说过什么？"

"要我帮大忙，只要不判刑，一切都好说。"

"你帮了吗？"

"帮了。"

"怎么帮的？"

"爆炸发生后，应当做应急预案的没做；干扰市公安局办理此案；责成市检察院杜修行、林子墨作不起诉决定；吴大鹏出狱后积极为其张罗任市政协副主席，后来也弄成了……"

"吴大鹏确系制造珊瑚宾馆人肉炸弹的主谋吗？"

"是的。"

"吴大鹏这个险恶凶残的罪人，你为何要帮忙让他逃避法律的制裁，还不遗余力为其罩上政治光环。你这么做出自什么考量，或者说你冒着自己身败名裂的危险去干这等不齿之事，源于什么动力？"

"钱，为了钱。"

"你缺钱吗，不够花吗？"

"应该够花。"

"够花了，弄那么多钱干吗？"

"我总觉得现在物欲横流的社会，光一点儿工资只够温饱，要有一流的生活，钱的问题就凸显出来了。弄点儿钱防老的思想也有，再就是我这代花不完留给下代花，也叫造福于子孙吧。我这代混了个不大不小的官，下一代不一定能混上。有赚钱的机会自己也想把握一下，多赚几个银子，心里会有自豪感和成就感，寻找心灵的一种慰藉。"

"黎维前、黎维途何许人也？"

"是我老乡。"

"因何事打点你？"

"因为生意上的事。"

"什么生意？"

"他俩做防弹衣的生意。"说完，黎镜仁神情开始凝重起来，他用惋惜、后悔的眼神看着钟笑。是的，防弹衣的事给他的仕途带来灭顶之灾，也因为防弹衣的事衍生了王甜甜离他而去，投进了省委组织部副部长亓官云涛的怀抱。看上去黎镜仁的眼睛潮乎乎的，他当着三位检察官的面有点儿不好意思，便转扭着头向后狠狠地用衣袖擦了一把泪。见状，龙显威极其麻利地拿过纸巾递上，黎镜仁接起，轻轻地、柔柔地擦去挂在脸颊上的泪。

“防弹衣的事引发过什么话题吗？”

“有话题。”说到这，黎镜仁的眼泪又偷偷地爬出了眼眶。这次他没有去擦拭了，任它挂着，让它自己自然消失。

“你能把这个话题展开一下吗？”

“可以。”

“我老家的黎维前和黎维途那天到了我的办公室，说有一批防弹衣滞销，要我帮他的忙。我应允了，答应买1200件，要700多万元。这事我马上与李京涛联系，李京涛局长一会儿说没钱，一会儿说要买也不需要那么多，顶多买80件。听到李京涛这种答复，我有点儿着急，因为我已经收了黎维前、黎维途送的68万元，不买就意味着要退钱，加上又是家乡人，这个忙都帮不上，以后回家也没有什么颜面。我下定决心一定要李京涛买下，李京涛说没有钱，我便从市财政拨付了700多万，硬生生要李京涛买下了。这事彼此都弄得不愉快。防弹衣的事情还没就此打住，特警大队长邓大佑穿上我推荐的防弹衣去抓捕珊瑚宾馆爆炸案嫌疑人钱毕仁时，被钱毕仁用手枪击中牺牲。这件后来闹得很是邪乎，省公安厅厅长尹向东策划了新闻发布会，各大媒体各大知名网站都报道披露了这件事，用极其犀利的言辞无情地把我一顿臭骂。这一整，把我弄到了这一事件的旋涡之中。为了摆脱那种被动挨打的局面，我寻求到了保护伞——省委组织部副部长亓官云涛。我带着王甜甜就为这事专程拜访了亓官云涛，亓官部长给我出了很多的主意。在省城两天，亓官云涛很欣赏王甜甜，从亓官云涛的表情判断，他意欲调王甜甜到省城工作。临走时亓官云涛还交待了省委组织部要到新州考察我提拔为正厅的事宜。根据亓官云涛的旨意，我弄了个虚假证明，证明邓大佑身上穿的防弹衣不是我推荐市局买的防弹衣。可弄好后，来考察的事无声无息，我问亓官云涛，他说要往后推一下，但亓官云涛调王甜甜的事一个星期就搞定了。后来我才明白，我防弹衣的问题在中央的一个内参上刊登了，亓官云涛看过后，怕这事引火烧身。如果瞒着去弄，会给他的仕途带来不测。基本就是这么个过程。”

“对这件事你有过反思吗？”

“开始没有，最初想掩盖，但事与愿为，欲盖弥彰。后来这事对我心灵有了极大的震憾，我得了68万元，掳走了公安干警一条命，我的良心受到了谴责。”说完，黎镜仁用一副愧疚的眼神看着钟笑，期待着钟笑对他的回答有一个正面认可。可钟笑没有任何表示，而是用凝重的表情盯住黎镜仁，心里骂开了：为了贪钱就可以滥用职权压公安局长买假冒防弹衣，穿上这玩意儿去抓歹徒，防弹衣不防弹把一条鲜活的生命葬送了，就这一句轻描淡写的忏悔就抹掉你黎镜仁的罪恶了？！骂完了，钟笑怒目圆睁，这一整黎镜仁心里有些发毛：怎么啦，不合他的意，还是悔罪过于简单，言辞不够真诚？黎镜仁用一副十分复杂的表情望着钟笑。

钟笑没有搭理这些："你刚才回答问题时，提了一个叫钱毕仁的人，这人你是怎么认识的？"

"我听人介绍才认识的。"

"听谁介绍的？"

"听吴大鹏介绍的。"

"你和吴之间还有过什么交往？"

"金钱方面的往来。"

"有多少？"

"有几百万。"

"具体多少？"

"时间久了，记不起了。"

"就按你说有几百万，这是属于什么性质的钱？"

"他有事求于我。"

"什么事？"

"一个是他策划制造了珊瑚爆炸案被抓，我帮忙把他弄出来了；第二个是吴大鹏出来后，我积极推荐他当上市政协副主席。"

黎镜仁简要回答完后，用一种后怕后悔的神色看了钟笑一眼，然后眼神飘忽不定地游荡开来。钟笑极端愤懑，神情严厉。黎镜仁不敢抬头再看钟笑。一个市委副书记，应当充满正义的力量，是正直的化身，是为保一方百姓平安的使者，是为民众制造快活幸福的操盘手。然而黎镜仁为了得到更多金钱，利用手中执掌的公权力，肆无忌惮地为穷凶极恶的杀人恶魔开脱罪责，为其披上政治光环——市政协副主席，在钟笑的眼中黎镜仁已经蜕变成为黑作坊的店主了。想到这儿，钟笑下意识地用右手拍打着桌面，黎镜仁一听到这沉闷的声音，全身不自在地抖动着，脸色煞白，双手又不停地相互搓着，打发这难熬的时光。

少顷，钟笑用淡定从容的眼神看着黎镜仁："你还有什么需要交代的？"

"应该没有什么了。大部分就这些。"

"言外之意还有一小部分没有交代，是吗？"

黎镜仁如一根鱼骨卡在喉管，一身不适，他沉默着，低垂着脑袋，眼神在地板上爬来爬去。他心神不宁地盘算着，因防弹衣的事有了一条人命，袒护珊瑚宾馆人肉爆炸杀人恶魔而收受巨额贿赂，如果还继续交代，那不是性命难保了吗？他权衡着。

这些细节全部都被钟笑、刘春江和龙显威掌握。"黎镜仁，就那些事还需要我们把证据摆到台面上来吗？我郑重告诉你，我们一旦出示了证据可不算你主动交代了，你听到了吗？请回答我的提问。"钟笑说。

黎镜仁仍旧沉默着。

"你觉得你可以做到天衣无缝吗？不会吧，就我们掌握的证据就不是那么回事，我的前任你应该相当熟悉。"刘春江说。

黎镜仁用诧异的眼神看着刘春江："你是省院反贪局的副局长，你的前任我不认识。"

"不错，是省院反贪局的副局长，可是由于机缘巧合，我曾经也是你的属下。"

"我的属下？"黎镜仁用惊愕的口吻说。

"是啊，我任新州市国土资源局副局长，对那里的山水很熟悉，人脉也比较广泛。除了你刚才说到的吴大鹏外，你对我的前任也应该比较熟悉。"

"你的前任是景韵多，我想起来了。"说到景韵多，黎镜仁的脸色突然暗了下来，一阵惊恐之后，他在努力控制自己的焦燥和恐惧。

"既然你猜中了，那就请你讲一讲景韵多与你之间的故事吧！"刘春江用绵里藏针的口吻说。

黎镜仁用极不情愿的眼神瞄了刘春江一眼，马上左顾右盼起来。

"来，来，你把你和景韵多的故事讲一下，也让我们共同分享一下。"刘春江用调侃式的语气说。

这一说，黎镜仁一下子轻松了许多，紧张的气氛一下没了："一开始我对他景韵多并不看好，但在郑铜修的举荐下，他从市国土资源局副局长的任上到了桂馨县任县长。在县长的任上政绩谈不上突出，但这人很会来事。我父亲去世他送去凭吊金20来万元，更让我感动的是他替我跪拜在我父亲棺椁前尽孝，并且长跪不起。他悲泪涟涟，一条白毛巾也被他的眼泪浸透了。他真心实意的孝道之心，让我有了重用他的想法，结果他毫无悬念地当上了桂馨县的县委书记。"说到这，黎镜仁停了下来，他用探寻的眼神望了刘春江一眼，刘春江用提示式的眼神回应了黎镜仁，黎继续说，"那年桂馨县三大班子搬迁，在我的操作下，黎维前、黎维途承揽了该项工程，之后两黎送给我200万元。这件事我对景韵多很满意，加上他每年都向市纪委廉政账户上交收受的钱款，据郑铜修讲，每年都退廉政金20万元或30万元不等，这个典型经层层推荐，最后景韵多被树为'勤政廉政优秀领导干部'，并被省委组织部列为后备干部名单。"

"就这些吗？"

"还有。"

这时钟笑看了一下时间，可以安排让黎镜仁休息了，高度的紧张和恐惧会给他的身体带来损害。钟笑用比较满意的眼神打量了黎镜仁一眼："今天的讯问结束，余下来的问题你本人作个书面的交待，这个都属于坦白交代的证据，接下来你去休息。"

安顿黎镜仁休息后，喻正华检察长的手机响起。"喻检，收获颇丰，明天呈上讯问笔录请你阅示。"钟笑说。

"你们辛苦了！"说到这，喻正华检察长停顿了一下，"纵观全案我们还不能懈怠，对腐败分子保持高压态势这根弦不能松，要乘势而上，乘势而为。就目前的形势，下一步的工作如何安排呢？我想听听你的建议！"

"我想一要抓紧结案，满足人民群众的热切期待，彰显我们党反腐的决心，二要把已经涉案但又不属我院管辖的案件，做好移送和交办的相关工作，比如亓官云涛案、王甜甜案、吴丽丽案等。"

"这个建议很好。"

三十三、审讯郑铜修

新州市贪官被关进笼子，他们有的主动交代问题、积极退赃，有的狡辩抵赖、拒不认账，但是当侦查人员稍亮证据，他们都心如明镜，知道无路可逃了，一个个在铁证面前耷拉着脑袋，表示认罪忏悔。

郑铜修一开始以为检察官只是捕风捉影，弄一些似是而非的东西诈他。在检察官面前他自恃是曾经的市纪委副书记、办案高手，认为这些检察官是班门弄斧，还时不时用一副不屑的眼神挑衅这些年轻的检察官。当特侦组和一同审讯的检察官将其银行账户、视频以及利用监控设备所获取的短信和通话记录作部分展示时，他表情凝重，嘴唇青紫。他在努力控制自己的情绪，稍稍缓解后他说，自己担任新州市副市长期间利用职务之便，在干部选拔任用、矿产承包及纠纷处理、工程承揽及招投标、税费减免等方面，为他人谋利益，单独或伙同其老婆子女收受、索取他人贿赂计126次，共计人民币1187.84万元，还有巨额财产380.12万元，不能说明合法来源。

检察官问：还有其他的罪行吗？

郑答：有。

问：什么罪行？

答：滥用职权。

问：说具体一点儿。

答：市公安局长李京涛不听使唤，与我和黎镜仁作对，曾设计对他作出过“双规”。

问：据我们掌握的资讯，市公安局长李京涛不仅是副厅级而且是市人大代表，你有资格“双规”他吗？

答：没有。

问：还有什么？

答：我曾指使他人杀过两个人。

问：两个什么人？

答：一个是宜环县的老板危骇林，另一个是他的孩子。

问：什么仇恨下如此毒手？

答：危骇林长期霸占我的情人，并生下了一个男孩。

问：请说详细一些。

答：我任职期间对危骇林办矿有过很多的帮助，他赚足了银子。为了感谢我，他花了120万元在邻省一个叫京鹅岭风景区的地方为我买了一栋别墅。后来一个刚大学毕业的美女，她叫东方美玉，一次邂逅我喜欢上了她，我答应把那栋别墅送给她，她十分满意。危骇林知道东方美玉美丽可人，便近水楼台，隔三岔五地跑去打牙祭。后来俩人打得火热，东方美玉还怀上了危骇林的种。可气的是，危骇林指使东方美玉说儿子是我的，三番五次向我诈钱。危骇林他一方面给我戴绿帽，另一方面指使东方美玉诈钱，于是我对危骇林动了杀机。经过同吴大鹏策划后，我决定除掉危骇林，对杀不杀其一岁多的幼儿争论不休。

问：幼儿是无辜的，最后你为什么要杀呢？出于什么动机？

答：就是出于不留后患，斩草要除根，怕日后多话。

问：你都把人杀死了，你想想你还有日后吗？

答：是的，这个想法十分可笑和荒唐。

问：后来还做了什么？

答：把危骇林和其幼儿杀了之后，剥光了他俩身上所有的衣物，在棺材底下铺上一层厚厚的食盐，按照先大人后小孩的顺序放进去，上面再用盐覆盖。用盐腌这两具尸体，共用了四百来斤盐。

问：这两具盐腌尸体藏在何处？

答：就藏在别墅的地下室。

问：接着讲。

答：我没有被抓获之前，也知道自己迟早会有这一天。被抓获后思想斗争相当激烈，总想规避自己的问题，讲小的不讲大的，讲明的不讲暗的。通过检察官们耐心教育，宣传国家法律，使我思想有了彻底转变。在生活上你们对我十分关心，每餐都是可口的饭菜，本人有病又拿药给我服，使我这个有罪之身在这里获得了人格上的尊严与尊重，我十分感动。因此我愿意接受法律的处理，并积极退赃。

问：你到这里接受审查有什么感受？

答：人到检察院，魂已丢一半。深刻教育后，思想大转变。回顾过去罪，坦白自交代。服从党处理，积极退赃款。最后，请检察官看在我为新州经济发展社会建设做过贡献的份上，从宽发落我。

问：你收受那么多的不义之财，有100多人为你送钱，且有的时间比较长了，你还记得如此清晰准确，凭什么？

答：这些钱都是我本人亲自经手数的。我家里还购买了两台验钞机，有一台备用，怕那台坏了没法数钱，因为每天数钱的工作比较繁重。数完后，我还用一个本子记下来，这是谁送的，什么时间送的，我为他帮过什么忙而送的，所以尽管时间这么长了，我也能记清楚。

问：你为什么突然想到买验钞机呢？你出于什么一种考虑。

答：我为人家帮忙都是真心实意，我怕有些人不讲良心、不讲道义给我送假币来，欺骗我对他的真诚。

问：你公务繁忙，有空数钱？

答：我会挤时间去数，或者找个理由说身体不舒服，不参加那些不十分重要的会议，便在家里忙着数钱。但研究人事安排、项目开发、国土和房地产的会议我一定参加，因为这些会是十分来钱的会，绝对不能缺席，缺了席就等于断了财路。

问：当你坐在验钞机前，大把大把地数钱，会有一种什么的感受？

答：说实话，一开始也有些害怕，后来也就不怕了，反正有权的捞钱又不是我郑铜修一个，这年头谁不捞钱啊！大家都在用权力生钱、赚钱，人人都这样，或者叫跳蚤多不痒身了，法不责众了。慢慢的，坐在验钞机前，手一摸到高高的一摞一摞的钱，心里就有了成就感、幸福感、快乐感。原来发奋读书、发奋工作、熬夜撰稿、下乡蹲点也都没有白白付出，这些付出真是值啊！这些钱不仅能让我这代人享尽荣华富贵，就是下一代、再下一代，吃香喝辣、富贵荣华都没有问题！我常常想，我的使命就是要让子孙后代的钱花不完，幸福生活万万年！

只有这样，才不愧为子孙的榜样！

问：一种很简单的办法，你想过没有，不用数，由银行帮你数，既防了伪钞，又可免去辛劳，为何不这样呢？

答：现在送钱流行送现钞，自己数比较安全。

问：按你这种办法和逻辑，我们反贪局就没有办法擒获贪官了？！贪官们就可以逍遥法外了？！就可以大肆索贿受贿了？！就可以无耻地亵渎法律了？！

答：实践证明，这个办法也是不行的，否则，我就不会有今天这样的下场。我十分羡慕你们，但愿有来生也做一位像你们这样的检察官，也去办案、审查贪官，为民造福除害！

问：你涉足官场几十年，你有什么体会或者感受？

答：官场是把双刃剑，有时与你相伴，有时找你清算，是亏还是赚，人民说了算。当官时间一长也当油了，当滑了。我私下觉得权力不是木乃伊，权力就是提款机。现在才知道，权力还是老虎机，不该拿的拿了，会咬住人不放的。

问：你以上讲的是实话？

答：是实话。

问：现在是几点？

答：上午10点15分。

问：你核对笔录，如果无误，签上你的名字。

答：好的。

……

问：笔录看完了吗？

答：全部看完了。

问：现在是几点。

答：现在是上午10点28分。

问：你以上讲的是实话吗？

答：是的，都是实话。

三十四、庄严的审判

省委特侦组五名侦查员和刘春江作为曹昆常务副组长直接掌握的兵，随时都处在待命状态，协助参与审讯、解读每份证据的来源以及背景诠释。

紧张有序的审讯工作和追赃工作完成后，庄严审判新州七名贪官的工作有条不紊地进行着。

经过一审、二审，新州七名贪官被分别判处有期徒刑、无期徒刑、死刑缓期执行、死刑，具体情况如下：

郑铜修死刑；

黎镜仁死刑；

景韵多死刑，缓期两年执行；

杜修行无期徒刑；

林子墨无期徒刑；

郑津有期徒刑16年；

徐球晴有期徒刑15年。

相隔一个星期，吴大鹏、钱毕仁、范仁召经一审、二审被判处死刑。

吴大鹏和钱毕仁被处决后的第11天，对黎镜仁执行死刑的日期悄悄迫近。

头天晚上，他点了汤圆，他说小时候妈妈经常做汤圆给他吃，一吃汤圆，就会想起妈妈，想妈妈对他那不求回报的纯真的爱，其实那就是人世间的大爱，是其他的爱所无法替代和比拟的。

他说前一天晚上还洗了袜子，一洗袜子，就想妈妈，从记事起妈妈都为他洗袜子，因为他有脚臭，妈妈怕他穿着不舒服，所以每晚睡觉前都替他把袜子洗干净。

早晨6点15分，管教问他喜欢吃什么东西，随便他点。听到这话，黎镜仁全身瘫软下来，然后就倒在床上。管教立刻进行抢救，10分钟后，黎镜仁才慢慢恢复。这时他眼含悲泪，已经知道自己与亲人说上话也只有几个小时了，一颗子弹就要洞穿他的心脏将他的生命掳走，那颗子弹像是有无数双手将他拖进黄泉去淹死，拖到地狱去坐牢。那小小的子弹，确实力量非凡。54式手枪的子弹头才5.5克重，95式手枪子弹头才3克重，它就能没收一个强大的生命。

管教也怀着惋惜的心情，问黎镜仁喜欢吃什么食物，重复几次后，他才回过神来。他正在想象他在刑场执行枪决前可能会遇到的事，真正在下达执行死刑命令前，自己会有哪些心理和生理反应，比如恐惧恐慌、脸色苍白、嘴唇青紫、全身发抖、皮肤上起满鸡皮疙瘩、失禁尿湿裤子等。下达死刑命令后，一定会想到亲人，想到妈妈，想到妈妈含辛茹苦把自己抚养大，最后却不能为她送终！白发人送黑发人！想到妈妈对自己的好，对自己的爱，对自己的疼。记得读初中时骑一辆十分破旧又生满了锈的单车去上学，由于机械故障，速度又快，他被重重地甩在一块石头上，右手骨折。因为交不起住院费，所以他只住了几天院就回家了。后来听人家说，村里的后龙山上有治骨伤的药，妈妈就天天上后龙山采药，天天用一方木棰捣烂后贴在他的患处，一百天过后病见好转。没有妈妈锲而不舍的精神，哪有今天自己的好身板呢？妈妈时常跟他说，他就是她身上的肉啊。五六十年代全家吃不上饭，不说饭了，就是杂粮也吃不饱，就连过年了也吃不上一餐白米饭。记得那年过年从亲戚家里借了半升米，饭做好后，妈妈要他先吃。妈说，你吃饱了，人就长得快长得聪明；人聪明，就可以读大学，读了大学就可以当大官了。说完，妈妈就到床上躺下。那时他人小不懂事，傻愣愣把饭吃完，感觉到了有生以来最饱的一顿饭，心里感到相当幸福。可后来才知道，妈妈因终日劳累没吃没喝，只能躺在床上缓缓神。

管教重复问他在想些什么，他用深情的眼神望着管教说："我还想吃一碗汤圆，"他停了停，缓了一口气，吃力地说道，"再加一个煨红薯。"说完，黎镜仁迎着管教那疑惑的眼神继续说，"读小学、初中和高中时，妈妈都在前一天晚上，将两只红薯靠在煤火边，等到煨熟了，也已经半夜了。为了看着这两只红薯煨熟，妈妈身披一件破旧的棉袄，哼着儿时的歌，眯缝着眼睛，坐在一只残破的小矮凳上取暖，等到那两只红薯煨熟了才上床休息。这两只红薯就是我第二天读书时的中午饭。"

想到这些揪心的往事，想到当年求学的不易，想到慈母默默的付出，想到当年生活的艰辛，他止不住泪流满面。昨天晚上，执行法官告知黎镜仁可以和自己的亲人见最后一面。法官郑重告知，赋予你这种权利，体现了司法对人权的尊重，彰显了司法文明。黎应允。

黎镜仁吃饭之前，已经穿上了亲人为他买来的新西服。因为他喜好穿白衬衣、扎蓝领带，所以穿上这身准备下黄泉的衣服，人也显得特精神。

行刑的地点有点儿怪怪的，东面、北面、南面是垂直的高高的悬崖，西面是一座小桥，桥下溪水潺潺，溪水之上飘浮着乳汁般的白白雾色，雾色之上有蜻蜓在悠闲地戏逐，尽享祥和的生活。闻讯来目睹贪官黎镜仁最后时刻的人群都被挡在西面的小桥外，不得进入。离行刑地点还有十米开外，载着死刑犯黎镜仁的车停了下来，刚才一个人自言自语的黎镜仁全身瘫了下去，两名武警将黎驾起后才下车。

黎镜仁跪在那儿，腰板儿直直的，大概是想给他来送行的人们留下最后一抹印象。他昂着头，努力回想以前当市领导坐在主席台作报告的作派，那趾高气扬、傲视群雄的风采，接着他左右扭动了一下头，看一看那莽原的翠绿，听一听那悠扬的啼鸟声，嗅一嗅那沁人心脾的花草香味。这时他注意到，在山野间奔跑着的野兔，为寻找走散的兔崽坐在草地一隅发愁，同时他听见了背后小溪的潺潺声，这些东西他认为都值得收藏，然后用邮件发往天国，供自己以后观赏。因为这些人间美好的景色天国都没有啊！

行刑命令下达了，执行武警接到命令后，果断地向后拉动枪机，一发锃亮的子弹正伏在枪管内窥望着黎镜仁，它将化作正义之手将这名巨贪处死！

这时风很静，山野也出奇的静，来观看的人群里没有一丝噪杂声。弹头义无反顾地扑向黎镜仁那颗罪恶的肮脏的心。黎镜仁应声栽进那只深坑。一个被人唾骂的巨贪就这样去了阎王殿。

郑铜修的死期较黎镜仁推后了一个半月。较之黎镜仁，郑是最怕死的，他自知罪孽深重，在法庭上态度十分谦恭，每一次发言前和发言完毕都说“谢谢审判长”“谢谢检察官”“谢谢律师”，真是“鸟之将死，其鸣也哀；人之将死，其言也善”。

临刑的前一天晚上，管教为他上了沉重的脚镣。他用木讷呆滞的眼神直勾勾地望着管教，管教则用警示的眼神看着郑铜修，但一直没有吱声。他怕说一个字都很可能给郑铜修带来无限的遐想或产生负面的影响。管教准备离开，往前走了一步，又回头用关爱的眼神看了郑铜修一眼，就在这时，郑铜修已经读懂了一脸严肃的管教的眼神里那安抚和关爱。郑铜修很是感动，他认真地对管教说：“感谢您管教，感谢您一直以来对我的关心和尊重。”

听到这话，管教也没有回应，只是会心地一笑。郑铜修见与管教那样的心有灵犀，又一直对管教的为人处事相当敬佩，于是发自内心地向管教说了最后一句话：“我会永远记住您的。”

这句话让管教一听，心里瘆得发慌，他用十分恐惧的眼神瞟了郑铜修一眼后，加快了离开郑铜修的脚步。郑铜修看到管教如此表情，心里一怔，然后用一副愧疚的眼神望着管教离去的背影……

管教离开后，他木呆呆地坐在凳子上整理思路：赴地狱之前最想看到谁。他选定的是妈妈。妈妈是世界上最伟大的人，记得妈妈跟他说，他在妈妈子宫里待到近九个月大时，由于妈妈身材矮小，挺一个大肚子，走路都看不见脚下的路。生下来没有多少奶吃，妈妈便弄点儿米糊给他吃。那时生活相当难熬，家里姊妹多，为了维持生计，妈妈只好将他用吊带布条吊在背后，到田埂和山上去挖野菜充饥。有时能弄到一些米，煮熟后妈妈先喂给孩子们吃，余下来的给爸爸吃。

后来去上学了，天气又冷，没有鞋穿，妈妈就为他编草鞋。穿进去之前，妈妈用两块破布把他的两只小脚缠好。她怕他冷，如此费苦心。郑铜修发奋读书，后来考上大学，妈妈不知有多么高兴，她为了鼓励他出人头地，舍不得吃那些土鸡蛋，拿到市场上去换了六块钱。妈妈用红布小心翼翼地将钱包好，在郑铜修离开家乡到省城读大学的那天，悄悄地塞进他的袋子里。

“大学毕业后，下乡从政慢慢当了大官，到现在沦为阶下囚，妈妈都牵挂着我，我知道我的灵肉都是妈妈身上掉下来的啊！”想到这里，郑铜修又想到了李京涛，“他为人耿直又十分执着，是难得的优秀领导干部。但由于做事过于认真，不懂得原则性和灵活性相结合，经常因为公事与我和黎镜仁过不去。……回想起来，唉，京涛老弟，由于你做事有棱有角，所以付出了高昂的代价，我为你感到十分的惋惜。”

郑铜修确定了临死前想要会面的人后，深深地叹了一口粗气，然后用戴着手铐的手去敲自己的脑袋。这时管教来了，他很有礼貌地起立，用怯怯的眼神望着管教，等待管教发出指令。管教用极具人情味的口吻对郑铜修说：“根据规定，你有权提出会见亲人的请求，你说一下会面人的名单。”

管教说完，郑铜修马上说：“我很想会见我的妈妈，还有新州公安局局长李京涛。”

当郑铜修说到李京涛的名字时，管教用十分诧异的眼神打量了郑铜修一下。郑马上读懂了管教眼睛里蕴藏的意思，长舒一口气道：“我马上就要到另一个世界了，在去之前我很想见见他，”之后他用愧疚的口吻说，“我在很多方面对不起他，对他的伤害很大，”接着他眼含泪花，“嗨，做人何苦这样呢？！”

安排见面时，郑铜修拖着沉重的脚镣来到会客室，他看到八十多岁的妈妈，立即下跪磕了三个响头，并大声呼喊：“妈！妈！我欠您老人家太多了！我没有尽孝！到了这把年纪您还受如此的折磨，我作孽了！妈妈请原谅我！到了阴间地府我保佑您，庇佑您健康长寿，请不要老是牵挂着我。”

郑铜修的妈妈步履蹒跚地走近郑铜修，弓着腰去拉郑铜修的手，要他不要再跪了。郑爬起来后，妈妈用布满了皱纹的右手去抚摸郑的头：“儿子！儿子！妈妈好想你了！你出了这么大的事，妈妈天天为你牵挂着，天天用眼泪淘着饭吃，没有吃过一餐踏实饭，没有睡过一个实诚觉，天天以泪洗面。你这样一去就不再回来了，母子阴阳两隔，你在里头我在外头，相隔着十万八千里，不能再见面了，不能彼此说话了，不能彼此照顾了。孩子，一路走好！”说完，母子俩相拥在一起！按规定，时间已到，母子就这样永别了。郑铜修望着妈妈的背影再次下跪，双手合十为妈妈祈福！可是，年迈的妈妈已瘫软在地。

管教又告诉他，李京涛已经因伤辞世，郑铜修一听，全身一软，瘫在地上，长哭不起。经管教说服后，郑铜修才爬起来，这时两名行刑武警将郑铜修架起，上了警车。

郑铜修被两名武警驾到一个土坑前。郑铜修听到下达执行枪决的命令后，全身发抖，口吐白沫，不停地喊着：“妈妈！妈妈！儿子不孝。”武警拿着自动步枪走近郑铜修，用枪口抵近郑铜修心脏对应的背部果断击发，郑铜修应声栽进了那早已挖好的土坑。

翌日，上午8点整，曹昆拨通了的电话：“领导，您好，我是曹昆，我想和特侦组的全体同志到您处汇报工作。”

“好的。”

一到办公室，先为曹昆、马文启、钟笑、龙显威、秦维新、胡悦各自斟上一杯热茶。

一落座，用赞赏的表情对特侦组的全体同志挨个看了一遍，他没有吱声，用眼神把话权交给了曹昆。曹昆也没有吱声，而是把对新州贪官的判决书递给了。看完后，起身，走到窗前，拉开窗户，霎时，一缕缕晨风拂面，一束束晨光伸出温暖的双手紧紧拥着他。他高昂着头，抬眼望去，一颗光亮无比的晨阳喷薄而出，晨光吻着他那伟岸的身躯。他一扭头，突然发现身后留下一条悠长的斜影，那影子背后，似乎跟随着无数期待的眼神和无数期盼的身影。他知道：人民群众时刻盼望着正义的阳光和党的温暖。

后记

一个温馨的早晨，小鸟那欢快的啼鸣声把我从梦的边缘拽起，揉搓一下朦胧的眼，敲敲酸酸的背，轻拍一拍自己的脑袋，刚一下床，就迎来了小孙子一声“爷爷”的呼唤，这稚嫩纯真可爱的声音抚慰着我的心灵。我麻利地穿上衣服，托起小孙子的脸就亲了起来。小孙子很懂事，他用那双酷似抹了口红的樱桃小嘴也亲吻了我的脸颊，顷刻间，一缕幸福感油然而起。小孙子长得眉清目秀，他那发着亮光的额头之下，一双眼睛专注地望着我。那双眼睛不算大，但很有神，有摄人心魂的意蕴，很是招人喜欢。我观察到在他的脸上从来不缺少喜色，除了偶尔哭闹之外是笑口常开。大人要他笑一笑，假如不是很情愿，他会小嘴微张，露出两排雪白的乳牙，两只小眼眯起，脸上挂起淡淡的笑意回应着大人。如果他相当开心，会有舒心的笑声弥漫其间，还手舞足蹈的。如果这些不足以表达他那炙热的情感，他会轻轻地用那稚嫩的乳牙咬你一下，或用那稚嫩的小手掐你一把，然后就有一长串咯咯的铃铛般的笑声奉献给你。

享受天伦之乐之余，我也在不停地反思着自己，一把年纪的我还真就没有什么像样的东西奉给聪慧健康而又快乐的孙子。真的，我不算太苍老的容颜在小孙子面前真有几分有愧色。年轻时怀着当将军的梦从军，后来有了点儿生活的积累又萌动了作家梦。办案之余写过几篇小作，到后来汇编成一本《聆听生命的箫声》出版。我有自知之明，那离作家的要求还差十万八千里。2013年，我的长篇小说《芙蓉渡》出版，这让我感觉我的作家梦正似乎一天天临近。

但作家梦仍旧很长，去追赶作家梦的脚步一天也没有敢停歇下来过。

为了在我的孙子面前不再有愧色，也为了我的同事和领导有一个沟通的平台，更为了短暂的生命在这五彩缤纷的世界里留下一抹记忆，在一个和熙的日子里我有了创作的欲望。

记得那是一个五月的早晨，柳丝悠长，满眼的绿意，清脆的鸟啼声，苍茫的原野勃发的生机，都源源不断地给我灵感与活力。微闭着双眼就有悄无声息的人物和事件与我对话，于是我有了动笔的激情与冲动。有时顺手一天能写上五六千字，就这样用了116天完成了《惊天幕后》这部长篇小说的初稿。尽管期间有过彷徨、痛苦，也常常与孤独相伴，有时亦为人物的命运而泣，亦有过头痛发热、家庭琐事缠绕，但前行的脚步始终没有停歇。我暗暗告诫自己：最大的敌人就是自己，经常原谅自己是懦弱的表现，努力超越自我的品质不能丢，于是我咬着牙坚持了下来。

写下《惊天幕后》这部长篇小说，让我明白什么叫真正意义上的生命，什么才是人需要去永恒追求的东西，什么是人类的大爱，怎样让人性的光辉去温暖他人。

感谢当代中国出版社，感谢为此书出版而辛劳付出的所有人！

郭照光

2017年5月